JAY McINERNEY

Das Haus Savage

Buch

Seit Generationen leben die wohlhabenden Savages in den weiten Ebenen des Mississippi. Hier, in der Aufbruchstimmung der 60er Jahre, wächst der junge Will Savage auf. Und er hängt mit tiefer Liebe an dieser Gegend, an seiner Stadt Memphis mit ihren schwülwarmen Sommerabenden und den heruntergekommenen Musikschuppen der Schwarzen. Doch mit unversöhnlichem Haß steht der rebellische Will seinem unbeugsamen und scheinbar übermächtigen Vater Cordell gegenüber. Cordell, der als Nachfahre einer angesehenen Südstaatendynastie noch immer für die alten Werte steht – für alles, was Will aus tiefer Überzeugung verabscheut. Nur Patrick Keane, Wills altem Freund aus College-Zeiten, gelingt es immer wieder, zwischen Vater und Sohn zu vermitteln. Und obwohl der stille und zurückhaltende Patrick große Bewunderung für Cordell empfindet, so hält er doch unbeirrt zu dem unsteten, innerlich zutiefst zerrissenen Will. Selbst nach Wills skandalumwitterter Heirat mit einer schwarzen Sängerin und seinem Aufstieg zum millionenschweren Tycoon scheint ihre Freundschaft unerschütterlich – bis Will eines Tages Patrick mit einer schicksalhaften Bitte auf die Probe stellt ...

»Das Haus Savage«, von der Kritik als »Der große Gatsby« unserer Tage gefeiert, ist mitreißendes Familienporträt und furioses Zeitgemälde zugleich – ein brillanter Roman voller hintersinnigem Humor, tiefgründiger Figuren und sprühender Einfälle.

Autor

Jay McInerney, geboren 1955 in Hartford, Connecticut, gilt seit seinem Romandebüt »Ein starker Abgang« als einer der ganz großen jungen Erzähler Amerikas. Er wuchs in London, Vancouver, Tokio und New York auf und studierte amerikanische Literatur in Princeton. McInerney lebt mit seiner Frau und zwei Kindern in New York und Franklin/Tennessee.

Außerdem bei Goldmann erschienen

Alles ist möglich. Roman (43581)
Einhandklatschen in Kyoto. Roman (44031)

Jay McInerney

Das Haus Savage

Roman

Deutsch von Otto Bayer

GOLDMANN

Die amerikanische Originalausgabe erschien
unter dem Titel
»The Last of the Savages«
bei Alfred A. Knopf, Inc., New York

Umwelthinweis:
Alle bedruckten Materialien dieses Taschenbuches
sind chlorfrei und umweltschonend.

Genehmigte Taschenbuchausgabe 2/99

Umschlaggestaltung: Design Team München
Umschlagfoto: TIB/Stage
Druck: Elsnerdruck, Berlin
Verlagsnummer: 44274
CN · Herstellung: Heidrun Nawrot
ISBN 3-442-44274-5
Made in Germany

1 3 5 7 9 10 8 6 4 2

Für Helen

Die ich selbst erfunden hätte,
wenn meine Phantasie dazu ausreichte

... man ist Rebell, oder man paßt sich an, man ist ein Pionier im Wilden Westen des amerikanischen Nachtlebens, oder man ist ein Spießer, gefangen im totalitären Gespinst der amerikanischen Gesellschaft und dazu verdammt, sich nolens volens anzupassen, wenn man Erfolg haben will.

Norman Mailer

I

Unsere Begabung zur Freundschaft ist Gottes Art, sich für unsere Verwandtschaft zu entschuldigen. Das wäre zumindest *eine* Erklärung für meine ungewöhnliche Freundschaft mit Will Savage.

Obwohl wir uns seit Wochen, vielleicht Monaten nicht mehr gesprochen hatten, mußte ich sofort an ihn denken, als plötzlich zwei Beamte der New Yorker Kriminalpolizei in meiner Kanzlei erschienen. Ich war natürlich bestürzt, als meine Sekretärin sie meldete. Bei den Rechtsgeschäften, mit denen wir es hier zu tun haben, kommen wir mit der Polizei nicht in Berührung. Aber ihr Besuch hatte gar nichts mit Will Savage zu tun – sie wollten mich wegen Felson sprechen. Ja, selbstverständlich, meine Herren. Bitte, nehmen Sie Platz.

Saul Felson arbeitete in meiner Kanzlei in der Abteilung Steuerrecht. Familienvater, aktives Mitglied seiner Gemeinde und ein glänzender Jurist, der selbst nach den konservativen Maßstäben unserer vornehmen Kanzlei so farblos war, daß man praktisch durch ihn hindurchsehen konnte. Ein bißchen sonderlich. Wir hatten gelegentlich miteinander zu tun, aber gut kannte ich ihn eigentlich nicht – auch sonst niemand –, und ich konnte den Detectives nichts erzählen, was eine Erklärung dafür geliefert hätte, daß man ihn mit zahlreichen Stichwunden tot in einem schmierigen Motel in der Bronx aufgefunden hatte. Natürlich sind wir alle zutiefst erschüttert, und alle Kanzleiteilhaber werden selbstverständlich seinem Begräbnis beiwohnen. Ich muß zugeben, daß die ganze Sache mir die Sterblichkeit des Menschen drastisch in Erinnerung gerufen hat. Er war mit seinen siebenundvierzig Jahren gerade ein Jahr älter als ich.

In letzter Zeit habe ich mich hin und wieder gefragt, ob Felson wohl einen besten Freund hatte. Der Besuch der Kriminalpolizei erinnerte mich an den Tag, an dem das FBI zu mir kam und mich nach dem meinen ausfragte.

Inzwischen bin ich daran gewöhnt, über Will ausgefragt zu werden; es scheint Teil meines Lebenswerks zu sein. Der erste, der seinetwegen ein richtiges Interview mit mir führte, war der Rockkritiker des *Boston Phoenix*, der auf der Jagd nach bunten Anekdoten war, um die gerade entstehende Savage-Legende auszuschmücken.

Getarnt mit einem dichten Vollbart und ausgerüstet mit einer olivgrünen Militärjacke, der damaligen Uniform aller glühenden Antimilitaristen, Antikonformisten und sonstiger naiver Antinomisten, probierte er an diesem Nachmittag im Wursthaus am Harvard Square zahlreiche Biere aus aller Welt. Ich glaube, ich trug eine Levi's-Jacke und modisch ausgeblichene Jeans, aber er sah darin wohl keinen Unterschied zu Ivy-League-Hose und Blazer. Jedenfalls war es für ihn eine enttäuschende Entdeckung, daß Will Savage einen derart spießigen und musiktauben Freund hatte.

Trotz der vielen Zeit, die ich mit Will verbracht habe, trotz all seiner Erziehungsbemühungen kann es mir immer noch passieren, daß ich Johnny Jenkins mit Pinetop Perkins verwechsle. Hoffnungsloser Fall. Ich weiß eine schöne Hookline und einen starken Backbeat zu schätzen und kann die Hälfte der Titel im Stax-and-Chess-Katalog mitsummen, aber ich wüßte mich nicht unbedingt über den Unterschied zwischen Rhythm 'n' Blues und Soul auszulassen – sehr zur Verwunderung und Irritation all derer, die Will verehren, die in ihm einen großen Mann sehen, weil er ihren Karrieren auf die Beine half, ein Imperium aufbaute und Millionen scheffelte, und der, in echter Rock-and-Roll-Manier, Millionen wieder verschleuderte. Ich kann nur sagen, daß ich an das, was er geleistet hat, glaube, weil ich zuerst an Will glaubte, und weil ich zu verstehen meine, was es ihm bedeutete. Die Musik war nicht Selbstzweck, sondern Ausdruck eines größeren Plans. Will versuchte immerzu, die Sklaven zu befreien.

Über seinem Pilsner fragte der Rockkritiker, ob es stimme, daß Will sich die Narbe auf seiner Wange bei einer Messerstecherei mit Bukka White, dem großen Delta-Bluesman, geholt habe. Es war das erste Mal, daß ich diese Geschichte hörte, die zu einem der Eckpfeiler im Will-Savage-Mythos wurde – neben der Geschichte über seine Wette mit Jimi Hendrix, wer mehr LSD schlucken könne, ohne die Besinnung zu verlieren; Will soll daraus als Sieger hervorgegangen sein.

»Nein«, sagte ich, »die Narbe stammt von einem Autounfall.« Als mir dann aufging, wie wenig aufregend das klang, ergänzte ich: »Da ist er eines Nachts betrunken in einen Betonmischer gerast.«

Diese Tatsache fand keinen Eingang in den Artikel; das Gerücht war wohl interessanter als die Wahrheit. Ich hatte, nebenbei bemerkt, Bukka einmal kennengelernt, in Memphis, zusammen mit Will. Ein Hüne, selbst mit siebzig noch furchteinflößend, Hände wie Vorschlaghämmer. Der hätte gar kein Messer gebraucht.

Nur um dem Kerl – und Will, der ihn mir aufgehalst hatte – eins auszuwischen, behauptete ich, Will werde von seinen engsten Freunden und Vertrauten »Memphis Slim« genannt, was bis zu diesem Augenblick nur ein Spitzname zwischen uns beiden gewesen war, den ich ihm in der Schule verpaßt hatte. Die Fehlinformation wurde, ohne Quellenangabe, in dem Artikel getreulich wiedergegeben, und der Name blieb an Will hängen.

»Ich habe den Eindruck«, spreizte sich der Rockkritiker, Schaum von einem tschechischen Pilsner im dunklen Schnauzbart, während er sein Notizbuch zuklappte, »daß aus Ihrer Zeit mit Will nicht viel bei Ihnen hängengeblieben ist.« Ich hatte gerade bei einer Frage passen müssen, bei der es um Lee Dorsey ging – oder war es Tommy Dorsey?

Ohne auf die zarte Andeutung einzugehen, daß Will jetzt zu den wahren Gläubigen gehöre, sagte ich: »Will hat mich in Geschichte unterwiesen.«

Er schien so verdutzt, daß er nun ein belgisches Bier bestellen mußte, um seinen Unglauben hinunterzuspülen. »Ge*schichte?*«

Damals – Anfang der Siebziger – war Geschichte eine in Verruf geratene Disziplin. Nicht daß sie sich je von dieser Abwertung ganz erholt hätte –, aber gerade in diesem *geschichtlichen* Augenblick galt sie für die heranbrausende Jahrtausendschlacht als irrelevant oder bestenfalls als lästig. Und gerade Will erschien doch als Gottgesandter in der Orgie einer immerwährenden Gegenwart.

»Er ist Südstaatler«, erklärte ich.

Das war keine reine Bosheit von mir. Will hatte, kaum daß er die ersten Worte sprechen konnte, schon die Schlachten aufsagen können, in denen seine Ahnen gekämpft hatten – Vicksburg, Gettysburg, Chicamauga –, und die Ruhestätten ihrer bleigespickten Gebeine. Nicht daß Will ein ausgesprochener Geschichtsexperte gewesen wäre; er hatte für orthodoxe Bildung so gut wie keine Verwendung. Aber er stammte aus einer leidgeprüften Familie, einem besiegten Land, und selbst noch beim Sturm auf die Mauern der Konvention lehrte er mich unbewußt die unerbittlichen Ansprüche der Vergangenheit an die Gegenwart – daß sie jedenfalls greifbarer sei als der atmende Augenblick. Ich versuchte dem Rockkritiker etwas davon begreiflich zu machen, aber entweder habe ich mich nicht klar genug ausgedrückt, oder er war zu benebelt von seiner malzigen Geographiestunde. Trotz seiner haarsträubenden Hygienebegriffe, seiner Heiligenverehrung, seiner ätzenden französischen Zigaretten und seines altgermanischen Kritikervokabulars war dieser Rockkritiker mir lieber als die FBI-Beamten, die ein paar Wochen später bei mir aufkreuzten. Ich studierte Jura im ersten Jahr, und als ich eines Nachmittags von einer Zivilrechtsvorlesung kam, warteten sie vor meiner Zimmertür.

»Patrick Keane?«

Sie stellten sich vor. Der eine hörte auf den unheilvollen Namen Lynch. Beide waren irischer Abstammung, wie ich, und glaubten schon daraus auf ein gewisses Einvernehmen zwischen uns schließen zu können. Alte Heimat und so. Aber es herrschte Bürgerkrieg, in Vietnam und zu Hause. Mochte ich meinen Altersgenossen auch noch so konventionell und politisch unbedarft vorkommen, so erkannte ich doch den Feind an seinen grauen Anzügen und Schlipsen, den schwarzen Schuhen und seinem militärisch kurzen Haarschnitt. Damals war die Haarlänge noch ein so unfehlbares Unterscheidungsmerkmal, daß man gleich sah, wer wohin gehörte. Zwar war meine Frisur nur mäßig wirr – sie reichte bis halb über die Ohren, in Fülle und Krause höchstens andeutungsweise Afro –, aber immerhin waren Freunde von mir auf der Straße zusammengeknüppelt und mit Tränengas traktiert worden, und ein Klassenkamerad vom College saß in Texas im Gefängnis, weil die Polizei in seinem Wagen einen Joint gefunden hatte. Als ich den Männern die Hand entgegenstreckte, zitterte sie. Ein wahres Kind der Zeit hätte ihnen natürlich gar nicht erst die Hand gegeben, aber in der Politik hielt ich es mit Henry Clay, dem Meister des Kompromisses.

»Wie wär's mit einem kleinen Spaziergang?« schlug Special Agent Lynch vor. Da ich keine Alternative sah, nickte ich. Dabei sah ich mich schon in ein Auto gezerrt und in einem fensterlosen, verräucherten Zimmer unter Neonröhren langsam geröstet. Ich fühlte, wie sein väterlicher Arm um meine Schulter mich vorwärts drängte. Der andere Beamte ging hinter uns, wohl um mir besser eins über den Schädel geben oder mich chloroformieren zu können. Ich weiß nicht mehr, welcher Song in diesem Jahr gerade am beliebtesten war, aber das Lieblingswort war unbestreitbar *Paranoia*, das düstere Mantra der Drogenkultur. Unter den gegebenen Umständen schien ich kaum noch zu wissen, wie man die Beine bewegt – ich kam einfach nicht in den gewohnten Rhythmus –, ebenso erschien mir das Atmen als ein völlig neuer und hochkomplizierter Vorgang. Ging es vielleicht um die Friedensdemo, an der ich letzten Herbst teilgenommen hatte?

»Na, wie gefällt Ihnen Harvard?«

»Eine ausgezeichnete juristische Fakultät«, antwortete ich, bemüht um eine gewisse Hochnäsigkeit.

»Nicht übel für einen kleinen Iren aus Taunton.«

Ich schwieg, denn die darin enthaltene Unterstellung, ich hätte mit ihm und seinem Kollegen mehr gemeinsam als mit den ungekämmten Prinzen um uns herum, mißfiel mir.

»Erzählen Sie mir was von Will Savage.«

Ich fühlte mich schlagartig erleichtert, aber schon eine Sekunde später kam ich mir deswegen wie ein Verräter vor und fragte mich, ob Will diesmal in *echten* Schwierigkeiten steckte. »Ist ihm etwas zugestoßen?«

»Soweit wir wissen, bisher noch nicht. Aber Sie können uns vielleicht helfen, ihn vor richtigem Ärger zu bewahren.«

Es fiel mir nicht leicht, dem FBI-Mann ins Gesicht zu sehen, weil mein Blick abwechselnd von einem erbsengroßen, bläulichroten Gewächs an seiner Wange und der perfekten Hochebene auf seinem Kopf angezogen wurde – eine Frisur wie ein Flugzeugträger, damals fast so selten wie eine gepuderte Perücke. Noch während ich sorgfältig meine Worte wählte, um so wenig wie möglich über Will preiszugeben, beschäftigte mich die Vorstellung, ihm diese angefaulte Erbse vom Gesicht zu pflücken, während ich gleichzeitig lauter kleine Flugzeuge auf dem Kopf des Special Agents starten und landen sah.

»Wie würden Sie Mr. Savages politische Ansichten beschreiben?«

»Ich denke, die sind – äh – ziemlich ... normal«, wich ich aus, »für einen Menschen seines Alters und ... seiner Erziehung.« Zwei Semester Jura waren nicht umsonst gewesen.

»Würden Sie sagen, daß der Aufruf zum gewaltsamen Sturz

der amerikanischen Regierung ziemlich normal ist, Mr. Keane? Lernt man so was hier in Harvard?«

Ich erinnere mich mit Genugtuung, wie ich meine Maske fallen ließ und ihn mit offener Geringschätzung ansah, von Staatsbürger zu Staatsbürger. Vielleicht hatte ich mich ja etwas ausweichend über Wills politische Ansichten geäußert, aber das war doch ein wenig dick aufgetragen. »Will hält nichts von Gewalt«, sagte ich mit Nachdruck. Es war zwar allgemein bekannt, daß Will auch manchmal eine Schrotflinte bei sich hatte, wenn er mit seinen schwarzen Soul- und Blues-Nummern durchs Land zog, aber sie war ein reines Instrument des Kapitalismus und einzig für den Fall vorgesehen, daß der örtliche Veranstalter sich bei der Teilung der Einnahmen zierte.

»Wir haben Beweise«, meinte der Flugzeugträger, »daß er sich mit Gruppen gemein macht, die das anders sehen.«

»Will macht sich nicht mit Gruppen gemein«, sagte ich, diesmal noch überzeugter als bei meiner vorherigen Behauptung.

»Haben Sie schon einmal vom ›Solidaritätskomitee Black Power‹ gehört?«

Zuerst klang das einfach nur lächerlich, nach etwas, was der Chef des FBI sich in einem apokalyptischen Fieber zusammengeträumt hatte. Aber wenn ich es recht bedachte, hatte ich das gesamte Politbüro des fraglichen Komitees sogar schon kennengelernt, vor ein paar Jahren in einer Hotelsuite in Miami. Es *war* lächerlich, aber das hieß nicht, daß es nicht auch beängstigend gewesen wäre – wie so vieles, was damals passierte.

Ich hatte gerade mein erstes Jahr in Yale hinter mir und gönnte mir einen kurzen Urlaub, auf Einladung Wills, der an einer Tagung von Rundfunksprechern teilnahm. Er hatte in Miami Beach, am Rande des damals zerfallenden Decoviertels, eine riesige Hotelsuite gemietet. Ich verbrachte meine Tage zwischen den Schießbudenfiguren und kubanischen Muskelprotzen am

Strand, während Will in seinen Gemächern blieb, Besucher empfing, mit seinem Gefolge konferierte, Hasch rauchte und die Telefondrähte glühen ließ. Als ich, zu einem unvorteilhaften Rosarot gegrillt, von einem dieser Tage am Strand zurückkam und aus dem Aufzug stieg, sah ich auf dem türkisblauen Korridor drei Schwarze in Lederjacken herumlungern.

»Wir sollen hier Will Savage treffen.«

Ich zeigte auf die Tür. Ich wollte hilfsbereit sein, zeigen, wie *selbstverständlich* es für mich war, wenn drei Schwarze – selbst drei Schwarze, die unter etwas anderen Umständen möglicherweise bedrohlich ausgesehen hätten – Will Savage besuchten, und ging höchstpersönlich an die Tür und klopfte. *Hey, man*, wir sind alle ganz *cool*.

»Wer ist da?«

»Ich, Patrick«, sagte ich. Als die Tür aufging, wurde ich von hinten über die Schwelle gegen den wachestehenden Hünen Jack Stubblefield gestoßen, ein ehemaliger Footballspieler und Wills getreuer Vasall. Es gab ein kurzes Gerangel, als ich mein Gleichgewicht wiederzufinden versuchte und die Männer hinter mir vorwärts drängten, dann standen wir alle ungemütlich dichtgedrängt im Zimmer, ich und Stubblefield Auge in Auge mit den Eindringlingen – nur einer von uns beiden allerdings in der Lage und willens, ihnen Widerstand zu leisten.

»Was glaubt ihr Scheißkerle eigentlich, wer ihr seid?« fragte er.

Ein dünner, aufgeschossener Mann, der ein rotes Barett auf dem Kopf trug, funkelte ihn an. »Wir wollen Savage sprechen.«

»Wer will ihn sprechen?« Keiner von uns hatte Jessie Petit bemerkt, einen drahtigen, weißhaarigen Schwarzen Mitte Fünfzig, der vor der Schlafzimmertür stand. In seiner Rechten hielt er lässig wie eine Zigarette einen Revolver. Ich hätte mich am liebsten sofort aus dieser Veranstaltung abgemeldet.

Als der mit dem Barett wegsah, warf ich einen Blick über die Schulter und sah Will soeben aus dem Schlafzimmer kommen.

Obwohl er damals noch schlank war, hatte Will immer schon den majestätischen Gang des viel beleibteren Mannes, der er einmal werden würde. Er trug einen Morgenmantel aus schwarzer Seide mit chinesischen Schriftzeichen, die den Aufschlag hinaufkrabbelten wie weiße Spinnen. Sein Gesicht, umrahmt von einem Kranz aus dunklen Haupt- und Barthaaren, wirkte schlaftrunken und schlaff, aber seine Augen strahlten in einem übernatürlichen Blau, so überraschend wie das plötzliche Aufblitzen eines Blaulichts auf einem Polizeiwagen.

»Worum geht's?« fragte er.

»Um deinen Beitrag, Mann«, sagte der Wortführer endlich. »Wir sind hier im Namen des Solidaritätskomitees Black Power.«

»Laß sie rein, Jack«, befahl Will.

Stubblefield trat ein paar Schritte zurück und machte einen schmalen Durchgang frei.

»Kommt rein«, sagte Will, »nehmt Platz.« Die Einladung war mehr Ausdruck von Noblesse als Kapitulation, und vielleicht zögerten die drei deshalb, sie anzunehmen.

»Wir brauchen deine beschissene Gastfreundlichkeit nicht, Mann. Aber wir wollen auf der Stelle deinen Beitrag zum Komitee haben, im Namen aller schwarzen Künstler und –«

Seine Rede wurde unterbrochen, weil soeben Taleesha Savage die Schlafzimmertür zuknallte und neben Jessie trat. Sie warf kurz einen Blick auf die Szene, eilte dann an die Seite ihres Mannes und legte ihm wie schützend den Arm um die Taille, höchste Wachsamkeit im Blick. Sie war eine eindrucksvolle Erscheinung, groß und biegsam und von beinah katzenhafter Geschmeidigkeit – obwohl ihr Gesicht in diesem Moment an rasiermesserscharfe, eingezogene Krallen denken ließ, die sie ohne Zögern ausfahren würde, um ihren Gefährten zu beschützen.

»Gentlemen, meine Frau.«

Die beiden jüngeren Komiteemitglieder ließen sich ihre Überraschung anmerken; nur der mit dem Barett schien völlig unbeeindruckt davon zu sein, daß Will Savages Frau so schwarz war wie er selbst.

Stubblefield drückte sich währenddessen langsam an der Wand entlang ins Wohnzimmer. Mir blieb fast das Herz stehen, als ich die an die Couch gelehnte Schrotflinte sah.

»Im Namen –«

»Zu meinem Bedauern habe ich nicht viel Bargeld hier«, unterbrach Will erneut seine Rede. Wahrscheinlich kannte er sie schon; auf der Tagung war dauernd von dieser geheimnisvollen Erpressergruppe die Rede, die sich als Vertreter der ausgebeuteten schwarzen Künstler ausgab. Einem Gerücht zufolge hatten sie versucht, Jerry Wexler zu entführen.

Als Will in die Tasche griff, fuhr der Mann mit dem Barett sich mit der rechten Hand unters Jackett.

»Nicht nötig«, sagte Will.

Er zog eine Rolle Banknoten aus seiner Tasche und zählte sie auf den Tisch. »Etwa tausend, elfhundert.«

»Da mußt du schon noch was drauflegen.«

»Du hast ihm nicht zu sagen, was er zu tun hat«, fauchte Taleesha.

»Ich stelle dir einen Scheck aus«, sagte Will gleichmütig. »Fünftausend?«

»Yeah, damit du die Bank anrufen und das Scheißding sperren lassen kannst, sobald wir zur Tür raus sind.«

»Wenn ich dir einen Scheck ausstelle«, sagte Will ruhig, »kannst du dich verdammt noch mal darauf verlassen, daß er in Ordnung ist und in Ordnung bleibt.« Seine Stimme, bis dahin die eines entspannten und großzügigen Gastgebers, war jetzt eisig vor Verachtung. Er redete genau wie sein Vater – vielleicht wie sein Ururgroßvater, der Sklavenhalter, der einmal wegen eines obskuren Ehrenhandels einen Mann im Duell erschossen hatte. In einem Augenblick war er Hippie, im nächsten ganz Savage, obwohl er die ganze Zeit natürlich immer beides war.

Der Hippie zahlte seinen Beitrag gern und aus freien Stücken; der Savage war empört, daß jemand es wagte, seine Lauterkeit in Zweifel zu ziehen.

Es war eine eigenartige Mischung, und Stubblefield hatte sie noch immer nicht begriffen. Nachdem das Komitee mürrisch den Scheck akzeptiert und sich verzogen hatte, entrüstete er sich lautstark darüber, daß Will den Leuten überhaupt etwas gegeben hatte. »Ich wäre doch an die Flinte rangekommen«, beschwerte er sich, »und Jessie hatte die 38er.«

»Sie haben ein berechtigtes Anliegen«, sagte Will, der seine Gelassenheit bereits wiedergefunden hatte. »Schwarze Künstler werden in diesem Gewerbe ausgeplündert, seit es besteht.«

»Nicht von dir«, sagte Taleesha.

»Vielleicht nicht.« Will zuckte die Achseln. »Aber von meinesgleichen.«

»Die ziehen hier eine ganz beschissene Schutzgeldmasche ab«, sagte Jack.

Will zündete sich einen zigarrendicken Joint an und inhalierte. »Ein bißchen zusätzlichen Schutz können wir alle brauchen.« Es klang wie aus einem Song.

Die FBI-Beamten glaubten keine Sekunde, daß jemand einer Bande unbekannter schwarzer Radikaler so ohne weiteres sechstausend Dollar geben könnte.

»Die haben ihn mit der Waffe bedroht, sagen Sie?«

»Nein, nicht direkt. Er wollte es ihnen auch geben.«

Der eine FBI-Beamte schüttelte angewidert seinen Flugzeugträgerschädel. »Was zum Teufel hat ein ordentlicher Junge wie Sie mit einem gefährlichen Radikalen wie Will Savage zu schaffen?«

Es war nicht das erste und sollte nicht das letzte Mal sein, daß ich diese Frage in der einen oder anderen Form zu hören bekam.

II

Will Savage und ich besuchten gemeinsam dasselbe Internat, beide als Nachzügler des Jahrgangs '67, zwei Fremde auf einem kalten neuenglischen Campus, der einem halben Dutzend Generationen amerikanischer Plutokraten noch heute warm in der Erinnerung leuchtet. Obwohl unsere neue Schule nur sechzig Kilometer von meinem, aber anderthalbtausend Kilometer von seinem Zuhause entfernt lag, hatte ich einen viel weiteren Weg hinter mir als Will. Er war der fünfte Savage auf diesem Internat, und das Observatorium trug den Namen seines Großvaters mütterlicherseits; ich war Stipendiat aus einem neuenglischen Fabrikstädtchen gleich nebenan, einem sterbenden Backsteinmuseum der industriellen Revolution, umgeben von Imbißbuden und Autohandlungen. Will stammte aus Memphis in Tennessee, der erste echte Südstaatler, dem ich je begegnet war.

Sein Gepäck war schon vor ihm da. Als der Hausvorsteher meine Eltern und mich in die Zelle führte, die für das kommende Jahr mein Zuhause sein würde, standen mitten im Zimmer zwei große Schrankkoffer, die von unten bis oben mit vergilbten alten Schiffsetiketten beklebt waren; sie nahmen fast den ganzen Platz zwischen den beiden Betten ein. Ich packte meinen karierten Textilkoffer aus, während mein Vater sich nervös um Konversation bemühte und meine Mutter versuchte nicht zu weinen.

»Dein Zimmer zu Hause ist viel schöner«, sagte sie, als wollte sie sich selbst bestätigen, daß diese feine Privatschule nicht zu fein für ihren Sohn war, so traurig sie es im übrigen fand, daß ich nun einmal das Nest verlassen mußte.

»Nicht gerade das Ritz-Carlton«, bestätigte mein Vater. Ich war eingeschüchtert, aber ich wollte hier sein, und ich wollte allein in meinem neuen Zimmer sein. Selbst diese milde Kritik nahm ich ihnen übel. Heute weiß ich, daß ich mich damals schon innerlich von ihnen lossagte.

Meine Mutter ist – sagen wir, eine auffallende Frau, fast einsachtzig groß, mit einem Busen wie ein Schiffsbug. Daß sie immer eine liebevolle, fürsorgliche Mutter gewesen war, änderte nichts daran, daß ihr schierer Körperumfang mir ungefähr mit Beginn meiner Pubertät zutiefst peinlich war, dazu kamen ihre grelle Kleidung und diese Trompetenstimme, die mit ihren breiten, gequetschten Vokalen nach den Mietskasernen im Bostoner Süden klang. Ihr Verbrechen, Mutter eines Heranwachsenden zu sein, verschlimmerte sie dadurch, daß sie so verdammt auffällig war. Wie zum Ausgleich neigte mein Vater eher zur Unsichtbarkeit; er ist ja auch fünf Zentimeter kleiner als meine Mutter, und das war ebenfalls ein Ärgernis. Väter hatten größer zu sein, und wenn sie im Internat ihrer Söhne zu Besuch waren, hatten sie weder karierte Sportsakkos zu tragen, die an den Ellbogen durchgescheuert waren, noch Polyesterkrawatten. Soviel war sogar mir klar. Kurz gesagt, ich war ein undankbares Stück Scheiße.

Als wir über den Rasen zum Haus gingen, fühlte ich mich begutachtet von drei jungen Männern mit Lacrosseschlägern, die sich lässig einen Ball gegenseitig zuwarfen. Ich empfand mich als minderwertig. Meine Kleidung, meine Frisur, selbst mein Gang konnte der Prüfung nicht standhalten. Und dafür gab ich meinen Eltern die Schuld. In dem Moment, wo ich zum erstenmal in meinem Leben – und eigentlich für immer – von zu Hause fortging, bestand meine größte Sorge darin, mein Zimmergenosse könne eintreffen, bevor sie gingen. Und tatsächlich fuhr ein Taxi vor, gerade als meine Eltern in unsern Impala stiegen, meine Mutter in Tränen und gestützt von meinem Vater, der ihr die Beifahrertür aufhielt. Aus dem Taxi sprang pfeifend ein aufgeschossener Junge mit Fliegerbrille und einem Transistorradio am Ohr. Mein Vater, der sich trotz meines Teilstipendiums anstrengen mußte, um mich hier studieren lassen zu können, hupte beim Anfahren. Berstend vor Ungeduld und Scham hob ich zum Abschied nur die Hand, sah ihnen aber nicht mehr nach. Falls diese zur Schau gestellte Gleichgültigkeit den Neuankömmling beeindrucken sollte, glaubte ich nicht, daß er sie überhaupt bemerkte, als er vor mir her über den gepflasterten Weg tänzelte.

Er war einen Kopf größer als ich, hatte zotteliges dunkles Haar und trug eine gerippte Khakihose zu einem abgetragenen Button-down-Hemd, das ihm hinten heraushing. Er ertrug seine Kleidung so, wie man in einem alten Sommerhäuschen wohnt, dessen durchhängende Veranda und abblätternden Anstrich man mit heiterer Gelassenheit betrachtet. In Wahrheit war dies der letzte Seufzer seiner Anpassung in Bekleidungsfragen; noch ehe das Jahr zu Ende war, tauschte mein Zimmergenosse die traditionelle Uniform des Internatszöglings gegen leuchtende Regenbogenfarben ein, später dann, nach jenem psychedelischen Jahrzehnt unserer Jugend, gegen Schwarz.

Ich bummelte hinter ihm her die Treppe hinauf. Als ich ins Zimmer kam, war er schon vollauf mit dem Aufbau einer Stereoanlage beschäftigt. Nachdem ich mich vorgestellt hatte, richtete er sich auf und streckte die Hand aus. Und als er mich dann ansah, verschlug es mir richtig den Atem: Unter seinen dunklen Brauen leuchteten zwei blaue, fast violette Augen, hell wie eine Azetylenflamme.

»Will Savage«, sagte er mit gedehntem Südstaatentonfall und schüttelte mir energisch, fast brutal die Hand, bevor er sich wieder der Elektronik zuwandte. »Ich mach uns mal 'n bißchen Sound in der Bude«, sagte er. »Magst du Blues?«

»Klar«, sagte ich, ohne recht zu wissen, wer oder was Blues war. Zu meiner Erleichterung stellte ich fest, daß mein Zimmergenosse gutartig war, wenngleich ein wenig geistesabwesend. Minuten später erscholl im Zimmer ein schauriger, durchdringender Klagegesang. Will saß mit gekreuzten Beinen auf dem Bett, nickte hinter seiner Sonnenbrille mit dem Kopf und erklärte mir mit missionarischem Eifer, daß der Sänger – das größte amerikanische Musikgenie aller Zeiten – mit zwanzig Jahren gestorben sei, vergiftet von einer eifersüchtigen Frau.

»Das ist die unverfälschteste Kunst, die dieses beschissene

Land je hervorgebracht hat, Mann. Hör dir das an. Reines Kondensat von Leiden und Sehnsucht nach Freiheit. Darum konnte so etwas auch nur von den Nachkommen der Sklaven produziert werden.«

Wills Begeisterung überzeugte mich zunächst mehr als die Musik selbst. Er lauschte mit entrückter Konzentration, die Augen geschlossen, den Kopf in den Nacken gelegt, und sein Mienenspiel versuchte den emotionalen Spannungsbogen der Musik nachzuvollziehen. »Wir sind alle Sklaven«, verkündete er plötzlich, »wir wissen es nur nicht.« Er zeigte auf den Plattenspieler. »*Der* da weiß es.«

Als der Song zu Ende war und ich vorsichtig einwarf, daß mir die Beatles gefielen, grinste er höhnisch. »*Das* hier ist das einzig Wahre«, meinte er. »Wenigstens haben sich die Stones zu ihren Quellen bekannt.«

Die Musik verwirrte mich ebenso wie der brennende, rastlose blaue Strahl seiner Aufmerksamkeit, als er mich nach meiner Person ausfragte und sich aufmerksam meine Antworten anhörte. Er schien größtes Interesse an meiner Geschichte zu haben, während ich selbst mich wegen ihrer Gips- und Resopalkulisse und ihres Mangels an dramatischen Höhepunkten ein wenig genierte. Ich redete über meine Herkunft beschönigend und abfällig zugleich. Mein Vater arbeite für General Electric, sagte ich – was nicht ganz falsch war, denn er verkaufte ihre Waschmaschinen und Trockenschleudern. Hochtrabend behauptete ich, daß ich mein bisheriges Leben hauptsächlich in Büchern gelebt hätte, ich liebte die Romane von Ayn Rand, Salinger und Sir Walter Scott – dabei hatte ich nur *Waverly* gelesen – und die Gedichte von e. e. cummings und Dylan Thomas.

»Der ist cool«, war Wills Kommentar zu letzterem. »Der alte Bobby Dylan hat seinen Namen von ihm geklaut.«

Ich nickte wissend, ohne die blasseste Ahnung zu haben, wovon er redete. Aber ich sah ihm an, daß meine Belesenheit ihn beeindruckte, und zum erstenmal beschlich mich der Gedanke, daß die vielen Mittagspausen, die ich in der Bibliothek zugebracht hatte, um mich auf dem Schulhof nicht verprügeln lassen zu müssen, vielleicht doch noch gesellschaftliche wie akademische Dividenden abwerfen könnten.

Wills erwähltes Interessengebiet war schwieriger zu definieren und, jedenfalls für mich, zu verstehen: Es drehte sich alles um die Musikszene in seiner Heimatstadt Memphis, obwohl die Musik nach seiner These nur Teil einer größeren Bewegung zur gesellschaftlichen und persönlichen Befreiung war. Ich kannte Elvis, selbstverständlich – alle Welt kannte Elvis.

»Noch vor Gewährung der Bürgerrechte«, belehrte er mich, »haben die Musiker die Schranken niedergerissen und heimlich in der Stadt die Rassentrennung beseitigt. Ich hab mich im Haus meiner Eltern in East Memphis unter der Bettdecke verkrochen und Rufus Thomas im Radio gehört, und als ich älter war, bin ich mit Jessie Petit – der war unser Stallknecht, bis mein Alter ihn feuerte – in die Beale Street geschlichen; da haben wir uns ein Bier geteilt und Rhythm and Blues gehört, und ich hab mir gesagt: Verdammt, die Befürworter der Rassentrennung haben ja eigentlich recht – wenn die Weißen erst mal merken, was ihnen entgeht, wollen sie nicht mehr für ihren Chef arbeiten. Deswegen hat mein Alter mich hierher geschickt, um mich wegzukriegen aus der Szene in Memphis. Aber jetzt ist die Kacke am Dampfen und hat sich weit über Memphis hinaus ausgebreitet.« Und als wollte er mich trösten, fügte er hinzu: »Die Beatles gehören auch irgendwie dazu, als Botschafter.«

Er stand auf, um die Platte umzudrehen. »Dieses idiotische Schreibset hier haben mir meine Eltern geschenkt, mit unserem *Familienwappen* drauf. Als würde ich ihnen lange Briefe auf den Ruhm der alten Schule schicken.« Er unterbrach sich und sah zur Seite. »Soll ich dir mal was sagen – ich werde mir mein eigenes Wappen entwerfen, mit dem Motto ›Freiheit den Sklaven‹. Und laß dir gesagt sein, Pat – die Sklaven sind wir, du und ich.«

An diesem Punkt begann ich mich besorgt zu fragen, ob mein neuer Zimmergenosse vielleicht verrückt war.

»Katholisch?« fragte Will mich plötzlich.

Die Frage überrumpelte mich. »Ist der Papst katholisch?« fragte ich schließlich zurück. Dies war eines der Wahrzeichen meiner Erziehung, die ich irgendwie hinter mir zu lassen gedachte. Wer in den fünfziger und sechziger Jahren als irischer Katholik aufwuchs, kam nicht umhin, sich unter den Angloprotestanten ein wenig deklassiert zu fühlen, denn sie erschienen als die wahren Kinder des Landes und wurden noch immer in ihren Kirchen mit Geschichten über papistischen Götzendienst und Voodoo erbaut.

»Ich wollte, ich wär's«, sagte Will. »Katholik kommt gleich nach Jude, und Jude kommt gleich nach Neger. Da hat man wenigstens eine echte Identität.«

Von dieser Seite hatte ich es noch nie betrachtet. Will wollte genauestens über die Beichte Bescheid wissen, und im Licht seiner neugierigen Fragen – gefangen im beunruhigenden Brennpunkt dieser leidenschaftlich glühenden blauen Augen – lernte ich eines der lästigeren Rituale meines Lebens plötzlich als etwas beinah Exotisches und Interessantes zu sehen. Dies war eine von Wills großen Gaben, daß er einem – im Rahmen seiner sprunghaften Aufmerksamkeit – durch seine Neugier das Gefühl gab, interessant zu sein. Binnen weniger Minuten hatte er mich dazu gebracht, zwei meiner eindeutigen Handicaps – meine Bücherliebe und meinen Katholizismus – neu zu beurteilen.

»Müßt ihr *alles* beichten? Auch eure *Gedanken*?«

»Es wird zumindest erwartet.« Und wie um meine neu gewonnene Unabhängigkeit zu demonstrieren, fügte ich hinzu: »Ich aber nicht.« Das stimmte; seit das Sexvirus meinen Körper befallen hatte, war ich zu einer wirklich aufrichtigen Beichte nicht mehr imstande gewesen.

Er schien meine Gedanken zu lesen: »Das heißt, wenn du bloß daran denkst, ein Weib flachzulegen, ist das schon Sünde?«

»Ob du's glaubst oder nicht.«

Wir streckten uns, ganz Männer von Welt, auf unseren Betten aus und machten uns Gedanken über diesen Widersinn. All die qualvollen Stunden, in denen ich versucht hatte, mein ungebetenes sexuelles Fieber mit den vermeintlichen Geboten meines Glaubens in Einklang zu bringen, erschienen mir jetzt als eine einzige moralische Verirrung.

Will meinte: »Kein Wunder, daß katholische Mädchen so sexbesessen sind.«

Waren sie das? fragte ich mich. Und woher wollte er das wissen?

»Und was bist du?« fragte ich.

»Episkopalisch, methodistisch, ganz egal!« Er machte den Eindruck, als sei er von Geburt an mit einem Fluch beladen. »Ich komme aus einer völlig durchgedrehten Familie. Mississippidelta, die Gegend um Charleston. Kennst du das Delta?«

»Mehr oder weniger«, brummelte ich. Ich wußte nur, daß es eine geologische Formation war, die mit dem Fluß zu tun hatte. Und das Delta, von dem man seinerzeit am meisten hörte, war das Mekongdelta.

»Manche sagen, es kommt daher, daß es da so flach ist, und so abgeschieden und heiß. Ich sage, es ist Karma.« Er verstummte und starrte durch die Wand. Das war, wie ich bald feststellen sollte, eine Angewohnheit von ihm – mitten im Gespräch in einen Tagtraum zu verfallen. Offenbar verließ er sich darauf, daß man warten würde, bis er fortfuhr, aber wahrscheinlicher war, daß es ihn nicht interessierte. »Ich rechne fest damit zu sterben, bevor ich dreißig werde«, sagte er plötzlich. »Saufen und Schußwaffen, das liegt bei uns in der Familie.«

Er legte die Stirn in Falten und schob sich die Haare aus dem Gesicht. Dann verkündete er: »Mein kleiner Bruder ist tot.« Er hatte sich diesen Punkt eindeutig aufgespart, hielt ihn für einen unabdingbaren Bestandteil seiner Lebensgeschichte.

Da ich mit alldem nichts anzufangen wußte, sagte ich nur, es tue mir leid. Dann verblüffte ich mich selbst mit der Behauptung, ich hätte eine Schwester gehabt, die gestorben sei.

»Wie ist das passiert?« fragte Will.

»Wir haben mit einer Büchse Fußball gespielt, da ist sie über die Straße gerannt und von einem Auto überfahren worden.« Ich konnte selbst kaum glauben, daß Lügen mir so glatt von den Lippen gingen. Nie hatte ich eine Schwester gehabt – meine Mutter hatte nach meiner Geburt kein Kind mehr bekommen können –, und da hatte ich sie mir kurzerhand von meinem Freund Jeff Toomey ausgeliehen. »Sie war sieben«, fügte ich hinzu.

»A. J. war vierzehn«, sagte Will nach einer angemessenen Pause. »Ich sollte eigentlich schon voriges Jahr hierher in den Osten kommen, aber da ist er auf der Jagd tödlich verunglückt, und ich mußte zu Hause bei meiner Mutter bleiben. Es war meine Schuld«, fügte er hinzu, wie um mich auf die Folter zu spannen, und dann wurden wir zu unserer ersten Hausversammlung nach unten gerufen.

Abends gingen wir gemeinsam zum Speisesaal, als Will auf einmal stehenblieb und den Betonmischer anstarrte, der auf der Baustelle für das neue naturwissenschaftliche Gebäude stand. Es gab nichts zu sehen, außer einem Loch in der Erde und einem großen gelben Betonmischer. »Was ist?« fragte ich.

Er antwortete nicht sofort. »Ich weiß nicht, aber für die Dinger hatte ich schon immer eine Schwäche.«

»Für Betonmischer?«

Er nickte. Ich blickte mich besorgt um, ob uns jemand hier sah, wie wir diesen großen gelben Laster anstierten. »Na ja, das hatte ich auch, als *Kind*.« Es war für mich die erste Gelegenheit, gegenüber Will den Überlegenen zu spielen, aber er schien es nicht zu bemerken.

»Manchmal träume ich von ihnen.«

Wieder fragte ich mich besorgt, ob mit meinem Zimmergenossen vielleicht etwas nicht stimmte. Jedenfalls *wirkte* er ein bißchen verrückt. Es wäre schrecklich, mein neues Leben an der Seite eines durchgedrehten Zimmergenossen zu beginnen. Endlich gingen wir weiter.

»Eines Tages werde ich mir so ein Ding kaufen, dann baue ich mir hinten in die Trommel ein kleines Zimmer ein«, sagte er, »und schneide ein Fenster rein, damit ich rausgucken kann, während ich mich von irgendwem durch die Gegend kutschieren lasse.«

Mein Glaube an Wills gesellschaftlichen Wert wurde wiederhergestellt, als in der Essensschlange ein älterer Junge mit Südstaatenakzent ihn herzlich begrüßte und sich nach gemeinsamen Bekannten erkundigte.

Alles war für mich so neu, daß ich mich an die Abfolge der Ereignisse nicht mehr genau erinnere, aber ein, zwei Tage nach unserer Ankunft kamen wir an einer Gruppe von fünf oder sechs Jungen vorbei, die sich im Schatten einer großen Kastanie lümmelten und uns mit betontem Desinteresse musterten. Ein pickliges Kerlchen namens Henson, wie ich später erfuhr, meinte verächtlich: »Johnny Reb und der Kleinstädter«, worauf die anderen lachten. In diesem Augenblick wünschte ich mich an meine zweitklassige High-School zu Hause zurückversetzt, wo ich auf die Jungen, die mich piesackten, wenigstens hinuntersehen konnte. Es war verrückt von mir gewesen, vermessen, wenn ich mir eingebildet hatte, hierher zu passen.

Will ging rüber zu der Gruppe und blickte voll Verachtung auf Henson hinunter, der nervös mit dem Kopf zuckte. Dann wandte er sich dem größten von ihnen zu, von dem ich schon wußte, daß er Jack Stubblefield hieß und Linebacker in der Footballmannschaft war. Will schlug ihm mit der Faust ins Gesicht, und Stubblefield fiel um wie ein Baum, wankte und kippte langsam zu Boden, während Will seelenruhig weiter zum Haus ging.

»Bist du verrückt?« fragte ich lachend, als ich ihn einholte.

»Warum hast du den Großen geschlagen? Der hat doch gar nichts gesagt.«

»Schon mal was von Lester Holmes gehört?« fragte Will. »Ein Gitarrist, hat mit Elmore James und Muddy Waters gespielt. Ich hab ihn vor ein paar Jahren in der Beale Street getroffen. Er erzählte mir, sie hätten ihn mal eingelocht, und da sei er mit rund zehn anderen in einer Zelle gewesen, fiesen Typen, die sichtlich Ärger machen wollten. Mit einem Blick hätte er gesehen, was ihm da bevorstand. ›Und weißt du, was ich gemacht habe?‹ fragte er mich.«

Wir waren inzwischen auf unserem Zimmer angekommen. Will setzte sich aufs Bett und strich sich das Haar aus dem Gesicht. Als sechzehnjähriger Kleinstadtjunge hatte ich nicht die mindeste Ahnung, was einem Häftling so alles bevorstehen konnte.

»Er hat gesagt: ›Ich bin einfach zu dem größten und fiesesten Nigger in der Zelle hin, einem Kerl von zweieinhalb Metern, mit einem Gesicht wie King Kong. Dem hab ich eins in die Fresse gedonnert, daß er Sternchen sah. Und keiner von den Typen in dieser Zelle hat mich den Rest der Nacht irgendwie belästigt, King Kong eingeschlossen.‹«

»Aber Jack Stubblefield ...«

»Der größte Gorilla im Käfig.«

»Und wenn er dich meldet?«

»So läuft das nicht, Patrick.«

Tatsächlich schien der Vorfall genau die Wirkung zu haben, die Will vorausgesehen hatte. Man behandelte ihn mit vorsichtigem Respekt, und mir als seinem Freund blieben einige der rituellen Demütigungen für Neulinge erspart. Stubblefield lief ein paar Tage mit finsterer Miene durch die Gegend, während der Bluterguß in seinem hübschen dummen Gesicht sich langsam violett färbte, und schließlich stellten er und seine Clique sich uns eines Abends auf dem Rückweg vom Speisesaal in den Weg. Stubblefield trat auf Will zu und verlangte eine Entschuldigung. Will sagte, er sei dazu sofort bereit, wenn Henson sich zuerst bei uns entschuldige. Henson, der picklige, zappelige kleine Hofnarr, der die Feindseligkeiten ausgelöst hatte, jaulte protestierend, beugte sich dann aber doch dem Befehl seines Anführers, wobei er auf den Boden stierte und mit seinen Mokassins Löcher in den Rasen bohrte. Darauf sagte Will: »Es tut mir leid, daß ich dich geschlagen habe, Stubblefield«, und der Ehre war Genüge getan.

In diesem Herbst legte ich mir neue Farben zu, um einen anderen Menschen aus mir zu machen und die Spuren meiner irischen Herkunft und Erziehung auszulöschen. Ich überredete meine Mutter, mir einen Teil des Wirtschaftsgelds für Kleidung vorzuschießen, die ich mir nach und nach im Schülerladen in der Stadt zusammenkaufte. Ich spielte in der Fußballmannschaft und konnte mir so ein gewisses sportliches Ansehen erwerben. Mit solchen Anbiederungsversuchen an den elitären Geist des Internats handelte ich dem nahenden egalitären Trommelschlag der Zeit zuwider, obwohl ich ihn täglich aus den kleinen Regalboxen von Wills Stereoanlage vernahm.

Will, der bereits so ziemlich alles war, was ich erst werden wollte, machte ebenfalls Verwandlung durch und stieß die Eierschalen der Erwartungen ab, die seine Familie an ihn stellten. Seine Mißachtung jeglicher Autorität hatte schon fast etwas Pathologisches, immerzu mußte er sich irgendwelche kleinen Vorschriften herauspicken, gegen die er rebellieren konnte – zum Beispiel ging er einmal in Jackett und Krawatte zum Gottesdienst, aber ohne Hemd, womit er zwar den Buchstaben, nicht aber dem Geist der geltenden Kleiderordnung genügte, und bekam für diese aufrührerische Tat eine Woche Hausarrest. Wäre er wegen Alkoholgenusses, einer Prügelei oder schlechter Noten von der Schule geflogen – das hätte man bei ihm zu Hause verstanden. Sein Großvater war von insgesamt vier Schulen relegiert worden, einschließlich unserer. Aber Will las *Siddharta* und D. T. Suzuki und Kerouac, hörte neben seinem geliebten Delta Blues auch James Brown und malte sich eine Welt aus, die nicht den Savages gehörte – während er sich gleichzeitig das *Wall Street Journal* ins Wohnheim kommen ließ, vermutlich um zu sehen, wie sich die Aktien seines Treuhandfonds entwickelten.

Wills Haare wurden immer länger und zotteliger, und die Schulleitung drohte ihm mit Hinauswurf, falls er sie sich nicht schneiden ließ. Da bestellte er eines Samstagnachmittags einen Friseur auf den Campus und ließ sich von Stubblefield und Henson – ich hatte meine Mitwirkung verweigert – in Handschellen zu einem Stuhl mitten auf dem Hof führen, wo ihm vor rund hundert Mitschülern, die von dem Ereignis erfahren hatten, die Locken um drei Zentimeter gekürzt wurden. Es war das erste politische Theater, dem ich je beigewohnt hatte. Daß er Stubblefield und Henson dafür hatte einspannen können, war kaum verwunderlicher, als daß er mit diesem Mätzchen ungestraft davonkam.

Diese Veränderungen an uns beiden gingen wahrscheinlich allmählicher und unmerklicher vonstatten, als es mir jetzt vorkommt, denn wir wurden im Laufe dieses und des nächsten Schuljahrs noch engere Freunde. Ich half ihm in den Fächern, die ihm im Unterricht zu langweilig waren. Und es gab ein wichtiges Thema, über das zu sprechen wir nie müde wurden. Abends nach dem Licht-aus redeten wir flüsternd bis spät in die Nacht darüber, mit wem wir gerne bumsen und wen wir nicht bumsen würden und was uns das wert sei. Ich war in Elizabeth Montgomery, die gute Vorstadthexe Samantha aus *Verliebt in eine Hexe*, unsterblich verliebt, während Will besonders scharf auf die dunklere Natalie Wood war. Außer diesen bekannten Stars standen auch die Frauen von Lehrern und Hausvorstehern unter genauer Beobachtung, da es keine anderen lebenden Opfer für unsere Phantasien gab. Eines Nachts flüsterte Will durch das kalte Zimmer: »Wär's dir eine Fünf in Geschichte wert, mal mit Carsdales Frau zu pimpern?«

»Mann, du stellst Fragen! Na klar!« Das war allerdings gelogen. So gern ich es mal gemacht hätte und nahezu jede Frau mir recht gewesen wäre, wußte ich doch, daß ich diese Schule mit Erfolg hinter mich bringen mußte, wenn ich meinen eigentlichen Traum verwirklichen wollte. Ich hätte jede Menge Mädchen dafür gegeben, nach Princeton oder Yale zu kommen.

Eines Abends erklärte mir Will, was er an Soul oder Blues, im Gegensatz etwa zu »beschissener Folk-Music«, so besonders liebte, nämlich daß es darin im wesentlichen um Sex gehe, nicht nur in den Texten, sondern in der Musik selbst, und von dieser Minute an hörte ich seine Platten mit geschärftem Interesse. Sie drehte sich also nicht nur um Freiheit, sondern um Sex, diese Musik, von der er so leidenschaftlich schwärmte. Außerdem erzählte er mir von den Schmuddelbüchern seines älteren Bruders – *Die Geschichte der O* und *Viktorianische Ausschweifungen*, Bücher aus derselben Privatbibliothek, in der Will auch *Unterwegs* und *Schwarz wie ich* entdeckt hatte.

An einem anderen Abend diskutierten wir darüber, ob schwarze oder weiße Unterwäsche aufreizender sei. Ich sagte schwarz, weil ich ziemlich sicher war, daß keine, die ich kannte, schwarze Schlüpfer oder BHs trug; diese geheime Tracht der Nutten und Starlets erschien mir, wie der ganze Sex überhaupt, unvorstellbar fremd und irre. Will stimmte für Weiß, aber ich glaube, das tat er nur um der Debatte willen. Es war sicher eines der wenigen Male in seinem Leben, daß er sich für Weiß entschied. Nach meiner Erinnerung ließ er sich dabei über das Symbol der Jungfräulichkeit und den Nervenkitzel der metaphorischen Befleckung und Defloration aus. Damals kam ich natürlich nicht auf die Idee zu fragen, welche Hautfarbe unsere hypothetischen Frauen hatten. Wie sich später herausstellte, besaßen wir beide keinen konventionellen Geschmack, obwohl wir das beide niemals zugegeben hätten.

Wie in den meisten weltlichen Fragen war unsere Beziehung

ungleichgewichtig, denn Wills Erfahrung ging über die meine weit hinaus, weit hinaus sogar noch über meine *angeblichen* Erfahrungen. Als wir uns kennenlernten, hatte er es immerhin schon zweimal bis in den Strafraum geschafft und war zweimal mit der Hand bedient worden. Behauptete er. Den einen Strafraumausflug hatte er bei einer Schwarzen unternommen, die auf dem Familiensitz der Savages in Mississippi lebte. Und was am unglaublichsten klang – er war sogar einmal in den flüchtigen Genuß gekommen, einen geblasen zu kriegen, bis seine Partnerin, die er eigens zu diesem Zweck betrunken gemacht hatte, ihm auf den Schoß kotzte. Berstend vor wüsten Phantasien lag ich noch lange wach, nachdem er mir das erzählt hatte; ich konnte mir kaum vorstellen, daß ich je eine Frau auffordern würde, mein Ding in den Mund zu nehmen, ebensowenig konnte ich mir vorstellen, daß ein Mädchen das unaufgefordert täte. Es erschien mir ungeheuerlich – ließ mich eine verborgene, wartende Welt erahnen, die weitaus geheimnisvoller und wunderbarer war, als ich es je für möglich gehalten hätte. Ich lauschte Wills rhythmisch rasselndem Atem, während ich unter den gestärkten, geschwätzigen Laken masturbierte, so ernst und hingebungsvoll, wie ich vor langer Zeit einmal meine Gebete gesprochen hatte.

III

Memphis besitzt eine rauhe Vitalität, die mehr dem Westen als dem Süden ansteht, als hätte man seinen Bewohnern nie gesagt, daß die Grenze weitergerückt und schließlich verschwunden war. Geographisch gehört es zu Tennessee, aber es ist die geistige Hauptstadt von Mississippi, die große Stadt, wohin Pflanzer ihre Frauen schickten, um prachtvolle Kleider zu kaufen, und ihre Söhne, um sich zu amüsieren; und wohin es die Söhne und

Töchter ihrer Sklaven zog, wenn sie der brutalen Schinderei auf den Baumwollfeldern entkommen wollten. Einmal wurde die Stadt dem Fieber preisgegeben, und noch heute schwebt die Angst vor dem Fluß wie eine Wolke über den Sozialsiedlungen der South Side, ebenso wie über den Herrenhäusern im Osten. *Eine* Theorie zumindest lautet, daß der große Fluß die Menschen dort ein bißchen verrückt macht – die gemeingefährlichen Fahranfänger, die Eifersuchtsmörder, die trunksüchtigen Tanten, die selbstmörderischen Onkel, Elvis.

»Komm doch zu Thanksgiving einfach mit mir nach Hause«, meinte Will eines Tages. Wir vertrieben uns gerade ein bißchen die Zeit auf dem Squashplatz. Will hatte eine ausgezeichnete Vorhand, aber nach einem Ball zu laufen, fand er offenbar unter seiner Würde.

Ich wollte ungern zugeben, daß meine Eltern davon wohl nicht allzu begeistert wären und wir uns das Flugticket sowieso nicht leisten konnten. Als hätte er dieses letztere Hindernis vorausgeahnt, bot Will mit der größten Selbstverständlichkeit an, mir den Flug zu spendieren.

Ich war so verwirrt, daß ich nur herausbrachte: »Hast du schon deine Eltern gefragt?«

»Die brauche ich nicht zu fragen. Es ist mein Geld.« Und als er sah, daß mir der Unterschied nicht klar war, sagte er noch: »Selbstverdient.«

Auf dem Weg zu unserem Zimmer blieb Will an der Baustelle stehen, offenbar verzaubert vom Anblick des sich drehenden Betonmischers. Wenn Will von etwas fasziniert war, kannte er keine Verlegenheit. Mochte seine Begeisterung für irgend etwas noch so abwegig sein, er glaubte fest daran.

In meiner Sorge, Will könne sein Angebot wieder vergessen oder zurücknehmen, gelang es mir endlich, ihn loszueisen. Und kaum waren wir wieder in unserem Zimmer, begann er sofort in seinem Schrank zu kramen und holte von ganz hinten eine zusammengeknüllte Einkaufstüte hervor. Als er den Inhalt aufs

Bett kippte, sah ich zu meiner maßlosen Verblüffung Hunderte von Geldscheinen verschiedener Werte. Von dieser grün-grauen Pyramide klaubte Will eine Handvoll Zehner und Zwanziger und streckte sie mir hin.

»Das geht nicht«, sagte ich.

»Warum nicht?«

»Tu das um Gottes willen wieder in die Tüte. Stell dir vor, Matson oder sonstwer kommt hier rein und sieht das.«

»Es ist mein Geld.«

»Wo hast du es her?«

»Nimm's einfach. Du willst doch kommen, oder?«

Schließlich schlug ich einen windigen Kompromiß vor: Ich nähme das Geld nur, wenn Will es sofort vom Bett räume und verspreche, es künftig woanders zu verstecken. Schließlich säßen wir beide ganz schön in der Tinte, wenn jemand soviel Geld im Zimmer fände.

»Wieviel hast du davon?« fragte ich, mit dem Rücken an die Tür gelehnt, um sie zuzuhalten, während Will die Scheine lässig in die Tüte zurück stopfte.

»Weiß nicht.« Er zuckte die Achseln. »Ein paar Riesen?«

Mindestens zweimal im Lauf dieses Quartals hatte ich schon mitbekommen, wie Will am Telefon in der Eingangshalle offenbar über größere Geldsummen sprach; beide Male hatte er, als er mich sah, ziemlich auffällig das Thema gewechselt. Ich bohrte aber jetzt nicht weiter nach der Quelle, aus der sich Wills Schatztüte speiste, denn erstens wollte ich es gar nicht wissen, und zweitens wollte ich wirklich gern mit ihm nach Memphis fliegen.

Ein Junge, dessen Namen ich vergessen habe, machte vor dem Wohngebäude ein Foto von uns, kurz bevor wir uns auf den Weg zum Logan Airport machten. Es steht heute gerahmt zwischen den Familienfotos auf meinem Schreibtisch in der Bibliothek, und schon oft habe ich gedacht, daß es eigentlich den Titel tragen müßte: *Mein wahres Leben beginnt*.

Hinter der Sperre wartete ein dünner Schwarzer und rief: »Hallo, Mr. Will!«

»Hallo, Joseph!« Will war sichtlich erfreut, ihn zu sehen; ebenso sichtlich war Joseph peinlich berührt von dem herzhaften Klaps auf den Rücken, mit dem ihn Will begrüßte. »Wenn du irgend etwas über uns wissen willst«, sagte Will, »frag Joseph.«

Er warf mir einen bösen Blick zu, als ich Joseph meinen Koffer überließ, denn er selbst gab seine Reisetasche aus abgescheuertem Leder und Leinen nicht aus der Hand. »Wir können unseren Kram selber tragen«, sagte er, und als wir am Auto waren, setzte er sich demonstrativ neben Joseph auf den Beifahrersitz. Die beiden unterhielten sich über ihre jeweiligen Familien, während ich im Fond saß und die fremde Landschaft an mir vorüberziehen sah. Als wir durch ein Wohnviertel kamen, wo auf teueren Grundstücken geräumige Bungalows mit allerlei unpassendem architektonischen Schnickschnack standen – Kuppeldächer und Säulenvorbauten –, drehte Will sich um und sagte: »Hier unten kleben sie Säulen an alles, was keine Räder hat.«

Wills Haus, dem man sich von der Straße aus über eine lange Zufahrt in Form eines geschwungenen Lassos näherte, stand in einem älteren Viertel: ein georgianischer Ziegelbau, umgeben von einem zwei Hektar großen Park mit altem Baumbestand. Hinter dem Haupthaus stand noch ein anderes, kleineres Häuschen. »Darin residiert mein alter Herr«, sagte Will mit ausgestreckter Hand, als wir langsam durch die lange Einfahrt kurvten. »Nachdem mein kleiner Bruder umgekommen war, ist er da eingezogen. Ins Haupthaus kommt er meist nur zum Abendessen und um uns alle zu tyrannisieren.«

Wir wurden freudig begrüßt von Beauregard, einem schwarzen Labrador, der den Kopf zwischen unsere Beine stieß und mit seinem keulenartigen Schwanz die Luft quirlte. Zwei English-Setter bellten uns aus ihren Zwingern hinter der Garage an. Die Menschen gaben sich zurückhaltender.

Unser erster Zwischenstopp war die Küche. Will umarmte Eula, von der er mir schon mehr erzählt hatte als von seinen Eltern. Sie war jetzt Köchin, aber früher war sie Wills Nanny gewesen. »Eula hat mich aufgezogen«, sagte er.

»Das erzählen Sie aber bitte nicht den Leuten.« Sie wand sich lachend aus Wills Armen. »Sonst bin ich nachher noch schuld dran, was aus Ihnen geworden ist. Und jetzt gehen Sie mal Ihre Mama begrüßen.«

Wills Mutter, eine spröde, elegante Blondine, empfing uns in dem kleinen Wohnraum neben ihrem Schlafzimmer, einem in Pastelltönen gehaltenen Raum mit geblümten Chintzvorhängen. Sie trug einen prachtvollen Morgenmantel und wirkte irgendwie kränklich, aber ich sollte im Lauf der nächsten Tage noch feststellen, daß ihre zarte Weiblichkeit um einen stählernen Kern geschmiedet war. Sie erwiderte Wills Wangenkuß, ohne ihn wirklich zu umarmen, und wandte sich dann gleich an mich. »Sie sind also Patrick. Ich habe schon *soviel* von Ihnen gehört, daß man *meinen* sollte, Will hätte da drüben im Osten sonst noch keine Menschenseele kennengelernt.«

»Wir sind *Zimmer*genossen, Mama«, antwortete Will auf die... war es eine Rüge?

»Aber ja doch, mein Lieber. Und ich bin darüber *hoch*erfreut.« Sie tätschelte den Platz neben ihr auf dem Sofa. »Ihr müßt ja völlig *erschöpft* sein von der Reise. Nun setzen Sie sich mal hierher, Patrick, und erzählen Sie mir alles über sich.«

Will winkte mich zur Tür. »Wir wollten erst mal was essen, Mama.«

»Deine Frisur ist abscheulich«, sagte seine Mutter. »Du siehst schon aus wie dieser widerwärtige Sänger, der da draußen in dem widerwärtigen Haus am Highway 51 wohnt.«

Mit keiner Silbe wurde Wills Vater erwähnt, der sich dann auch erst zum Abendessen blicken ließ.

Nach Wills Erzählungen hatte ich mich auf ein Ungeheuer gefaßt gemacht, aber Cordell Savage war kleiner, als ich erwartet hatte, kleiner als Will – vermutlich noch nicht seit langem; er begrüßte Will im Eßzimmer mit Handschlag und sagte: »Nur weil du größer bist als ich, brauchst du dir noch nicht einzubilden, daß du dir nicht morgen früh als erstes diese Haare abschneiden läßt, verstanden?« Er war, wie sein Sohn, dunkelhaarig und sah auf eine etwas bedrohlich wirkende Weise gut aus – dichte Brauen und die gleichen blauen Schneidbrenneraugen. Seine Begrüßung für mich fiel wesentlich herzlicher aus, und als er hörte, daß ich zum erstenmal im Süden war, behandelte er mich gleich wie einen Staatsbesuch. »... und seien Sie mir willkommen in meinem Haus – dem Namen nach bin ich ja hier noch der Haushaltsvorstand, auch wenn ich nach nebenan in den Sommerpalast verbannt bin.«

»Du bist aus freien Stücken ausgezogen.«

»Söhne, die ihren Vätern widersprechen, schlafen unter den Sternen.«

»Soll mir recht sein«, knurrte Will leise; ich sah ihm an, daß er bei aller Aufsässigkeit immer noch Angst vor seinem alten Herrn hatte.

Cordell führte mich durchs ganze Haus und wies mich auf die Glanzpunkte in seinem Schlößchen hin – die Porträts verdienstvoller Ahnen, unter ihnen ein General der Konföderationsarmee, dessen Galauniform jetzt ein Mannequin in der Bibliothek zierte, und eine Nische für Sporttrophäen, Medaillen und Fotos von Wills älterem Bruder mit allerlei Schlägern und Bällen. »Elbridge ist ein verteufelt guter Sportler«, meinte er, während Will sich immer kleiner machte, fast wie ein Kriechtier; hätte es einen Wettbewerb in adoleszenter Übellaunigkeit gegeben, mein Freund hätte aus dem Stand die Goldmedaille errungen.

Neben Elbridges Trophäen gab es Gegenstände aus dem alten ägyptischen Memphis zu besichtigen, mit dem Cordell sich offenbar auf eine mystische Weise verbunden fühlte. Die Regale und Vitrinen in der Bibliothek waren mit Gefäßen aus Stein und Keramik gefüllt, Kalksteintafeln mit Hieroglyphen, hölzernen und bronzenen Figuren mit Menschen- oder Tierköpfen, verstaubten Tonlampen und Hunderten von Amuletten: mystische Udjat-Augen, die ihren Träger vor Geistern, Schlangenbissen und mißgünstigen Worten schützten; eine Gürtelschnalle der Isis aus rotem Karneol, die den Besitzer von seinen Sünden reinigte; und Dutzende von Skarabäen – Mistkäfer mit Menschen-, Hammel- und Stierköpfen aus Jade, Amethyst, Kristall und Obsidian, die vor Auslöschung bewahren sollten.

Cordell drückte mir ein wunderschönes Stück in die Hand, ein Alabastergefäß für Antimonpulver, wie er mich belehrte, in der ungefähren Form eines Frauenkörpers. »Fühlen Sie mal«, sagte er. »Fühlen Sie, wie kühl der Stein ist, wie glatt seine Rundungen. Und dann stellen Sie sich vor, daß jemand vor viertausend Jahren dieses Gefäß genauso in der Hand gehalten hat wie jetzt Sie.«

»Mein Vater hält sich nämlich für einen wiedergeborenen Pharao«, bemerkte Will.

»Unsere gesamte Kultur«, fuhr Cordell fort, »ist aus dem Schwemmland des großen Nildeltas zu uns gekommen.«

»Und Dad verwechselt das gern mit unserm Mississippi-Yazoo-Delta.«

»Da gibt es verblüffende Parallelen«, sagte sein Vater. »Die Gründer unserer Stadt hatten viele gute Gründe, ihr den Namen der alten ägyptischen Hauptstadt zu geben.«

»Die Institution der Sklaverei«, sagte Will, »um ein Beispiel zu nennen.«

»Ich für meinen Teil«, entgegnete Cordell, »spreche lieber von Hierarchie.«

»Kunststück, wenn man Hierarch ist.«

»Ich habe von deinem Gerede jetzt genug, junger Mann.«

Es war mir ausgesprochen unangenehm, Zeuge dieser Szene zu sein. Ich fand es unglaublich, wie weit Will es trieb, und die Schuld an dem Gezänk gab ich ihm. Für meinen Geschmack war Mr. Savage ein hochinteressanter und vorzeigbarer Vater.

Das Abendessen wurde von Joseph aufgetragen, der zur unbewegten Miene jetzt eine weiße Livree trug. Cordell erzählte mir Familienanekdoten, darunter einige von einem trinkfesten Onkel, der sich formelle Karten in Prägedruck hatte anfertigen lassen, auf denen stand: *Meredith Toller Savage entschuldigt sich für sein Betragen am Abend des ______ und bedauert alle Schäden und Ungelegenheiten, die er möglicherweise verursacht hat.* Er schilderte mir die zyklischen Wertentwicklungen des Savage-Vermögens: wie sein Ururgroßvater, ein Pflanzer, hohe Summen in Kriegsanleihen der Konföderierten gesteckt habe; wie sein Großvater alles mit Immobilien und am Pokertisch wieder hereingeholt habe; wie sein trinkfester Vater »im Jahre neunundzwanzig sein letztes Hemd und im Jahre einunddreißig auch noch die Hosen verlor, weil die Baumwolle auf fünf Cent sank«; und dann, etwas weniger ausführlich, wie er selbst mit einer Reihe unternehmerischer Abenteuer den Wohlstand der Familie wieder auf den alten Stand gebracht habe.

»Wobei die Ehe mit Mama auch nicht zu deinem Schaden war«, warf Will ein.

»Du solltest um eine ähnlich glückliche Hand bei der Wahl deiner Gattin beten«, antwortete Cordell mehrdeutig.

»Ich glaube nicht, daß ich mal heiraten werde«, sagte Will.

»Rede keinen Unsinn«, sagte Mrs. Savage. »*Natürlich* wirst du heiraten.«

»Du kannst es mir sicher empfehlen, nicht wahr, Mama?«

»Alle Leute heiraten«, erwiderte sie unbewegt.

Nach dem Abendessen spielten Will und ich Poolbillard in einem getäfelten Raum, der ausschließlich diesem Zeitvertreib geweiht war, und dabei sagte ich zu Will, ich fände seinen Vater gar nicht so übel.

»Klar«, meinte er, während er sich die Haare aus den Augen strich und zum nächsten Stoß ansetzte, »wenn der Teufel keinen Charme hätte, lebten wir alle noch im Garten Eden.«

Am nächsten Tag war Thanksgiving. Cordells Eltern waren, wenn ich es richtig verstanden hatte, beide tot, und Wills Mutter hatte sich mit den ihren überworfen. Mit dem Festessen mußte gewartet werden, bis Wills älterer Bruder Elbridge da war, der aus Sewanee angereist kam. L. B., wie er kurz genannt wurde, studierte schon im zweiten Jahr an der University of the South. Er sah sehr gut aus und war unübersehbar der Liebling der Familie, vergöttert von Eltern und jüngerem Bruder gleichermaßen.

Cordell schien mit seinem Erstgeborenen sehr viel Nachsicht zu üben, ganz im Gegenteil zu der zänkischen, fast feindseligen Art, mit der er Will behandelte. Elbridge durfte beim Essen Bier trinken und milde Kraftausdrücke gebrauchen, was mir schon deshalb auffallen mußte, weil Will von seinem Vater für ein »verdammt« gerüffelt wurde, Sekunden nachdem Elbridge dasselbe Wort ungestraft in den Mund genommen hatte. Nicht die uninteressanteste von Elbridges Errungenschaften war neben seinem renngrünen Austin-Healy 3000 das Mädchen, das er mit nach Hause gebracht hatte. Sie hieß Cheryl Dobbs und war das schönste menschliche Wesen, das ich je gesehen hatte. Es war zwar schwer zu sagen, wie ein normaler Abend am Eßtisch der Familie Savage aussah, aber Cheryl Dobbs war unübersehbar ein gesellschaftlicher Unruheherd. Mrs. Savage gab sich überfürsorglich auf eine Weise, die ich später als Ausdruck des Mißfallens zu verstehen lernte, während ich selbst es peinlich vermied, sie anzusehen, wodurch ich mir ständig ihrer Gegenwart bewußt blieb. Auch Will war hingerissen, das sah ich. Mr. Savage versuchte galant zu flirten. »Können Sie mir sagen, wo so hübsche Mädchen wie Sie wachsen?« fragte er. Ich errötete ob dieser direkten Bemerkung über ihre Erscheinung, die uns alle so mächtig beeindruckte. Es war geradezu ein Tabubruch.

Cheryl sagte, sie sei in einer Kleinstadt in Kentucky aufgewachsen. In ihrem letzten High-School-Jahr habe sie Elbridge in Sewanee bei einem Footballspiel kennengelernt.

»Cheryl ist eine meisterhafte Majorette«, klärte Elbridge uns auf.

Die Meisterin errötete. »Hör auf, L. B., du machst mich ganz verlegen.«

»Wie wär's mit einer Kostprobe?« schlug Cordell vor.

»Jetzt?« fragte sie in einem Ton, dem man entnehmen konnte, daß sie nicht gänzlich abgeneigt war, wobei sie sich ratsuchend in der Runde umsah.

»Laßt das arme Mädchen doch in Ruhe essen«, sagte Mrs. Savage.

Cheryl blickte zu Elbridge, den der Gedanke zu amüsieren schien. »Nur zu, Schätzchen.« Ich sah ihn Will zublinzeln.

»Mein Bâton ist oben im Koffer«, erklärte sie leuchtenden Auges und war schon aufgesprungen. »Bin gleich soweit.« Damit verschwand sie und hinterließ eine unsägliche Leere.

»Die Halbzeiteinlage ist eine alte amerikanische Tradition«, sagte Cordell Savage. »Eine große Südstaatentradition.«

»Cheryl ist ein sehr traditionelles Mädchen«, meinte Elbridge mit geheimnisvollem Lächeln. Ich fragte mich, ob er sich lustig machte.

Minuten später erschien Cheryl mit ihrem Bâton, aus ihrer glitzernden Majorettenuniform quellend wie eine reife Frucht. Voll schüchternem Eifer baute sie sich neben Elbridge auf. »Normalerweise habe ich Musik dabei«, entschuldigte sie sich.

»Die denken wir uns dazu«, versprach Mr. Savage.

Ich drehte meinen Stuhl herum, als sie zwischen Tisch und Sideboard Position bezog. Ihr Auftritt war eine einzige Folter. Daß sie ihre Sache sehr gut machte, verringerte nicht die Peinlichkeit, die ich um ihretwillen empfand. Andererseits tat es wohl, sie jetzt ganz offen anstarren zu dürfen; und ihr bei dem Gehopse zuzusehen, machte sie in meinen Augen menschlicher.

Ohne etwas von meinen Qualen zu ahnen, marschierte sie auf der Stelle, wirbelte ihren Bâton durch die Luft, schlug Rad auf dem Teppich, ließ ihr Haar wehen wie ein prächtiges gelbes Banner und landete schließlich mit einem Spagat, die schimmernden nackten Beine wie eine weit geöffnete Schere, auf dem verblaßten Täbris. Alle klatschten, sogar Mrs. Savage; ihr Mann pfiff durch die Zähne. Cheryl verbeugte sich, unter einem dünnen Schweißfilm glänzend wie eine frisch gewaschene Frucht, und nahm wieder Platz.

Zwei Stunden später kurvten wir im Cadillac durch den südlichen Teil von Memphis, am Steuer Will, der sich eine Dose Bier zwischen die Beine geklemmt hatte und, von Stoppschildern völlig unbeeindruckt, wie ein Irrer fuhr. Er war überhaupt der reinste Todesfahrer, der jedesmal wenn er hinterm Steuer saß, das Schicksal herausfordern zu müssen glaubte. Später in seinem Leben hatte er dann einen Chauffeur, und nur diesem Umstand dürfte es zu verdanken sein, daß er heute noch am Leben ist.

Nach dem Abendessen hatte er sich schwarze Jeans, einen schwarzen Pullover und spitze schwarze Schuhe angezogen. Dann hatte er eine verschlossene Schublade in seinem Schreibtisch geöffnet und ihr noch so eine Tüte voll zusammengerollter Banknoten entnommen – Einer, Fünfer, Zehner und Zwanziger. »Hab noch mehr davon, so um zehntausend im Garten vergraben«, meinte er, während er sich Scheine in die Hosentaschen stopfte, »und noch so einiges mehr in Mississippi unten.«

»Woher?«

»Abwarten.«

Während der Fahrt redete Will von Cheryl und ihren Vorzügen, während ich mich in Erwartung einer Katastrophe ans Armaturenbrett klammerte. »Mann, hättest du das Elbridge zugetraut?« fragte er im Ton fassungsloser Bewunderung. »Sein Glück müßte man haben!«

Wir hielten endlich vor einem flachen Hohlziegelbau in einem Geviert heruntergekommener Holzhäuser. Auf einem grellen Mauergemälde in Rosa und Schwarz tanzten Flamingos – stilisiert wie die Totemtiere in Höhlenmalereien –, hochbeinig zur

Musik einer Band aus Strichmännchen. Ein Schild über der Tür wies den Schuppen als The Hot Spotte aus. Ein hünenhafter Schwarzer im neonblauen Kammgarnanzug hielt davor Wache. Nach einem kurzen Blick erkannte er Will, der ihn mit Handschlag lautstark durch den Heidenlärm begrüßte.

Drinnen hatte man den Eindruck, die Bude stünde in Flammen. Soweit ich es durch den dichten Qualm erkennen konnte, war die Bar von Schwarzen umlagert, die alle Hüte aufhatten und uns skeptisch beäugten. Zwei Paare tanzten zu einer Musik aus der Jukebox; nachdem ich drei Monate lang mit Will das Zimmer geteilt hatte, erkannte ich Jackie Wilsons Stimme.

Ich hatte bis dahin noch nie eine Bar von innen gesehen; hätte man mich urplötzlich auf unerklärliche Weise in die *Elks Lodge* von Des Moines in Iowa verpflanzt, wahrscheinlich hätte ich einen Schauer exotischer Gefahr verspürt. Hier aber kam ich mir vor wie auf dem tosenden Rand der Viktoriafälle, schwankend hoch über dem dampfenden Abgrund. Die Wände waren mit rotem Plüsch ausgeschlagen, die Gäste bis ins letzte Detail durchgestylt, so daß mir meine eigene Kleidung richtig schäbig vorkam. Will war verschwunden. Ich versuchte mich möglichst zwanglos zu geben und richtete meine Aufmerksamkeit auf ein kleines Podium, wo drei Musiker gerade ihre Anlage aufbauten. Auf der Baßtrommel stand *Lester Holmes & The Soulfuls.* Als Will endlich wiederkam, brachte er zwei Bier und eine zerfaserte Zigarette mit. Er drückte mir das eine Bier in die Hand und zündete sich gerade die Zigarette an, als ein vierter Mann mit glänzenden Löckchen und paillettenbesetztem Jackett unter vereinzeltem Applaus aufs Podium sprang.

Will hielt mir die Zigarette hin. Als ich ihn daran erinnerte, daß ich nicht rauchte, schrie er: »Das ist Gras!« Woanders hätte ich rundweg abgelehnt oder mich geziert, hier aber inhalierte ich den krautigen Rauch, vielleicht weil ich glaubte, daß ich mich dann weniger fehl am Platz fühlen würde, und mir sollte jedes Ritual recht sein, das mich von meinem tiefen Unbehagen befreien könnte.

»Lester wird mal so groß sein wie James Brown, wenn's nach mir geht«, brüllte Will. Ich nickte eifrig, als wäre dies auch meine felsenfeste Überzeugung, und nahm noch einen Zug. Minuten schienen zu vergehen, bevor ich seine Behauptung plötzlich kritisch prüfte und reichlich unwahrscheinlich fand. Gleich darauf erschien sie mir dann wieder als die größte Selbstverständlichkeit der Welt, und als Lester zu spielen anfing, fand ich, daß er wirklich der größte Sänger und Gitarrist war, den ich je gehört hatte. Die Musik drang in meinen Körper und bemächtigte sich meines Herzschlags und meiner Atmung. Mir war, als wäre ich in irgendeiner Weise an ihrer Erschaffung beteiligt, und ich hatte das Gefühl, daß jeder Gehirnstamm im Saal synchron mit ihrem machtvollen Rhythmus war, jeder von uns Teil eines einzigen Nervensystems. Lester und seine Band waren der Atomkern, wir anderen die ihn umkreisenden Elektronen.

»Lester zapft Blut aus seiner Gitarre«, erklärte Will, ganz im Tonfall des Tiefen Südens. Das Publikum antwortete dem Sänger, feuerte ihn an mit *Sing es, sag es*. Ich konnte kaum noch meinen Blick von ihm losreißen, seine kraftvollen Bewegungen riefen in mir so etwas wie eine hypnotische Verzückung hervor. Eine Frau sprang vor der Bühne auf und ab und rief immer wieder laut: »Lester, du bist auf meiner Welle!«

Zwischen zwei Songs rief eine andere: »Ganz schön heiß, Lester!«

»Nur ein Blitz ist heißer«, knurrte Lester ins Mikrofon.

Ich bin immer ein sehr schüchterner Mensch gewesen, aber in dieser Nacht geschah es eines der wenigen Male in meinem Leben, daß ich mich wohlig in ein kollektives Bewußtsein aufgehen fühlte; von da an konnte ich wohlwollendes Verständnis aufbringen für diese sonderbare Leidenschaft, die Will dreißig Jahre lang umtrieb, und das versetzte mich in die Lage, die

Kontinuität in seinem Streben zu erkennen, das ihn von Haschspelunke zu Jet-set-Orgie, von Fixertreff zu Zenkloster trieb. Mit einem Wort, ich hab's, glaube ich, kapiert. Das Gefühl, dem allen zugehörig zu sein, befreite mich aus der engen Schachtel meiner eigenen kleinen Existenz. Und wenn die Euphorie des Augenblicks auch mit der Nacht verging, ihre Anziehung ist mir doch noch gegenwärtig. Es war wie die Raketenfahrt des Sex, ein Auftauchen aus Platos Höhle in den strahlenden Sonnenschein des Lebens an sich.

Auf einmal halfen wir der Band, ihre Anlage auf einen uralten Pritschenwagen zu laden. Dann fanden wir uns wie von selbst im Vorderzimmer eines Holzhauses wieder. Einfach so. Ich empfand dies als eine wunderbare Art, den Planeten zu bereisen, die langweiligen Zwischenphasen des Transports zu überspringen und ungeschehen zu machen, nur so von einem Höhepunkt zum nächsten zu zappen. Als ich Will dieses Gefühl später zu erklären versuchte, nickte er zustimmend, während er sich die Haare aus dem Gesicht strich: »Du blendest von einem Hit zum nächsten über, ohne die störende Werbung dazwischen.«

Es war anstrengend, Lesters Bassisten in dem Getöse zu verstehen. »Hab immer Spiritual gespielt«, brüllte er, »aber damit mußte ich Schluß machen. Du kannst nicht Samstag nachts den Blues spielen und sonntags in die Kirche gehen und Gottes Musik singen. Dafür mußt du rein sein. Dein Herz muß rein sein. Sagt der Prediger zu mir: ›Ich weiß, was du gestern nacht getrieben hast, und das ist nicht recht. Du mußt entweder das eine tun oder das andere.‹ Also spiel ich jetzt nur noch den Blues.«

Die neue Örtlichkeit war nicht annähernd groß genug, um uns alle zu fassen, und dennoch paßten wir hinein, als wären die Wände aus Sperrholz und Teerpappe unendlich dehnbar. Alle tanzten zur Musik vom Plattenspieler, einschließlich mehrerer kleiner Kinder und eines weißhaarigen Fossils mit Goldzähnen. Der Fußboden bebte unter uns, zwischen fleckigen braunen Linoleumfetzen schauten die blanken Dielen hervor. Sollte jemand gefunden haben, daß ich lächerlich aussah, so waren doch alle höflich genug, es für sich zu behalten.

Die Frauen taten alle, als rissen sie sich darum, mit uns zu tanzen. Will lehnte diese Aufforderungen liebenswürdig ab. Er tanzte nicht, er wiegte sich nur im Takt. So sicher er sich auch gab, und so berauscht er auch war, hielt er aus Gewohnheit doch einen gewissen Abstand. Während er viel Zeit seines Lebens unter Schwarzen verbrachte, bewahrte er sich seine Würde und möglicherweise sein Leben, indem er nie etwas anderes als ein Weißer zu sein vorgab. Offenbar gehörte er zu ihnen, nicht aber dadurch, daß er ihr Verhalten nachäffte, nicht durch schmieriges Anbiedern. Ich tat das genaue Gegenteil, klatschte den Leuten um mich herum auf den Rücken und versuchte mich so zu bewegen wie sie. Hatte ich mich vor ein paar Stunden noch beim Plantagenbesitzer eingeschmeichelt und sein Verhalten studiert, so war mir jetzt ganz nach *Soul.* Will hat einmal über mich gesagt, man brauche mich nur zu einem Einbeinigen auf die Straße zu setzen, ich würde prompt hinken.

Unter der sanften Wirkung des Cannabis hatte ich das Gefühl, gar nichts falsch machen zu können, und selbst der modrige, fremdartige Geruch all dieser dichtgedrängten Körper schien ein starkes Rauschmittel zu sein. Ich tanzte schon eine ganze Weile mit einer gewissen Belinda, die einen baumlangen Störenfried mit wulstiger Narbe am Kinn, der sie nach dem ersten Tanz für sich reklamieren wollte, beharrlich ignorierte. Ohne mich eines Blickes zu würdigen, riß er an ihrer Schulter und zischte ihr etwas zu, bis sie schließlich seine Hand wegschlug und ihm sagte, er solle sie in Ruhe lassen. Als mit den ersten Tönen von *I've Been Loving You Too Long* das Tempo langsamer wurde, wollte ich, wie sich's für einen langsamen Tanz gehört, die Arme um meine Partnerin legen. Da packte sie mich und riß mich in die weiche Wildnis ihrer Brüste, während sie ihr Becken hart an das meine drängte.

Plötzlich fühlte ich mich gewaltsam aus diesem Refugium

gerissen und wußte zuerst gar nicht, welche Kraft da am Werk gewesen war, bis ich das schweißglänzende Gesicht des Langen sah, der eine Hand um Belindas Hals gekrallt hatte und eine Messerspitze auf mich gerichtet hielt. »Willst du damit Bekanntschaft machen, Weißer?«

Ich hatte noch gar keine Zeit gehabt, mich zu fürchten, als Lester Holmes ihn schon von hinten packte und ihm das Messer aus der Hand schlug. »Der Junge ist Gast in meinem Haus«, sagte er, wobei er dem Angreifer mit der flachen Hand eine schmierte. »Er kapiert nichts. Nur ein dummer kleiner Scheißer. Wenn du dein Mädchen nicht halten kannst, ist das nicht seine Schuld.«

»Ich bin nicht sein Mädchen«, kreischte Belinda, die sich schnell außer Reichweite gebracht hatte. Jetzt kehrte sie auf den Kampfplatz zurück und versetzte dem Gefangenen einen Faustschlag ins Gesicht.

Lester brachte den Mann hinaus, und die Musik spielte weiter, aber jetzt ohne mich. Hätte ich eben noch verträumt als unbeteiligter Zuschauer meiner eigenen Schlachtung zugesehen, so hatte ich jetzt einfach Angst. Ich sah Will in einer Ecke stehen und sich lässig mit Ronald unterhalten, dem Bassisten in Lesters Band. Als ich näher kam, zeigte Will mit seiner Bierflasche auf mich. »Diese Yankees kommen hier runter zu uns, Ronald, und wissen sich einfach nicht zu benehmen, schrauben an anderer Leute Mädchen rum, geraten in Messerstechereien und was sonst noch alles.«

Der Bassist setzte ein breites Grinsen auf und nickte bestätigend, und es gab mir einen Stich, weil ich plötzlich denken mußte, daß Will mit diesem schwarzen Musiker, der doppelt so alt war wie er, vielleicht mehr gemeinsam hatte als mit mir. Zwar war ich eben erst zu der Einsicht gezwungen worden, daß ich ein Weißer in einem Raum voller Farbiger war, aber *einen* natürlichen Verbündeten hatte ich hier doch wenigstens zu haben geglaubt. Jetzt war ich mir dessen nicht mehr so sicher.

Vielleicht war ich doch ganz allein. Vielleicht konnte Will mich nicht einmal leiden. Vielleicht würde nie ein Mensch einen anderen verstehen können, und wir waren alle miteinander auf ewig in unseren eigenen harten Schädeln gefangen...

Ich war bedröhnt. Mein vernebeltes, mir selbst ganz fremdes Gehirn schlug spitze Haken und vollführte unnatürliche Sprünge. Will merkte, wie es mir ging, und gab mir einen kameradschaftlichen Knuff. »Aus dir könnte man noch einen Hipster machen.«

»Und warum tanzt du nicht?« erkundigte ich mich, um seine eigene Legitimation in Frage zu stellen.

»Ich tanze nie«, erklärte er so entschieden wie ein Baptist, der behauptet, daß er nicht trinkt.

»Stimmt«, bestätigte Ronald. »Er tanzt nie.« Wobei sein Ton zu sagen schien, daß dies in seinen Augen eine eindrucksvolle, wenn auch etwas wunderliche Leistung sei.

»*Vielleicht* würde ich ja tanzen«, sagte Will und strich sich bedächtig die Haare aus der Stirn. »Wenn die Kleine da an der Tür mit mir tanzen würde, könnte ich mich hinreißen lassen.«

Ronald lachte ungehalten durch die Nase. »Pech gehabt, Junge. Da könntest du gleich Ann-Margret auffordern. Ich sag dir, bei der hättest du bessere Chancen. Das ist Lesters Nichte Taleesha. Lester läßt keinen an sie ran. Kleine Prinzessin, das Mädchen. Ihr Dad ist ein großer Nigger in der Stadt, besitzt ein paar Bestattungsinstitute. Und ihre Mama war Lula James, die Blues-Sängerin.«

»Ernsthaft?« Wills Interesse schien sich allenfalls noch zu verdoppeln. »Was ist eigentlich aus ihr geworden?«

»Gute Frage. Heiratet diesen Bestattungsmenschen, und der verlangt, daß sie die Musik aufgibt. Sozusagen ehrbar wird. Tja, und dann hat sie ein Baby gekriegt, das ist die Kleine, die du gerade anguckst, und danach noch ein paar, aber dann hat sie die Ehrbarkeit wohl nicht mehr ausgehalten und ist weg, und seit dem Tag hat man nichts mehr von ihr gehört, bis heute.«

Ich hatte das Mädchen, von dem die Rede war, auch schon gesehen, wie es dort lässig an der Wand lehnte und der Fete zusah, sich aber nicht beteiligte, außer Will vielleicht die einzige Anwesende, die noch nicht getanzt hatte. Ihr Alter konnte ich nicht schätzen. Obwohl sie mindestens so groß war wie ich, hatte sie noch das verlegene Gebaren und die unsichere Haltung der Heranwachsenden, die sich an ihre neuen Gliedmaßen noch nicht recht gewöhnt hat. Ihr längliches, fein geschnittenes Gesicht hatte etwas Altägyptisches. Völlig reglos stand sie da, eine ernste Statue, die über einer dionysischen Orgie wacht. Jetzt hob sie einen spitzen Ellbogen in die Luft, steckte einen Finger in die Nase, bohrte, zog ihn endlich wieder heraus und begutachtete den Fund. Will und Ronald, die diesen heimlichen Akt der Körperpflege aus der gegenüberliegenden Ecke heraus beobachtet hatten, wieherten vor Lachen.

Rückblickend glaube ich, daß es diese Erinnerung war, die mir in späteren Jahren das Zutrauen gab, dem Bild gerecht zu werden, das Taleesha von mir hatte, denn für sie war ich so etwas wie ein weiser Alter, einer, der über den tosenden Gezeiten von Blut und Leidenschaften stand, obwohl sie nur ein paar Monate jünger war als ich und ich mir in ihrer Gegenwart immer wie ein dummer kleiner Junge vorkam.

»Wie alt ist sie?« fragte Will.

»Alt genug zum Vögeln«, erklärte ich mit der falschen Großmäuligkeit der Jungfrau.

»Mann, ich sag dir doch, daß Lester keinen an seine Nichte ranläßt, Mann.«

»Das werden wir gleich sehen«, meinte Will, ohne den Blick zu wenden. Und ich begriff in diesem Augenblick, daß er völlig bedröhnt war. Bei Will konnte man das immer schwer sagen; selbst bei den Massen an Aufputsch- und Beruhigungsmitteln, die er schluckte, mußte man die Zeichen erst kennen: lange Pausen, abgebrochene Sätze und, wie in diesem Fall, eine gewisse glasige Konzentration. Plötzlich schaute das Mädchen in unsere Richtung. Sie streckte sich, richtete sich auf wie zum Kampf, grinste einmal hämisch zu uns herüber und wandte sich ab.

Aus der rhythmisch wabernden Masse löste sich ein menschlicher Körper und prallte gegen mich. Der Mann entschuldigte sich vielmals mit der wohlerzogenen Zerknirschung des selig Betrunkenen. Ich war erschöpft und wollte nur noch weg. »Wenn du sie auffordern willst, dann tu's doch gleich.«

Ronald zeigte grinsend eine unregelmäßige Reihe brauner Zähne. »Einen Dollar, daß da nichts zu holen ist.«

»Abgemacht«, sagte Will. Er trank sein Bier aus, strich sich mit beiden Händen die Haare aus dem Gesicht und setzte sich entschlossenen Schrittes, das Torkeln war ihm kaum noch anzumerken, in Bewegung. Jahre später, als er sehr korpulent wurde, sah ich, daß diese Gangart schon immer seine zweite Natur gewesen war – der breitbeinige Gang dessen, dem Autos, Flugzeuge und Banken zu Diensten stehen –, als hätte sein Körper schon immer seine endgültige Form gekannt.

Das Mädchen richtete sich steif auf, schien größer und strenger und älter zu werden, während er wer weiß was zu ihr sagte. Einmal sagte auch sie etwas. Gerade wollte ich mich abwenden, als sie ihm plötzlich eine klebte. Es ging so schnell und kam so unerwartet, daß ich fast schon glaubte, ich hätte es mir nur eingebildet. Will blieb vor ihr stehen und nickte. Dann verneigte er sich leicht aus der Hüfte heraus und trat den Rückzug an.

Ronald klatschte sich auf den Schenkel. Er strich seinen Dollar ein und empfahl Will, sich lieber davonzumachen, bevor Lester vom Klo zurückkomme.

»Wegen Lester mache ich mir keine Sorgen«, meinte Will, und das stimmte wahrscheinlich. »Aber mein Freund hier, der ist müde.«

Wir ruderten durch das schwüle Gedränge. Auf der Veranda fing Belinda mich ab und wollte mich zum Bleiben überreden, oder ich solle sie mitnehmen, egal wohin. Sie küßte mich feucht und fuhr mir mit der Hand zwischen die Beine, aber Will ließ bereits den Motor aufheulen, und letzten Endes hatte ich auch ein bißchen Angst – vor ihr, vor Sex, vor der geheimnisvollen Kluft zwischen den Rassen. Ich sagte, ohne selbst daran zu glauben, ich würde morgen wiederkommen, und sprang in den Wagen.

Will trat aufs Gas, daß der Kies über den ganzen Parkplatz spritzte, und mit weit offenen Fenstern fuhren wir davon.

»Das war irre«, überschrie ich das Brausen der kühlen Luft.

Will nickte. Er war ganz still und in sich gekehrt.

Schließlich brüllte ich: »Was hast du eigentlich zu dieser Kleinen gesagt?«

Er fuhr weiter, als hätte er nichts gehört, und es sollte Jahre dauern, bis ich die Pointe erfuhr.

IV

Es gibt zwei Sorten von spätnachts heimkehrenden Söhnen – solche wie mich, die sich still und leise ins Haus zu schleichen versuchen, und solche, die trotzig die Reifen quietschen lassen und die Türen knallen, wie um zu demonstrieren, daß Heimlichkeit unter ihrer Würde ist. Will gehörte zu letzteren. Er knallte die Autotür gleich zweimal zu, vielleicht in der Hoffnung, daß es noch bis oben in dem kleinen Haus zu hören war, wo es bedrohlich hell aus den Fenstern schimmerte.

Es kam mir vor, als hätte ich mich gerade erst ausgezogen und rücklings ins Bett fallen lassen, als ein Klopfen an der Tür, gefolgt von einem lauten Quäken, mich wieder hochfahren ließ. Schließlich erkannte ich zwischen dem Entengequake Mr. Savages Stimme. »Raus aus den Federn! Der Kaffee steht auf dem Herd, und die Enten sind auf dem Wasser.«

Es war noch immer stockfinster, als wir nacheinander in den Kombi stiegen. Elbridge saß auf dem Beifahrersitz, während

Will und ich uns schlaftrunken die Rückbank mit Beauregard, dem Labrador, teilten, der so aufgeregt war wie Will mißgelaunt.

Die Außenwelt erschien mir unglaublich fremd: Die kalte Morgenluft mit ihrem Geruch nach modrigem Laub und nassem Hundefell; die Landschaft, die im Scheinwerferlicht immer nur kurz aufschien wie einzelne Kinoszenen. Ich hatte einen derartigen Kater, daß ich binnen Minuten einschlief.

Später wurde ich von Will wachgerüttelt, und kurz darauf fand ich mich auf einem Anlegesteg wieder und blickte hinaus in die Schwärze. Auf Mr. Savages Drängen stieg ich zwischen die lackierten Spanten eines Boots hinunter, das aussah wie ein großes Kanu mit abgeflachtem Heck. Unser Führer, der einen Tarnanzug trug und kein Wort redete, kauerte über einem Motor, der aussah wie der eines Rasenmähers.

Wills Vater saß neben mir, während wir übers Wasser tuckerten; Will und Elbridge folgten in einem zweiten Boot. Hin und wieder erschien aus dem Nichts, wie ein durchs Wasser watender Riese, eine dunkle Zypresse. »Das war hier alles mal trockenes Land«, erklärte Cordell in das Gurgeln des Motors hinein, »aber dann, das war so um 1811, hat es ein Erdbeben gegeben, vielleicht der stärkste Erdstoß, den dieser Kontinent je erlebt hat. Die Erschütterungen waren bis Boston und New Orleans zu spüren. Damals waren das hier die Jagdgründe der Chickasaw. Ein klumpfüßiger Häuptling namens Taumelfuß soll der Legende nach eine Chocktawprinzessin geraubt und zur Frau genommen haben, worauf der Große Geist einmal mit seinem Riesenhuf aufstampfte, um den alten Klumpfuß zu vernichten, und dabei schuf er diesen See.« Cordell lachte. »So erzählt man es sich jedenfalls. Drüben am anderen Flußufer war eine weiße Siedlung namens New Madrid, und bei dem Erdbeben dachten die Leute, das sei nun bestimmt das Jüngste Gericht. Die Erde schlug Wellen wie eine stürmische See und hustete Rauch und Schwefel. Eine ganze Woche lang war's dunkel. Ganz wie im

Buch der Offenbarung – Feuer und Asche und Schwefelgestank.«

Er wurde unterbrochen, als etwas von unten gegen das Boot stieß. Das Heck hob sich und sackte hinter dem Unterwasserhindernis wieder nach unten.

»Eine Zypressenwurzel«, sagte Cordell. »Es stehen noch Stümpfe von dem Wald, der vor dem Erdbeben hier wuchs. Stromabwärts hat sich das Land gehoben, während es hier um mindestens fünfzehn Meter abgesunken ist. Der Mississippi sei drei Tage lang rückwärts geflossen, heißt es, und so soll dieser See entstanden sein. Weiß der Himmel, wie viele Indianer ertrunken sind, direkt hier unter uns.«

Unvermittelt sah ich die toten Krieger, von Fischen angefressen und aufgedunsen, aus dem schlammigen Untergrund emporsteigen. Fast wäre ich aus dem Boot gesprungen, als wir wieder über eine Zypressenwurzel fuhren.

Wir fuhren ganz nah an einem rechteckigen Anstand vorbei, der auf Stelzen aus dem schwarzen Wasser ragte, und Cordell meinte: »Seit damals sind hier viele Weiße im Streit um Fisch- und Jagdrechte gestorben.« Der Ton, in dem er das sagte, machte daraus nur eine andere Art zu sterben.

Zwanzig Minuten später saß ich bibbernd in einem ähnlichen Anstand am Ufer einer Schlamminsel, die einmal ein Begräbnishügel der Chickasaw gewesen sein soll, und hielt mich an einer Winchester fest. Wills Vater hatte mir erklärt, wie man damit umging, aber ich wußte nicht, ob es mir im gegebenen Augenblick wieder einfallen würde, oder ob ich den Rückstoß aushielt. Cordell war noch mit dem Führer im Boot und setzte Lockenten aus. Nach und nach wurden ihre Umrisse deutlicher unter dem zinngrauen Himmel, der sich im Osten rosa verfärbte. Und plötzlich sah ich Will, den ich dösend in einer Ecke des Anstands vermutet hatte, seine Flinte an die Schulter heben und damit auf den Kopf seines Vaters zielen.

Der Anblick – ein Sohn an der Schwelle zum Vatermord –

schockierte mich so, daß ich gar nicht glauben konnte, was ich sah. Gleich darauf hatte er das Gewehr auf der Schulter liegen, und ich wußte nicht, ob meine eigenen, von der vergangenen Nacht noch benebelten Sinne mir dieses Trugbild in den Morgendunst gezaubert hatten. Bis ich in Wills Gesicht sah.

»Wären wir bloß noch eine Stunde später nach Hause gekommen«, knurrte er, »dann wäre uns dieses beschissene Abenteuer erspart geblieben.«

Mr. Savage kam ans Ufer und sagte, er werde mich unter seine Fittiche nehmen; seine Söhne schickte er mit dem Führer in einen benachbarten Anstand. Ich war nervös, aber auch zu allem bereit und fest entschlossen, mich nicht zu blamieren. Und da es mir unmöglich war, die Welt der vergangenen Nacht mit der dieses Morgens in Einklang zu bringen, gab ich es auf, mich zwischen den beiden entscheiden zu wollen, und vertraute mich jetzt ganz Cordell Savage an.

Das Geschnatter unsichtbarer Enten kam näher. »Wenn sie quer vorbeifliegen«, flüsterte er mir zu, »suchst du dir eine aus, führst das Visier von hinten nach vorn durch ihren ganzen Körper und drückst dann ab. Kommen sie von vorn, dann mußt du auf den Schnabel zielen.«

Beauregards erwartungsvolles Hecheln beschleunigte sich. »Bleib unten, bis ich dir das Zeichen gebe!« Ringsum das Geschnatter von Enten, die einander fragend anquakten. Jetzt ein lautes Quäken aus dem Anstand nebenan – das war der Führer, der sie anzulocken versuchte. Himmel und Wasser waren inzwischen deutlich zu unterscheiden. Cordell spähte angestrengt durch den Schießschlitz und sagte endlich: »Jetzt!«

Ich richtete mich auf und blickte in einen Himmel voll wild schlagender Flügel – ringsherum krachten Schüsse –, und schon feuerte ich mitten hinein in das Gewimmel. Der Rückstoß warf mich fast um. Als ich mich wieder fing, ließ Mr. Savage gerade seine Flinte sinken, und Beauregard paddelte durchs Wasser, in dem vier Enten trieben.

»Hab zwei auf einmal erwischt«, rief Elbridge aus dem Anstand nebenan. Ich war ziemlich sicher, daß keiner der Vögel mir gehörte. Mein Mentor ersparte es mir, so zu tun als ob. »Keine Sorge«, sagte er, »du kommst schon noch dahinter.«

Ich konnte jetzt zum erstenmal meine Umgebung einigermaßen wahrnehmen: ein Pleistozänsumpf, ein Mischmasch aus Land und Wasser, den als »See« zu bezeichnen mir zweifelhaft erschien.

Eine Stunde verging, ohne daß sich weiter etwas tat. Inzwischen war der Himmel hell, die Sonne jedoch unsichtbar hinter tiefhängenden Wolken. Mr. Savage machte mich auf einen Weißkopfadler aufmerksam, der über uns seine Kreise zog. »Benjamin Franklin war dagegen, diesen Adler zu unserm Wappentier zu machen«, flüsterte er. »Ihm wäre der wilde Truthahn lieber gewesen – stell dir das vor! –, weil der Adler, wie er sagte, davon lebt, andere Vögel zu töten.« Er zog amüsiert die Nase hoch und wischte sie sich ostentativ am Ärmel ab. »Vollkommen passend, wie ich finde.«

Er zog nachdenklich an seiner Zigarette. »Ich weiß, daß Will heute nicht mit rauskommen wollte«, flüsterte er mit einem Seitenblick zu mir. »Vor zwei Jahren sollte er mit mir und ein paar alten Kameraden unten im Delta auf die Wachteln gehen. Vorher war er mit diesem Verwalter, den wir damals hatten, bis spät in die Nacht fort gewesen. Ich hatte Jessie mit in die Ehe bekommen, aber letztendlich mußte ich ihm einen Tritt geben, weil er alles daransetzte, meinen Sohn zu einem Jungkriminellen zu machen. Ich sage dir, es ist ein verdammtes Wunder, daß Wills Haut noch nicht kohlrabenschwarz ist, soviel hat er sich in den Dienstbotenquartieren und in der Beale Street herumgetrieben, statt sich zu Hause ins Bett zu legen.«

Er spähte einmal kurz über den Anstand, bevor er mit seiner Geschichte fortfuhr.

»Jedenfalls blieb Will im Bett, und da habe ich statt dessen seinen jüngeren Bruder mitgenommen. Wir waren zu Pferd.

Charlie Ledbetter hatte aus irgendeinem unerfindlichen Grund seine Flinte aus dem Futteral genommen, als plötzlich sein Pferd in ein Loch trat und stürzte. Ein Schuß löste sich. Traf den jungen A. J. mitten in die Brust. Hat ihn glatt aus dem Sattel geputzt.« Er unterbrach sich, denn wir hörten gerade einen Entenschwarm herankommen, der dann aber nach Osten abdrehte. »Ich glaube, Will macht sich deswegen Vorwürfe«, sagte er. »Was ihn aber nicht daran hindert, mir die Schuld zu geben.«

Wir schwiegen wieder eine Weile, bevor er weitersprach. »Hat er dir das schon erzählt?«

»Nein, Sir«, sagte ich. »Nicht so genau.«

»Es vergeht kein Tag, an dem ich mir nicht wünsche, ich hätte selbst auf diesem Falben gesessen.« Er wandte den Kopf zu mir um und sah mich zum erstenmal richtig an. Es war ein langer, forschender Blick, eine unverhohlene Musterung, und ich kann mir nicht denken, was er da so Erfreuliches gesehen haben mag, denn ich war nervös und verkatert und müde bis in die Haarspitzen, und bis zum heutigen Tag kann ich dem Blick eines Mannes wie Cordell Savage nicht lange standhalten. Aber ich glaube, er hat in diesem Augenblick beschlossen, mich als seinen Sachwalter an Wills Seite zu stellen. Er bot mir eine Zigarette an, eine Lucky Strike, und zum zweitenmal innerhalb von weniger als vierundzwanzig Stunden ließ ich mich auf eine solche Tabakzeremonie ein, obwohl die beiden damit verbundenen Gelöbnisse mir unvereinbar, wenn nicht gar widersprüchlich erschienen.

Den Pakt mit Wills Vater besiegelte meine erste erlegte Ente. Als ein hochfliegender Schwarm sich von Süden unserem Anstand näherte, überließ er mir den Schuß. Ich richtete mich auf, nahm die Leitente ins Visier, führte den Lauf von hinten nach vorn und drückte ab, als das Korn den vorgestreckten grünen Kopf passierte. Zu meinem Erstaunen legte die Ente die Flügel an und stürzte in einem Winkel von fünfundvierzig Grad vom Himmel, schien eine Ewigkeit zu fallen, bevor sie in die Teichkolben hinter uns auf der Insel platschte. Beauregard paddelte bereits durchs Schilf, ich war gleich hinter ihm, ungeachtet der Schrammen, die ich mir dabei im Riedgras holte.

Als ich den schlaffen, zerschossenen Entenkörper in der Hand hielt, fühlte ich mich kurz von Reue gepackt. Ich strich die Federn zurück und sah in einem Wald von Federkielen drei glänzende Läuse auf der durchscheinenden rosa Haut zappeln. Ich sank auf die Knie und übergab mich im Schutz der Rohrkolben, während Beauregard bellte und mir den Hals leckte. Als ich schließlich nichts mehr in mir hatte, hörte ich meinen Namen rufen. Ich wischte mir den Mund ab, erhob mich und stapfte, meine Trophäe hoch über dem Kopf, zum Anstand zurück, gespielten Triumph im Blick, der dann zu echtem Triumph wurde, als Mr. Savage mir auf den Rücken klopfte und sagte: »Junge, das war ein guter Schuß.«

»Los, komm, ich will dir was zeigen.« Will schüttelte mich. Ich schreckte auf dem Beifahrersitz des Cadillac aus dem Schlaf, allem Anschein nach wieder in demselben Viertel, in dem wir uns letzte Nacht vergnügt hatten. Im schwindenden Licht des Nachmittags lungerten drei mürrische Schwarze mit weichen Filzhüten rauchend vor einer halbverfallenen Ladenfront herum und beäugten uns mit argwöhnischer Gleichgültigkeit.

Ich folgte Will, der nickend an ihnen vorbei in den Laden ging. Drinnen stand ein Billardtisch, der den Raum halb ausfüllte. Ein paar Flippergeräte und ein Kartentisch mit Klappstühlen vervollständigten das Mobiliar. Die beiden Billardspieler sahen auf. »Wenn das nicht mein Boß Will ist!« rief der kleine Weißhaarige, der gerade am Stoß war. Er kam herüber und vollführte eine komplizierte Handschlagzeremonie mit Will, der den Mann daraufhin mir vorstellte, ohne das Begrüßungsritual. »Patrick, Jessie Petit. Jessie ist meine rechte Hand.«

»Sagt er.« Jessies breites Lächeln entblößte eine Reihe Goldzähne. »Es ist immer dieselbe Scheiße, der Schwarze schindet sich den Arsch ab, und der Weiße sitzt auf seinem und kassiert.«

»Du könntest ja jederzeit wieder für meinen Alten arbeiten«, meinte Will.

»Na ja, es gibt Weiße und Weiße.«

»Und als nächstes wirst du mir jetzt erzählen, was wir für eine schlechte Woche hatten.«

Jessie lachte, ein übertrieben gespieltes Untertanenlachen. »Na gut, wenn du schon selbst davon anfängst, Knife White hat diese Woche den Jackpot geknackt, das hat uns ein bißchen reingerissen.«

»Irgendwer macht doch immer die große Kasse«, meinte Will jovial.

Sie redeten weiter in diesem Kauderwelsch, bis zwei junge Frauen eintraten, uns sahen und gleich wieder hinausgehen wollten; aber Jessie Petit winkte sie herein und wimmelte dafür uns ab. »Macht, daß ihr hier rauskommt, ihr seid schlecht fürs Geschäft.«

Als wir wieder im Wagen saßen, fragte ich, was das denn für ein Geschäft sei, das Jessie betrieb.

»Zahlenwetten«, sagte Will. »Er nimmt die Wetten an, und ich stehe dafür gerade. Ich bin die Bank.«

»Du siehst nicht aus wie eine Bank.«

Ich hatte das Wort »Zahlenwette« zwar schon gehört, wußte aber nicht, was dahintersteckte; auch die Erklärung, die Will mir gab, während wir mit furchterregender Geschwindigkeit durch die Nebensträßchen von Südmemphis kurvten, setzte mich nur halb ins Bild.

»Jessie war bei uns Verwalter. Er war's übrigens, der mich auf den Blues gebracht hat. Dauernd hat er mir in den Ohren gelegen, wie reich er werden könnte, wenn ihm nur mal einer seine Zahlenwetten finanzierte. Alle spielen da mit – es ist, keine Ahnung, so eine Art Lotterie. Du wählst drei Ziffern, und wenn sie drankommen, hast du gewonnen, ein paar Hunderter, einen Tausender, je nachdem wieviel du einsetzt. Jessie brauchte nur eine Bank. Da bin ich zu meinem Onkel Jerome gegangen und hab ihn gebeten, mir zehn Riesen zu leihen, ich würde sie ihm in einem Monat mit Zinsen zurückzahlen. Der gute alte Onkel J. – er hat mir meinen ersten Drink spendiert und meine erste Zigarette, ein ganz verrückter Hund und schon immer von der Idee besessen, die Jugend zu verderben. Jetzt machen Jessie und ich soviel Geld, daß wir gar nicht mehr wissen, wo wir es verstecken sollen.«

Er riß den Wagen so scharf in eine Linkskurve, daß ich gegen die Tür flog.

»Woher kommen die Zahlen?« fragte ich, nachdem ich wieder aufrecht saß.

»Aus dem *Wall Street Journal*. Jeweils die letzte Ziffer von drei Dow-Jones-Durchschnittswerten – Industrie, Versorgungsbetriebe, Transportwesen. Wettschluß ist drei Uhr nachmittags, Memphiszeit. Wenn eine Stunde später in New York die Börse schließt, hast du die Zahl.«

Ich sah darin ein hochinteressantes, wenn auch etwas brüchiges Bindeglied zwischen den armen, wettlustigen Schwarzen von Memphis und den Finanzbaronen an der Wall Street; und es erklärte den merkwürdigen Umstand, daß Will das *Wall Street Journal* abonnierte.

Will und ich waren beim Abendessen – die Reste vom gestrigen Puter – recht schweigsam, während Cheryl unschuldig vor sich hin glomm und Elbridge seinem Vater klarzumachen versuchte, warum er einen Literaturkurs belegt habe.

»Für mich ist das reine Zeit- und Geldverschwendung«, sagte Mr. Savage.

»Im neunzehnten Jahrhundert«, sagte Elbridge, »war's für einen Südstaaten-Gentleman noch genauso wichtig, ein paar Gedichte auswendig zu kennen, wie mit der Flinte umgehen zu können.«

Mr. Savage wandte sich an mich. »Gutes Weidwerk«, erklärte er. »Das war deine Bluttaufe.« Ich glaube, daß ich trotz aller

Müdigkeit errötete. Will und ich verabschiedeten uns, sobald wir konnten, und schlichen uns nach oben.

»Mann, ich bin hundemüde«, sagte ich. »Cheryl Dobbs könnte sich jetzt nackt neben mich legen, ich würde sie in ihr eigenes Bett schicken.«

»Ob ich so müde wäre, weiß ich nicht.« Will öffnete ein Fenster und nahm ein Päckchen Zigaretten aus einer Schreibtischschublade. Ich schüttelte den Kopf, als er mir auch eine anbot. Ich hatte für ein Jahr genug geraucht.

»So heiß ist die auch wieder nicht«, sagte er plötzlich.

»Nicht heiß? Spinnst du?«

»Kein Leben, kein Feuer«, meinte er, während er den Rauch zum Fenster hinausblies. »Wie ein Pin-up-Girl.«

»Genau«, antwortete ich. »Sag ich doch.«

»Zweidimensional.«

»Was Dreidimensionaleres hab ich noch nie gesehen«, beharrte ich. »Worauf stehst denn *du*? Auf diese magere kleine Schwarze?«

Er sah mich aus zusammengekniffenen Augen an. »Kann schon sein«, meinte er, und ich hätte nicht sagen können, ob er das ernst meinte, oder ob er mich, wie so oft, nur hochnehmen wollte.

Plötzlich flog die Tür auf, und Elbridge platzte herein. »He, was treibt ihr warmen Brüder schon wieder? Mann, Will, drück bloß die Kippe aus, bevor ich den Direktor rufe.«

Elbridge riß Will die Zigarette aus den Fingern und zog einmal daran. Unter den anderen Arm hatte er ein paar Bücher geklemmt.

»Wenn man's nicht besser wüßte«, meinte Will, »könnte man L. B. für einen reinrassigen Philister halten.«

»Reiß mir jetzt nicht die Maske runter«, sagte Elbridge. »Als nächstes posaunst du noch herum, daß ich lesen und schreiben kann und für Rassengleichheit bin.«

»Was hast du da?« fragte Will und griff nach dem Stapel unter dem Arm seines Bruders. Nach kurzem Gerangel hatte er die Bücher, die offenbar sowieso für ihn gedacht waren – Jean Genet, *Notre-Dame-des-Fleurs*; Henry Miller, *Wendekreis des Steinbocks*; und Richard Brautigan, *Ein konföderierter General aus Big Sur.*

»Erzähl bloß niemandem, von wem du die hast, kleines Brüderchen.«

Will bestaunte die Bücher mit unverhohlener Vorfreude. »Danke, L. B.«

»Sagt mal, wär euch beiden nach einer Party in der Stadt?« fragte er. »Mal echt was Gutes erleben? Ich will doch nicht, daß dein Freund einen falschen Eindruck von uns mitnimmt und denkt, wir kennen hier alle nur Negermusik und Koks.« Ich fühlte mich geschmeichelt, daß Wills älterer Bruder offenbar Wert auf meine Meinung legte. Minuten später brausten wir in die Nacht hinaus. Ich saß mit Will stumm im Fond des Cadillac und durfte kilometerweit Cheryls Goldhaar vor mir herflattern sehen, eine Trophäe, für die mein Arm wohl immer zu kurz sein würde. Der Tagtraum endete abrupt, als Elbridge zwischen die steinernen Pfosten einer Toreinfahrt einbog und auf ein schimmerndes weißes Herrenhaus zufuhr, das über einem großen dunklen Rasen schwebte, davor ein kreisförmiger Zufahrtsweg, ein Zauberkreis aus weißen Cadillacs, roten Mustangs und zwei gleichen grünen MGs. Die Ähnlichkeit mit der Welt, zu der ich gern einmal gehören wollte, war frappierend.

Ein lärmender Haufen Nachtschwärmer lümmelte sich in der zwei Stockwerke hohen Eingangsdiele herum, deren beherrschendes Element eine Wendeltreppe war. Ein junger Mann mit Bürstenhaarschnitt winkte uns von der Treppe herunter zu und rief nach L. B., der gleich die Stufen hinaufsprang, um ihn zu begrüßen. Ich hatte das Gefühl, mitten in eine Filmkulisse geraten zu sein, aber immerhin sah ich in meiner Ivy-League-Hose nebst Button-down-Hemd genauso aus wie die anderen jungen Männer. Mein erster Eindruck von den Mädchen war, daß sie lauter Pastelltöne trugen – Türkis, Pfirsich und Rosa. Die Jungen waren im wesentlichen noch von der Art, die William Tecumseh Sherman einmal in einem Brief an Lincoln als »die jungen Adligen des Südens« bezeichnet hatte: »Pflanzersöhne, mondäne Juristen, gute Billardspieler und Jäger und Angler, Leute, die nie gearbeitet haben und es nie tun werden.«

Einer von ihnen wurde mir als Spook Lawson vorgestellt. »Bist du noch immer auf dieser Yankee-Schwulenranch?« fragte er Will.

»Spook«, sagte Will zu mir, »ist, wie du wohl schon erraten hast, von keiner Nichtmilitärschule im Osten angenommen worden.«

Irgendwie verschwand Will dann, und ich sah mich zu meiner großen Verlegenheit allein mit Cheryl herumstehen. Wie gern hätte ich diese Gelegenheit ergriffen, Eindruck auf sie zu machen, ihr klarzumachen, wer ich war, daß es mich *gab*; sie konnte unmöglich eine Vorstellung von der schieren Lebendigkeit meines Seins haben, der Poesie meiner heißen Sehnsüchte und Ängste, sonst hätte sie nicht nur so dagestanden und mich halb ignoriert. Hätte sie auch nur einen Bruchteil meiner gepeinigten Seele erahnt, sie hätte doch augenblicklich die Arme um mich geschlungen. Aber mir wollte einfach kein Gesprächsthema einfallen, und es fiel mir schwer, sie so direkt anzusehen. Schönheit hat oft auf uns die gleiche Wirkung wie Mißgestalt; wir wagen sie nicht offen anzusehen.

»Schönes Haus«, sagte ich, wobei mein Blick einmal über die ganze Eingangsdiele und über sie hinaus schwenkte.

Sie nickte. Wahrscheinlich schüchterte diese Umgebung sie noch mehr ein als mich, aber seinerzeit sah ich nur meine eigene Verlegenheit.

»Möchtest du ein Bier oder so?« fragte ich.

»Ich trinke keinen Alkohol«, sagte sie. »Ich bin Christin.«

Als Yankee begriff ich hier zum einen den kausalen Zusammenhang nicht, zum anderen sah ich mein erträumtes Werben um Cheryls Aufmerksamkeit bereits in einer Sackgasse, denn ich *konnte* mir nicht vorstellen, daß irgendein Mädchen mich erhören würde, es sei denn unter Alkoholeinfluß. Nicht der Rede wert, daß sie eigentlich mit dem älteren Bruder meines Freundes ging; solche minderen logistischen Hindernisse wußte ich mir wegzudenken. Nüchternheit schien dagegen unüberwindlich; und die Zeit lief mir davon.

»He, Schönheit«, sagte ein etwas älterer Junge im dunklen Anzug, der mir gleich einen Meter größer vorkam als ich. »Wo kommst du denn her?«

»Aus Hopkinsville in Kentucky«, antwortete sie brav und wortgetreu.

Ich fand, daß ich nun auch etwas sagen müsse, um mein Hiersein zu behaupten, meine Rolle als zeitweiliger Anstandswauwau zu bekräftigen, aber da kam plötzlich noch ein anderer, der mich anrempelte und sich einfach in den Kreis drängte. »Machen Sie sich nichts weiter aus meinem Freund. Prescott geht aufs Darmouth und weiß sich gegenüber dem schönen Geschlecht nicht zu benehmen. Rothäute sind das im Grunde. Unzivilisierte Wilde. Nur ein einziges Wort von Ihnen, Süße, und ich werde ihn mit Gewalt aus dem Haus entfernen.«

Der als so gefährlich dargestellte Prescott grinste, während der Neue sich tief vor Cheryl verbeugte. »Jim Cheatham, stets zu Ihren Diensten.«

Cheryl errötete und hätte in ihrer nervösen Erregung fast einen formvollendeten Knicks gemacht. »Cheryl Dobbs«, sagte sie, die Augen züchtig niedergeschlagen.

»Ich bin Patrick Keane«, sagte ich und streckte die Hand aus.

»Hol mir doch mal ein Bier, Pat.« Cheatham kehrte mir den Rücken zu und pirschte sich geschickt an Cheryl heran, drängte mich kurzerhand aus dem Kreis. Im selben Moment sah ich Elbridge mit ein paar Freunden auf uns zukommen.

Ich drehte mich um und verzog mich, tief bekümmert über meine Pflichtvergessenheit. Da ich Will nirgends sah, machte ich einen Rundgang durchs Haus und bewunderte die Möbel und Dekorationen, betrachtete die Bilder – strenge Porträts, Landschaften und Jagdszenen – mit der Gewissenhaftigkeit des Kunsthistorikers auf Besuch. Mein Rundgang führte mich in eine Art Salon, in dem sich ausschließlich Pärchen befanden, die knutschend alle Sofas und Polstersessel besetzt hielten. Auf meinem Rückzug entdeckte ich eine Freistatt – ein mit Büchern tapeziertes Herrenzimmer und wie durch ein Wunder menschenleer. Ich studierte die Buchrücken: ledergebundene alte Dickens-Ausgaben, Fenimore Cooper, Washington Irving und etwas mit der Bezeichnung *Tennessee Torts*.

»Vorsicht«, sagte hinter mir eine kratzige weibliche Stimme. »Die hat seit Jahren keiner mehr angerührt. Könnten explosiv sein.« Ein Mädchen, etwa so alt wie ich, stand in der Tür, in der einen Hand ein Glas mit Eiswürfeln, in der anderen ein Päckchen Winstons. Zu dem Bild, das ich mir bisher von der Damenwelt des Südens gemacht hatte, gehörten blonde Haare und auffallende Kleidung, weshalb mir nun dieses Exemplar reichlich ungewöhnlich vorkam: dunkler Teint, eckige Figur und glattes, schulterlanges Haar, das so schwarz war wie ihr Pullover. Sie ließ sich in einen Sessel fallen, breitete sich auf dem Leder aus wie Butter auf einem Brot und zündete sich eine Zigarette an.

»Was bist du für einer?« fragte sie, den Kopf in den Nacken gelegt, um eine Rauchwolke in die Luft zu blasen. »Ein Intellektueller?«

Ich stellte mich stotternd vor.

»Ich bin Lollie Baker«, sagte sie. »Wenn du das Schränkchen da links von dir aufmachst, findest du ein Glas und eine Flasche Whiskey.«

Ich zögerte. »Geht das auch wirklich in Ordnung?«

»Wenn du damit meinst, ob Daddy vielleicht was dagegen hätte, kann schon sein. Wenn er's wüßte. Aber das ist ja gerade der Spaß dabei.« Sie betrachtete ihre Zigarette wie ein exotisches

Insekt, das sich soeben ins Zimmer verirrt hatte und unverhofft auf ihrer Hand gelandet war. »Wer würde«, fuhr sie fort, »mit Rauchen anfangen, wenn man's nicht heimlich tun müßte. Das ist meine Philosophie. Über allem, was sich zu machen lohnt, steht erst mal ein dickes DU SOLLST NICHT. Außer vielleicht beim Lesen.« In ihrem Südstaatensingsang klangen solche Ansichten ganz besonders radikal. Sie legte eine Denkpause ein. »Herrgott, nein, sogar das Lesen ist einem hierzulande nur in Maßen gestattet. Und selbstverständlich darf die wohlerzogene junge Südstaatenlady ihr süßes kleines Gehirn nicht überanstrengen. Die hiesige Männerwelt mag uns nicht allzu gebildet.« Sie begutachtete die gefährlich lange Asche an ihrer Zigarette und schnippte sie dann in den engen Hals einer bronzenen Vase, die hinter ihr auf dem Tisch stand. »Und wie steht's mit dir? Du bist doch sicher auch ganz hingerissen von den blonden Schönen mit Watte zwischen den Ohren?«

»Ich bin ... hier nur zu Besuch«, konterte ich den Vorwurf. »Ich bin ein Freund von Will Savage.«

»Ah, Will ist in Ordnung«, meinte sie, schon etwas gnädiger. »Er hat sich eben mein Auto geliehen.«

»Was? Wo ist er denn hin?«

»Keine Bange«, sagte sie. »Er kommt schon wieder. Wahrscheinlich ist er nur mal kurz zum Bitter Lemon gefahren, um ein bißchen Koks zu besorgen.«

Ich reichte ihr eine Flasche Bourbon aus dem Schränkchen an. »Nimm dir ein Glas«, befahl sie, dann ließ sie ein paar Eiswürfel in mein Glas fallen und schenkte uns beiden einen Drink ein. Ich nahm meinen mehr aus Verzweiflung als Vergnügen, denn es wurmte mich, daß Will mich hier im Stich gelassen hatte.

»Übrigens lese ich wirklich gern«, sagte ich, nachdem ich ein Schlückchen probiert hatte.

»Zum Beispiel?« Sie studierte jetzt ihr Whiskeyglas.

Ich fertigte rasch eine redigierte Liste meiner Lieblingsautoren an. Salinger war wohl etwas zu gewöhnlich. »Dylan Thomas...«, sagte ich endlich.

Sie nickte. »Die Kraft, die durch die grüne Kapsel Blumen treibt / Treibt meine grünen Jahre...«

»Ayn Rand.«

»Diese verrückte alte Lesbe«, kläffte sie, als sie mein schokkiertes Gesicht sah. »Ich weiß nicht, aber man hat das Gefühl, das Empire State Building ist für sie der Inbegriff eines prima Dildo.«

Ich habe Ayn Rand seit diesem Abend mehrere Male zu lesen versucht, aber irgendwie stürzte dieser Vorwurf, mochte er noch so an den Haaren herbeigezogen sein, sie von einem Wolkenkratzer hinunter in das für peinliche Jugendschwärmereien vorgesehene Gulli. Aus lokalen Erwägungen – und weil wir im Englischkurs gerade *Eine Rose für Emily* gelesen hatten – bot ich dann noch Faulkner an.

Lollie verdrehte die Augen. »Klar doch. Jag mich damit auf die Bäume. Du solltest Kierkegaard lesen« – der Name war mir neu – »und Baudelaire. Und vielleicht ein bißchen Hammett zwischendurch, um dich abzuhärten.« Sie spulte diesen erlesenen Katalog mit der schroffen Arroganz eines Arztes ab, der mir die Medikamente für eine ganz besondere, wenn auch verbreitete Krankheit verordnete.

»Bist du Schriftstellerin?« fragte ich hoffnungsvoll, denn das war damals mein heimliches Laster. Ich schrieb Gedichte. Mit Sicherheit besaß ich das von Keats empfohlene »Negative Können«, wenn auch vielleicht nicht die Phantasie.

»Hast du mal Anne Sexton gelesen?« fragte Lollie. »Ich studiere diesen Sommer bei ihr in Harvard.«

Ja, das hatte ich, und besonders beeindruckte mich die Mitteilung, daß Lollie auf die Miss-Porter's-Schule ging und im letzten Jahr vor dem Abschluß stand. »Die ist gut«, räumte ich ein, »aber Lowell mag ich lieber.«

»Der ist auch in Ordnung.« Sie zuckte die Achseln, und ich

stellte mit einer gewissen Erleichterung fest, daß ich an eine Grenze ihrer Belesenheit gestoßen war, obwohl ich Lowells Werk seinerzeit selbst kaum kannte. Unter dem Einfluß des Whiskeys gestand ich ihr schließlich, daß ich so eine Art Dichter sei, und dann redeten wir über eine Stunde. Lollie hielt mir einen Vortrag über die Gefahren des Regionalismus: »Ich werde verdammt noch mal nie eine Südstaatenschriftstellerin sein, das steht fest«, erklärte sie mit Nachdruck, nachdem wir die halbe Flasche Bourbon getrunken hatten. Sie wollte sich so bald wie möglich in Greenwich Village niederlassen und deftige, aber lyrische und auf keinen Fall regionalbezogene Gedichte schreiben. Ich gewann immer mehr Vertrauen in meine eigenen ästhetischen Begriffe, gab mit meiner Belesenheit an und streute Autorennamen ein, die kaum mehr als Namen für mich waren.

In meiner angeheiterten Verliebtheit hätte ich sie so gern mit ein paar Gedichtzitaten beeindruckt, aber als ich sie eine neue Zigarette anzünden sah, fiel mir nichts Besseres ein als: *Winston hat den großen Duft, verpestet uns die schöne Luft; stinkt nach großer weiter Welt, schade um das schöne Geld.* Oder diese olle Kamelle von Ogden Nash: *Konfekt ist perfekt, Muskateller kann's schneller.*

Letztendlich stiegen wir unter dem Vorwand, etwas in einem ihrer Bücher nachsehen zu wollen, die Wendeltreppe hinauf, und schon machten wir auf ihrem Bett die schönsten Freiübungen. Meine Hand glitt unter den Bund ihrer Kordsamthose, dann heimlich auf der glatten Haut immer weiter hinauf, bis Lollie sie nach minutenlanger Knutscherei ungeduldig packte und an ihr Ziel führte. Mir hätte es vollauf genügt, die ganze Nacht so dazuliegen und zu knutschen, eine Hand auf der erstaunlich weichen, wundervollen Wölbung ihrer Brust, selbst als ich mich allmählich zu fragen begann, ob da nicht noch mehr drin war, vielleicht sogar von mir erwartet wurde.

»Geh nicht weg«, flüsterte sie, indem sie aus dem Bett stieg. »Bin gleich wieder da.«

Es bescherte mir noch manch unruhige neuenglische Nacht, wenn ich nach dem Licht-aus dalag und mir ausmalte, wie sie in meine Arme zurückkehrte. Aber es war Will Savage, der mich einige Zeit später weckte, nach unten schleifte und in den Wagen verfrachtete. Und da von Lollie nichts zu sehen und zu hören war, wußte ich nicht einmal, ob sie mich verlassen hatte, bevor oder nachdem ich weggedämmert war.

V

Im Dezember, wieder im Internat, schien Will sich von mir zurückzuziehen, fast wie um die Nähe meines Besuchs bei ihm zu Hause wieder auszugleichen. Vielleicht lag es aber auch nur daran, daß ich in der Fußballmannschaft spielte und mich aufs Examen vorbereitete, während er sich, obwohl er die Pflichtkurse nur so gerade schaffte, mit so geheimnisvollen Dingen wie Buddhismus und Beatlyrik befaßte. Sein Mentor in diesen esoterischen Fächern war sein älterer Bruder, der eine Sekte von Untergrundintellektuellen anzuführen schien, deren Hauptquartier sich irgendwo in den Bergen im Südosten von Tennessee befand. Meine eigenen literarischen Vorlieben verlagerten sich unter dem Einfluß Doug Matsons, der unser Hausvorsteher und mein Englischlehrer war; er kam frisch vom Amherst College und hatte ein Aufbaujahr in Oxford absolviert, wo er sich unter anderem eine Garnitur ganz neuer Vokale zugelegt hatte. Verschroben und viel zu würdevoll für seine dreiundzwanzig Jahre, war Matson für mich der Inbegriff des Weltmannes, ein Dandy wie aus dem Buch, mit sauber gestutztem Schnauzer, einer Vorliebe für Fliegen und Harris-Tweed und, unabhängig von jeglicher Wettervorhersage, einem Regenschirm in der Hand, mit dem er sich nach Art venezianischer Gondolieri auf den Fliesenkanälen des Campus fortbewegte. Im Unterricht rezitierte er lange Passagen Shakespeare und warf aus dem Gedächtnis mit Weisheiten von Pater und Ruskin um sich. Es hieß, der *New Yorker* habe eine Kurzgeschichte von ihm angenommen, aber erschienen war sie noch nicht, und meines Wissens wurde sie auch nie veröffentlicht, aber das Gerücht ging mit den Jahren in den Legendenschatz der Schule ein, und das ewig bevorstehende Ereignis war eigentlich interessanter, als die vollendete Tatsache es je hätte sein können.

Matson hatte in Amherst bei Richard Wilbur studiert. Als ich ihm eines Tages nach dem Unterricht mein Interesse an Dichtung gestand, verwies er mich auf Shakespeares Sonette, dann auf Eliot, Berryman und Lowell – lauter Dichtergelehrte, die nur so strotzten vor kanonischer Bildung. Daß ich vom Kanon bislang noch herzlich wenig Ahnung hatte, schreckte mich nicht im mindesten ab. Vor allem liebte ich Lowell, den abtrünnigen Patrizier, der dem relativ gewöhnlichen Bostoner Pflaster eine antike Würde verlieh. Auch ich gab, wie Matson, der geronnenen Klangfülle seines früheren Werks den Vorzug vor seinen neueren, bekennerhaften Freiversen. Als Lowell auf dem prosodischen Tennisplatz das Netz tiefer spannte, wie in *Lebensstudien* und *Für die Toten der Union*, empfand Matson dies ebenso schmerzlich als Verrat wie Folk-Begeisterte die erste elektrische Gitarre bei Bob Dylan. Leute wie Ginsberg und Ferlinghetti, Wills Dichter eben, standen selbstredend in Acht und Bann. Ich folgte in solchen Fragen meinem Mentor, insgeheim aber liebte ich die freien letzten Verse in »Für die Toten der Union« mit ihrer Anklage gegen die schäbige Gegenwart:

> Überall,
> ziehen riesenflossige Autos wie Fische ihre Bahn;
> rohe Beflissenheit
> gleitet wohlgeschmiert dahin.

Aber das war Freizeitlektüre; als der erste Schnee fiel, stand ich im verzweifelten Kampf mit Infinitesimalrechnung, Französisch und einem Aufsatz über *Macbeth*. Währenddessen saß Will drüben an seinem eigenen Schreibtisch und las ein subversives Pamphlet mit dem Titel »Der weiße Neger«.

»Hör dir das mal an«, sagte er. »›Der Ursprung des Hip ist der Neger, denn er lebt seit zwei Jahrhunderten in der Randzone zwischen Totalitarismus und Demokratie.‹ Ist das nun großartig oder was?«

»Für welches Fach?« fragte ich.

»Ein Fach namens Leben. Das solltest du irgendwann auch mal belegen, Patrick.«

»Wenn du nicht bald mit deinen Quartalsarbeiten anfängst, fällst du noch durch.«

Will fixierte mich mit einem hämischen Grinsen. »Das brauchst du jetzt nur noch mit aufgesetztem englischen Akzent zu sagen, und es könnte von Matson stammen.« Will und Matson konnten sich nicht riechen. Matson hatte für Wills musikalische und literarische Vorlieben, die er für ungeschliffen und volksnah hielt, nur beißenden Spott übrig und verpaßte ihm wegen Übertretungen der Sperrstunde und Verstößen gegen das Ruhegebot einen Minuspunkt nach dem anderen. Will fand Matson aufgeblasen und beschränkt und versuchte das erst gar nicht zu bemänteln.

»Das ist kein englischer Akzent.«

»Nein? Und wo hat er alle diese dämlichen Wörter her? Schlimm genug, daß er dauernd mit einem Regenschirm rumläuft, aber wo hat er bloß gelernt, das Ding auch noch *brolly* zu nennen? In Amherst? Haben seine Eltern ihm das beigebracht? Ich sag dir, das hat er alles im Duty-free von Heathrow aufgeschnappt.«

»Mein Gott, er hat eine Zeitlang in England gelebt.« Ein lahmes Argument, das wußte ich gleich.

»Es gibt bestimmte Wörter, die auszusprechen einem Amerikaner bei Todesstrafe verboten sein sollte. Bei Strafe, mit seinem *brolly* erschlagen zu werden. Bei Strafe, daß man ihm seinen *brolly* sonstwohin schiebt.«

»Hör mal, ich will doch bloß nicht, daß du durchrasselst. Ist das so spießig?«

»Darauf antworte ich mal lieber nicht. Aber keine Bange. Ich hab schon einen Plan.« Er zeigte mir ein Fläschchen mit grünweißen Kapseln. »Diätpillen«, beantwortete er meinen verständnislosen Blick. »Am siebten Tag hat Gott geruht, und am achten hat er die Apotheke aufgemacht.« Er lachte. »Das reicht, um mich die ganze Abschlußwoche wach zu halten.« Er stand auf, strich sich die Haare aus den Augen, warf die Schultern zurück und feixte mich an. »Verzeihung, Sir, darf ich mal austreten?«

»Zisch ab.«

»Vielen Dank, Sir.« Er stakste zur Tür und blieb dort noch einmal stehen. »*Cheerio.*«

Will machte seine Ankündigung wahr, in der Abschlußwoche die Nächte durchzuarbeiten. Bis zehn hockte er in der Bibliothek herum, dann kam er aufs Zimmer, wo ich noch eine halbe Stunde Infinitesimalrechnung mit ihm paukte, und nach dem Licht-aus las er die ganze Nacht im kegelförmigen Schein seiner verdeckten Schreibtischlampe, während ich mir das Kissen über den Kopf zog und schlief. Seine blauen Augen ränderten sich rot, und sowie ich aufwachte, faßte er das Gelesene für mich zusammen und erklärte, unsere amerikanischen Geschichtsbücher strotzten nur so von Propaganda. »Dieser ganze Beschiß hat doch damit angefangen, daß wir das Land seinen rechtmäßigen Besitzern geklaut haben. Und Leute wie mein Vater pervertieren schon seit Jahren die demokratischen Abläufe«, sagte er eines Tages mit vor Schlaflosigkeit heiserer Stimme, als wir durch den hartgefrorenen Schnee zur Mensa stapften, um zu frühstücken. »Von wegen Leistung und Gegenleistung. Nimm, was du kriegen kannst, heißt die Devise.«

»Wo du herkommst vielleicht«, wandte ich ein.

»Stell dich nicht so blöd. Wo ich herkomme, macht man das nur offener. Was aber nicht heißt, daß es nicht überall so zugeht. Wie mit dem Rassismus. Das machen die Yankees nur geschickter. Scheinheiliger.« Es war das erste Mal, daß ich Will den Süden verteidigen hörte.

Als meine Mutter mich für die Weihnachtsferien abholen kam, herausgeputzt mit ihrer alten Nerzstola und einem nervösen, knallroten Lächeln, war Will gerade in der Bibliothek und haute seine letzte Arbeit herunter. Aus meinem Fenster im ersten Stock sah ich den Wagen vorfahren und beobachtete, wie sie sich noch schnell im Schminkspiegel begutachtete. Da ich den Tränenglanz in ihren Augen schon vorausahnte, rannte ich die Treppe hinunter, um sie auf dem Weg zum Haus abzufangen. Es überraschte mich selbst, wie ich mich freute, sie wiederzusehen, und schon fühlte ich meine eigenen Augen feucht werden, als ich mich willig an ihren großen Busen ziehen ließ. Ich hatte sie drei Monate nicht gesehen; obwohl es nur eine Fahrstunde weit zu mir nach Hause war, hatte ich mir keinen Besuch gestattet.

»Laß dich ansehen.« Sie hielt mich auf Armeslänge von sich weg, als wollte sie einen Text von meiner Stirn lesen. »Wie gut du aussiehst!«

Es schneite ein wenig. Ich bat sie, mit ins Haus zu kommen, besorgt um einen eventuellen Zusammenstoß der einzigen beiden Welten, die ich je gekannt hatte, obwohl das Haus so gut wie leer war – abgesehen von Matson, der soeben mit seinem berühmten Schirm aus dem Aufenthaltsraum in die Halle gerudert kam. Er machte eine Verbeugung, zu der er in der Taille einknickte, trat dann vor und ergriff die Hand meiner Mutter. »Ah, Mrs. Keane, überaus erfreut. Unser Patrick ist ein Gentleman und ein Gelehrter, und nun weiß ich auch, woher er sein gutes Aussehen hat.«

Meine Mutter errötete vor Verwirrung und Stolz. »Ich bin

Ihnen ja so dankbar, daß Sie sich seiner annehmen«, sagte sie. »Daß er ein Gentleman ist, will ich hoffen. Wir haben ihm ein paar Manieren einzubleuen versucht, aber ehrlich gesagt, woher er seinen Verstand hat, weiß ich nicht.«

Man mag ja innerlich zu seinen Eltern stehen, wie man will, aber mit sechzehn Jahren empfindet jeder sie in der Öffentlichkeit als Bürde. Als meine Mutter jetzt jedoch auf ihre Schuhe hinunterblickte und sich bei Matson für das bißchen Schnee entschuldigte, das sie in den Aufenthaltsraum schleppte, schmolz mein kaltes Teenagerherz, und ich hatte mit meinen Emotionen zu kämpfen.

»Eine beachtliche Frau«, kommentierte Matson, als sie sich einmal »die Nase pudern« ging, und mir dämmerte in diesem Moment eine zweifache Einsicht: Meine Mutter *war* eine wunderbare Frau und Matson ein randloses Arschloch, weil er das mit solchem Unernst von sich gab. Ich würde gern behaupten können, daß diese Einsicht mir erhalten blieb.

Ich war aber auch wütend auf Will, der versprochen hatte, er werde da sein, um meine Mutter kennenzulernen und sich von mir zu verabschieden. Als er nach einer halben Stunde noch immer nicht aufgetaucht war, drängte ich zum Aufbruch. Ich hätte den Teufel getan und ihn erst noch in der Bibliothek gesucht.

Kaum saß ich mit meiner Mutter im Wagen, wo ihr Eau de Cologne sich mit dem Kunstleder- und Zigarettengeruch des Impala mischte, fühlte ich mich, als wäre ich schon wieder zu Hause.

»Der Streik ist am Dienstag beigelegt worden«, berichtete sie mir, »aber die Leute nehmen die Arbeit erst wieder nach Weihnachten auf, und das macht sich in den Geschäften bemerkbar. Dein Vater hat seit drei Wochen nicht ein Stück mehr verkauft, also versuch bitte Rücksicht zu nehmen, Pat. Zum Glück hatte ich deine Geschenke schon vor dem Streik besorgt.« Sie hatte am Telefon zwar schon oft von dem Streik gesprochen, aber ich hatte es kaum mitbekommen; mein Kopf war voll von vermeintlich höheren Interessen. Taunton lebte fast ausschließlich von der Papierherstellung, und Jahr für Jahr beschäftigte die einzige Fabrik am Ort hinter ihren roten Ziegelmauern ein paar Haushaltsvorstände weniger. Wenn auch niemand aus meiner Familie in der Papiermühle arbeitete, so hatte diese allgemeine Untergangsstimmung doch meine Jugend geprägt und mich in dem festen Vorsatz bestärkt, mich davonzumachen.

Im Stadtkern verströmten die Schaufenster der viktorianischen Geschäftshäuser mit ihren Lichtern und Dekorationen eine Atmosphäre prunkender Verzweiflung. Der strahlende Weihnachtsmann über dem Kaufhaus Chilton wurde mit jedem Jahr gespenstischer und unwirklicher, da immer mehr Glühbirnen ausbrannten und nie ersetzt wurden; er starb endgültig, als das Kaufhaus ein paar Jahre später Bankrott anmeldete.

Als mein Vater uns in der Diele hörte, wuchtete er sich aus seinem Lehnstuhl und kam mich begrüßen. Er gab mir die Hand und betrachtete mich mit einem Blick, in dem ich ein durchaus berechtigtes Mißtrauen zu erkennen glaubte, als wäre ich soeben aus dem Lager seiner Feinde zurückgekehrt. »Na?« fragte er. »Was macht unser Studiosus?«

»Ich habe den Direktor kennengelernt«, redete meine Mutter dazwischen. »Er sagt, daß Pat sich ganz prima macht.«

»*Hausvorsteher*«, korrigierte ich. »Matson ist nur unser Hausvorsteher.«

»Egal, er hat jedenfalls gut von dir gesprochen.«

Die Unterscheidung interessierte meinen Vater damals so wenig wie mich das Footballspiel im Fernsehen, dem er sich unverzüglich wieder widmete, aber das Wort selbst merkte er sich; er sollte mich in den folgenden Tagen noch einige Male daran erinnern, wer der Vorsteher in *diesem* Haus war. Inzwischen war auch meine Großmutter am Gehstock aus ihrem Zimmer gekommen, um mich daheim willkommen zu heißen und mir mit ihren papierenen Lippen einen trockenen Kuß auf beide

Wangen zu drücken. »Wie geht's dir denn, mein Junge, du bist ja so groß geworden. Bist du in deiner Schule schon einem der McCabes begegnet?«

Ich schüttelte den Kopf. Nana Keane hatte einmal einen Freund gehabt, der dann nach Harvard ging, und darüber war sie nie ganz hinweggekommen. Sie war nicht ganz zu Unrecht der Meinung, daß die neuenglischen Internate und die feinen Ivy-League-Colleges alle zusammen einen großen, glücklichen Clan bildeten. Und nachdem ich nun darin aufgenommen worden war, konnte es doch nur noch eine Frage der Zeit sein, bis ich Nachricht von ihrem lange verlorenen Verehrer mit nach Hause brachte.

»Ich glaube, Dave McCabe hat drei Enkel, die müßten so ungefähr in deinem Alter sein. Sehen bestimmt alle sehr gut aus. Dave war ja so ein hübscher Bursche, und natürlich galt er als der beste Tänzer in ganz Boston.« Sie seufzte. »Dave hat große Stücke auf mich gehalten.« Alle ihre liebevollen Erinnerungen endeten mit irgendeiner Variation dieses Themas: *Er hat mich so gern gehabt... Sie hat so große Stücke auf mich gehalten.* Wenn mein Übertritt ins akademische Milieu meinen Dad ein wenig traurig machte, so war es nach Nana Keanes Auffassung nur recht und billig für ihren Enkel. Nachdem sie einmal mit einem Harvard-Studenten getanzt hatte, konnte sie sich nie ganz damit aussöhnen, daß sie nur einen Postboten geheiratet hatte. Nana Keane wurde nie müde, mir zu erzählen, daß wir aus altem irischen Adelsgeschlecht stammten, daß in Galway noch ein Schloß stehe, auf dem unsere Ahnen in Glück und Wohlstand gelebt hätten, bevor Cromwells diebische Horden es an sich rissen. Manchmal tröstete ich mich mit diesem Gedanken an unsere edle Abkunft, aber mein eigentliches Streben war es, mich den Siegern anzuschließen, nicht zwischen den Verlierern herumzukrauchen.

Nachdem ich mich einen einzigen Morgen genüßlich ausgeschlafen hatte, trat ich meinen gewohnten Ferienjob an. An den nächsten vier Tagen mußte ich früh raus und mit dem einäugigen, fiesmäuligen Al Wijtowski, in dem keine Festtagsstimmung aufkommen wollte, für eine Blumenhandlung die Weihnachtsgebinde ausfahren. Al war vor drei Jahren von der Papiermühle entlassen worden und fuhr wie im Endlauf eines Schrottwagenderbys, fluchend auf alles und jeden, der ihm in den Weg kam. Wenn er gerade einmal nicht den Daumen auf der Hupe hatte, predigte er mir ein Mischmasch aus Anarcho-Sozialismus und Mysogynie; die Frauen und die Reichen waren der Feind. »Die haben etwas, was du brauchst, und das wissen sie«, erklärte er mir, während er an einem Glas Old Mr. Boston Peppermint nuckelte. »Die Reichen haben Geld, die Weiber haben Mösen, und mit beidem haben sie dich unter der Knute.« Er beschwor mich, aus dieser Weisheit Nutzen zu ziehen. Und ich stellte sie ja nicht in Frage; ich hatte lediglich die Absicht, selbst einmal reich zu werden.

Ich klopfte als schändlich unterbezahlter Weihnachtsmann an die Türen schäbiger Reihenhäuser und aluminiumverkleideter Bungalows, wo argwöhnische Hausfrauen in Lockenwicklern die Tür nur einen Spaltbreit öffneten, damit man das häusliche Chaos dahinter nicht sah, wo es nach Windeleimern und Bratfett roch, erhellt vom bläulichen Schimmer des ewig laufenden Fernsehers. Manche tauten beim Anblick der kleinen Gebinde aus Stechpalmen, Chrysanthemen und Glaskugeln auf, lächelten und begannen in plötzlicher Verlegenheit an ihren Frisuren herumzudrücken. Andere waren in ihrer häuslichen Suhle völlig immun gegen diese Festtagssymbole und unterschrieben unbewegt mit der einen Hand die Empfangsquittung, während sie mit der anderen das Baby an der Hüfte hielten. Manchmal ahnte man im Hintergrund das Männchen, stumpf und drohend wie ein giftiges, den Meeresgrund bewohnendes Tier, das stundenlang reglos in den Sedimenten lag, um urplötzlich hervorzuschießen und sich jedes kleinere Wesen zu schnappen, das unbedacht genug war, in seine Nähe zu schwimmen. Hin und wieder bequemte sich auch der Ehemann persönlich an die Tür, ein Bier in der Hand, unrasiert und feindselig – als sei man daran schuld, daß er keinen Lohn mehr bezog.

Eines Tages wurde mir draußen am Ortsrand, unweit der Papiermühle, die Tür eines Doppelwohnwagens von Karen Santone geöffnet, die einmal für die Dauer von sechs glückstrunkenen Tagen meine Flamme gewesen war, bis ihre Eltern, Zeugen Jehovas, erfuhren, daß ich katholisch war, und unsere Romanze verboten. Sprachlos stand ich mit meinem Korb voller Fichten- und Stechpalmenzweigen vor ihr. Sie sah mich nicht an, entweder aus Scham für ihre Umgebung oder aus stolzer Verachtung für meine katholische Seele. Mir ging in diesem Moment erneut das Herz für sie auf, wenn ich mir vorstellte, wie sie vor meinen Augen altern und in die Breite gehen würde; Weihnacht für Weihnacht, den Kalenderblättern in alten Filmen gleich, würde sie immer wieder in diesem Türrahmen erscheinen und wieder ins Nichts verschwinden.

Als Al mich am Heiligabend um halb sieben zu Hause absetzte, wurde ich an der Tür von Mamas Schwester Colleen empfangen, die zwei Autostunden entfernt in Dorchester wohnte und jedesmal, wenn sie mich sah, unweigerlich in Tränen ausbrach, als wären Jahre vergangen und wir hätten wie durch ein Wunder Kriege und Hungersnöte überstanden, um dieses glückliche Wiedersehen noch zu erleben. Auch diesmal weinte sie und quetschte mich an ihren mächtigen Äquator, während Jimmy, ihr Sohn, hinter ihr schwebte wie ein bleicher Mond. Er trug mit seinen dreizehn Jahren immer noch kurze Hosen und eine kurze schwarze Jacke und schien unter der vielen Aufmerksamkeit zu verkümmern, mit der ihn seine Mutter seit dem Tag überschüttete, an dem sein Vater verschwunden war, was nicht ganz zufällig kurz nach seiner Ankunft auf Erden geschah. Tante Colleen sprach für ihn, zupfte und drückte seine Kleidung und Haare zurecht und behandelte ihn überhaupt derart wie eine Puppe, daß er gar keinen eigenen Willen entwikkelt zu haben schien. Sein Händedruck war so kraftlos wie der eines Embryos.

Nach dem Festtagsputer kam der unvermeidliche Moment, da Tante Colleen einen kurzen Stillstand der Ereignisse zu der Frage nutzte: »Wie wär's denn jetzt mit ein bißchen Musik?« Und da keinem von uns ein höfliches Dementi für das damit unterstellte Verlangen nach derartiger Zerstreuung einfiel, gab sie Jimmy einen Rippenstoß, der ihn kurzerhand von seinem Stuhl beförderte. »Hol doch mal dein Akkordeon, mein Schatz. Du weißt, wie gern Tante Jean und Onkel Mike dich spielen hören.«

Also bot ich Nana Keane galant den Arm, und wir begaben uns langsam, ganz langsam ins Wohnzimmer, wo ich es von neuem unterließ, in ohnmächtiger Wut hinauszuschreien, daß ich nicht hierher gehörte in dieses polstermöblierte Verlies, wo der Weihnachtsbaum vor sich hin leuchtete und die seligen Konterfeis von John Kennedy und Papst Johannes XXIII. uns von der Wand über dem Kamin herab anstrahlten, während Jimmy Boyle sein monströses Folterinstrument auspackte. Wir wappneten uns für das Martyrium, während in Jimmy plötzlich Leben kam, als er auf dem Polsterschemel Platz nahm. Fast unsichtbar hinter dem gräßlichen Kasten entlockte er ihm ein paar einleitende Ächzer und Seufzer. Egal wie oft ich mich diesem Instrument ausgeliefert sah, nie konnte ich mich ganz an seinen Anblick gewöhnen – dieses Produkt einer gewaltsamen Kopulation von Reptil und Orgel.

Jimmys Mutter, strahlend in stolzer Vorfreude, schlug »eine muntere Polka« vor.

»Wie wär's mit etwas Weihnachtlichem?« regte meine Mutter an.

Tante Colleen erklärte großzügig, wir hätten ja reichlich Zeit für beides. Mein Vater und ich wechselten einen resignierten Blick, ausnahmsweise eines Sinnes, und ich fühlte mich ihm in diesem Augenblick fast schmerzhaft nah, ihm, meinem

Fleisch und Blut, zumal mir bewußt wurde, daß ich dies nicht zum Ausdruck bringen konnte. Verlegene Zurückhaltung war Teil der Natur, die er mir vererbt hatte; weder er noch ich würden aufstehen und sagen: *Keine verdammten Polkas in unserm Haus, vielen Dank, und jetzt weg mit dieser Kiste, bevor wir sie kurz und klein schlagen.* Bei allem jugendlichen Widerwillen war ich ein ebenso großer Feigling wie er, und so saßen wir da und hörten uns »White Christmas« und »Hark! The Herald Angels Sing« und die »Bierfaßpolka« und noch ein halbes Dutzend anderer Köstlichkeiten an, deren Titel mir im Lauf der Zeit gnädig entfallen sind. Colleen animierte uns nach jeder Darbietung zum gebührenden Applaus, bevor sie sofort das nächste Stück ankündigte. Falls Jimmy irgend etwas von dem allen übelnahm, falls ihm geschwant haben sollte, wie lächerlich er uns vorkam, anmerken ließ er sich davon nichts. Unverdrossen schunkelte er auf dem Polsterschemel hin und her und umarmte teilnahmslos den Quetschkasten. In seiner Kleinheit erschien mir mein Vetter manchmal nur als toter Anhang zu dem atmenden Instrument, eine Mißgeburt an einer primitiven eisernen Lunge, verzweifelt bemüht, noch einen weiteren Erdentag herauszuschinden. Endlich sagte Mom, wir müßten uns fertig machen, um zur Christmette zu gehen.

»Nur noch ein Stück!« rief Colleen fröhlich.

Mein Vater, der schon aufgestanden war, ließ sich schuldbewußt wieder in seinen Sessel sinken und ertrug stoisch die letzte muntere Polka, während ich alles Schwache und Nachgiebige in meinem Charakter ihm in die Schuhe schob.

Die Christmette war eine erneute Folter. Father Ryan predigte endlos lange über die Heilige Familie, während ich hilflos von Sex träumte. Buntglas und liturgische Klänge riefen seit einigen Jahren einen widernatürlichen Strom fleischlicher Gedanken in mir wach. Wie in einer dunklen Ahnung meines Abfalls vom Glauben hatte Father Ryan mich in der vorgeblichen Anonymität des Beichtstuhls nach meinen unreinen Gedanken und

Taten ausgefragt und mir versichert, daß es sich dabei um Todsünden handle. Da ich nun über meine Gedanken zumindest keine Gewalt hatte, begann ich den ganzen Begriff der unwillentlichen Sünde nebst anderen Aspekten wirklicher und vermeintlicher Kirchenlehren in Frage zu stellen. Ich ging kurzerhand nicht mehr zur Beichte und wäre auch nicht mehr zur Kommunion gegangen, hätte ich mich nicht vor der Reaktion meiner Eltern gefürchtet, weshalb ich weiterhin Sonntag für Sonntag an die Kommunionbank trat, ein Möchtegernrenegat mit Heidenangst vor dem Sakrileg, ungeläuterten Herzens die Kommunion zu empfangen. Und an diesem Heiligabend sah ich mich nun vor einem Dilemma neuer Art: Während die Leute vor uns Bank für Bank zum Altar gingen, saß ich mit einer peinlichen Erektion da, die auch nicht wegging, als sich die Bank unmittelbar vor uns leerte, bis schließlich auch meine Eltern und Tante Colleen sich erhoben und mich zu einer Entscheidung zwangen.

»Kommst du nicht mit zur Kommunion?« fragte Jimmy laut vom Gang her.

Als wir am nächsten Morgen die Geschenke auspackten, die meine Eltern sich eigentlich kaum leisten konnten – darunter der Wettermantel Marke London Fog, den ich mir gewünscht hatte –, lastete die Scham für alle Treulosigkeiten und Verleugnungen, die ich mir hatte zuschulden kommen lassen, schwer auf mir, beginnend damit, daß ich seinerzeit im September, als wir zur Schule fahren wollten, noch rasch meine Mutter gebeten hatte, ein anderes Kleid anzuziehen, und endend mit der Lüge, mein Vater arbeite in leitender Stellung bei General Electric. Auch klangen mir die Worte meines Vaters auf der Rückfahrt von der Kirche noch in den Ohren: »Hat ein Studiosus es nicht mehr nötig, zur Kommunion zu gehen?« Feierlich gelobte ich, im nächsten Jahr ein besserer Sohn zu sein.

Ich stand unter dem Einfluß dieses Entschlusses und war noch sauer auf Will, als er anrief, um mir tierisch frohe Weihnachten zu wünschen und mich auf »die Farm« einzuladen – seine verniedlichende Bezeichnung für Bear Track, die Plantage in Mississippi, auf der sein Vater geboren war. So gern ich hingeflogen wäre, hörte ich mich mit trotzigem Stolz auf meine Stellung im Leben antworten, daß ich ihm für die freundliche Einladung danke, aber das Geld für den Flug nicht habe.

Ich wußte, daß meine Mutter todtraurig wäre, mich so bald schon wieder zu verlieren. Aufs Internat zu gehen, war meine eigene Idee gewesen – und es war unübersehbar, wie sie sich freute, mich wieder bei sich zu Hause zu haben.

Das erstere Problem löste Will auf der Stelle: Er werde mir den Flug von seinem unrecht verdienten Lotteriegeld bezahlen. Als ich ihm kühl erklärte, ich wolle sein Geld nicht, behauptete er, meine Hilfe zu brauchen, und meinte, ich könne die Schulden ja abarbeiten. Das brachte dann letztlich die Entscheidung, und ich mochte sie nicht mit der Frage belasten, welche Art Hilfe er von mir brauchte.

Das andere Hindernis war schwieriger zu überwinden, aber irgendwie schaffte ich es im Lauf der nächsten Tage, meinen Leuten einzureden, daß sie doch sicher nicht die Sorte Eltern waren, die ihrem Sprößling die Chance versagen würden, auf Reisen seinen Horizont zu erweitern und Anschluß an die Gesellschaft zu finden, zu der seine teure Schulausbildung – dank ihrer Großzügigkeit und Opferbereitschaft – ihm die Tür öffne, und die sie selbst ihm nicht so ohne weiteres bieten könnten. Der Blick in den Augen meiner Mutter, als sie sagte, ich könne gehen, hätte mich fast wieder davon abgebracht – ein Blick, der sagte, sie wisse wohl, daß sie mich verlieren werde. Auch mein Vater bekam feuchte Augen, als er mich zum Flughafen brachte. Er schien in seiner Beziehung zu mir ständig hin und her zu pendeln zwischen den Gegenpolen strenger Disziplin und tränenseliger Sentimentalität, ohne daß es da eine bequemere Mittellage gegeben hätte. Sehr irisch das Ganze. Ich hätte ihn gern irgendwie getröstet, aber wir hatten das vertraute Gespräch nie gekannt, und meine freudige Erregung über mein Entkommen aus der beengten Sphäre seines Einflusses war nur allzu spürbar.

VI

Wir ließen Memphis hinter uns auf der Anhöhe liegen, und plötzlich sah ich vor mir das ausgedehnte Schwemmland des Mississippideltas. In seinem schmutzigbraunen Winterkleid erschien es mir beinah konturlos, aber durch Wills ausschweifende Kommentare gewässert, begann in der unfruchtbaren Ebene eine phantastische Vegetation zu sprießen: Ein vergangener Urwald von Zypressen, Tupelos, Platanen und Storax erblühte neu aus einem satten Eintopf von Flutwasser, Sedimenten und verrottender Vegetation, miteinander verwoben durch wildwuchernde Lianen und Schilfrohr, bewohnt von Rehwild, Bären, Panthern, Mokassinschlangen, Alligatoren und schwarzen Wolken krankheitsübertragender Moskitos. Die Chocktaw lagerten auf den Schwemmkegeln nahe den Flußufern, aber noch bis weit ins neunzehnte Jahrhundert hinein lag das fruchtbare Binnenland brach, bis Weiße aus Tennessee und den beiden Carolinas, nachdem sie die Baumwollfelder im Norden und Osten ausgelaugt hatten, in Flachbooten den Fluß herunterkamen, angelockt von der Verheißung des fruchtbarsten Bodens auf dem ganzen Planeten. Es waren keine kleinen Bauern – die Rodung und Urbarmachung dieses Urwalds erforderte Kapital und Sklaven. »Die Neger sterben alle paar Jahre einmal dahin«, schrieb ein früher Besucher des Landes, den ich später in Yale in meiner Magisterarbeit zitierte, »aber es heißt, daß jeder von ihnen in dieser Zeit genug Ertrag bringt, um davon zwei neue zu kaufen.«

Jetzt sah ich über die flache Ebene des Deltas hinweg nichts weiter als den langgestreckten Uferdeich zu unserer Rechten als Rand der Welt. Der führende Industriezweig schien sich hier um

Durstlöschung und Getränkekühlung zu drehen, diesen Eindruck vermittelten jedenfalls die handgemalten Reklameschilder an den Straßen, die KALTES BIER und KALTE COLA anpriesen. Über die verödeten Baumwollfelder verstreut standen Hütten, zum Teil umwimmelt von schwarzen Kindern, andere verlassen und von Kuzu überwuchert, der mit seinen Ranken ihre Blechdächer zusammenzuhalten schien. Als wir durch eine kleine Siedlung kamen, zeigte Will mir die Stelle, an der vor einem Jahr ein Freedom Rider zusammengeschossen worden war. »Das ist der Schüden des Schüdens«, meinte er warnend unter einem Sprühregen von Kartoffelchipskrümeln, die auf dem Instrumentenbrett landeten. »Hier leben die letzten Unaufgeklärten Amerikas.«

Will hatte mich mit fast zwei Stunden Verspätung am Flughafen von Memphis abgeholt. Während ich vor der Gepäckausgabe die Beine ausstreckte, sah ich den Cadillac die Zufahrt heraufschießen und an mir vorbeirasen, bevor er einem Taxi ausweichen mußte und mit quietschenden Reifen einen guten Meter vom Randstein entfernt anhielt. Als ich hinlief, ging das Beifahrerfenster herunter. »Ich bin völlig fertig«, sagte Will. »Besser, du fährst.« Dabei hob er einmal kurz seine Sonnenbrille an, damit ich seine roten Augen bewundern konnte.

Ich sagte ihm, mein vorläufiger Führerschein gelte nur mit einem erwachsenen Beifahrer.

»Darum kümmert sich hier unten keiner«, meinte er. Ich nahm also die Schlüssel und folgte seinen Anweisungen, bugsierte den großen, weichgefederten Caddy die Zufahrt hinunter und auf den Highway 51 hinaus.

Will zündete sich eine Zigarette an, und auf der Fahrt nach Süden setzte er mich ins Bild. »Wir haben das Haus so gut wie für uns allein. Dad ist in New Orleans, und Elbridge ist mit seinen Kumpeln runter nach Destin. Die schöne Cheryl war über Weihnachten bei uns. Irgendwann gesteht sie uns, daß sie ihren Bâton vergessen hat. Worauf mein Alter ihr sagt, er hat einen

Bâton, mit dem sie gern spielen darf, weswegen Mama sich für zwei Tage in ihr Zimmer verzieht. Dann regt Dad sich über Elbridges bevorstehende Einberufung auf. Er will seine Beziehungen spielen lassen, damit Elbridge nach seinem Magister in die Reserve kommt und nicht nach Vietnam muß, und Elbridge sagt, das ist Beschiß, worauf mein Alter meint, es ist nur klug. War ein ziemlich ungemütliches Abendessen.«

Nachdem wir einmal im Delta waren, wurde die Straße so eben, daß man das komische Gefühl hatte, bergauf zu fahren. Die Entfernungen zwischen Häusern, Autos und den vereinzelten Baumgruppen wurden riesig, und mich überkam eine alles durchdringende Mattigkeit. Auf den abgeernteten Baumwollfeldern hingen Millionen weiße Wattebäusche an den abgemähten Stoppeln wie ausgefranste Kapitulationsfähnchen. Der schwarze Tankwart, der uns in Tunica bediente, schien aus dem einfachen Weg von seinem Verschlag bis zu unserem Auto eine epische Irrfahrt zu machen. Die Tür seines Verschlags hing nur noch an einer Angel, ebenso wie sein Overall nur noch an einem halb durchgeschlissenen Schulterträger baumelte; der andere war schon ganz durchgefranst. Der Sammelbehälter der Eismaschine war voll Müll, der Deckel längst verschwunden. Ein paar von Grünzeug überwucherte Autos waren auf dem besten Weg, Teil der Landschaft zu werden.

Bear Track, rund dreißig Kilometer nördlich von Greenville gelegen, gehörte Wills Familie seit den Fünfzigern des vorigen Jahrhunderts, als das Land urbar gemacht worden war – eine der ersten Plantagen der Gegend, zwölfhundert Hektar Baumwolle auf sandigem Lehm. Wir fuhren durch kahle Felder eine rote Zufahrt hinauf. Beim ersten Anblick des Hauses war ich enttäuscht: ein Ranchhaus aus gelbem Backstein, wobei lediglich die Pekan- und Magnolienbäume, die es umstanden, meiner Vorstellung von einem Plantagenhaus aus der Zeit vor dem Bürgerkrieg entsprachen.

»Hattest du Säulen und Veranden erwartet?« fragte Will belustigt, als wir vor dem Eingang hielten. »Das alte Haus wurde von den Yankees abgefackelt. Das neue ist nach der Flut von 1927 eingestürzt, und das jetzige ist auch schon einmal bis auf die Grundmauern abgebrannt, nachdem ein betrunkener Aufseher mit einer Zigarette im Bett eingeschlafen war. Typische Geschichte für das Delta. Du hörst die Leute hier Gott weiß wie von den glorreichen Zeiten des Dixie schwärmen, aber Scheiße, das war hier ein einziger riesiger Sumpf. Die Leute waren damals noch nicht mal *hier*. *Vom Winde verweht* und diesen ganzen Quark kannst du vergessen. Daß der Süden den Krieg verloren hat, war das Beste, was ihm passieren konnte, denn so konnten wir die nächsten hundert Jahre unserer angeblich verlorenen Pracht und Herrlichkeit nachweinen.«

Wir machten kurz in der Küche halt, um Eula zu begrüßen und aus dem Kühlschrank zwei Dosen Bier zu klauen.

»Ein Frühstück für Männer«, meinte Will.

»Sie schaffen es noch, daß ich aus dem Haus fliege«, klagte Eula. »Ihre Mama wird denken, daß *wir* hier das ganze Bier trinken.«

»Meine Mama hat zwanzig Jahre lang keinen Fuß in diese Küche gesetzt.«

»Kann sein, aber Ihr Daddy, der kontrolliert jedesmal den Schnaps, wenn er hier runterkommt. Hab ich selbst gesehen. Stellt die Flaschen auf den Kopf und macht Striche dran.«

»Wann wirst du endlich aufhören, der Unterdrückung die Hand zu leihen?« fragte Will. »Weißt du nicht, daß die Revolution bevorsteht?«

Ich brauchte ein paar Sekunden, bis ich begriff, daß er sie aufzog. Eula kannte das alles schon und wollte es offensichtlich nicht noch einmal hören. Sie hielt sich die Ohren zu und rief: »Was mir bevorsteht, ist nur ein Haufen Ärger, wenn Sie mich nicht in Ruhe lassen.«

Wenn wir noch ein paar Jahre jünger gewesen wären, hätten wir wohl draußen noch ein bißchen die Gegend erkundet, solange es einigermaßen hell war; so aber schlossen wir uns in Wills Zimmer ein und hörten eine Stones-Platte. Will zeigte mir seine Sammlung indianischer Schätze – Pfeilspitzen, Perlen und Tonscherben –, die er rings um Bear Track so auflas.

Als seine Mutter an die Tür klopfte, versteckten wir in aller Eile die Bierdosen, bevor sie in ihrem wehenden Kimono hereinkam. Sie erkundigte sich haarklein nach dem Wetter und entschuldigte sich bei mir dafür, daß im Haus zur Zeit so gar nichts los sei.

»Ihr Jungen solltet ausreiten«, sagte sie.

»Wir haben keine Lust zu reiten«, sagte Will.

»Das finde ich aber sehr, sehr schade«, meinte sie, während sie im Zimmer umherging und stirnrunzelnd die Poster an den Wänden betrachtete. »Wir haben so viele wundervolle Pferde hier draußen. Jemand müßte sie einmal ausreiten. Sie reiten doch, Patrick? Oder wird bei Ihnen zu Hause nicht geritten?«

»Uns ist einfach nicht danach«, erklärte Will.

»Ja, und das finde ich ausgesprochen schade«, sagte sie verträumt, dann zog sie die Tür hinter sich zu.

»Sie war nicht immer so«, sagte Will leise.

»Was heißt ›so‹?«

»Weiß auch nicht. Wie ein Gespenst. Cordell hat sie kennengelernt, nachdem *sein* Vater fast das ganze Savage-Vermögen durchgebracht hatte und er es wieder zusammenzukratzen versuchte. Mama war eines der reichsten und hübschesten und lustigsten Mädchen in Memphis, und bei weitem das großherzigste. Einundzwanzig war sie, als ihr der erste Treuhandfonds zufiel, und das meiste davon hat sie in ein Waisenhaus für Schwarze gesteckt. So was hatte bis dahin noch nie einer getan. Es hätte sie auch jeder deswegen für verrückt erklärt, aber weil sie es war, fanden es alle ganz wunderbar exzentrisch und christlich.«

Will griff in seine Nachttischschublade, nahm ein Päckchen Zigaretten heraus und zündete sich eine an.

»Dad war hinter ihr her wie sonstwas. Hat sich Geld geborgt, um ihr nach Europa nachzureisen – das Anwesen hier war bis übers Dach verschuldet –, und hat ihr zwei Jahre lang jeden Tag ein Gedicht geschickt. Schließlich hat sie ihre Heirat mit diesem Menschen aus Chattanooga abgesagt und ist mit meinem Alten abgehauen. Seitdem macht er sie mit allen Mitteln fertig – man könnte meinen, er muß alles, was er liebt kaputtmachen, damit er nicht mehr so abhängig davon ist. Es dauerte nicht lange, da fing er an, mit ihren Freundinnen rumzumachen, und daß sie ihr Geld nicht mehr weggab, dafür hat er auch gesorgt! Hat sie langsam aber sicher zermürbt. Und als dann A. J. starb, war das der letzte Schlag für sie.«

Es war das erste Mal, daß ich Will von seiner Mutter erzählen hörte. Er war ihr immer ein guter Sohn, und später wurde ihr Verhältnis immer enger, fast zwangsläufig mit der zunehmenden Entfremdung von seinem Vater. Nach und nach begriff ich, daß er an ihr vor allem liebte, was sie einmal gewesen war, und sie dafür haßte, daß sie sich von Cordell soviel gefallen ließ und ihn dennoch weiter liebte, bis zum Ende. Aber ich darf auch nicht vergessen, daß dies *Wills* Darstellung von der Ehe seiner Eltern war, und die konnte kaum unparteiisch sein.

»Komm, wir fahren«, sagte Will, der plötzlich etwas ganz Dringendes vorzuhaben schien.

Ich wartete auf der Zufahrt, und nach ein paar Minuten sprang er auf den Beifahrersitz, zwei Dosen Bier in den Händen. Ich fuhr auf die offene Landstraße hinaus, wo die Scheinwerfer einen bleichen weißen Kegel aus der Schwärze zauberten.

»Schneller«, befahl Will. Ich warf einen Blick zu ihm hinüber und sah ihn einen Revolver aus dem Bund seiner Jeans ziehen. So überrascht ich war, ich hätte es doch unmännlich gefunden, ihn nach der Art unseres Vorhabens zu befragen.

»Wichtig ist«, sagte er, »daß du stur weiterfährst, egal was kommt.«

In dem Moment sah ich ein Stoppschild vor einer Kreuzung

und nahm das Gas weg. »Fahr zu«, sagte er, und während ich vorsichtig Gas gab, lehnte er sich weit aus dem Fenster.

Ich bremste, als ich den Knall hörte.

»Verdammt noch mal, wie soll ich das Scheißding treffen, wenn du hier schleichst wie eine Schildkröte. Zurück und noch mal von vorn.«

Ich tat wie befohlen und war froh, daß keine anderen Autos in Sicht waren. Als wir dann wieder fünfzig Meter vor dem Stoppschild waren, ließ er mich noch einmal mit Vollgas darauf zufahren. Diesmal trat ich voll durch. Das Schild huschte als ein verschwommener Klecks vorbei, und Will schoß.

»Zurück«, sagte Will. »Ich glaube, jetzt hab ich's.« Er lud nach, während ich zurücksetzte und genau vor dem Schild anhielt, das unversehrt war.

»Scheiße!« brüllte er mit irrem Blick. Er stieg aus dem Wagen, stolzierte auf das Schild zu und feuerte aus nächster Nähe alle sechs Patronen darauf ab. Wie er so als dunkle Silhouette, das Schießeisen in der Hand, vor dem Nachthimmel des Deltas stand, kam er mir vor, als inszenierte er das Racheritual eines Geächteten.

Endlich ließ er die Waffe sinken und kam zum Wagen zurück. Er schien zufrieden darüber, daß er in dem Krieg, den er führte, wenigstens diese eine Schlacht gewonnen hatte.

Am Silvesterabend saßen Will und ich allein im Eßzimmer. Cordell war noch geschäftlich in New Orleans, und Mrs. Savage hatte sich ihr Essen aufs Zimmer bringen lassen. Wir saßen uns am Kopf- und Fußende eines Tischs gegenüber, an dem gut zwanzig Leute Platz gefunden hätten, betranken uns am Champagner und brachten brüllend unsere Trinksprüche auf die Ahnen aus, deren Porträts ringsum an den Wänden hingen, alle mit finsteren Mienen, als hätten sie vorausgeahnt, daß sie ein langes, ödes Nachleben lang auf die Lebenden würden hinunterstarren müssen.

Später gingen wir hinters Haus, legten uns vor dem Wintergarten auf die kühle Erde und warfen mit Steinchen nach den ausgehöhlten Flaschenkürbissen, die an einem zwischen dem Wintergarten und einem Pekanbaum gespannten Draht hingen. Im Frühjahr dienten diese Kürbisse als Nisthöhlen für die mükkenvertilgenden Purpurschwalben, weshalb man Einfluglöcher mitten in die dicken Enden gebohrt hatte. Bald hatten wir genug davon und starrten nur noch hinauf in einen Himmel, an dem mehr Sterne flimmerten, als ich je gesehen hatte, funkelnde Juwelen, von denen das verwaschene Weiß der Milchstraße übersät war.

»Ein Rausch hebt die Entfernung auf«, sagte Will, »zwischen uns und den Himmelskörpern.«

»Himmelskörper wie Cheryl Dobbs«, sagte ich. Mir war gar nicht danach zumute, ich spielte nur Will zuliebe mit.

Er hatte mich anscheinend nicht gehört. »Du mußt nur richtig high sein, dann kannst du sie anfassen.«

»Ach Gott, könnte ich doch nur mal ihre Himmelskugeln anfassen«, schwärmte ich und fand mich zum Totlachen komisch.

Aber Will befand sich auf seinem eigenen Planeten. »Du mußt den Intellekt hinter dir lassen«, sagte er. »Das ist das Wesentliche am Soul – reines Gefühl. Daß man einfach seinen Sklaven befreit.«

»Kannst du mir vielleicht mal sagen, wovon du redest?«

»Vom Betrunkensein.« Plötzlich stand er auf. »Komm, ich zeig's dir.« Er wies auf eine Baumgruppe hinter dem Haus und sagte, wir sollten da hindurchrennen, so schnell wir könnten. Er sandte einen gellenden Rebellenschrei in die Nacht, ich brüllte zurück, und schon sprinteten wir auf den dunklen Baumvorhang zu. Ich zweifelte keine Sekunde daran, daß ich diesen Test bestehen würde. Mit dem wärmenden Alkohol im Leib und der kalten Luft im Gesicht gab es nichts auf der Welt, was ich nicht geschafft hätte. Ich rannte, so schnell ich konnte, zwischen den

Bäumen hindurch, umkurvte mühelos die dicken schwarzen Stämme, die harmlos an mir vorbeirasten, Will gleichauf neben mir, gefeit gegen Kollisionen. Ich war unbesiegbar – bis ich nach links auswich und Will nach rechts, worauf wir beide, nach Atem ringend, nebeneinander im feuchten Laub landeten. »Siehst du?« meinte Will. »Du mußt einfach deinem Instinkt vertrauen.«

Noch immer aufgedreht, ließ ich mir das gerade durch den Kopf gehen, als Will plötzlich fragte: »Würdest du dir für tausend Dollar von einem Kerl den Schwanz lutschen lassen?«

»Teufel, niemals.«

»Für zehntausend?«

»Nichts zu machen.«

»Von einem Mädchen?«

»Machst du Witze?«

»Aber sagen wir mal, du hast die Augen zu. Fühlt sich gut an, wenn's ein Mädchen macht, warum also nicht bei einem Kerl?«

»Weil...« Mir waren diese Überlegungen nicht geheuer. »Weiß ich nicht.«

»Aber wenn keiner was davon weiß?«

»*Ich* wüßte es. Was bist du eigentlich – ein Homo?«

»Ich sag ja nur – das sind diese verdammten... Konventionen. Wir sind Gefangene dessen, was wir denken sollen.«

»Würdest du es denn machen?«

»Vielleicht nicht. Es ist nur komisch, daß alle es so schrecklich finden.«

»Ist es ja auch«, sagte ich. »Kraft Definition.«

Plötzlich stand er auf und klopfte sich das Laub ab. »Frischen Champagner für die Olympier.«

Nach einer weiteren Flasche Moët faßten wir beide den Vorsatz, im nächsten Jahr unsere Unschuld zu verlieren, und später übergab ich mich in den Abfalleimer, den ich in kluger Voraussicht neben mein Bett gestellt hatte.

Am nächsten Tag sahen wir uns das traditionelle Rose-Bowl-Footballspiel an und fachsimpelten mannhaft über den Sektkater, den wir gemäß unseren reichen Erfahrungen zum schlimmsten von allen Katern ernannten, übertroffen höchstens von Gin.

Am Samstag abend fuhren wir nach Clarksdale, um Lester Holmes zu hören. Mir rutschte das Herz in die Hose, als ich den fensterlosen Schuppen gleich neben den Bahngleisen sah. Ein paar Schwarze lümmelten sich als lustlose Wachposten vor dem Eingang und ließen einen Joint herumgehen.

»Ihr weißen Bürschchen müßt euch verlaufen haben«, brummte einer von ihnen, als wir näher kamen.

»Wir sind wegen Lester hier«, sagte Will selbstbewußt.

»Ach ja?«

Sie machten widerstrebend Platz und ließen uns eintreten. Drinnen konnte ich zuerst überhaupt nichts sehen, wobei ich mir aber sehr bewußt war, daß man mich sah. Das Stimmengewirr sank unter den Lärmpegel der Musik aus einer Jukebox, die auf der gegenüberliegenden Seite flimmerte. Dunkle Gesichter tauchten aus dem Halbdunkel auf. Fast wäre ich über irgendein Ding gestolpert, das mitten auf dem Lehmboden stand und aussah wie ein Achtzylindermotor. Eine einzige Lampe brannte auf der Bühne, die leer war, abgesehen von ein paar Verstärkern und einem Schlagzeug. Lester sahen wir mit zwei Verehrerinnen in einer Ecke sitzen.

»Schleichst du mir nach?« fragte Lester, als Will zwei Klappstühle an den einbeinigen runden Tisch zog.

»Wie soll ich sonst was lernen?« fragte Will im gleichen Ton zurück.

»Das siehst du genau richtig«, meinte Lester. Die Frauen lachten beifällig. »Meine Damen, das ist mein weißer Schützling Willie. Er möchte, daß ich ihm allen Scheiß beibringe, den ich selber kann, aber ich sag ihm, es gibt Sachen, die hast du, oder du hast sie nicht.«

»Das siehst du genau richtig, Lester«, meinte eine der Frauen.

»Und wie.«

»Ich sag ihm: ›He, du, es gibt da so einigen Scheiß, den ein Weißer nie lernt.‹«

»Vollkommen richtig.«

»Mein Geheimnis bei Frauen will er wissen. Dabei ist es nur so, daß ich der geborene Lover bin, sonst nichts.«

Die Frauen quittierten es mit Hohnlachen.

»Aber ein paar schlaue Tips könnte ich ihm vielleicht geben.«

»Dafür wäre ich sehr verbunden«, sagte Will.

»Ist nur so, daß ich jetzt spielen muß. Ihr Jungs dürft zusehen, und könnte sein, daß ihr das ein oder andere dabei lernt. Manchmal mußt du einfach Tempo machen, und dann wieder mußt du dir *echt* Zeit lassen.«

Will holte Bier aus dem Automaten, der als Bar diente, während ich minutiös ein Schild studierte, das daneben an die Wand gepappt war. WENN DU DEN NARREN SPIELEN WILLST, MACH'S WIE IN DER SCHULE UND MELD DICH MIT BAUCHWEH AB. WIR WOLLEN HIER UNSERN SPASS.

Wir blieben bei den Frauen sitzen, die zur Bühne hinaufbrüllten. Plötzlich wußte ich, aus dem Bauch, daß es stimmte, was Will einmal zu mir gesagt hatte – daß es sich bei der Musik *wirklich* voll um Sex drehte. Nicht unbedingt die Texte, obwohl auch die manchmal –, sondern die Rhythmen, das Feeling, das Auf und Ab, die ganze Zielrichtung. Ich staunte. Jetzt hatte ich den Schlüssel, bildete ich mir ein. Will hatte ihn wahrscheinlich schon immer gehabt. Während die Musiker ihre Themen immer aufs neue variierten, rückte Will immer dichter an das Mädchen neben ihm heran. Und als ich ein paar Minuten später den Blick von der Bühne wandte, stellte ich fest, daß die beiden verschwunden waren.

Die andere Frau sah mich an und lächelte. »Willste tanzen?«

»Nein danke.«

»Komm schon, Kleiner«, sagte sie, schon im Aufstehen, und

zog mich am Arm. Plötzlich wurde mir klar, daß alle im Raum zuguckten, und es hätte eines erheblichen körperlichen Widerstands bedurft, die Einladung abzulehnen, so gern ich es getan hätte. Meine Ängste wurden nur noch größer, als die anderen Paare, die bis dahin getanzt hatten, wie auf ein Zeichen auseinandergingen, als wollten sie entweder nichts mit uns zu tun haben oder uns aus sicherer Entfernung zusehen. Ich hoffte auf etwas Langsames. Wir waren ganz allein da draußen, als die Band einen schnellen Rhythmus vorlegte.

Ich versuchte die Bewegungen meiner Partnerin zu imitieren und hatte für kurze Zeit das Gefühl, meine Sache ganz gut zu machen. Ich erinnerte mich an meinen tänzerischen Triumph vor einigen Wochen mit Belinda, in Lesters Haus. Einen Moment lang verlor ich mich regelrecht im Rhythmus. Aber im selben Maße, wie die Bewegungen meiner Partnerin komplizierter wurden, verließ mich mein dürftiges Selbstvertrauen, bis ich allmählich sogar den Verdacht schöpfte, daß sie mich hier bewußt vorführte. Tapfer machte ich weiter, versuchte gar nicht mehr, mit ihr Schritt zu halten, sondern hörte statt dessen immer deutlicher das Lachen von den Tischen ringsum. Als der letzte Song schließlich zu Ende war, ließ meine Partnerin sich lachend in die Arme einer Freundin fallen, halb ohnmächtig vor Ausgelassenheit, während mir Hohn und Spott entgegendröhnten. Mit glühendem Gesicht schlich ich zum Tisch zurück, während Lester über sein Mikrofon verkündete: »Leute, hat das *weh* getan. Und das ist jetzt richtig *gemein* von mir.«

Auf der Rückfahrt nach Bear Track hielt Will mir plötzlich seine Hand unter die Nase. »He, Mann, riech mal an meinem Finger.«

»Paß auf, wo du hinfährst«, sagte ich. Als er mir weiter mit der Hand vor dem Gesicht herumwedelte, schlug ich sie weg, wodurch er kurz aufs Bankett geriet, bevor er den Wagen wieder in der Gewalt hatte.

»Wo klemmt's bei dir eigentlich?«

»Bei mir? Überhaupt nichts klemmt bei mir.«

»Du bist doch bloß eifersüchtig.«

»Ach ja?« brüllte ich. »Dieses Mädchen hätte ich nicht mit ’ner Zange angefaßt.«

»Weil du ’ne Schwuchtel bist.«

»Leck mich!«

»Leck *du* mich!«

Ach ja – das waren die Zeiten, in denen so etwas noch als schlagfertige Antwort galt.

Wir fuhren schweigend nach Hause und gingen zu Bett, ohne noch ein Wort gesprochen zu haben. Meine Wut auf Will hatte so viele Gründe, daß ich gar nicht wußte, wo ich mit dem Aufzählen hätte anfangen sollen, nicht zuletzt deshalb, weil ich ihm die Schuld für meine Demütigung gab, aber ich dachte nicht daran, ihm das zu sagen, ich wollte ihn gar nicht erst erfahren lassen, was in seiner Abwesenheit passiert war. Als er endlich wieder an den Tisch zurückgekommen war, hatte ich dort mit zwei netten Typen gesessen, die sich von mir je drei Bier und zusammen einen halben Liter Gin hatten spendieren lassen.

Meine Wut verrauchte im Lauf der Nacht; als ich im Morgengrauen aufwachte, war mir richtig mulmig vor Angst, ich könnte unsere Freundschaft dauerhaft beschädigt haben. Als Will drei Stunden später endlich aus seinem Zimmer kam, entschuldigte ich mich für meinen Ausbruch.

»Schon in Ordnung«, meinte er achselzuckend. »Wir waren betrunken.«

Ich bin nicht sicher, ob diese Erklärung den Fall wirklich ganz abdeckte, aber ich akzeptierte sie nur allzu bereitwillig. Mir war mitten in der Nacht aufgegangen, daß Will mein bester – und im Grunde mein einziger – Freund geworden war.

Will verkündete beim Frühstück, daß er noch mal in Richtung Clarksdale fahren wolle, um in die Kirche zu gehen. Handelte es sich vielleicht um Buße für seine Taten der vergangenen Nacht?

Ich hatte jeden Sonntag zur Messe gehen müssen bis zu dem Tag, an dem ich mein Elternhaus verließ und aufs Internat ging, wo ich dem Stigma, in diesen Kleinbus zu steigen, der die Katholiken in die Stadt brachte, tunlichst aus dem Weg ging. Ich hätte mir nicht vorstellen können, freiwillig eine halbe Stunde weit zu fahren, um mich in eine Kirche zu setzen, was auch nach Wills Maßstäben alles andere als *cool* war.

»Da singt so ein Chor, den ich mir mal anhören will«, sagte er verschämt, jedenfalls kam es mir so vor. »Hast du überhaupt schon mal Gospelmusik gehört?« Angesichts meiner Skepsis fuhr er fort: »Mann, du denkst, die Weiber laufen nur den Rock-'n'-Roll-Sängern nach. Gospelsänger können sich gar nicht retten vor ihnen.«

Das war ein Aspekt der religiösen Berufung, an den ich noch nie gedacht hatte. »Du machst Witze.«

»Kein bißchen«, antwortete er.

Ich könne ja gern auf Bear Track bleiben, sagte er, und ich glaube, es wäre ihm sogar lieber gewesen, aber ich wollte unbedingt alle Schäden wieder ausbügeln, die unsere Freundschaft in der vergangenen Nacht erlitten haben konnte, und außerdem war ich inzwischen selbst neugierig auf diesen Cocktail aus Heiligem und Profanem. Im Auto belehrte er mich dann weiter. »Was die Musiker Soul nennen, das heißt bei den farbigen Priestern Heiliger Geist. Aber im Grunde ist es genau dasselbe.«

Die Kirche, eine weiße Schachtel aus Aluminiumblech auf Hohlblocksteinen, stand außerhalb der Stadt mitten auf einer Wiese. Ein handgemaltes Schild verkündete: JEDERMANN WILLKOMMEN; und ich war überraschter, als ich es hätte sein sollen, als wir die Kirche betraten, wo der Gottesdienst bereits begonnen hatte, und ich sah, daß wir hier die einzigen Weißen waren. Ein spürbarer Ruck ging durch die Gemeinde, als wir uns leise hineinzuschleichen versuchten. Der Priester legte eine Pause ein, während ein Kirchendiener sich erhob und uns zur vordersten Bank geleitete, wo wir als Ehrengäste Platz nahmen.

»Ich weiß nicht, wie das bei euch ist, aber ich habe mir so meine Gedanken gemacht«, sagte der Priester, ein imposanter Patriarch mit hoher Stirn und ergrauenden Schläfen.

»Sag's uns«, rief eine Stimme von hinten.

»Landauf und landab höre ich die Leute klagen, wie schwer doch ihr Los ist.«

»Recht so«, rief eine dicke Frau in unserer Bank.

»Ich denke so bei mir, daß Gott viel zu gut zu mir ist, als daß ich mich beklagen sollte.«

»Jetzt laß hören.«

»Geht zu irgendwem ins Haus, es wird geklagt über dies und das.«

»Du sagst es. Recht so.«

»In der Kirche fromm sein kann jeder. Es kommt aber darauf an, was ihr zu Hause tut. Was eure Freunde sehen, was eure Nachbarn sehen. Da sieht man eure Frömmigkeit, da zeigt sie sich. Wenn ihr meint, das Leben sei schwer, wartet einen Moment. Laßt euch nicht von eurer Lage bestimmen. Machet den Raum in eurem Zelt weit und breitet aus die Decken eurer Wohnstatt, Brüder und Schwestern. Ihr müßt dahin kommen, daß ihr euch von eurer Armut nicht mehr bestimmen laßt. Spannt eure Seile und vergrößert eure Wohnstatt. Ihr müßt euch ausbreiten. Je mehr ihr euch ausbreitet, desto mehr breitet sich eure Ernte aus. Was müßt ihr also tun, wenn ihr herauswollt?«

»Ausbreiten«, antwortete ein Dutzend Stimmen. *»Lobet den Herrn.«*

Der Priester ließ den Blick über seine Gemeinde schweifen und nickte beifällig. »Je mehr ihr euch ereifert, desto eher gibt euch Gott eine eifrige Ernte. Je mehr ihr euch zurückhaltet, desto eher kriegt ihr eine zurückhaltende Ernte. Je feuriger euer Eifer, desto mehr werdet ihr euch ausbreiten zur Rechten und zur Linken. Wohin werdet ihr euch ausbreiten?«

»Zur Rechten und zur Linken.«

»Und überallhin, Brüder und Schwestern. Der Teufel dagegen, er will uns würdevoll. Er will uns nicht eifernd. Er will uns nicht erfüllt vom Heiligen Geist. Wenn wir im Hause jammern, kriegen wir eine Ernte, die ein Jammer ist. Solange wir hier herumsitzen und klagen, kriegen wir nichts weiter als eine klägliche Ernte. Je mehr wir Gott loben, desto größer wird die Ernte im Hause Gottes. Sie wird sich ausbreiten in meiner Kirche, sie wird sich ausbreiten in meinem Haus, und wenn ich in mein Haus gehe, will ich nicht hingehen und jammern, und wenn ich nach Hause gehe, wird die Ernte sich ausbreiten in meinem Haus.«

Die Frau neben mir weinte unter ihrem weißen Schleier, und wenn ich mich umschaute, sah ich Tränen auch auf anderen Wangen. Ich hatte noch nie eine Predigt mit solcher Überzeugung vorgetragen gehört – höchstens wenn Father Ryan gegen den Sex wütete –, und ich hatte noch nie eine Gemeinde solche Widerreden geben hören wie diese hier. Will neben mir war weniger ergriffen als irgendwer sonst in der Kirche, und doch wirkte auch er ganz hingerissen.

»Der Herr kennt euch zu gut. Und der Teufel, der weiß, daß ihr nach Hause geht und das Radio anmacht, und ihr müßt ihm sagen, daß er euch nicht kennt. Ihr sollt alle nie mehr aufhören, Gott zu loben, wenn ihr heute nach Hause kommt, morgen nicht und übermorgen nicht und alle Tage eures Lebens. Brüder und Schwestern, laßt mich euer ›Amen‹ hören.«

Die Gemeinde krönte die Predigt mit einem vielstimmigen *Amen*, und dann erhob sich der Chor, um zu singen, und seine Stimmen brausten über uns hinweg wie eine Brandung. Zusammen mit den anderen begann ich in die Hände zu klatschen. Eine süße, kraftvolle Stimme schwebte beständig über den anderen, und ich erkannte schließlich das hochgewachsene, schöne Mädchen, dem sie gehörte. Es war die Nichte von Lester Holmes. Ich stieß Will fragend an, aber er mochte mich nicht ansehen. Die Lautstärke schwoll, als die Umstehenden in den Gesang einstimmten. Will stand stocksteif da, während die Gemeinde um ihn herum hüpfte und tanzte.

Auf der Heimfahrt fragte ich ihn, wozu man in einen solchen Gottesdienst gehe, wenn man dort nur herumstehe wie eine Salzsäule. Als er nicht antwortete, fragte ich: »War's wegen des Mädchens? Sind wir deswegen hin?«

»Ich glaube, sie hat als Sängerin eine Zukunft«, sagte Will schließlich.

»Hast du mit ihr geredet?«

»Die Farbigen, wenn sie einen fragen: ›Hast du mit ihr geredet?‹, dann meinen sie: ›Hast du mit ihr gebumst?‹ Sie sagen: ›Ich hab nicht mit ihr geredet. Nichts zu machen.‹«

Ich wollte nicht zulassen, daß er sich mit dieser anthropologischen Weisheit um meine Frage drückte, aber dann sah ich sein Gesicht. Zu meinem großen Erstaunen erkannte ich, daß er verliebt war. Aber statt verzückt, kam er mir eher krank vor, wie einer, dem soeben die Gelegenheit geboten worden war, ein schreckliches Verbrechen zu beichten.

Den ganzen Nachmittag fuhren wir auf der Route 1 immer wieder den Fluß hinauf und hinunter, »um Musik zu suchen«, wie Will es nannte. Dazu bog er dann von der Hauptstraße ab, um langsam durch Nebensträßchen zu kurven und jedesmal anzuhalten, wenn er irgendwo ein Grüppchen Schwarzer herumlungern sah. Er redete ein Weilchen mit ihnen übers Wetter und die Ernte und fragte schließlich, ob sie irgendwelche Musiker kannten. Wenn er dann wieder ins Auto stieg, wo ich nur zu gern lesenderweise sitzen geblieben war, kritzelte er etwas in ein Ringbuch. Endlich hielten wir in einem kleinen Städtchen vor einem mit Brettern zugenagelten Laden, aus dem gedämpfter Blues zu uns herausdrang. *Playboy Lounge* stand in plumpen Lettern über der Tür. Vor unsern Augen kam ein Mann herausgetorkelt, blinzelte in die Sonne und fummelte an einem Päckchen Zigaretten herum.

»Kommst du mit rein?« fragte Will.

»Irgendwer muß deine Angehörigen verständigen.« Ich hatte von Musikschuppen fürs erste genug.

Ich verriegelte die Türen hinter ihm und versuchte mich auf mein Französisch zu konzentrieren, aber immer wieder fragte ich mich, was ich eigentlich täte, wenn Will nicht wieder herauskäme. Dabei konnte Will sich damals – es war 1966 – noch einigermaßen sicher fühlen als Nutznießer eines Feudalsystems, das ungeachtet einiger Anfechtungen aus der jüngsten Zeit noch immer in Kraft war. Nach fast einer Stunde kam Will im Zustand höchster Erregung wieder heraus, denn er hatte erfahren, daß eines seiner Blues-Idole ganz in der Nähe wohnte. »Den hat in den Vierzigern Alan Lomax herausgebracht«, erklärte er mir. »Alle dachten, er wäre längst tot.«

Als es Abend wurde, fuhren wir mitten auf ein Baumwollfeld und hielten vor einer kleinen, ungestrichenen Bretterhütte auf Hohlblocksteinen. Eine runzlige alte Schwarze in schmutzigem rosa Kleid kam an die Tür. Ihr Südstaatenakzent, aus zahnlosem Mund genuschelt, machte es mir unmöglich, auch nur ein Wort zu verstehen, aber aus Wills Antworten schloß ich, daß sie nicht wußte, wo ihr Mann war.

»Mist«, schimpfte er. »Sie sagt, er ist auf Sauftour, und sie hat ihn seit drei Tagen nicht mehr gesehen. Ich komme nicht darüber weg, daß er die ganze Zeit nur gute zehn Kilometer von Bear Track entfernt gewohnt hat.« In Wills Augen glomm so etwas wie Jagdfieber, wie bei einem Sammler, der hinter einem seltenen Stück Porzellan her ist. Er meinte, wir sollten von Dorf zu Dorf fahren, von Musikschuppen zu Musikschuppen, und den vermißten Sänger suchen, aber ich bestand darauf, daß er mich zuerst wieder nach Bear Track brachte. Als die Sonne hinter den Deich sank, setzte Will mich zu Hause ab und fuhr wieder in die kühle Mississippinacht hinaus.

VII

Die Kanzlei ist in stillem Aufruhr. Die morgendlichen Boulevardblätter schreien schrill die finsteren Details des Mordes an Felson in die Welt hinaus. Das Motel, in dem seine Leiche gefunden wurde, sei eine notorische Absteige für Stricher, und Felson sei dort offenbar Stammkunde gewesen. Im Zimmer hatte man allerlei Schwulenpornographie und Sexualzubehör entdeckt, was einige der Fragen erklärte, die mir die Kriminalbeamten hingeworfen hatten, als sie bei mir im Büro waren. Ein paar Stunden, nachdem sie wieder gegangen waren, grübelte ich noch über die ganze leidige Geschichte nach, und da fiel mir etwas ein, was ich ihnen noch hätte sagen können. Eines Morgens – es muß so vor sechs, sieben Jahren gewesen sein – war ich mit Felson im Aufzug nach oben gefahren und hatte gesehen, daß er ein blaues Auge hatte. Und einmal, vor ein paar Monaten, als er an einer Vermögensangelegenheit für einen meiner Klienten arbeitete, war er mit grün und blau geschlagenem Gesicht zu mir hereingekommen und hatte etwas von einem Überfall vor seinem Wohnblock erzählt. Ich weiß nicht, es spielt jetzt wohl keine Rolle mehr, denke ich. Aber ich muß mich fragen: Hat seine Familie denn gar nichts bemerkt? Hat sich niemand gewundert?

Stacey, meine Frau, sitzt im Aufsichtsrat der Metropolitan Opera, und die Oper ist zu einem festen Bestandteil unserer Abende geworden. Gestern abend war es *Carmen*. Natürlich ließ mich der liebeskranke Don José wieder an Felson denken. Wie hat er das gemacht? Woher die Zeit genommen? Ich selbst habe kaum Zeit für meine wöchentliche Squashpartie, und meine Wochenenden versuche ich mir für meine Töchter freizuhalten.

Als meine Gedanken vorübergehend wieder zur Oper zurückkehrten, schlug eine Arie mich in ihren Bann, in der Micaëla,

Don Josés Jugendliebe, vom Himmel Schutz erfleht: *Je dis que rien ne m'épouvante*... Etwas in der Stimme der Sopranistin, ihrer Modulation, erinnerte mich an Taleeshas Gospelgesang vor langen Jahren in dieser Kirche in Mississippi. Mein Gott, konnte das wirklich schon fast dreißig Jahre her sein?

Als ich von meinem Abstecher nach Bear Track wieder ins Internat zurückkehrte, erfuhr ich zu meinem Erstaunen, daß Will für seine letzte Quartalsarbeit über amerikanische Geschichte eine Eins bekommen hatte, wenn auch seine sonstigen Noten nicht viel hermachten. Will wäre seinerseits nicht minder erstaunt gewesen, wenn er gewußt hätte, daß ich in diesem Frühjahr einige Briefe mit seinem Vater gewechselt und ihm heitere Berichte über unsere akademische Idylle geschickt hatte, in denen ich im Stil Booth Tarkingtons unseren Schulalltag mythologisierte, wofür ich aus Memphis verschrobene philosophische Sendschreiben erhielt.

Eines Abends kam Will lautlos ins Zimmer gehuscht und erwischte mich bei der Lektüre von *Stover in Yale*. »Dink Stover; Stink Dover«, wiederholte er nach dem Licht-aus immer wieder, jedesmal mit einer anderen, noch gehässigeren Betonung. »Dink Stover; Stink Dover. Mann, bin ich von dir enttäuscht!«

Schließlich erschien Matson in der Tür und befahl uns, still zu sein.

»Sagen Sie das *ihm*«, meinte ich.

»Sagen Sie das *ihm*«, äffte Will, kaum daß die Tür wieder zu war. Ich lag, wie es mir vorkam, noch Stunden wach, wütend auf Will und auf mich.

»Dink Stover und Doug Matson«, flüsterte Will, lange nachdem ich ihn schon schlafend wähnte. »Ein reizendes Pärchen.«

Ein paar Tage später kam ich aus dem Unterricht und ertappte Will mit einem Joint. »Bist du verrückt geworden?« zischte ich, wobei ich ihm den Joint abnahm und zum Fenster hinauswarf. Dann versuchte ich den Rauch aus dem Zimmer zu fächeln. »Willst du, daß wir zwei hier rausfliegen?«

Er sah mit belustigter Gleichgültigkeit langsam zu mir auf. »Um Gottes willen, das wäre ja furchtbar.«

»Was ist eigentlich mit dir los?«

»Offensichtlich bin ich verrückt«, meinte er.

»Ich bin's jedenfalls nicht.«

»Keine Bange, Patrick«, sagte Will. »Das wird dir auch bestimmt keiner unterstellen.«

Er hatte recht; ich konnte es mir gar nicht leisten, verrückt zu sein; diesen Luxus würden sich höchstens einmal meine Kinder erlauben können.

Und so gingen wir in diesem Sommer jeder seine eigenen Wege, was für mich hieß, daß ich in der Chevrolet-Vertretung meines Onkels arbeitete, tagsüber Autos wusch, Ölwechsel machte und die Werkstatt ausfegte, mir dann um sechs Uhr abends das Schmierfett unter den Fingernägeln herauskratzte und pünktlich um halb sieben bei meinen Eltern in der Küche am Tisch saß und meiner Großmutter getreulich das Fleisch zerschnitt. Hinterher zog ich mich in mein Souterrainzimmer zurück.

»Was zum Kuckuck treibst du eigentlich die ganze Zeit da unten?« wollte mein Vater eines Abends wissen, wobei sein Ton und das plötzliche Erröten meiner Mutter eindeutig erkennen ließen, daß es wohl nur einsames unkeusches Treiben sein konnte, was mich so beschäftigte und von allen absonderte. Ich für meinen Teil hätte ja lieber das Wichsen zugegeben, das wirklich immer einen Teil des Abends ausmachte, als mich bei meinen beiden anderen Haupttätigkeiten erwischen zu lassen, nämlich Gedichte zu lesen und an Will zu schreiben.

Mich über mein Leben in Taunton lustig zu machen erschien mir als die beste Möglichkeit, mich davon zu distanzieren. Ich malte Zerrbilder von der äffischen Kundschaft meines Onkels und forderte mit salbungsvollen Worten ein Verbot von Madras-Shorts für Dicke, wenn die Revolution käme. Aber zu meinem besten und bissigsten Brief inspirierte mich ein Besuch meines Vetters Jimmy mit seinem Akkordeon. Ich unterließ es allerdings, Will zu erzählen, daß ich an Wochenenden mit einigen Jungen von der örtlichen Jesuitenschule Lacrosse spielte; ich hatte im Jahr zuvor erkannt, daß die Lacrosse-Mannschaft im Grunde eine Studentenverbindung war, zusammengesetzt aus genau der Sorte sorgenfreier Blaublüter, die ich so gern zu meinen Freunden gezählt hätte.

Will berichtete mir, er klappere die ganze Gegend um Memphis und das Delta nach Musiktalenten ab. Wenn er erst einmal von der Schule erlöst sei, wolle er nämlich eine Agentur aufmachen und vielleicht sogar sein eigenes Plattenlabel gründen. Sein nächster Brief kam aus dem Urlaubsdomizil seiner Familie in Ontario und war eine lange Hetzschrift gegen seine Eltern und ihr Landhaus am See, das mir in meiner unterirdischen, spanplattengetäfelten Redoute wie das Paradies vorkam. Er legte mir den Text zu »All Along the Watchtower« bei – noch unveröffentlicht und offenbar über einen Woodstock-Samisdat bezogen –, in dem er den Satz *»Businessmen they drink my wine«* unterstrichen hatte. Mir schien das eine Anspielung auf seinen Vater zu sein, den Will an anderer Stelle im Brief als »autoritäres, reaktionäres Schwein« bezeichnete. »Apropos Schweine«, fuhr er fort, »der ehemalige Vizepräser Richard Nixon war mit noch einigen anderen von diesen republikanischen Nazitypen für ein paar beschissene Tage hier. Nixon und mein Alter planen zweifellos einen Staatsstreich von rechts.« Nach Wills Schilderung war der frühere Vizepräsident ein lausig schlechter Angler mit einem großen Repertoire an dreckigen Witzen. Er schloß mit einer erfreulicheren Mitteilung. »Cheryl ›Bâton‹ Dobbs kommt morgen für eine Woche her. Jetzt müßte ich nur noch irgendwie L. B. ersäufen.«

Im Juli kehrte die Familie Savage kurz nach Tennessee zurück und enteilte sogleich wieder in die Berge von South Carolina; unsere Korrespondenz legte Tempo zu, bis wir uns schließlich jeden zweiten Tag schrieben. Als ich dann einmal eine Woche nichts von Will gehört hatte, schrieb ich: »Die Treppe runtergefallen und beide Hände gebrochen? Postamt abgebrannt? Von einem Auto überfahren und das Gedächtnis verloren? Also, nur um Deinem Gedächtnis wieder auf die Sprünge zu helfen: Mein Name ist Patrick Keane, und ich erwarte immer noch Antwort auf mein letztes Sendschreiben.« Zehn Tage später konnte ich mein Gekränktsein nicht mehr verhehlen: »Wenn Dir unser Briefwechsel lästig geworden ist, hättest Du wenigstens soviel Anstand besitzen und mir das mitteilen können.«

Als ich schließlich wieder meine Sachen packte, um zur Schule zurückzukehren, erhielt ich eine Mitteilung von Cordell Savage:

> Lieber Patrick,
> Du wirst sicher verstehen und es mir nachsehen, daß ich Dir nicht schon früher geschrieben habe; Will war in einen Autounfall verwickelt, und über eine Woche lang konnten wir gar nicht sicher sein, daß er überleben würde. Zum Glück hat er jetzt das Bewußtsein wiedererlangt und scheint außer Lebensgefahr zu sein. Er wird mit Sicherheit verspätet zur Schule zurückkehren, aber ich vertraue darauf, daß Du ihm dann helfen wirst, alles Versäumte nachzuholen. Er würde sicher wollen, daß ich Dich ganz herzlich von ihm grüße, was ich hiermit tue.

Ich wartete eine Woche, bevor ich in Memphis anrief. Wie aus unendlicher Ferne teilte mir Wills Mutter mit, daß es mit ihm aufwärts gehe, aber ans Telefon kommen könne er noch nicht; sie wünsche mir alles Gute in der Schule und werde ihm sagen, daß ich angerufen hätte. Voller Reue über meine vorherige

Biestigkeit schrieb ich ihm fröhliche Episteln, die den Rekonvaleszenten aufmuntern und zerstreuen sollten.

Es war ein eigenartiges Gefühl, ohne Will in die Schule zurückzukehren. Das Bett auf der anderen Zimmerseite blieb leer. Ich beschloß, Wills Abwesenheit zu nutzen und anderen gesellschaftlichen Umgang zu suchen. Ich schaffte es zum Beispiel in die Lacrosse-Mannschaft. Den größten Teil der Saison saß ich zwar auf der Ersatzbank, aber nachdem ich bewiesen hatte, daß ich gewillt war, ein gewisses Ausmaß an unverdienter körperlicher Mißhandlung beim Training hinzunehmen, und bereitwillig andere von mir abschreiben ließ, durfte ich zum Essen bei meinen Mannschaftskameraden Platz nehmen. Ich ahmte ihren Schlenkergang nach und kultivierte das fast unmerkliche höhnische Grinsen des lümmelhaften Patriziers. Als ich James »Trey« Bowman III. die Vorlage für das Siegtor gegen Hotchkiss gab, gratulierte er mir sogar. Trey war Mannschaftskapitän und in diesem Jahr, seinem letzten, der unbestrittene König des Campus. Sein Vater, James II., managte das von seinem Großvater, James I., gegründete Wall-Street-Imperium; James III. war in einer Riesenwohnung an der Park Avenue aufgewachsen und aufs Buckley gegangen, bevor er seinen Vorfahren in unser Internat folgte. Daß er außerdem noch groß und sportlich war, erschien einfach ungerecht, aber die meisten von uns waren bereit, ihm für einen Funken Aufmerksamkeit und Anerkennung seinerseits diese Schönheitsfehler nachzusehen.

»Was ist eigentlich aus deinem Freund Savage geworden?« fragte er mich eines Abends im Speisesaal. »Mit den Haaren in irgend jemandes Reißverschluß hängengeblieben?« Alle am Tisch lachten, ich auch, obwohl ich den Witz – zu meiner tiefen Scham – erst später am Abend verstand.

»Wir haben uns über dich und Savage ja schon Gedanken gemacht«, sagte Trey. »Wie ihr beide immer rumgeschwult habt.«

»Keine Bange«, versicherte ich ihm. »Will hat Weiber genug.«

»Klar, im Traum.«

»O Mann«, stöhnte Collins, »ich hatte vielleicht ’nen feuchten letzte Nacht.« Und damit ging das Gespräch gnädig auf ungefährlichere Themen über.

In Wills Abwesenheit gab ich mich auch mit Matson ab, der einen neuen Club ins Leben gerufen hatte, die Auden-Gesellschaft, deren Ziel es war, auf dem Campus die Liebe zur Poesie zu fördern und Philister zu entlarven. Über diesen Club lernte ich Isaac Mendel kennen, der mich zu guter Letzt als Abschlußredner unserer Klasse aus dem Feld schlug. Meine Stärken waren Englisch und Geschichte, aber er war ein Magier in Mathematik und Naturwissenschaften. Es hatte etwas Beeindruckendes, wie Mendel nicht einmal den Versuch machte, dem Luxusstandard und der angloprotestantischen Etikette an unserer Schule Genüge zu tun. Er war ein Jude aus Brooklyn und scherte sich nicht darum, wer das wußte. Fast schien es, als bedauerte er uns übrige begriffsstutzige Konformisten; ich konnte es nicht fassen, wie ich mit meinen ersten Annäherungsversuchen bei ihm abblitzte, hatte ich doch geglaubt, mich aus meiner vorteilhafteren gesellschaftlichen Stellung heraus zu ihm herabzulassen. »Klar doch«, sagte er, »jetzt, wo deine Sportsfreunde nicht dabei sind, redest du mit mir.«

Soll ihn der Geier holen, dachte ich. Aber ein paar Wochen später, als der Lacrosse-Tisch anfing, ihn, der allein am Nebentisch saß, mit höhnischen Bemerkungen zu traktieren, überraschte ich mich selbst, indem ich sagte: »Laßt ihn in Ruhe, er ist ein Freund von mir.«

Ich hielt die Luft an, konnte selbst nicht glauben, daß ich das gesagt hatte. Aber Bowman maß mich von oben bis unten und sagte schließlich: »Also gut, Amnestie für Mendel.«

Eines Nachmittags, als ich auf dem Weg zur Bibliothek war, sprach Matson mich an. Während seine Schirmspitze rhythmisch auf den Boden klopfte, sagte er: »Ich habe gestern abend mit Dick gesprochen. Ich habe ihm von dir erzählt, und er freut sich darauf, dich kennenzulernen.«

Nach einem Augenblick der Verwirrung ging mir auf, daß er von dem Dichter Richard Wilbur sprach, dessen Lesung am Amherst-College die Auden-Gesellschaft am nächsten Abend besuchen sollte. Erst später fiel mir ein, mich zu fragen, was er dem Dichter wohl von mir »erzählt« haben könnte – was gab es da überhaupt zu erzählen? –, aber im Augenblick durchströmte mich ein warmes Gefühl der Selbstbeweihräucherung, obschon der majestätisch liebenswürdige Richard Wilbur, sollte er je von mir gehört haben, sich davon nicht unbedingt etwas anmerken ließ, als er mir nach der Lesung die zitternde Hand drückte. Ich für meinen Teil war mit Stummheit geschlagen; es erschien mir unfaßbar, daß höchste Bildung und anspruchsvollstes Künstlertum mit solcher Anmut und Gewandtheit und unverfälschtem Charme einhergehen könnten.

»Das mußt du erlebt haben«, maulte Mendel, der neben mir stand. »Sieht der Kerl nicht aus wie Cary Grant in der Rolle eines Dichters?« Wilbur verkörperte gewissermaßen eine neoklassische Idee des Dichters, die seinerzeit gerade von der neuen haarigen Romantik in Frage gestellt wurde. Wie er so dastand in seiner ganzen Erhabenheit, Rosé aus einem Plastikglas nippte und Käse knabberte, der weder vorgeschnitten noch orangerot war wie der Käse meiner Jugend – Käse, der eventuell sogar aus dem Ausland kam –, fiel es einem schwer zu glauben, daß jemand den Wunsch haben könnte, *authentisch* zu sein, wenn es doch auch so *kultiviert* ging. In Matson konnte man die aufstrebende Version dieses Ideals erkennen. Er war mit dem Dichter zwar offensichtlich bekannt, aber keineswegs auf so vertrautem Fuß, wie man uns glauben gemacht hatte. Wenn sie sich unterhielten, konnte ich, obwohl Matson dabei die Arme fest vor der Brust verschränkt hielt, zu meinem großen Erstaunen sehen, daß seine Hände zitterten.

Erst als Matson uns anschließend mit seinem VW-Bus zur Schule zurückbrachte, gewann er die Fassung wieder und ergötzte uns mit Anekdoten aus dem Leben der modernen Dichter, wobei es ihm vor allem um ihre kleinen Marotten ging – Roethkes Liebe zu Pflanzen, oder wie Auden einmal in Pantoffeln den Markusplatz hinaufgeschlurft sei. An diesem Abend erschien keine Karriere so erstrebenswert wie die Berufung zum Dichter. Halsted sagte wieder und wieder, er wolle auf jeden Fall einmal Dichter werden, das sei bestimmt der richtige Beruf für ihn. Nur Mendel, der nichts von dem Wein getrunken hatte, stellte die Frage, wenn das Dichtersein so etwas Wunderschönes sei, wie es dann komme, daß sie allesamt verrückt würden oder dem Suff verfielen?

Verdreckt und zerschunden kam ich eines Tages vom Lacrosse zurück, und da saß Will auf seinem Bett. Er sah aus, als hätte er sich nur für einen kurzen Augenblick materialisiert und könnte jeden Moment wieder verschwinden, so bleich und ausgemergelt war er, ein regelrechtes Gespenst, wobei seine Augen aber allenfalls noch auffallender und blauer waren denn je. Eine frische rosa Narbe zog sich zickzackförmig über seine Wange. Er lächelte gelassen zu mir auf, und mir fiel nichts anderes zu sagen ein als: »Da bist du ja wieder.«

»Entweder ich oder meine Astralprojektion.«

»Jedenfalls redest du wieder wie früher«, stellte ich glücklich fest. »Jemand anders wüßte gar nicht, was das heißt.«

»Was bedeuten Stock mit Netz, weißer Mann?«

Mir wurde ganz heiß im Gesicht. »Ich, äh, bin im Team.«

»Da *war* ich aber lange fort. Was für ein Jahr haben wir?«

Ich wechselte das Thema. »Sag mal, was hast du eigentlich angestellt?«

»Ich weiß nichts mehr. Angeblich hab ich einen Lastwagen gerammt.« Er fixierte seinen Blick auf mich und grinste verschmitzt. »Genaugenommen war's ein Betonmischer.«

»Ein Betonmischer?«

Er lachte. Offenbar hatte er seinen Spaß daran, daß sein Tick durch diesen Unfall die höheren Weihen bekommen hatte. Mit Bestimmtheit wußte er nur noch, daß er in Memphis in einem Musikschuppen gewesen war und in den frühen Morgenstunden zum Haus seiner Eltern hatte zurückfahren wollen. Als er eine Woche später wieder zu Bewußtsein kam, hatte er fünf Rippen gebrochen, und ein Lungenflügel war durch den Anprall gegen das Lenkrad kollabiert.

»Jesus«, sagte ich. »Du kannst von Glück sagen, daß du noch lebst.«

»Genaugenommen war ich tot«, sagte Will. »Ich bin nur wiedergekommen.« Das schien ihm völlig ernst zu sein.

»Du meinst, du warst *beinahe* tot.«

»Nein, ich meine, daß ich *tot* war.«

Ich wollte das nicht weiterverfolgen. Der Blick in seinen Augen machte mir angst. Nicht daß er an sich beängstigend gewesen wäre; Will sah aus, wie er immer aussah, wenn er unter Drogen stand, irgendwie völlig geistesabwesend und hochkonzentriert zugleich, wie eine Katze in Ruhestellung.

Wir richteten uns wieder im Alltag sein. Aber Will erschien mir anders – älter geworden und wie aus einer anderen Welt, als hätte er sich wirklich in eine dieser Sphären höheren Bewußtseins begeben, von denen er immerzu sprach. Ich bemühte mich, unsere Freundschaft wieder auf vertrauten Boden zurückzuholen, und fragte ihn darum eines Abends nach dem Licht-aus, ob er im Lauf des Sommers was zu vernaschen gefunden habe.

Nach langem Schweigen flüsterte er durch die Dunkelheit: »Ich hab endlich meine Jungfräulichkeit verloren.«

»Einen *Scheiß* hast du!« Ich setzte mich im Bett auf, ganz Ohr, und dachte: Es stimmt also doch. Es verändert einen wirklich. »Mit wem?«

»Du meinst, mit welcher?«

»Komm schon, Will – also mit welcher?«

»Würdest du dein linkes Ei opfern, um mal mit Cheryl Dobbs zu schlafen?«

»Hast du nicht!«

»Nein, eigentlich war's Lollie Baker.«

Ich war froh, daß er mich nicht sehen konnte. Ich hätte ihn in seinem Bett ermorden können.

»Ihre Familie war nach Ontario gekommen«, flüsterte er. »Alle waren draußen zum Angeln, nur ich war dageblieben. Ich hatte mir von Memphis ein paar Panama Reds mitgebracht und mich damit in den Schuppen verzogen. Auf einmal kommt Lollie rein, wie ich mir gerade eine anzünde. Da hab ich sie mal ziehen lassen...«

»Und dann?« fragte ich schließlich mit äußerst beherrschter Stimme.

»He, Mann, ich bin ein Gentleman.«

Wenn ich ihn vor einem Moment noch für seine Enthüllung gehaßt hatte, so war ich jetzt wütend wegen seiner plötzlichen Verschwiegenheit. »Erzähl schon«, verlangte ich.

»He, nun beruhige dich mal. Schön war's. Wunderbar.«

Ich konnte nicht glauben, daß er zu diesem weltbewegenden Ereignis wirklich nicht mehr zu sagen hatte, aber nach ein paar Minuten hörte ich an seinen Atemzügen, daß er schlief. Es war ungerecht; zum erstenmal mißgönnte ich Will sein Glück in diesem Punkt wie überhaupt in allem. Lollie gehörte mir. Cheryl war ein ferner Traum der Fleischeslust, aber Lollie war die praktische Verkörperung meines nächtlichen Sehnens. Mit Lollie hatte ich ein konkretes Fundament, auf das ich meine Phantasien gründen konnte – die Erinnerung an ihre Haut, das Erahnen einer Chance –, und das hatte mir Will ganz unversehens genommen.

Jedenfalls sagte ich es mir so. In Wirklichkeit war meine Eifersucht viel komplizierter, als ich damals einzugestehen bereit gewesen wäre, sogar vor mir selbst. Wie ich so im Bett lag und den letzten zaghaften Grillen des Indianersommers lauschte, war ich in keiner Weise bereit, auch nur die Möglichkeit einzuräumen, daß ich nicht auf Will Savage eifersüchtig war, sondern auf Lollie Baker.

VIII

Das Laub der Bäume verfärbte sich rubinrot und golden und sammelte sich dann in duftenden Häufchen, während ich Bewerbungsbögen fürs College ausfüllte. Als ich am Morgen nach dem ersten Frost zum Speisesaal ging, Will anmutig humpelnd neben mir, konnte ich meinen Atem sehen und meine Schritte auf dem spröden Rasen hören. Die Glocken der Kapelle läuteten acht Uhr, ein frischer, heller Klang in der klaren Luft. Ich erlebte einen Augenblick hellsichtiger Nostalgie, sah mein alterndes Ich gebeugt in irgendeinem stickigen Büro am Schreibtisch sitzen.

»Bevor wir's richtig merken, sind wir schon nicht mehr hier«, sagte ich zu Will.

»Kann mir gar nicht schnell genug gehen«, erwiderte er.

Während ich in diesem Herbst für meine Prüfungen büffelte, die den Zugang zum College bedeuteten, merkte ich, wie ich mich von Will entfernte. Ich war nicht gerade glücklich darüber, wenn unser Zimmer wieder als Treffpunkt für Wills Jünger herhalten mußte, die kamen, um sich seine Platten anzuhören und über schwarze Musik, indische Religionen und Beat-Literatur zu diskutieren. Es war die erste Fleischwerdung einer Begleiterschar, die zum festen Bestandteil von Wills Erwachsenenleben werden sollte. Schon seine Reserviertheit schien anziehend auf die zu wirken, die weniger in sich selbst ruhten, und er tat nichts, um diese Satelliten abzuschrecken. Man mag es kaum glauben, aber sein eifrigster Jünger war Jack Stubblefield, der unter dem Einfluß meines Zimmergenossen und des Zeitgeists das Footballspielen aufgab und sich die Haare wachsen ließ.

»Es ist gefährlich, einen wie Stubblefield auf neue Ideen zu bringen«, beschwerte ich mich eines Abends, als wir für kurze Zeit einmal unter uns waren. »Das ist, wie wenn du einen Ballon in den Weltraum schickst – er dehnte sich aus und explodiert ins Leere.«

»Stubblefield ist cool«, sagte Will, während er aus dem Fenster auf den schneebedeckten Rasen starrte. »Er ist sozusagen ein unbeschriebenes Blatt.« Und wirklich, Stubblefield hatte so gar keine eigene Persönlichkeit, das machte ihn ebenso zum idealen Sportler wie zum idealen Nachläufer.

Kurz vor Thanksgiving bot sich Will als Führer einer Expedition nach Boston an, wo Buddy Guy und Junior Wells in einem Lokal spielen sollten. Zur fast einhelligen Überraschung wurde das Vorhaben genehmigt, nachdem Will unseren Musiklehrer, Bubble Head Wilson, dafür gewonnen hatte, die Aufsichtsperson zu spielen. Es ärgerte mich, daß ich von diesem Vorhaben erst durch Stubblefield erfuhr, der mich fragte, ob ich mitkäme. Und ich steckte mitten in zwei Abschlußarbeiten. Gegen Ende der Woche war ich mit dieser Arbeit dann soweit, daß ich ein Mitfahren überhaupt in Betracht ziehen konnte. Wenn Will mich gefragt hätte, wäre ich vielleicht mitgefahren, aber als ich einmal fallenließ, ich könne vielleicht nicht, meinte er nur: »Mann, das kannst du halten, wie du lustig bist.«

Ich wollte unsere Freundschaft nicht einfach so verwelken lassen. Aber ich wollte auch nicht nur einer aus Wills Gefolgschaft sein. Sollte Stubblefield ihm doch den Ring küssen und das Wasser nachtragen. Also blieb ich.

Will und sein wirrer Haufen marschierten am Samstag nach dem Konzert einträchtig in den Speisesaal ein. Eine stumpfe Verschwöreratmosphäre ging von ihrem Tisch aus. Nachdem wir wieder in unserem Zimmer waren, hielt mein Stolz mich davon ab, ihm irgendwelche Fragen zu stellen, aber auf dem Campus schwirrten bald die wildesten Gerüchte herum: Will habe LSD an alle verteilt ... Will sei nach dem Konzert hinter die

Bühne gegangen und habe mit den Künstlern Hasch geraucht ... Will habe in dem Lokal ein Mädchen aufgegabelt und mit ins Hotel genommen ... Will sei im Besitz kompromittierender Fotos von Wilson in einem Striplokal, die er herauszurücken drohe, wenn der Lehrer nicht den Mund halte ...

Wilson selbst versicherte dem Direktor, bei der Exkursion sei nichts Besonderes vorgefallen, aber noch Wochen danach lief er mit Leichenbittermiene herum, und der Ausflug wurde zur Legende. Wills Renegatenruhm erstrahlte noch heller, wenn auch nicht sein Ansehen bei der Schulleitung. Sein Einfluß auf dem Campus galt als zersetzend. Es konnte kaum ausbleiben, daß die Gerüchte um Drogenhandel sich auf ihn konzentrierten. Nicht lange nach dem Boston-Abenteuer veranstaltete Matson in seiner Eigenschaft als Hausvorsteher eine Durchsuchung in unserem Zimmer, und wenn er auch – erstaunlich genug – keine Drogen fand, so fand er doch Wills große Sammlung kleiner Scheine. Wir kamen gerade vom Abendessen, als der Hausvorsteher uns triumphierend in der Eingangshalle entgegentrat.

»Der Direktor möchte Sie unverzüglich sprechen, Mr. Savage.« Will starrte Matson mit unbewegter Miene an, bis der Hausvorsteher ganz rosa anlief. »Wenn Sie es wünschen, kann ich auch den Wachdienst rufen«, sagte er.

Will drehte sich mit verständnissinnigem Grinsen zu mir um. »Unglaublich, was das für ein Pinsel ist!«

»Es war nicht leicht, den Direktor davon zu überzeugen, daß du mit dem Treiben deines Zimmergenossen nichts zu tun hast«, sagte Matson zu mir, nachdem Will sich umgedreht hatte und gegangen war. »Aber wenn du irgend etwas weißt, würde ich dir empfehlen, damit herauszurücken.«

»Will hat nichts Unrechtes getan«, behauptete ich, dann machte ich kehrt und rannte nach oben. Meine Habseligkeiten waren einigermaßen unberührt, aber Wills Sachen lagen im ganzen Zimmer verstreut. Ich begann schon einmal aufzuräumen, während ich auf seine Rückkehr wartete. Nach zwanzig

Minuten kam Will herein und setzte sich aufs Bett. Er wirkte ganz unnatürlich ruhig.

»Hast du ihm gesagt, woher das Geld ist?« fragte ich.

»Ich habe ihm gesagt, daß ich nicht mit Drogen handle. Mehr brauchte er nicht zu wissen.«

»Irgendwas mußt du ihm doch sagen.«

»Ich wüßte nicht warum. Das Geld gehört mir.«

»Die schmeißen dich bestimmt raus.«

»Glaubst du, Zahlenwetten wären in deren Augen was Besseres als Drogenhandel?«

»Vielleicht. Wenn sie sich nicht auf dem Campus abspielen.«

»Und wenn keine Weißen darin verwickelt sind.«

»Darum geht's nicht.«

»Darum geht's fast immer.«

»Jetzt bleib mal auf dem Teppich, Will.«

Ich war natürlich wütend auf Matson, aber nicht minder wütend auf Will, weil er es so rundweg ablehnte, sich zu verteidigen. Der Disziplinarausschuß wurde für zwei Tage später einberufen. In der Nacht davor schnarchte Will tief und fest, während ich nicht schlafen konnte. Im Licht des Morgens sah ich nur noch eine mögliche Rettung. Ich schlich mich nach dem Frühstück davon, um Wills Vater anzurufen; ich dachte, wenn ich ihn noch vor dem Direktor erreichen könnte, wäre er vielleicht in der Lage, sich eine Erklärung für Wills Reichtum an Bargeld auszudenken. Will sagte ich nichts davon, weil ich ziemlich sicher war, daß er sich energisch dagegen verwahren würde.

»Also, woher hat er denn nun dieses Geld?« fragte Cordell, nachdem ich ihm versichert hatte, daß Will kein Dealer war. »Ich weiß, daß er nicht der Typ ist, sein Taschengeld zu sparen.«

»Das möchte ich nicht sagen, Sir.«

»Patrick, wenn du Wills Arsch retten willst, erzählst du mir besser alles.«

Ich erklärte ihm also die Sache mit den Zahlenwetten, schützte allerdings vor, Wills Partner nicht zu kennen. Zu meiner Erleichterung klang mir Cordells Reaktion eher ungläubig als wütend – allenfalls war er sogar stolz auf den Unternehmergeist seines Sohnes. Er nahm mir das Versprechen ab, weder Will noch sonst irgendwem zu sagen, daß wir miteinander gesprochen hatten.

Cordell kam noch am selben Abend zur Anhörung geflogen. Ich ging unten im Gemeinschaftsraum auf und ab, als Vater und Sohn hereinkamen. Will war so mißmutig, wie sein Vater gutgelaunt war. »Also, Patrick«, sagte Mr. Savage, »es scheint, wir haben sie beschwatzen können, Will zu behalten, bis es ihm einfällt, etwas wirklich Ruchloses zu tun. Ich habe mir gedacht, du möchtest vielleicht zur Feier des Tages mit uns essen gehen. Im Inn haben sie zu meiner Zeit ein Rippenstück vom Feinsten serviert.«

Ich versuchte in Wills Gesicht zu lesen, ob sein Vater mich verraten hatte, aber seine stumme Wut schien nicht gegen mich gerichtet.

Seinerzeit war der Inn für mich der Inbegriff des feinen Dinierens. Es war ein geräumiges, dreigeschossiges weißes Schindelhaus mit grünen Fensterläden – das zu groß geratene Wohnhaus eines neuenglischen Walfängerkapitäns – und seit Generationen Schauplatz von Festen und Familienfeiern, ein Tempel für rotes Fleisch und braune Getränke. Die Speiseräume wirkten wie aus der Tudorzeit, mit nackten Rundbalken an weißen Wänden, und so schummrig wie von Kerzenlicht. Wir saßen auf schwarzen Armstühlen von Hitchcock. Die Speisekarte, so groß wie eine aufgeschlagene Zeitung, versprach Köstlichkeiten wie Filet Mignon und Cordon bleu. Über einige Johnnie Walkers erklärte Cordell, wie er es dem Disziplinarausschuß ausgeredet habe, Will von der Schule zu weisen. »Hab ihnen erzählt, daß ich hin und wieder zum Pferderennen gehe, und einmal hätte ich dem jungen Studiosus in einem Anfall von Großzügigkeit meinen Gewinn aus einer Dreierwette geschickt – so, wie ich ihn am Wettschalter bekommen hätte, lauter kleine Scheine. Und ich dachte, es könnte natürlich auch nicht schaden, mich nach den Schulfinanzen und dem Spendenaufkommen zu erkundigen, einfach in Anbetracht gewisser Zuwendungen seitens der Familie im Lauf der Jahre.«

»Du hättest überhaupt nichts zu sagen brauchen«, warf Will ein. »Keiner hat dich gebeten, für mich zu lügen.«

»Und wenn ich es nicht getan hätte, säßest du jetzt auf dem Hintern.«

»Und was, wenn ich wirklich mit Drogen gehandelt hätte? Interessiert es dich überhaupt nicht, ob ich schuldig bin?«

»Würdest du mir die Wahrheit sagen?«

»Wohl kaum.«

»Also, dann sollte der kluge Mann erst gar nicht fragen.«

Ich versuchte ein Gesicht zu machen, als ginge das Gespräch mich nicht viel an. Ich habe mich nie für einen guten Schauspieler gehalten – aber vielleicht bin ich ja doch einer. Will hat offenbar nie daran gedacht, daß ich die Finger im Spiel gehabt haben könnte. Zwei Wochen später machte ich ein mitfühlend verwundertes Gesicht, als Will mir berichtete, daß Jessie Petit von der Polizei durch die Mangel gedreht und eingelocht worden sei. Er konnte gar nicht begreifen, was da schiefgelaufen war, denn die Polizei werde doch regelmäßig geschmiert. Jemand habe ihn verpfiffen. Natürlich schob Will es seinem Vater in die Schuhe.

»Er konnte Jessie noch nie leiden; den hatte meine Mutter mit in die Ehe gebracht.« Er ließ die Hand aufs Kissen klatschen. »Scheißdreck, wie hat der Hund das nur spitzgekriegt?«

Ich lag in meinem Bett auf der anderen Zimmerseite und war froh, daß Will mich im Dunkeln nicht sehen konnte. »Woher weißt du so genau, daß es dein Vater war?«

»Ich weiß es ganz einfach.«

Ich drehte mich um und versuchte einzuschlafen. Und in all den seither vergangenen Jahren habe ich mir immer, wenn Will wieder einmal den bösartigen Einfluß seines Vaters zu übertreiben schien, ins Gedächtnis gerufen, daß er in diesem einen Fall recht hatte.

Ich bin nie dazu gekommen, Will zu erzählen, daß sein Vater mir einen Empfehlungsbrief für Yale schrieb, seine eigene Alma mater. Will selbst legte offenbar keinen Wert auf höhere Bildung. In seinen Augen war es schon schlimm genug, daß er aus einer privilegierten Familie kam. Schließlich bewarb er sich, nur um Sipwick, den Beratungslehrer, loszuwerden, am Reed und Bennington – den einzigen progressiven Colleges im Land, prahlte er, aber er hatte nie die Absicht, da auch wirklich hinzugehen. Er hatte immer noch vor, Lester Holmes zu managen, mit dem er oft nach dem Abendessen vom Wohnheim aus telefonierte.

Weihnachten wurde durch die Kunde von Bear Track belebt, daß Elbridge seine Verlobung mit Cheryl Dobbs bekanntgegeben habe. Nach meiner Rückkehr aus den Ferien rüstete ich mich für den Endspurt und verbrachte den größten Teil meiner Freizeit mit dem Lacrosse-Team oder in der Bibliothek, während Will und sein Gefolge unser Zimmer in Beschlag nahmen, um über Zenbuddhismus und die kulturelle Bedeutung von Lash LaRue zu diskutieren, angeregt durch die schrillen Meldungen über Wandel und Unruhen außerhalb des Campus. Was sie dabei an Drogen konsumierten, wollte ich nicht einmal wissen.

Ich empfand kaum das Bedürfnis, meine schlechte Meinung zu revidieren, als Stubblefield mir am Tag nach Otis Reddings Flugzeugabsturz eröffnete, dieser sei der größte Sänger seit Caruso gewesen. »Und woher wissen wir, daß es ein Unfall war?« meinte er. »Mann, denk an Sam Cooke. Das hat doch so was wie Methode, für jeden, der Augen im Kopf hat.« Bis vor einem Monat hatte er von Otis Redding oder Sam Cooke noch nie gehört. Dagegen waren Wills Urteile und Erklärungen vergleichsweise gemäßigt. Viele der von ihm bewunderten Gestalten sollten im Lauf der nächsten Jahre eines plötzlichen Todes sterben, und er glaubte immer fest daran, daß auch er einmal in die Reihen der zu früh verstorbenen jungen Talente eingehen würde.

Will bekam die Erlaubnis, in einem der Musiksäle eine Art Gedenkfeier für Otis Redding abzuhalten. Rund fünfzig unserer Mitschüler fanden sich zusammen, um Wills Platten und seinen Vortrag über Rhythm and Blues zu hören. Ich bezweifle, daß mehr als die Hälfte von ihnen je von Otis gehört hatte, aber Will hatte sich einen gewissen Ruf als Orakel – oder zumindest Spektakel – erworben. Sogar die Sportskanonen und die jungen Republikaner unter uns waren neugierig. Der Wahrheit zuliebe muß aber auch gesagt werden, daß Will schlau genug war, die Kunde auszustreuen, daß zu dem Anlaß eine ganze Wagenladung Eiskrem und Limonade in den Gemeinschaftsraum geliefert werde. So bescheiden die Veranstaltung auch war, ich glaube, es war Wills erster Auftritt als Produzent.

Als der Boden taute und die neuenglische Schlammsaison nahte, stellte ich mit Bestürzung fest, daß unsere Wege sich nun unwiderruflich trennen würden. Als ich mich eines Abends wieder einmal über Stubblefields ständige Gegenwart beschwerte, sagte Will: »Er ist wenigstens keine Schwuchtel.«

»Was soll das heißen?«

»Ich meine, im Gegensatz zu bestimmten Hausvorstehern.«

»Matson ist doch keine... Schwuchtel«, rief ich, wobei mir das Wort – teils aus Schamhaftigkeit, teils aus einer plötzlichen Unsicherheit heraus – kaum über die Lippen kam.

Wir sprachen in den Wochen bis zum Frühlingsball kaum miteinander. Zu dieser sinnvollen, natürlich streng beaufsichtigten Zerstreuung wurden von mehreren umliegenden Internaten weißbehandschuhte junge Mädchen in Bussen angekarrt. Will war schon die ganze Idee zuwider.

Eines Tages besiegte ich ihn gerade beim Squash, als er sagte:

»Du hast doch nicht wirklich vor, zu diesem Ringelpiez zu gehen?«

»Warum nicht?« Ich versuchte das so lässig wie möglich von mir zu geben. Will, der noch von seinem Unfall humpelte, war ganz aus der Puste; vor ein paar Augenblicken hatte ich noch ein schlechtes Gewissen gehabt, daß ich ihm, dem noch Genesenden, einen Punkt nach dem anderen abnahm, aber plötzlich hätte ich ihn am liebsten verprügelt.

»Ich finde das einfach jämmerlich«, sagte er.

»In letzter Zeit findest du alles jämmerlich.« Ich knallte ihm einen Überkopfball hin, den er verschlug. »Lehrfächer, Sport, Geselligkeiten – alles nur zum Heulen.«

»Ich will ja nur, daß du dich nicht zum Sklaven der Konvention machst, Patrick. Wenn du nicht so verdammt schlau wärst, würd's mich ja nicht kümmern. Aber im Moment versuchst du dir ein Ticket auf der *Titanic* zu kaufen, Mann.«

Ich sagte nichts darauf; aus seiner privilegierten Stellung heraus konnte er leicht die ganze Gesellschaftsordnung heruntermachen. Ich schlug wieder auf; Will ging rechtzeitig in Deckung.

»Du lernst wirklich sehr schnell, Keane, das steht fest«, sagte Will mit einem Blick, der mir noch lange nachging, nachdem er schon die Tür geöffnet hatte und vom Platz gegangen war.

Am Abend des Balls führte Matson eine Delegation von Tanzmuffeln zu Kinobesuch und Pizza in die Stadt. Auch er schien enttäuscht zu sein, daß ich auf jeden Fall zum Tanz gehen wollte. Aber ich brannte darauf, meine Zulassung nach Yale zu feiern, und wollte als Siegpreis das Herz einer jungen Prinzessin erobern. Zu diesem Zweck baute ich mich mit den anderen jungen Lackaffen auf dem Parkplatz vor dem Auditorium auf, ganz besonders schön herausgeputzt mit meiner neuen Branford-Krawatte, einem Geschenk von Cordell; Branford war sein College an der Yale-Universität gewesen und sollte bald das meine sein. Nach einiger Zeit trafen die Busse ein, zwei an der Zahl, und die

Mädchen stiegen mit gerafften Röcken aus und musterten den angetretenen Haufen, während wir raunten und durch die Zähne pfiffen. Dickinson, der Mathematiklehrer, versuchte uns daran zu erinnern, daß wir Gentlemen seien.

»Guck dir mal die Titten von der an«, sagte Trey Bowman, und plötzlich erblickten meine großen Augen Lollie Baker, die in der Bustür erschien und einen skeptischen Blick über uns gleiten ließ, dann mich sah und winkte.

Wenn ich mit zwiespältigen Gefühlen an unsere letzte Begegnung zurückdachte, hin- und her gerissen zwischen dem Gefühl, versagt zu haben, und dem Stolz auf mein bisher einziges erotisches Abenteuer, so war ich völlig demoralisiert durch Wills Eröffnung, daß er mit ihr geschlafen habe.

Auf einmal stand sie lächelnd vor mir. »Na, willst du mich nicht nach drinnen geleiten?« Es dauerte einen Moment, bis ich begriff, daß sie ausdrücklich mich gemeint hatte. Es war fast mit Händen zu greifen, wie mein Ansehen bei meinen Mitschülern wuchs, als ich Lollie den Arm bot, und alle meine Vorbehalte wurden hinweggeschwemmt von Dankbarkeit und Freude.

»Seht mal unsern Stenz Keane«, meinte Bowman, und ein Schleier des Neids senkte sich über die anderen, während wir in Richtung Auditorium schritten.

Lollie sah noch ziemlich genauso aus, wie ich sie in Erinnerung hatte, wenn auch in Wirklichkeit vielleicht nicht ganz so hübsch wie in meinen Phantasien. Mehr Rundungen – Bowman hatte das mit den Titten nicht im Scherz gesagt –, aber immer noch irgendwie maskulin und eckig, selbst in ihrem rosa Kleid. Vergessen oder im Geiste schöner gemacht hatte ich auch die schmale, vorstehende Nase, die, wie mir jetzt wieder einfiel, ein Sinnbild ihrer aggressiven Art zu sein schien.

So gern ich mich kühl und reserviert gegeben hätte, ich freute mich doch richtig, sie wiederzusehen, und war auch über die Maßen erleichtert, unter den rosa und weißen Heerscharen, die bei uns zu Gast waren, eine Freundin entdeckt zu haben. Als wir zu tanzen anfingen, roch ich Alkohol in ihrem Atem. Nach einem linkischen, von mir stumm ausgezählten Foxtrott sagte sie: »Nichts wie weg von diesem Kindergeburtstag.« Draußen auf dem Parkplatz war die Frühlingsluft gewürzt vom Duft neuen Wachstums, und es wurde gerade dunkel. Eingedenk von Wills Eroberung erkundigte ich mich – betont förmlich, wie ich glaubte –, wie es ihr denn am Miss Porter's gefalle.

»Das Hinterletzte«, höhnte sie. »Eine Jungfernfabrik. Ein Gestüt für Locust Valley und Greenwich und Grosse Point. Als ich hinkam, hat meine Zimmergenossin mich als erstes gefragt, ob man im Süden schon *Schuhe* trägt. Diese Frage hab ich im ersten Jahr gleich dreimal zu hören gekriegt. Im Literaturkurs ist Louisa May Alcott noch immer die große Nummer. Die Direktorin sieht sich als den Mittelpunkt dieses Verehrungskults, wir sollen sie einfach alle anbeten, diese Dörrpflaume. Laß mich bloß mal Luft holen. Und ein Sturm auf die Küche ist für alle schon die höchste Randale. Macht alles einen Heidenspaß«, schloß sie.

Auch für Yale hatte sie kein gutes Wort, als ich ganz nebenbei bemerkte, daß ich dort angenommen worden war. »Das West Point der Eierköpfe«, meinte sie.

»Was ist denn in drei Teufels Namen los mit dir?« fragte sie, als ihr meine kühle Art endlich auffiel.

»Ich dachte nur, du würdest dich jetzt wohl lieber mit Will unterhalten als mit mir«, antwortete ich einfältig.

Ich fürchte, ich habe noch nie besonders gut meine Gefühle verbergen können; Lollie benötigte jedenfalls keinen zusätzlichen Wink.

»Ach, Junge ...« Sie legte die Arme um mich, was uns einen drohenden Zeigefinger von Colbert eintrug, dem Erdkundelehrer, der auf dem Parkplatz patrouillierte.

»Menschenskind, ich bin mit Will aufgewachsen«, meinte sie, nachdem Colbert sich wieder verzogen hatte.

»Das erklärt alles«, sagte ich verbittert.

Sie schlang die Arme um mich und drückte ihren Körper an meinen. »Will ist... nichts weiter als ein Freund.«

Ich schnaubte. »Ein Freund, aha.«

»Hör mal, er ist ein armer und ziemlich verkorkster Junge«, sagte sie. »Und vielleicht hatte er es schwerer im Leben, als du ahnst. Vielleicht wollte ich ja auch nur... ich weiß es nicht. Ich will nicht unbedingt sagen, daß er mir leid tut, aber er ist mir eben auch nicht egal.«

Diese Meinung über Will schockierte mich, denn für mich war er der selbstsicherste Mensch, dem ich je begegnet war. Aber kaum hatte sie es gesagt, wurde mir klar, daß sie recht hatte, wenn ich auch nicht sagen konnte, inwiefern und warum.

»Du«, flüsterte sie, »ich hab ein Fläschchen guten Whiskey in der Handtasche. Gehen wir auf deine Bude.«

»Das Wohnheim ist Sperrzone«, sagte ich.

Lollie verdrehte die Augen. »Mein Gott, *wirklich*?«

Sie sah sich auf dem Geviert um. »Und die Kapelle da drüben? Vielleicht könnten wir zusammen mal richtig schön beten.«

Ich hatte keine Ahnung, ob die Kapelle verschlossen war oder nicht, aber diesmal wollte ich nicht wieder Mist bauen. Sie sagte mir, ich solle drinnen auf sie warten, sie werde dann in zehn Minuten nachkommen. Es hätte mir als dem Jungen nicht angestanden, weniger wagemutig zu sein als sie, und als Wills Rivale fühlte ich mich noch beflügelt durch die Konkurrenzsituation. Ich sah sie noch zum Bus zurückschleichen, bevor ich mich auf Umwegen in Richtung Kapelle begab. Die Tür war offen, aber kaum hatte ich einen Blick hineingeworfen, wußte ich, daß ich den Plan nicht in die Tat umsetzen konnte. Ob es Reste von Ehrfurcht vor dem heiligen Ort waren oder die schlichte Angst, erwischt zu werden, oder auch Angst, daß ich hier zu guter Letzt die eigene Heiligmäßigkeit einbüßen könnte – jedenfalls wollte ich da nicht mit Lollie hineingehen. Also ging ich wieder hinaus und wartete halb versteckt hinter einer Eibe.

Irgendwie schaffte sie es, den Ring von Sittenwächtern zu durchbrechen, der den Parkplatz bewachte, und kam den Weg heraufgerannt, jetzt in schwarzem Pullover und schwarzer Caprihose.

Als ich ihren Namen zischte, war sie mit einem Satz bei mir und küßte mich leidenschaftlich, die Zunge tief in meinem Mund. Nach etwa einer Minute kam ich dazu, ihr zu sagen, der Kaplan sei drinnen und halte Abendandacht.

»Mist«, sagte sie. Wir verzogen uns weiter hinter die Eibe, die uns einigermaßen gegen Blicke schützte. Sie setzte sich ins Laub, den Rücken am Fundament der Kapelle, und reichte mir die Flasche.

»Was ist denn an Will so verkorkst?« fragte ich, nachdem ich von dem Whiskey soviel geschluckt hatte, wie ich nur hinunterbekam.

»Eines ist an ihm jedenfalls nicht verkorkst.« Sie nahm einen langen Zug aus der Flasche. »Er weiß, wann er zu reden und wann er den Mund zu halten hat.«

Daraufhin warf ich mich über sie und küßte sie ungestüm. Die Nacht war kühl für die Jahreszeit, aber nicht allzu kühl, jedenfalls nicht für zwei junge, von Hormonen und Alkohol angeheizte Menschenkörper. Ich habe mich seitdem oft gefragt, warum wir nicht einfach dageblieben sind oder uns ein dunkles Plätzchen auf dem Rasen oder ein leeres Gebäude gesucht haben. Aber nach zehn Minuten im Gebüsch war mein gesunder Menschenverstand völlig von Wollust vernebelt. Auf mein Zimmer zu gehen, war ihre Idee, aber ich wäre ihr überallhin gefolgt, so besessen war ich von dem Willen zu vollenden, was wir vor anderthalb Jahren in Memphis begonnen hatten.

Irgendwie gelangten wir unentdeckt bis in mein Zimmer. Matson und die anderen Tanzmuffel waren noch im Kino. Oben machten wir zuerst einmal den Whiskey nieder und fummelten dann auf dem Bett herum, als plötzlich Will hereingeplatzt kam. Ich war nicht eben beglückt, ihn zu sehen – Lollie hatte gerade meine Gürtelschnalle aufgemacht. Gleichzeitig war ich, um der Wahrheit die Ehre zu geben, aber auch erleichtert, und ich hatte schon gar nichts dagegen, von ihm in solch eindeutiger Situation ertappt zu werden.

»Jesses«, brummelte er.

»Hallo, Will«, sagte Lollie, während ich mit Mühe meine Hand unter ihrem straffen BH-Gummi hervorzog.

»Matson hat gehört, daß ein Mädchen im Haus ist«, sagte Will, »und jetzt kontrolliert er die Zimmer.«

Die Neuigkeit ernüchterte mich schlagartig. Nicht einmal drei Wochen vor Schulabschluß sah ich mein Studium, meine ganze Zukunft flötengehen.

»Los, in den Schrank«, sagte Will. Damit riß er mich vom Bett hoch und schubste mich zwischen die Kleider, dann schob er die Tür hinter mir zu.

Ich hörte das Klopfen an der Zimmertür, dann Matsons Stimme. »Mr. Savage, wie ich annehmen darf?«

»Mr. Matson«, sagte Will liebenswürdig, »darf ich Ihnen Miss Lollie Baker aus Memphis, Tennessee, vorstellen?«

»Sehr erfreut«, sagte Lollie.

Ich versuchte mir einzureden, Will werde sich da schon irgendwie herauswinden, er würde sich mit seiner Redegewandtheit und seinem Charme zu retten wissen. Aber im Grunde wußte ich schon damals, daß er sich opferte, und indem ich im Schrank blieb, ließ ich das zu. Man könnte mir vielleicht Trunkenheit zugute halten – daß mir die Konsequenzen nicht klar waren, als Will mich in den Schrank stieß –, aber in Wahrheit war ich so nüchtern, daß es fast schon weh tat, während ich von meinem Versteck aus das Gespräch mit anhörte. Mit jeder Minute schämte ich mich mehr für mein Verhalten, und doch blieb ich noch lange im Schrank, nachdem ich Will und Lollie schon ihre Bereitschaft hatte äußern hören, Matson nach unten zu folgen.

Auch als Will dann zehn Minuten später wiederkam, war ich

noch im Schrank. Er öffnete die Tür und sagte: »Alles klar«, dann warf er sich aufs Bett und verschränkte die Hände hinter dem Kopf.

»Wie ist es gegangen?« fragte ich einfältig. Mit einem Mädchen im Zimmer erwischt zu werden, bedeutete automatisch den Schulverweis.

»Mach dir darüber keine Gedanken.« Will lächelte. »Wir beide bekommen genau unseren Willen, und Lollie kann für sich selbst sorgen.«

»Und der Militärdienst?« fragte ich. Es war das Frühjahr 1967.

»Es gibt Mittel und Wege, sich um die Einberufung zu drükken.«

Halb von Sinnen vor Selbstvorwürfen, ließ ich mich aufs Bett fallen, zog die Knie an die Brust und schlang die Arme darum. Will anzusehen, ertrug ich nicht.

»Außerdem«, fügte er gelassen hinzu, »bist du mein bester Freund.«

Ich hätte die ganze nichtswürdige Szene wahrscheinlich noch einmal über mich ergehen lassen, nur um dieses Eingeständnis zu hören.

Während der nächsten beiden Tage quälte ich mich mit dem Gedanken, mich zu stellen, und schließlich mit der Erkenntnis, daß ich es ja doch nicht tun würde. Mein Lebensweg wurde durch diese Entscheidung und durch Wills Opfer bestimmt, und wenn ich auch ziemlich sicher bin, daß er es nie bereut hat, kann ich noch immer nicht ohne Scham an diese Augenblicke zurückdenken. Etliche Male im Lauf meines Berufslebens habe ich, wenn ich versucht war, Beweise zu unterdrücken, zugunsten eines Klienten zu lügen oder auf andere Weise den leichteren Weg zu gehen, mich dann doch anders besonnen, verfolgt von der Erinnerung an dieses unehrenhafte Versagen. Auf der anderen Seite war die Lektion, die ich lernte, auch nicht einfach, denn ich würde gegen nahezu alle meine Grundsätze verstoßen, berufliche wie private, wenn es Will Savage nutzen könnte.

IX

Weder Eltern noch Geschwister konnten sich einen Reim auf das Transparent mit der Aufschrift FREIHEIT DEN SKLAVEN machen, das von einem Kleinflugzeug über dem Sportplatz hin und her gezogen wurde. Aber ein Johlen kam aus den Reihen der im Talar angetretenen Absolventen, die sofort begriffen, daß Will Savage hier auf die ihm eigene Weise seine Gegenwart bei den Abschlußfeierlichkeiten kundtat. Von meinem Platz in der dritten Reihe aus konnte ich sehen, daß diese Inszenierung einigen der Lehrkräfte auf dem Podium übel aufstieß.

Vor drei Wochen, genau an dem Tag, an dem Will für immer den Campus verließ, war der Lehrkörper von einer kollektiven Unpäßlichkeit befallen worden. Es wurde schließlich ermittelt, daß die Schokoladenplätzchen, die bei der wöchentlichen Lehrerkonferenz neben der Kaffeekanne gelegen hatten, nicht aus der Schulküche stammten. Als Matson, dessen Vorliebe für Schokolade allgemein bekannt war, an diesem Abend nicht zum Licht-aus erschien, ließen wir uns das nicht zweimal sagen. Hockey auf den Gängen, Poker und allgemeine Ausgelassenheit währten bis lange in die Nacht. Erst als am Morgen darauf einige Unterrichtsstunden ausfielen, begannen Gerüchte die Runde zu machen. Vielleicht waren es ja wirklich nur Gerüchte; es gab nie eine offizielle Bestätigung oder Untersuchung, und ich war schon so gut wie überzeugt davon, daß die Geschichte von den Haschischkeksen ins Reich jener Legenden gehörte, die in geschlossenen Gemeinschaften hin und wieder von selbst entstehen. Aber Stubblefield war am Tag danach noch selbstgefälliger als sonst, und Wills Unschuldsbeteuerungen bei einem Telefongespräch mehrere Tage später klangen bemerkenswert zurückhaltend und wenig überzeugend.

Flugzeug hin, Flugzeug her, für meine Mutter war die Abschlußfeier auf dem Sportplatz ein ungetrübter Triumph. Ich hatte in Englisch und Geschichte als Bester und allgemein als Zweitbester in der Klasse abgeschnitten. Unmittelbar nach der Feier gratulierte sie den Eltern Isaac Mendels, der als erster die Abschlußrede hatte halten dürfen, um zu zeigen, daß sie ihm den Sieg nicht übelnahm.

»Ich fand Senator Kennedy so großartig«, sagte sie, nachdem sie Trey Bowmans Mutter in ihrem Chanel-Kleid dazu schanghait hatte, ein Foto von uns dreien zu machen. »Sie brauchen nur auf den Knopf zu drücken, es geht alles automatisch. So klug und redegewandt. War er nicht einfach wundervoll? Ich finde überhaupt, daß er höchstens noch besser aussieht als Jack und Bobby. Ich meine natürlich, als Jack ausgesehen *hat.*«

Diese Rede war vorgeblich nur an die engere Familie gerichtet, aber Mrs. Bowman und alle anderen Umstehenden durften selbstverständlich gern mithören. Wie ein Springbrunnen plätscherte sie in ihrem rosa- und türkisfarbenen Kleid durch den Frühlingsmorgen, sprudelte zwischen ihrem mageren Sohn und ihrem etwas kleineren Mann, und ihr Busen drohte vor lauter Stolz zu platzen. Nicht nur, daß ihr Sohn in dieser angloprotestantischen Hochburg mit Glanz bestanden hatte, nein, nun hatte auch noch Teddy Kennedy aus dem Bostoner irisch-katholischen Kennedy-Zweig – einer der unseren und noch von keinerlei größeren Skandalen befleckt – die Festrede gehalten.

»Nur noch eines, kommt schon, Jungs, und schön lächeln«, drängte sie uns, während Mrs. Bowman die Kamera wieder vors Auge hob. »Das ist doch eine Abschlußfeier, kein Leichenbegängnis. Pats armer Vater macht ein Gesicht, als könnte er nur noch daran denken, was das Studium in Yale kosten wird«, vertraute sie Mrs. Bowman an, die angesichts all dieser hibernischen Leutseligkeit schon ganz benommen wirkte. Ich fürchtete, Mom werde ihr gleich auch noch unter die Nase binden, daß eine entfernte Kusine von ihr mit einem entfernten Vetter der Kennedys verheiratet sei, doch diese Mitteilung sparte sie sich für den Senator persönlich auf, den sie noch irgendwie am Schlafittchen zu fassen bekam, kurz bevor er sich in seiner Limousine davonmachte. Mein Vater und ich weigerten uns, sie auf dieser Mission zu begleiten – für einen kurzen Augenblick fühlte ich mich meinem alten Herrn ausnahmsweise aufs herzlichste verbunden, als er die Augen verdrehte und meinte: »Was stellst du dir eigentlich vor? Sicher wird Teddy uns alle miteinander zu sich nach Hyannisport einladen, wenn er erst hört, wie nah wir verwandt sind.« Mom hatte schon wieder jemanden gefunden, der diese Begegnung im Bild festhielt, und es steht noch heute gerahmt bei uns daheim auf dem Kaminsims – ein schlaksiger, jungenhafter und ein wenig benommen wirkender Ted Kennedy, der verlegen auf den Busen meiner Mutter hinablächelt, während sie in die Kamera strahlt.

Mein jugendlicher Zynismus war ein bißchen aufgesetzt; auch ich hatte feuchte Augen gehabt, als der Senator seine Rede beendete, und wenn auch der unmittelbare Anlaß dafür der versteckte Hinweis des Senators auf seinen ermordeten Bruder gewesen war, so machte mich doch auch mein Abschied von der Schule traurig. Verstärkt wurde diese Melancholie noch durch Wills Fehlen – und die Tatsache, daß ich daran schuld war.

An diesem Morgen hatte ich ein Telegramm von Cordell Savage erhalten. Wenn er in Yale irgend etwas für mich tun könne, schrieb er, so solle ich nicht zögern, es ihn wissen zu lassen.

Mein Entschuldigungsbrief an Lollie Baker erreichte sie in Memphis, wohin sie sich zurückgezogen hatte – oder wohin sie nach ihren eigenen Worten im Triumph zurückgekehrt war –, nachdem sie vom Miss Porter's geflogen war.

Yeah, yeah, es haben ein paar Leute pflichtschuldigst ihre Kleider zerrissen und Asche auf ihr Haupt gestreut, aber so richtig mit dem Herzen war keiner dabei. Im Grunde keine große Sache. Es ist in unserer guten alten Familie gute alte Tradition, von guten alten Schulen zu fliegen, auch wenn diese Tradition bisher weitgehend männlich war. Und höhere Bildung für die Weiberleute ist hier sowieso kein allzu großes Muß. Vergieß also um meinetwillen keine Tränen, Kleiner. Eigentlich bin ich richtig erleichtert, daß die Entscheidung, auf welches College ich gehen soll, mir dadurch abgenommen wurde. Smith und Wellesley, beide so spießig wie schlecht und von Miss Porter's über den Rausschmiß der lüsternen Lollie Baker unterrichtet, ziehen ihre Einladung zur Immatrikulation zurück, aber das Bennington steht menschlicher Schwäche bekanntermaßen toleranter gegenüber – und ist folglich der richtige Ort für Deine sehr Ergebene.

Am meisten elektrisierte mich ihr PS: »Weißt Du etwas über diese Farbige, auf die Will so abfährt? Herrgott, der Junge versteht es vielleicht für Aufregung zu sorgen.« Ich hatte zwar so meinen Verdacht, erfuhr aber fast ein Jahr lang nichts Bestimmtes. Will hatte eine große Pilgerfahrt durch den Fernen Osten angekündigt, die er sich zum Nichtexamen schenken wollte, und als ich den Brief von Lollie bekam, war er schon fort.

Den ganzen Sommer und Herbst über kamen die Berichte über Wills Abenteuer postkartenweise angetröpfelt. Die erste kam aus Japan, wo er am Daitoku-ji in Kyoto Zen studierte und den Markt für gebrauchte Seidenkimonos unter seine Kontrolle brachte: Anscheinend konnte er letztere spottbillig auf Flohmärkten erwerben und mit horrendem Gewinn an einen Käufer in San Francisco absetzen. Seine nächste Station war Bali, wo er sich einen Monat lang in eine Hütte am Strand verkroch und von Psychedelika lebte. Die letzte Postkarte kam aus Chiang Mai in Thailand, und dann – monatelang nichts mehr.

Im September ging ich nach Yale. Als ich in dem mir zugewiesenen Zimmer auf dem alten Campus eintraf, schämte ich mich meiner Eltern weniger als vor zwei Jahren, nicht weil ich ein besserer Mensch geworden wäre, sondern weil ich fest entschlossen war zu glauben, daß ich wahrhaft nach Yale gehörte. Meine Eltern waren aber sowieso schon fort, als meine angehenden Zimmergenossen eintrafen. Ich packte gerade in einem der beiden Einzelzimmer meine Sachen aus, als Aaron Greeley in der Tür erschien, unbegleitet und außer Atem von den drei Treppen mit zwei Koffern. Schon in den ersten Minuten erfuhr ich, daß er aus Evanston in Illinois kam, Lacrosse spielte und als Hauptfach Englisch studieren wollte. Er trug, wie ich, die übliche Uniform – Mokassins, Ivy-League-Hose, Button-down-Hemd –, und unter den Habseligkeiten, die er auf seiner ersten Tour die Treppe heraufgeschleppt hatte, befanden sich ein Tennisschläger Marke Jack Kramer im hölzernen Spannrahmen und ein Lacrosse-Stock. Statistisch gesehen war er für Yale ein sehr konventioneller Zimmergenosse, außer daß er schwarz war, was ihm aber selbst nicht sonderlich bewußt zu sein schien. Da mußten erst Dalton Percy und sein Vater kommen, um ihn wieder daran zu erinnern.

Sie erschienen, als Aaron und ich gerade ein paar vom Sperrmüll gerettete Möbel aufstellten, die ich im Kombi hergebracht hatte, und verblasen über die Stücke Edward Albees diskutierten. Dalton Percy war das Abbild dessen, was ich mir als meinen Zimmergenossen vorgestellt hatte: teuer gekleidet und von stolzem Gebaren. Sein hartes, gutgeschnittenes Gesicht ließ an einen Menschen denken, der sich wegen unbedeutender Ehrverletzungen duellieren würde. Obwohl es ziemlich warm war, trug er einen Mantel von der Farbe gebrannter Mandeln und einen alten Yale-Schal. Sein Vater war von ähnlicher Statur, nur furchteinflößender: Statt sich zu duellieren, würde er den Gegner eher von seinen Untergebenen umbringen lassen.

Ich hatte reichlich Zeit, die Percys in Ruhestellung zu studieren; sie wirkten wie gelähmt, nachdem wir uns bekannt gemacht hatten. Sie reagierten ausweichend und wortkarg, als wir Dalton die Zimmerwahl anboten und sie einluden, in der Stadt einen Happen mit uns zu essen. Beide behielten ihre Mäntel an. Endlich sagte Percy senior: »Wenn Sie uns entschuldigen, wir sind bereits im Mory's verabredet.« Ich sah sie mit Bedauern gehen. Aaron fand ich zwar nett, aber Dalton schien mir genau der junge Mann zu sein, der schon alle gesellschaftlichen Beziehungen hatte, nach denen es sich zu streben lohnte, und ich hatte den dunklen Verdacht, daß ich zwischen den beiden würde wählen müssen. Vielleicht war es mein Glück, daß mir die Entscheidung abgenommen wurde.

Dalton ließ sich nie mehr in unsern Räumen blicken. Was für Fäden da genau gezogen worden waren, blieb ein Geheimnis, aber Percy der Jüngere bekam am nächsten Tag ein anderes Zimmer zugewiesen. Aaron und ich wußten diese Fahnenflucht sehr wohl zu deuten, taten aber voreinander so, als freuten wir uns, daß wir nun nicht eines der beiden Schlafzimmer teilen mußten.

Wir waren beide sehr bestrebt, uns Yale-gemäß aufzupolieren, allerdings konnten wir einander in dieser Beziehung kaum eine Hilfe sein, und Aaron gab den Versuch schließlich frustriert auf. Dabei hatte er so eine gute Startposition. Er sah ganz wie ein Yalie aus. Ich will damit nicht sagen, daß seine Züge europid gewesen wären, aber sie waren auch nicht aufdringlich negroid, und für mich war er eine ausgesprochen edle Erscheinung. Obwohl er in Evanston auf eine öffentliche Schule gegangen war, wirkte er sehr wie ein Internatszögling: Er spielte Lacrosse und verbrachte die Sommer auf Martha's Vineyard, wo er Flying Juniors segelte. Auch an Land pflegte er gewisse nautische Aspekte. Er trug Seglerschuhe und oft einen blauen Blazer dazu. Er besaß zwei Dutzend Brooks-Brothers-Hemden – ich erfuhr zu meinem großen Erstaunen, daß Brooks eine Niederlassung in

Chicago hatte –, einen grauen Harris-Tweed mit Fischgrätmuster und einen grauen Flanellanzug, jeweils mit dem entsprechenden Zubehör, das nach einem unabänderlichen Schema immer zu gegebener Zeit in Schrank und Schubladen verschwand.

Zu Aarons wichtigsten Besitztümern gehörte eine Stereoanlage, aber er interessierte sich nicht für die Art Musik, die Will mir nahegebracht hatte. Um mich so zwanglos wie möglich als seelenvoller Zimmergenosse auszuweisen, legte ich gleich am ersten Tag beim Auspacken »James Brown, Live at the Apollo« auf. Aaron schloß die Tür unseres Appartements und meinte: »Du hast doch nichts dagegen, wenn ich das ein bißchen leiser stelle?« Er fummelte mit spitzen Fingern am Lautstärkeregler, wie um mir zu demonstrieren, daß er mit solchem Lärm nichts zu tun zu haben wünschte. Ich fragte mich, ob James Brown jetzt schon bei seinen eigenen Leuten passé war. Schließlich begriff ich, daß meine Blues- und Soulplatten Aaron peinlich waren; er fürchtete, unsere Mitbewohner könnten die Musik mit ihm in Verbindung bringen. »Ich bin kein großer Freund des Volkstümlichen«, erklärte er eines Tages, nachdem er eine Seite Sonny Boy Williamson ertragen hatte. »Zuviel rohe, ungefilterte Emotion.« In seiner eigenen Plattensammlung waren die Everly Brothers, Johnny Mathis, die Beatles und Simon und Garfunkel gut vertreten.

Ich lud ihn zu Thanksgiving zu mir nach Hause ein. Es war eine kompliziertere Geste, als ich mir damals hätte eingestehen wollen. Ich hätte mich geniert, einem Dalton Percy oder irgend jemandem aus dieser blondgelockten Sippschaft meine bescheidenen Wurzeln bloßzulegen. Nun wußte ich zwar von Aarons Fotos, daß sein Zuhause viel eindrucksvoller war als das meine, aber auch er war ein Außenseiter, und so glaubte ich darauf vertrauen zu können, daß er mich nicht verraten würde. Dennoch warnte ich ihn noch unterwegs im Zug, er dürfe nicht zuviel erwarten. »Sartre sagt, die Hölle, das sind die anderen«, zitierte ich Matson, der so etwas zu sagen pflegte. »Aber ich glaube, die Hölle ist ein Einfamilienhäuschen mit Vorgarten.«

Dabei bewiesen meine Eltern als Gastgeber viel mehr Anstand, als ich ihm bei der Schilderung meiner häuslichen Verhältnisse an den Tag gelegt hatte. Mein Vater war hoch erfreut, jemanden im Haus zu haben, mit dem er sich über Profifootball unterhalten konnte, der mich nicht die Bohne interessierte. Meine Mutter vertraute mir kurz nach unserer Ankunft an, sie finde Aaron ungemein gutaussehend, und völlig hingerissen war sie von der Sekunde an, als er ihr zum Abendessen den Stuhl herauszog. Sogar Nana Keane war beeindruckt und erklärte, er sei »sehr höflich und mir gegenüber sehr aufmerksam«. Zum Ende seines Besuchs stand fest, daß er genau der Sohn und Enkel war, den sie verdient gehabt hätten.

»Hast du schon mal an eine Verwechslung gedacht?« fragte er mich am zweiten Abend. »Ein Irrtum in letzter Sekunde – und sie haben dich durch den falschen Schornstein abgeworfen, ins falsche Haus, zur falschen Zeit, in den falschen Körper, in die verkehrte Haut?«

»Mein Gott, ja.« Ich nickte eifrig, obwohl ich gleich vermutete, daß er an einer solchen Verwechslung schwerer trug als ich. Wir saßen im Chevy meines Vaters oberhalb des Stausees, vollgestopft mit Thanksgiving-Essen, und machten einen Sechserpack Bier nieder, den wir uns in einem Laden besorgt hatten, der in dem Ruf stand, es mit dem Jugendschutz nicht so genau zu nehmen.

»Mein Vater ist auf der South Side aufgewachsen«, vertraute er mir an. »Er war ein guter Schüler und hat es bis auf die Howard University geschafft. Dann ist sein Vater gestorben, und er mußte nach Hause, um die Familie zu ernähren, sechs jüngere Geschwister. Er fand nur eine Stelle als Hausmeister. Drei Jahre später gründete er eine Büroreinigungsfirma, und kurz nach meiner Geburt sind wir nach Evanston gezogen.«

»Bewundernswert«, brummelte ich.

»O ja.« Mit einem ärgerlichen Seufzer riß er die letzte Bierdose auf und stopfte den Ring in die schäumende Öffnung. »Dahin wollte er, weil das Schulsystem dort gut war. Und Mama hat er sterilisieren lassen, nachdem meine Schwester geboren war – er wollte sich auf keinen Fall wieder arm zeugen. Ich konnte deshalb in meiner Jugend Tennis spielen und Klavierstunden nehmen, genau wie die weißen Kinder, damit ich schön auf meine Verwandten von der East Side hinunterblicken konnte. Sogar auf meinen alten Herrn durfte ich runtersehen, denn er konnte weder Tennis spielen noch segeln.« Er nahm einen kräftigen Schluck. »Und weil er ein *Neger* war.«

Ich wußte nicht, wie ich auf diese letzte Aussage reagieren sollte. Ich war mir nicht sicher, ob er damit meinte, daß sein Vater noch zur älteren Generation gehörte, die sich mit diesem veralteten Wort identifizierte – der gängige Ausdruck ist heute *schwarz* –, oder ob er, viel grandioser, sich selbst als Weißen betrachtete. Da ich mich nicht zu fragen traute, bekannte ich mich statt dessen zu ähnlichen Empfindungen und räumte ein, daß meine Eltern mir das Feingefühl eingepflanzt hätten, mich ihrer genieren zu können. Aber, dachte ich mit plötzlicher, unerwarteter Dankbarkeit, wenigstens waren wir von derselben Hautfarbe.

Später versuchten wir mit Hilfe unserer aufgeblendeten Scheinwerfer Pärchen, die es in ihren Autos trieben, das Leben schwerzumachen. »Wenn uns schon nichts gegönnt ist«, erklärte Aaron, »dann sollen diese Schweine auch nichts davon haben.«

Wenn Aaron von Frauen sprach, bezog sich das auf Gottheiten, die über den Rassen standen. Er hatte das Foto einer hübschen Blondine bei sich, die beim Abschlußball seine Partnerin gewesen und jetzt angeblich seine Freundin war. In unserem vorletzten Studienjahr wurden Frauen ja endlich als Studentinnen am College voll zugelassen, wenn auch nicht voll akzeptiert. Davor erforderten unsere sexualanthropologischen Studien aufwendige Expeditionen ins Smith oder Vassar. Auf Anstiftung meines Zimmergenossen unternahm ich einige beschwerliche Überlandfahrten. Zu unserem ersten Schwof im Smith kamen wir zu spät, nachdem wir eine Stunde lang am Straßenrand stehen und an dem Dodge Dart, den wir uns zu diesem Anlaß geliehen hatten, einen Reifen wechseln durften. Um die verlorene Zeit wieder hereinzuholen, sprach Aaron unverzüglich das hübscheste Mädchen im ganzen Auditorium an, eine Blondine, deren Frisur so perfekt hochstand wie ihre Nase und Brüste.

»Was gibt's denn hier Schönes?« fragte Aaron, den Blick auf letztere, worüber sie sich zu amüsieren schien. Sie stellte sich als Cameron DeVeere vor und lenkte dann meine Aufmerksamkeit auf ihre Freundin, ein unansehnliches Mädchen im getüpfelten Kleid. Als Aaron und Cameron davonstolzierten, ohne noch einen Blick zurückzuwerfen, forderte ich die Freundin zum Tanz auf. Aber weit davon entfernt, dies als eine Ehre oder ein Vergnügen zu betrachten, schien sie sich lediglich in ihr Schicksal zu fügen – und blieb auch weiterhin so gleichgültig und geistesabwesend, daß ich immer wieder mit ihr tanzte, nur um ihr zu beweisen, daß ich sie nicht als Notstopfen betrachtete. Als ich sie schließlich zu den wehmütigen Klängen von »Whiter Shade of Pale« küßte, ließ sie meine Zunge gewähren, doch ihr Atem roch säuerlich, und ihre Oberlippe fühlte sich seltsam rauh an, wobei mich ihre Teilnahmslosigkeit jedoch zu noch größeren Anstrengungen befeuerte. Und als der nicht enden wollende Song, der in jenen Jahren unabänderlich das Ende eines Collegeschwofs signalisierte, zu guter Letzt doch verklang, knickste sie steif und sagte: »Jetzt sollte ich mal Cameron suchen gehen.«

Aber weder Cameron noch Aaron waren zu finden. Ich verbrachte eine schlaflose Nacht bibbernd auf der Rückbank des Wagens. Als Aaron im trüben Morgengrauen endlich aufkreuzte, kreuzfidel und putzmunter, fragte ich ihn ostentativ nicht, was für eine Nacht er hinter sich hatte. Auf der Heimfahrt redete er die erste halbe Stunde auch über alles mögliche andere, bis er schließlich nicht mehr an sich halten konnte. »Ich glaube, ich hab mich verliebt«, sagte er, nur halb im Scherz. Sie hatten fast die ganze Nacht im Jahrbucharchiv verbracht, zu dem Cameron einen Schlüssel hatte. Er sagte nicht, ob er richtig mit ihr gebumst hatte, war aber viel zu aufgekratzt, als daß er nicht mindestens eine Handarbeit gekriegt hätte.

Von da an verbrachte ich meine Wochenenden allein in unserem Appartement oder in der Bibliothek, während Aaron gewöhnlich mit Cameron unterwegs war. Und bis zum heutigen Tag überkommt mich ein Kribbeln melancholischer Panik, wenn ich die ersten Takte von »Whiter Shade of Pale« höre.

Will kreuzte Anfang des neuen Jahres wieder in Memphis auf, fiebrig von Hepatitis und der Weisheit des Vielgereisten. Er schrieb mir einen langen Brief, der schon damals weniger ein Brief an einen Freund zu sein schien als der Versuch, seine Wanderjahre zu mythologisieren. Ich bewahrte ihn lange Jahre auf, und einmal, an einem rührselig-trunkenen Abend während meines Jurastudiums, las ich ihn sogar noch einmal, aber nun ist er schon lange unauffindbar. Die Höhepunkte, soweit ich mich jetzt noch daran erinnere, klingen heute wie ein Reisekatalog für Hippies, aber damals hatte ich von den meisten seiner Zwischenstationen noch nie gehört. Soviel ich noch weiß, berichtete er unter anderem, er habe einen Monat unter afghanischen Stammeskriegern gelebt, die Waffen und Drogen über den Khaiberpaß schmuggelten und ganz verrückt auf amerikanischen Rock and Roll waren, tagsüber unter hartem Einsatz schmuggelten und raubten, abends am Lagerfeuer Chuck Berry und Elvis hörten. Er sei dann über den Himalaja nach Ladakh gezogen und habe dort bei tibetanischen Mönchen meditiert. Per Eisenbahn und Anhalter habe er sich anschließend weiter durch die Welt geschlagen, eine Weile auf einer griechischen Inseln und in einer Hausbesetzerkommune in Amsterdam verbracht und dann einen Dampfer nach Rio genommen. In einem ekuadorianischen Dorf sei er, nach dem Genuß eines Pilzes besinnungslos high, von einer Bande Guerilleros in die Berge verschleppt und in ihrem Lager drei Tage lang als mutmaßlicher CIA-Agent verhört worden. Statt den Anführer lediglich von seiner Unschuld zu überzeugen, hatte Will nach eigenen Angaben für diesen charismatischen Krieger und Gelehrten eine Literaturliste der Neuen Linken zusammengestellt, mit Schwerpunkt auf Marcuse und der übrigen Frankfurter Schule. Und anscheinend hatte er finanzielle und andere Unterstützung nach seiner Rückkehr in die USA zugesagt, obwohl er sich dazu, wie er mir erklärte und was ich auch sicher verstehen würde, natürlich nicht näher auslassen könne.

Meine Abenteuer in Yale waren dagegen vergleichsweise blaß, obschon zu dieser Zeit das Klima dort und anderswo gerade progressiv genug war, daß ich mich von denen, in deren Kreise ich so gern aufgenommen worden wäre, wegen des Umgangs mit meinem Zimmergenossen nicht unbedingt mit Verachtung gestraft fühlen mußte. Aaron dagegen bekam alles, was er so gern vergessen wollte, mehr und mehr von den militanteren schwarzen Studenten unter die Nase gerieben, die ihn für ihre Seite beanspruchten.

In unserem zweiten Semester passierte es einmal beim Mittagessen, daß ein aufgeschossener, kantiger junger Mann vom Afro-Tisch leise »Oreo« sagte, als er an unserer Gruppe vorbeikam. Wir übrigen waren entrüstet und wären Aaron sofort zu Hilfe gekommen, wenn es etwas anderes gewesen wäre – wenn er ihn zum Beispiel als Schwuchtel bezeichnet hätte. So aber konnte unsere kleine Gemeinschaft von Bücherwürmern sich zwar denken, daß es sich um eine Beleidigung handeln mußte, aber wir kannten uns nicht so recht in der neuen Etikette aus, und das Wort – es bezeichnete diese mit einer weißen Cremeschicht gefüllten Schokoladenkekse – war uns auch noch nie in einem solchen Zusammenhang untergekommen. Aaron selbst tat, als hätte er nichts gehört. Heute erscheint es mir merkwürdig, daß er und ich über solche Dinge nie miteinander sprachen. Aber es ist ja so, daß junge Männer selten miteinander über das reden, was für sie eigentlich das wichtigste ist.

Mein Bemühen, einander zuwiderlaufende Loyalitäten und Ambitionen unter einen Hut zu bringen, wurde in diesem März durch eine Einladung zu Dalton Percys Geburtstagsparty auf eine harte Probe gestellt. Unser Beinahe-Zimmergenosse war zum Mittelpunkt der geschniegelten Bande von Sprößlingen alter Bostoner Adelsgeschlechter in unserer Klasse avanciert, stockkonservativen Jünglingen, die ihren Altvorderen bald in die Geheimlogen folgen würden. Dalton besaß einen alten Spritzenwagen, und jeden Freitagabend versammelten er und seine Freunde sich an einem exklusiven Ort, um sich einen anzutrinken, dann auf den Spritzenwagen zu steigen, damit auf dem Campus herumzurasen und wassergefüllte Luftballons auf Passanten zu werfen. Leider muß ich hier vermelden, daß ich zu jener Zeit darin den Gipfel gepflegter Ausgelassenheit erblickte.

Ich hatte noch nie auf dem Spritzenwagen gesessen, aber Dalton war im ersten Quartal in meinem Geschichtskurs gewesen, und einmal hatte ich ihn meine Unterrichtsnotizen abschreiben lassen. Unsere allererste Begegnung wurde nie mehr erwähnt, und aus irgendeinem Grund hatte ich mich besonders angestrengt, nett zu ihm zu sein, als wäre ich es gewesen, der ihn als Zimmergenossen abgelehnt hatte. Er seinerseits schien darauf bedacht zu sein, mir auf seine eigene lässige Weise mitzuteilen, daß er nichts gegen mich hatte, und sagte immer freundlich guten Tag. Dennoch war ich überrascht, als ich die gedruckte Einladung bekam: in den altehrwürdigen Privatclub Mory's an der York Street. Smoking.

Ich brauchte Aaron gar nicht erst zu fragen, ob auch er eingeladen sei. Und in einem lichten Moment fragte ich mich auch, ob das vielleicht der tiefere Grund für *meine* Einladung war, nämlich die Nichteinladung meines Zimmergenossen besonders herauszustreichen. Diese bange Ahnung trat jedoch im selben Maße in den Hintergrund, wie das bevorstehende Ereignis auf dem alten Campus zum Tagesgespräch wurde. Die Teilnehmer sollten vor ihren Wohnheimen von dem Spritzenwagen abgeholt werden; es war die Rede von Striptänzerinnen und Prostituierten.

»Frag Patrick«, sagte Peter Barnholtz eines Mittags beim Essen zu unserem Tisch herüber. »Er geht hin.«

»Ich gehe nicht hin«, sagte ich, wobei ich rasch in Aarons Gesicht und ebenso schnell wieder wegsah, schon wütend darüber, daß ich mich zu diesem Dementi gezwungen sah, während ich in Wirklichkeit noch immer einen faulen Kompromiß mit meinem Gewissen suchte.

»Ich meine, eingeladen bin ich«, fügte ich hinzu. »Frag mich nicht, warum. Ich kenne den Kerl doch kaum.«

»Du brauchst nicht meinetwegen wegzubleiben«, sagte Aaron kühl, als wir aufstanden, um zum Unterricht zu gehen.

»Ich würde im Traum nicht daran denken hinzugehen«, log ich. Stein des Anstoßes war vermutlich, daß ich die Einladung nicht schon früher erwähnt hatte, sie ihm nicht hohnlachend vor die Nase gehalten hatte, als ich sie vor ein paar Tagen aus meinem Briefkasten nahm, während er doch neben mir stand und gerade das Streifband von seiner dämlichen *Boating News* entfernte. Offenbar hatte ich mir meine Antwort also noch überlegen wollen, und als Aaron dann durch Peter davon erfuhr, war es bereits zu spät.

Am Ende war ich dann doch nicht unter den Gästen. Wohl selten wurde eine gute Absicht, so bescheiden sie war, mit derart quälerischem Widerstreben in die Tat umgesetzt. Andererseits drängt sich mir, je älter ich werde, desto mehr der Verdacht auf, daß schon manch wahrer Held das Feld der Ehre nur mißmutig betrat, daß manch berühmtes Beispiel von Standhaftigkeit zunächst von Zweifeln überschattet gewesen war. Ich wäre für mein Leben gern hingegangen. Ich fand nur keinen Ort, an dem ich meine Skrupel hätte verstecken können. Endlich ging ich am Abend vor der Party zu Dalton und tischte ihm eine sorgfältig ausgeklügelte Geschichte von einem sterbenden Großvater auf – die klassische Ausrede für nicht gemachte Hausaufgaben, und sie klang in diesem Fall nicht minder abgedroschen.

»Wie schade«, sagte Dalton. »Du verpaßt eine tolle Fete.«

»Wenn es *irgendwas* anderes wäre . . .«, krächzte ich.

»Na ja, gut. Ein andermal dann.«

Ich ging zurück in unser Appartement und wartete auf Aarons Wiederkehr, damit ich ihm von meiner Tat berichten und so den Schmerz in meiner Brust ein klein wenig lindern könnte. Ich wartete bis Mitternacht, ohne mich auf *Beowulf* oder Aristoteles oder das Dred-Scott-Urteil konzentrieren zu können. Ich ging ihn in der Bibliothek suchen, dann eilte ich wieder zurück in die stummen, leeren Zimmer. Ich schlief kaum in dieser Nacht, denn immer wieder malte ich mir den Glanz und das fröhliche Treiben aus, um das ich in vierundzwanzig Stunden betrogen werden sollte.

Am Morgen war Aarons Bett eindeutig unberührt, und zum Mittagessen erschien er auch nicht. Keiner wußte, wo er war. Empört über sein Verschwinden begann ich meinen Entschluß zu überdenken. Der Nachmittag war mir verdorben durch Unschlüssigkeit einerseits und das sichere Wissen andererseits, daß meine Entscheidung, wie sie auch ausfiel, mir leid tun würde. Um vier rief ich beim Kostümverleih an, in der Erwartung – und halb in der Hoffnung – zu erfahren, daß alle in Frage kommenden Smokinggrößen aufgrund einer größeren Studentenparty bereits ausgeliehen seien. Aber sie hatten genau meine Größe vorrätig, mit allem Zubehör; ich hätte wissen müssen, daß die meisten von Daltons Freunden einen eigenen Smoking besaßen. Um halb sieben ging ich zum Abendessen, brachte aber nichts hinunter und bekam auch nichts von dem mit, was am Tisch gesprochen wurde. Als ich in mein Zimmer zurückrannte, war von Aaron noch immer nichts zu sehen.

Schließlich kam der Spritzenwagen, von seiner Sirene laut angekündigt, die High Street herauf. Ich sah vom Fenster aus zu, wie die Jungen in ihren Abendanzügen aufstiegen, sich mit der einen Hand an der Längsstange festhielten und in der anderen Bier- oder Champagnerflaschen schwenkten, während das rote Blinklicht in die Festnacht entschwand.

Aaron kam eine Stunde später hereinspaziert, um sich umzuziehen.

»Wo hast du denn gesteckt?« brüllte ich ihn regelrecht an.

Er blieb in der Tür stehen und drehte sich um. »Ich war bei Cameron«, sagte er. »Was soll die Aufregung?«

»Ich bin nicht zur Party gegangen.« Ich wußte nicht, was ich ihm sonst hätte sagen sollen. So wütend ich auf ihn war, den augenscheinlichen Grund und Nutznießer meiner Entscheidung, wollte ich sie mir von ihm doch nachträglich versüßen lassen.

»Was für eine Party?« fragte er.

»Dalton Percys Geburtstag«, rief ich fassungslos.

Nach einer Weile nickte er langsam, als könnte er sich bei angestrengtem Nachdenken dunkel erinnern, irgend etwas darüber gehört zu haben. »Toll von dir«, sagte er aufgekratzt und verschwand in seinem Zimmer.

X

»Weißt du etwas über dieses Niggermädchen?«

Als Cordell Savage anrief und mich zu einem Abendessen in New Haven einlud, hatte es mir noch geschmeichelt, daß er von New York aus diesen Umweg machte. Erst als wir im Mory's unsere Steaks angeschnitten hatten, rückte er mit dem wohl eigentlichen Grund für seinen Besuch heraus.

»Ich weiß wirklich nicht, wovon Sie reden«, sagte ich und

hoffte, daß die Röte, die ich in meine Wangen steigen fühlte, mich nicht verriet.

»Hat er mit dir nicht über sie gesprochen?« Er legte eine Pause ein, als versuchte er meine Aufrichtigkeit zu erschnüffeln. Ich legte plötzlich großes Interesse für meinen Teller an den Tag. »Nun gut, das wird er früher oder später wohl noch tun. Und wenn, dann möchte ich, daß du dich an das erinnerst, was ich dir jetzt sagen will.« Er schwieg, bis ich erwartungsvoll aufsah. »Man erzählt sich, daß Will in dieses ... Mädchen ... verknallt sein soll. Ich kenne deine Einstellung nicht – ob du mit diesem Gleichberechtigungskram sympathisierst. Ich erwarte auch nicht, daß du meine Ansichten teilst. Aber die meisten Leute bei uns tun das. Sie sehen es nicht als Gottes Willen an, daß sich die Rassen mischen – ich rede hier von den Farbigen ebenso wie von den Weißen.«

Als er eine Atempause einlegte, um unsere Weingläser nachzufüllen, warf ich rasch einen forschenden Blick über die umstehenden Tische; niemand schien uns zuzuhören, und doch war es mir unangenehm, in diesem privilegierten Außenposten einer großen Institution liberaler Bildung, an der Cordell selbst studiert hatte, solche Ansichten laut geäußert zu hören. *Lux et Veritas* lautete unser Motto.

Und dennoch war Cordell ein Mann mit Charisma. Was er sagte, klang vernünftig. Es fiel mir schwer, seine Ansichten einfach abzutun, erst recht im Kraftfeld seiner Gegenwart. Leute mit demokratischen Grundtendenzen sind gegenüber dem Autokraten immer im Nachteil.

»Es mag sein, daß man hier oben an so etwas nichts auszusetzen findet«, fuhr er fort. »Aber ich sage dir, bei uns im Süden ist das eine ernste Sache. Wir haben ein Erbe. Wir leben in der Welt, die uns gegeben wurde. Selbst wenn ich bereit wäre, meinen Segen zu geben, wäre es immer noch so, daß Will sich dem Urteil einer ganzen Gesellschaft zu stellen hätte. Aber auch ich kann meinen Segen nicht geben, und wenn Will diesen Weg weitergeht, wird er sich von seiner Familie, seinem Volk und seinem väterlichen Erbteil ausgeschlossen sehen. Ich glaube, ich brauche dir nicht zu sagen, Patrick, daß es seine arme Mutter umbringen würde.«

»Finden Sie das alles nicht ein bißchen voreilig?« fragte ich. »Wir wissen ja noch nicht einmal, ob er mit diesem Mädchen überhaupt etwas hat, geschweige denn...«

»Wir wissen, daß er sie regelmäßig sieht«, unterbrach mich Cordell. »Memphis ist eine kleine Stadt, und Will ist, wie ich nicht groß zu erwähnen brauche, eine auffallende Erscheinung. Wer in so einer idiotischen Betonmischmaschine in der Stadt herumfährt und irgend so eine britische Offiziersuniform trägt – meinst du, die Leute sehen so etwas nicht, erzählen uns nicht weiter, was er treibt? Was mir Sorgen bereitet – wir wissen beide, daß Will eine Neigung zu großen, dramatischen Gesten hat.«

Mir zog sich innerlich alles zusammen bei dem Gedanken, das könne sich auf Wills Opfergang vom Internat beziehen, aber bei genauerem Nachdenken bezweifelte ich, daß Cordell die wahre Geschichte je gehört hatte.

»Wenn es ihm mit diesem Mädchen ernst ist«, sagte ich, »glaube ich kaum, daß meine Meinung viel ändern wird.«

»Natürlich wird sie das. Du bist verdammt noch mal sein bester Freund. Und du bist ein Außenstehender. Auf seine Leute hört er zur Zeit nicht.«

»Will hört auf überhaupt niemanden.«

»Er wird immerhin auf deine Objektivität vertrauen.« Kaum hatte er das gesagt, versuchte er meine vermeintliche Neutralität auch schon zu korrumpieren. »Patrick, du hast an unserem Tisch gegessen und bist mit uns auf die Jagd gegangen. Ich glaube, du verstehst uns, und ich weiß, daß du ihn richtig anfassen wirst.«

Dieser ungenierte Appell an meine Eitelkeit verfehlte seine Wirkung nicht ganz. Noch ehe wir den hervorragenden Wein ausgetrunken hatten, versprach ich ihm zu überlegen, was ich tun könnte, obwohl das einfach lächerlich war, denn schließlich lebte Will in Memphis, geradewegs unter Cordells Patriziernase.

Nachdem Will seine Hepatitis auskuriert hatte, gründete er ein Talentmanagement und eine Produktionsfirma, die er Cement Mixer Music nannte. Er kurvte in einem weiß und beige lackierten 55er Packard in den entlegensten Gegenden des Südens herum und durchkämmte die Musikschuppen nach Talenten. Im Februar hatte er mich angerufen, um mit untypischem Stolz und Triumph in der Stimme zu vermelden, daß Lester Holmes mit einer Single auf den Rhythm-and-Blues-Hitlisten sei.

Nach Cordells Besuch rief ich pflichtschuldigst in Wills Büro an und hinterließ eine Mitteilung bei jemandem, der zu benebelt klang, um sie sich zu merken. Ich hatte weder eine Privatnummer von Will, noch wußte ich genau, wo er jetzt wohnte. Kurz nach den Weihnachtsferien bekam ich dann ein Päckchen aus Memphis. Es enthielt eine 45er Schallplatte. Das Foto auf der Hülle kam mir irgendwie bekannt vor, aber erst als ich den Namen las – Taleesha Johnson –, wurde mir klar, daß die Sängerin dieses schöne, schüchterne Mädchen war, das einmal Will geohrfeigt hatte. Bei genauerem Hinsehen stellte ich fest, daß Will nicht nur als Produzent, sondern auch als Mitverfasser des Songs firmierte.

Ich war zu einem langen Wochenende nach Hause gefahren und saß mit Mom, Dad, Nana Keane, Tante Colleen und ihrem Sohn Jimmy zu Tisch. Tante Colleen hatte gerade gefragt: »Wie wär's denn mit ein paar Takten Musik?«, als das Klingeln des Telefons das gequälte Schweigen am Tisch löste.

»Ich gehe ran«, sagte ich, schon im Aufspringen.

»Was sagst du zu der Platte?« fragte Will, kaum daß ich abgenommen hatte.

»Einfach klasse«, log ich, denn ich war viel zu beschäftigt gewesen, um auch nur daran denken zu können, sie mir anzuhören. »Aber du kennst mich ja«, machte ich einen vorsichtigen Rückzieher. »Ich bin da weder Experte noch sonstwas.«

»Die ist auch nicht für Experten gedacht, Patrick. Sie ist für alle – sogar für euch Banausen. Taleesha hat den Sprung auf die Hitlisten geschafft, und nächsten Monat schieben wir gleich noch eine Single nach.«

Er wollte über gar nichts anderes reden als über Taleesha und ihre Karriere, und mir dämmerte allmählich, daß der Verdacht seines Vaters wohl begründet war. Will fragte, ob ich mich in drei Tagen mit ihnen in New York treffen könne; Taleesha habe da einen Auftritt im Apollo. Als ich antwortete, ich wolle es gern versuchen, aber bis dahin gingen die Vorlesungen schon wieder weiter, sagte er:

»Ich brauche dich dabei, Patrick.«

Am Mittwoch nachmittag traf ich Will unter der Uhr beim Biltmore. Meine Idee – ich sah mich gern als den jungen Mann, der nach den Vorlesungen mal eben von New Haven rüber kam und sich mit seinen Freunden unter der berühmten Uhr traf, wie eine Figur von O'Hara. Mein Zug hatte Verspätung, und Will wartete schon, als ich kam – das einzige Mal, daß er je auf mich hat warten müssen. Normalerweise erschien er selbst zu jeder Verabredung mindestens eine halbe Stunde zu spät, und oft ließ er sich am vereinbarten Ort überhaupt nicht blicken. Dann konnten Tage oder Wochen vergehen, bevor er sich wieder meldete. Drogen hatten damit auch zu tun, aber ansonsten war dieser Zustand einfach chronisch – ich glaube, es war eine unbewußte Funktion seines ererbten Sinns für Privilegien. Außerdem war er durch und durch von der Wichtigkeit seiner Mission überzeugt, der Aufgabe, die er auf dieser Welt zu erfüllen habe, was ihn immun gegen die Angst machte, seinen Mitmenschen Ungelegenheiten zu bereiten – diese für die untere Mittelklasse kennzeichnenden Befürchtungen, die mich plagten, als ich mich unter der schmutzigen blauen Zodiakalkuppel der

Grand Central Station durch das Gedränge schob, um mich mit ihm zu treffen.

»Ich komme mir vor wie im Schmierentheater«, beschwerte er sich, als ich atemlos angerannt kam. »Stehe ich hier unter dieser blöden Uhr beim Biltmore. Dink Stover läßt grüßen.«

»Du siehst ja aus wie ein Irrer.« Er war hager, fast gespensterhaft dünn. Sein Haar war länger und wallte ihm dick über die Schultern; dazu war er in ein langes schwarzes Cape gehüllt, das er über einem viel zu bunten Wollhemd trug.

»Das sage ich ihm auch immer«, meinte die junge Schwarze, die sich jetzt von einem Stuhl erhob, angestrahlt von Wills verzücktem Blick wie von einem Bühnenscheinwerfer.

»Darf ich vorstellen? Taleesha Johnson, Patrick Keane.«

Sie nahm meine Hand. »Du bist also mein großer Rivale.«

Ich lächelte, mehr als nur ein bißchen geschmeichelt. »Und du bist die Besitzerin dieser herrlichen Stimme. Ich werde nie vergessen, wie ich dich zum erstenmal in dieser kleinen Kirche im Delta habe singen hören.«

»Warte nur, bis du die Scheibe hörst, die wir gerade herausbringen«, sagte Will, indem er sie an sich drückte. »Des Teufels Musik singt sie noch viel heißer.«

»Will, du weißt, daß ich es nicht mag, wenn du so redest«, sagte sie und stieß ihn von sich weg.

»Sie ist nämlich gläubig«, meinte Will nachsichtig. »Weiß der Himmel, was sie an einem Heiden wie mir findet.«

»Du weißt, daß ich nur an deinem Geld interessiert bin«, sagte sie. »Außerdem bist du kein Heide.«

Da hatte sie recht. In Wahrheit war Will der gläubigste Mensch, den ich kannte, auch wenn sein Glaube an eine verborgene spirituelle Ordnung im Universum nicht so ohne weiteres erkennbar und auch nicht so leicht zu begreifen war.

Cordell hatte ebenfalls recht. Die Dinge hatten sich zwischen den beiden schon recht weit entwickelt. Und ich ahnte die Logik, die darin steckte. Sie wirkten als Paar einfach überzeugend.

Taleesha, ohnehin ein paar Zentimeter größer als ich, wirkte noch wesentlich größer: lange, gerade Gliedmaßen und eine königliche Körperhaltung, gekrönt von einem spitzen Kinn, vollen Lippen und geblähten Nasenflügeln unter der waagerechten Linie ihrer Wangenknochen. Man mußte sie einfach anschauen.

Wir fuhren mit einem Taxi ins Village und gingen dort ein bißchen spazieren, wobei wir auch am Sheridan Square vorbeikamen. »Ein barbarischer Yankee-General«, kommentierte Will, indem er auf die Statue an einem Ende des Parks zeigte. »Und in dieser Ecke – mein Volk.« Er zeigte zu den langhaarigen, ungepflegten Gestalten, die sich um die Bänke versammelt hatten.

Er war sprühender Laune. Die versteckte Traurigkeit, die er immer wie einen Buckel auf dem Rücken zu tragen schien, war offenbar von ihm genommen. Er war verliebt, und es hing ein Duft von Marihuana in der Luft. Die Sklaven ließen sich die Haare wachsen und rüsteten zum Marsch auf Washington. Das Pentagon würde bald in der Luft schweben. Robert Kennedy und Martin Luther King und Jimi Hendrix waren noch unter uns.

Wir spazierten stundenlang durch die Stadt und blieben vor verschiedenen Nachtclubs stehen, die Will als geweiht betrachtete, bis er zuletzt ein frühes Abendessen in der Cedar Tavern vorschlug, die er als Tränke der Künstler und Hipsters empfahl.

»Scheint ziemlich auf den Hund gekommen zu sein«, meinte Taleesha angesichts der Kundschaft. Den ganzen Nachmittag über hatte es mich tief beeindruckt, wie Taleesha mit Will umging, ihn hänselte und mit launigen Bemerkungen seine wilderen Phantasien zügelte, ohne seine Hoffnungen zu verhöhnen. Sie war so zuvorkommend gewesen, für mich den Musikszenejargon zu übersetzen. Selbst nach meinen konventionellen Maß stäben war sie einfach perfekt. Als Taleesha in der Bleecker Street einmal kurz in einem Schuhgeschäft verschwand, klärte Will mich darüber auf, daß sie an der Booker T. Washington

High-School mit dem National-Merit-Preis ausgezeichnet worden sei und von Colleges im ganzen Land Stipendien angeboten bekommen habe. Außer wenn sie Will ankicherte – ein hoher Vogellaut –, konnte man kaum glauben, daß sie mit uns in einem Alter war, so besonnen und selbstsicher trat sie auf. Ihre Stimme war volltönend und bestimmt. Ihre Sprache war manchmal geradezu gestelzt korrekt, ihre Wortwahl präzise. Und dann war sie plötzlich wieder ganz die Schwarze aus den Südstaaten: Slang, verschliffene Konsonanten und breite Vokale – letzteres vor allem, wenn sie aus Wills großen Sprüchen die Luft herausließ.

Dann wechselten die beiden einen Blick, und Taleesha entschuldigte sich kurz. Was auch immer kommen sollte, ich sah, daß sie die Zeit für reif hielten.

»Und? Was meinst du?« fragte er verlegen – eine Frage, die ein Mann nie ehrlich beantworten kann, wenn sein bester Freund sie in bezug auf die Frau stellt, die er liebt.

»Was soll ich sagen? Schön ist sie.« Es war einer der seltenen Augenblicke, seit ich Will kannte, in denen das Machtgleichgewicht sich soweit verschoben hatte, daß er meine Zustimmung brauchte. Liebe hatte ihn verwundbar gemacht.

Er beugte sich über den Tisch und fixierte mich mit diesen unnatürlich blauen Augen. »Wir machen es amtlich.«

Ich kann nicht sagen, daß ich vollkommen unvorbereitet gewesen wäre, aber überrascht war ich doch, als ich es ihn selbst aussprechen hörte. Und ich nehme an, daß ich auch so etwas wie Abschiedsschmerz empfand, eine eifersüchtige Angst, ihn zu verlieren.

»Wir gehen morgen aufs Standesamt, und ich möchte dich als Trauzeugen haben.«

»Ich fühle mich geehrt«, sagte ich, nachdem ich meine Fassung zum Teil wiedergewonnen hatte.

»Aber?«

»Kein Aber.«

»Los, spuck's schon aus!«

Ob aus Verstimmung oder gesundem Menschenverstand, ich fühlte den unwiderstehlichen Drang, das Über-Ich zu spielen oder zumindest seine Entschlossenheit auszuloten. Schließlich hatte ich den Auftrag seines Vaters angenommen. Und so erinnerte ich Will daran, daß er erst neunzehn war, daß sie sich erst ein paar Monate kannten, und daß er selbst so manches Mal die Ehe zu einem veralteten bürgerlichen Brauch erklärt hatte.

»Und«, meinte er feixend, »nicht zu vergessen die Rassenfrage.«

»Das ist noch die geringste Sorge«, log ich. Ein Gegenangriff schien angezeigt. »Oder ist das der Grund für dich, sie zu heiraten? Weil sie schwarz ist?«

»Leck mich am Arsch, Patrick.«

»Es muß schön sein, zu jedem ›Leck mich am Arsch‹ zu sagen. Ein tolles Argument –«

»Wenn du nicht mein Trauzeuge sein willst –«

»Ich will dein Trauzeuge sein«, schrie ich zurück. »Ich springe mit dir in den Abgrund, wenn du es verlangst.«

Ich schwieg, wollte Wills Zorn nicht herausfordern, der immer nah unter der Oberfläche lauerte, und ein unvorsichtiges Wort konnte ihn freisetzen. Beschwichtigend meinte ich: »Sag mir nur, was ich bezeugen soll.«

Er lehnte sich wieder auf seinem Stuhl zurück und stürzte ein halbes Glas Bier hinunter. »Hör zu«, sagte er, »ich weiß ganz einfach, daß es richtig ist. Klar? Ich fühle es bis hier drinnen. Du weißt doch, daß ich immer nach Instinkt handle. Taleesha ist das, was ich mir im Leben wünsche, also ist es richtig, sie zu heiraten. Ihr alter Herr ist sehr fromm, und sie selbst hat auch feste religiöse Überzeugungen. Es wird schwer genug sein zusammenzuleben. Aber verheiratet zu sein wird es leichter machen.«

»Und *deine* Familie?«

»Die wird lernen, damit zu leben«, sagte er. »Oder auch nicht.«

Taleesha kam vorsichtig an den Tisch zurück. »Ich bin ja weggeblieben, solange ich konnte«, sagte sie.

Ich stand auf. »Herzlichen Glückwunsch.«

Sie nahm meine Hände, und ich beugte mich vor und reckte mich, um sie auf die Wange zu küssen.

Will hielt mir vor, daß man nicht der Braut gratuliere, weil doch der Bräutigam der Glückliche sei – berief sich auf Hergebrachtes im selben Moment, in dem er sich anschickte, seiner ganzen Herkunft und Erziehung einen Schlag ins Gesicht zu versetzen.

»Ich hab dem Jungen gesagt: ›Du bist ja verrückt‹«, verteidigte sich Taleesha. »Ich hab's ihm auszureden versucht. Wieder und wieder.«

Will nickte fröhlich. »Stimmt, das hat sie.«

»Aber er *liebt* nun einmal Scherereien.«

»Und das verpflichtet.«

Ich hatte ihn noch nie albern erlebt. Eine solche Stimmung paßte überhaupt nicht zu ihm.

»Ich bin immer noch der Meinung, daß wir es geheimhalten sollten«, sagte Taleesha. »Wenigstens noch eine Weile.«

»Und warum, zum Teufel?« rief Will. »Ich brauche mich doch nicht zu schämen.«

»Natürlich nicht«, meinte sie mit spitzbübischem Grinsen. »Aber ist dir schon mal der Gedanke gekommen, daß *ich* mich vielleicht schämen muß? Was glaubst du wohl, was meine Freunde sagen werden? ›Scheiße, Mädchen, muß es denn unbedingt ein *Weißer* sein?‹«

Ihren Humor und ihre Klugheit würden sie beide noch gut brauchen können, dachte ich. Will besaß von beidem nicht viel. Ich bestellte eine Flasche Champagner, etwas, was ich noch nie getan hatte. Als Will einmal auf die Toilette ging, fragte ich Taleesha, was ihre Familie dazu sagen werde.

»Na ja, meine Mutter wird es wohl gar nicht erfahren. Und Daddy ist nie mit etwas einverstanden, er ist so richtig altmodisch. Meine Mutter hat früher Blues gesungen, aber als sie heirateten, hat er dafür gesorgt, daß sie damit aufhörte. Sie hat es wohl eine Zeitlang versucht, aber als ich sieben war, ist sie auf und davon – einfach verschwunden.«

Wie um diesen Punkt abzuhaken, schlug sie plötzlich einen leichteren Ton an.

»Daddy war schon immer ein kleiner Snob. Eine Säule der schwarzen Gemeinde und so, sehr – wie soll ich sagen – sehr *weiß* in seinem Verhalten; und wenn er es auch nie zugeben würde, er ist einfach stolz wie sonstwas auf seine helle Haut, die ist nämlich nicht halb so schwarz wie meine. Sein Urgroßvater wird wohl ein weißer Pflanzer in Greenwood gewesen sein, unten in Mississippi. Aber das heißt nicht, daß er von Rassenmischung mehr hielte als Wills Vater. Er ist auf seine Art so konservativ wie sonst nur noch die besitzlosen Weißen.«

Will kam mir ein bißchen bedröhnt vor, als er wiederkam, sein Lächeln war breiter. Der Champagner wurde serviert, und ich stieß auf die Zukunft der beiden an – nannte ihre Liebe eine gute Sache, eine heilende Kraft, die den häßlichen Riß, der sich durch unser Land zog, vielleicht zu schließen vermochte.

Was soll ich sagen – wir waren damals alle sehr jung.

Sie setzten mich vor dem Yale Club ab, und ich sah dem davonfahrenden Taxi nach. Ich fühlte die bittersüße Einsamkeit der Stadt, als der Champagnernebel sich von der rußigen Schlucht der Vanderbilt Avenue hob. Oben in der Bar würde ich vielleicht Gesellschaft finden, doch ich zog es vor, mich meiner Einsamkeit hinzugeben und stadtaufwärts zu gehen. Zu jener Zeit, bevor es Katalysatoren gab, war die New Yorker Luft ein noch dichteres Medium als heute, griesig und bläulich verfärbt von petrochemischen Abfallprodukten und Rußteilchen. Man konnte sie fast schmecken. Ich war für die abendliche Kühle zu dünn angezogen in meinem Tweedjackett und empfand mich, nicht ungern, als eine rührende Gestalt, einen Bettler auf den Großstadtstraßen, wo keiner mich kannte, keiner auf mich wartete.

Die Stadt war eine ontologische Herausforderung; sie verlangte von dir den Beweis deiner Existenz.

Eines Tages würden dies meine Straßen sein. Inzwischen fand ich mich auf der Fifth Avenue wieder, ein einzelner unter den vielen, die bewundernd an den verschwenderischen Auslagen von Saks vorbeibummelten. Und plötzlich stand ich vor der St. Patrick's Cathedral. Die Stadt meiner Sehnsüchte war eine gottlose Metropole, zum großen Teil bestehend aus protestantischen Wahrzeichen – dem University Club, der Börse, dem Plaza Hotel. Mich hier nun vor diesem Monument meines Kinderglaubens wiederzufinden war so ähnlich, als hätte man mitten in einer wüsten Orgie seine eigenen Eltern entdeckt.

Ich ging die Stufen hinauf und gesellte mich zu den wenigen Seelen, die sich drinnen befanden, tauchte die Finger ins Weihwasser und bekreuzigte mich, beugte im Mittelgang kurz das Knie und kniete mich in eine Bank, das Gesicht in den Händen. Von überallher hörte ich leises Raunen. Ich war streng katholisch erzogen worden, aber mein Glaube reichte nicht mehr aus, um für mich selbst zu beten, also sprach ich ein Gebet für Will und seine Verlobte und zündete im Hinausgehen eine Kerze für sie an.

Am nächsten Morgen war der Himmel verhangen und drohte mit Regen. Ich stand, vor Nervosität zitternd, vor dem Club und betrachtete die schmutzige Westflanke der Grand Central Station. Sie kamen mit zwanzig Minuten Verspätung in einem chauffierten Rolls. Noch als Will mir ein Glas Champagner in die Hand drückte, wurde ich den Gedanken nicht los, daß irgend jemand versuchen könnte, uns aufzuhalten. Taleesha schien ebenso nervös zu sein wie ich; ganz zurückgezogen in ihre schlaksige Figur saß sie da in ihrem schicken weißen Anzug samt Hut und Schleier. Nur Will war so übermütig wie die schreiende gestreifte Weste, die er unter einem uralten Cut nebst seidenem Zylinder trug.

Wir entstiegen der Limousine vor einem trostlosen, langgestreckten Bürogebäude, das meinen altmodischen Vorstellungen von einem Rathaus in keiner Weise entsprach. Drinnen folgten wir den gerüschten Hemden und weißen Kleidern zu den richtigen Büroräumen. Als Will die langen Reihen vor dem Registrierungsschalter sah, schienen ihn kurze Zweifel hinsichtlich dieses beliebten Treffpunkts anzukommen. Ich ging auf und ab und bewachte unbewußt die Tür, während ich zugleich die Vielfalt der Figuren und Kostüme dieser zahlreichen Ehekandidaten bewunderte: eine Inderin in einem hellgrünen Sari, ihr Bräutigam in Weiß; ein Schwarzer in einem rosa Smoking, der zum Kleid der Braut paßte; eine blasse, zitternde Slawin im bodenlangen, perlenbesetzten Gewand und mit eingeflochtenen Blumen in den um den Kopf gewundenen Zöpfen.

Als wir endlich die sogenannte Kapelle betraten, legte sich Schweigen über das runde Dutzend Hochzeitsgesellschaften, gefolgt von verstohlenen Blicken und geflüsterten Kommentaren. Ich hätte ihnen allen am liebsten gesagt, sie sollten sich um ihre eigenen Angelegenheiten kümmern, aber dann wurde mir klar, daß dies ja erst das Vorspiel war. Will und Taleesha hatten ein ganzes Leben des Angeschautwerdens vor sich. Will war schon eine Weile ganz still und in sich gekehrt, ein gefährliches Zeichen. Taleesha sah elend aus.

Schließlich wurden ihre Namen aufgerufen. Als wir aufstanden und vor den Friedensrichter traten, verstummten abermals die Stimmen. Will warf einen Blick nach hinten über die Gesichter im Raum, als wollte er schon einmal im voraus fragen, ob jemand etwas vorzubringen habe, was der Verbindung zwischen ihm und seiner Braut im Wege stünde. Taleesha hielt mit zitternden Händen einen Brautstrauß an die Brust gepreßt. Will beugte sich zu ihr hinüber und küßte sie in den Nacken, dann nickte er trotzig dem Richter zu.

Die Zeremonie selbst dauerte nur wenige Minuten. Als der Richter sagte: »Ich erkläre euch zu Mann und Frau«, wirkten alle im Raum wie gelähmt, einschließlich der Jungvermählten. Keiner von beiden rührte sich, bis jemand »Na los!« rief, was die Stille brach und eine Applaussalve auslöste, die anhielt, als Braut und Bräutigam – wie aus einem Zauberbann erwacht – sich endlich einander zuwandten und sich küßten.

Wir gingen zwischen den Klappstuhlreihen hinaus. Dieser Beifallssturm war von nicht ganz alltäglicher Art – etwa ein Dutzend Paare samt ihren Trauzeugen klatschten, der Schwarze im rosa Smoking schüttelte Will die Hand und gab Taleesha einen Klaps auf die Schulter, bevor er die beiden mit regelrechtem Besitzerstolz zur Tür geleitete, ein wohlmeinender Fremder, der sie in ihr gefahrvolles neues Leben entließ.

»Frieden, Bruder und Schwester.«

»Cool bleiben«, antwortete Will.

»Es ist geschafft«, sagte Will unsicher, als der Chauffeur die Türen hinter uns zuklappte. Er öffnete eine neue Flasche Champagner und schenkte uns jedem ein Glas ein.

»O Mann, Will, bist du *sicher*?« fragte Taleesha. Sie war ganz benommen und schien nicht zu wissen, ob sie es sich gestatten durfte, glücklich zu sein.

»So sicher wie noch nie in meinem Leben.«

»Na ja«, meinte sie, »da kann ich nur sagen, anschnallen und festhalten.«

Will lehnte sich zu ihr hinüber und küßte sie noch einmal, leckte ihr den Champagner von den Lippen. »Vergessen wir unseren Trauzeugen nicht«, sagte er. Taleesha entnahm ihrer Handtasche ein eingewickeltes Päckchen, aus dem zwei Lederbände zum Vorschein kamen. Das erste war die 1909 gedruckte Doves-Press-Ausgabe von Shakespeares Sonetten, in Pergament mit goldgeprägtem Titel. »Leider ging die echte Erstausgabe ein wenig über meine Mittel«, meinte Will. »Aber versprich mir eins, du wirst sie niemals Matson zeigen.«

Der zweite Band war eine Art Notizbuch. Als ich es aufklappte, las ich auf dem brüchigen Titelblatt, mit Sepiatinte von Hand geschrieben: BINNIE PILCHER SAVAGE, IHR PRIVATES TAGEBUCH, 15. FEBRUAR A. D. 1861.

»Du hast mir doch erzählt, daß du deinen Magister in Geschichte machen willst. Bitte, hier ist ein Stückchen Geschichte, das für dich interessant sein könnte.«

Entgegen meinem Protest, das Buch gehöre doch seiner Familie, bestand er darauf, daß ich es behielt.

»Bei dir ist es besser aufgehoben«, meinte er mit zweideutigem Lächeln.

Sie setzten mich am Club ab. Ich hatte noch eine Arbeit zu schreiben und würde nie wissen, wie schön Taleesha an diesem Abend, ihrem Hochzeitsabend, im Apollo sang. Am nächsten Tag waren sie schon auf der Hochzeitsreise nach Paris. Ich hatte das Gefühl, es wäre etwas mehr fällig gewesen als dieser Abschied am Straßenrand, um den Beginn ihres Ehelebens öffentlich zu begehen; plötzlich verstand ich den Sinn großer Hochzeitsgesellschaften als Gemeinschaftserlebnis und gemeinschaftliche Bekräftigung.

Als die Limousine davonfuhr, sah ich sie eng zusammengeschmiegt – oder aneinander*gedrängt*? – im Fond sitzen, doch als ich im verräucherten Zug wieder nach New Haven ratterte, konnte ich ein bleischweres Gefühl der Sorge um ihre Zukunft einfach nicht abschütteln.

XI

An dem Samstag, nachdem die beiden Kriminalbeamten wegen Felson bei mir gewesen waren, kam ein junger Mann meine Tochter zu ihrem ersten Rendezvous abholen. Stacey, meine Frau, war gerade unterwegs, um unsere Jüngste bei einer ihrer Spielgefährtinnen einzusammeln. Ich befand mich bereits in einer trüben Verfassung: Felsons Beisetzung war für kommenden Montag angesetzt. Gerade in einem solchen Moment hätte ich mich, wie man eigentlich meinen möchte, über den Anblick dieses gutaussehenden Jungen freuen sollen, der da im blauen Blazer und Ivy-League-Hose bei uns klingelte. Bis auf die ärgerliche, verkehrt herum aufgesetzte Baseballmütze war er das genaue Abbild des Jungen, der ich immer hatte sein wollen; und die Mütze an sich war Zeugnis seiner Unbekümmertheit, der selbstverständlichen Gewißheit um seinen Platz in der Welt, der es ihm gestattete, mit den Abzeichen seiner Generation herumzulaufen. Seine Vita hatte ich schon zu hören bekommen, und der Nachname, den unser Hausdiener meldete, wäre Edith Wharton ein Begriff gewesen. Sein Vater hatte einen Sitz an der Börse, seine Mutter saß mit Stacey zusammen in mehreren Aufsichtsräten, und der junge Herr selbst ging aufs Buckley. Natürlich faßte ich eine sofortige Abneigung gegen ihn.

Es ist wahr, mein ganzes Leben war darauf gerichtet gewesen, daß meine Töchter irgendwann eine solche Begleitung haben sollten, aber auf einmal war das für mich eine traurige, ja beschämende Erkenntnis.

Der Junge sah mir in die Augen, wechselte einen festen Händedruck mit mir und nahm auf der Türschwelle seine Mütze ab. »Sehr erfreut, Sie kennenzulernen, Mr. Keane.«

Wir setzten uns in die Bibliothek und plauderten über die Internate, an denen er sich bewarb, während Caroline ihren Auftritt strategisch hinauszögerte. Als sie dann endlich in der

Tür erschien, trug sie Jeans und ein ausgebleichtes Drillichhemd über einem offenbar selbstgebatikten T-Shirt, und ihre Handgelenke waren mit bunten Bändchen geschmückt, die sie sich letzten Sommer im Ferienlager geknüpft hatte. Es ist jetzt schon ein paar Jahre her, daß ich über ihre Garderobe noch ein Wörtchen mitzureden hatte, und ich habe gelernt, es erst gar nicht mehr zu versuchen. Was mich aber wirklich irgendwie umhaute, war dieses Würgehalsband aus bunten Perlen, an dem ein bronzenes Friedenszeichen baumelte. Sie sah aus wie eine von diesen Groupies, die sich früher immer an Will gehängt hatten. Genau wie diese bedröhnten Puppen, die ich mit Will hinter der Bühne traf, lebte sie streng vegetarisch und hielt mir Vorträge über Gesundheit und Ökologie.

Um mich als halbwegs lockerer Vater zu geben, verkniff ich es mir, mich nach ihren Plänen zu erkundigen. Aber falls diese Zurückhaltung überhaupt bemerkt wurde, bekam ich keineswegs zur Belohnung den sonst üblichen Wangenkuß.

Ich trinke fast nie vor sechs Uhr abends, aber jetzt machte ich mir, nachdem Caroline und ihr Verehrer sich eilig verabschiedet hatten, erst einmal einen Scotch mit Soda. Stacey würde frühestens in einer Stunde wiederkommen. Es hätte mir sowieso nicht geholfen, jetzt mit meiner Frau zu reden. Plötzlich fiel mir ein, ich könnte Lollie Baker anrufen, mit der ich schon über ein Jahr nicht mehr gesprochen hatte. Ich wählte die Auskunft in Los Angeles und dann das Hotel Chateau Marmont, denn von dort war ihre letzte Weihnachtskarte gekommen. Lollie lebte schon gut drei Jahre in Los Angeles – bearbeitete Drehbücher für sündhafte Honorare und zögerte damit die Premiere ihres vierten Stücks hinaus –, wohnte aber immer noch im Hotel, wie um das Vorübergehende ihres Daseins zu dokumentieren.

»'allo, Chateau.« Die Stimme, die ich von meinem letzten Anruf wiedererkannte, klang nach einem seltsamen Gemisch aus alkoholisierter Abgestumpftheit und Überheblichkeit. Als ich nach Lollie fragte, wurde mir beschieden, daß sie nicht im

Haus sei, und zwar in einem Ton, der anzudeuten schien, daß sie meinen Anruf wohl auch dann nicht entgegennehmen würde, wenn sie im Haus wäre.

Dann rief ich bei Will in Malibu an. Ich wollte über nichts Bestimmtes reden, schon gar nicht über den Grund für meine düstere Stimmung. Nach seichtem Geplauder stand mir der Sinn, nach angenehmer, zielloser Ablenkung. Unter Wills Nummer meldete sich irgendein mürrischer Zeitgenosse, einer seiner Funktionäre, der sagte, Will sei verreist, und meine Frage nach dem Wohin mit der Gegenfrage beantwortete, in welcher Angelegenheit ich anriefe.

»In Angelegenheiten meines Lebens, Klugscheißer«, sagte ich und knallte den Hörer auf.

Fast dreißig Jahre lang hatte ich, durch alle launenhaften Drehungen und Windungen seiner Lebensreise hindurch, immer das Gefühl gehabt, daß Will schon irgendwo da draußen war und sich zu gegebener Zeit bei mir melden würde, aber gerade in diesem Augenblick hätte ich dafür gern eine Bestätigung bekommen.

Irgendwann nach der Heirat hatte Will sich aus dem Crillon in Paris gemeldet. »Dick und fett, glücklich und enterbt«, hatte er sich vorgestellt. Am Abend vorher hätten sie sich mit zwei von den Rolling Stones festgesoffen, von denen der eine ganz verknallt in Taleesha sei. Davor seien sie in Marokko gewesen, wo Will einiges an einheimischer Musik aufgenommen und ungeheure Mengen Haschisch geraucht habe.

Cordell hatte, wie ich mir vorstellte, eine Flasche Scotch vor sich stehen, als er mich einen Monat später anrief, um mir »nur der Ordnung halber« mitzuteilen, Will habe Schande über die Familie gebracht und sei künftig nicht mehr sein Sohn. Über meinen Anteil an der »Travestie« sagte er nichts, fragte mich auch nicht, was ich darüber wisse, und ich hütete mich, von mir aus etwas dazu beizusteuern. Aber beim Zuhören konnte ich nicht umhin, mich gezüchtigt zu fühlen. »Seine Mutter ist vollkommen am Boden zerstört«, sagte er; sofern ich ihn hinsichtlich der Gefühle seiner Frau beim Wort nehmen konnte, war das Entsetzen über Wills Heirat offenbar eines der wenigen Dinge, auf die sie sich in den letzten Jahren hatten einigen können. »Schlimm genug, daß Elbridge wegen Marihuana in Sewanee rausgeflogen ist und ihm jetzt jeden Tag die Einberufung droht. Um sich in diesem Scheißvietnam totschießen zu lassen, falls ich nicht noch ein paar Fäden ziehen kann, damit er bei der Heimattruppe bleibt. Und dann ... *das*! Und Will hat die Stirn, in Memphis zu bleiben. Hat sich ein großes Grundstück in Germantown gekauft, nicht mal zwanzig Kilometer von da, wo ich bin, und was ich so höre, will er da irgend so ein häßliches Ding bauen.«

Er machte eine Pause, um einen Schluck zu trinken. »Sagen Sie, Patrick. Glaubst du, er macht das alles nur, um seinen Vater und seine Mutter zu kränken? War das sein Hauptmotiv dabei?«

Vielleicht nicht das Hauptmotiv, aber sicher auch nicht ganz nebensächlich. »Ich meine ... ich glaube, er ist verliebt.« Ich wußte, daß er diese Antwort nicht gern hören würde.

»Komm mir nicht mit diesem Scheiß, Patrick. Jetzt machst du mich ganz schön sauer. Ist das in diesem Fall vielleicht deine Absicht?«

Ich konnte mir außer Will niemanden vorstellen, der sich eigens bemüht hätte, Cordell Savage sauer zu machen.

»Bilden die beiden sich etwa ein, sie könnten hier einfach so händchenhaltend herumlaufen? Und die anständigen Leute, unter denen Will aufgewachsen ist, würden das einfach so hinnehmen?«

»Ich weiß es wirklich nicht, Sir.«

»Das wird nämlich nicht der Fall sein.«

Ich fragte nicht, was die anständigen Leute von Memphis denn so im einzelnen tun würden. Ich hörte geduldig zu und räumte ein, daß Will sich für einen schwierigen, wenn nicht gar dummen Weg entschieden habe, dann wandte ich mich wieder meiner ungefährlichen und einsamen Suche nach Licht und Wahrheit zu.

Binnie Pilcher Savage: ihr Tagebuch

Bear Track, 11. März 1861

Soeben von einer herrlichen Lustbarkeit bei den Harkness aus Washington County zurückgekehrt. Habe zur Musik von zwölf Geigern bis in die Morgendämmerung mit Tom Cook, Griffin Trenholm, James Harkness (mit ihm am liebsten) und noch einem halben Dutzend anderer junger Herren getanzt. Natürlich war meine Schwester Juliana mit ihrem frischgebackenen Ehemann ebenfalls da, und ich schmeichle mir, daß sie ein wenig eifersüchtig wegen der vielen Aufmerksamkeit war, die mir zuteil wurde; die Rolle der Ehefrau möchte wohl einer jungen Dame nicht recht zu Gesicht stehen, die immer so ausgezeichnet die Kokette zu spielen wußte, eine Rolle, die nun aber mir zufällt. Um Mitternacht gab es einen Festschmaus mit Rind, Bär, Wild, Austern, Hühnchensalat, Sülze, Charlotte, Kuchen, Biskuit, Feigen, Datteln, Orangen und Nüssen. Eierpunsch und Champagner flossen in Strömen, und viele der jungen Männer hatten ihren eigenen Whiskey mitgebracht, was zur Folge hatte, daß mancher von ihnen nicht mehr zu Tanz und Konversation in der Lage war. Das Haus, soeben fertiggestellt, soll mitsamt Einrichtung mehr als fünfzigtausend Dollar gekostet haben und ist eine Mischung aus vielen architektonischen Stilen, mit deutlich erkennbaren Florentiner, griechischen, französischen und, ich kann es nicht anders nennen, gebirgsrustikalen Elementen. Die Möbel jedoch, alle aus Frankreich und Italien, wären eines der großen Häuser von Charleston würdig gewesen. Wir sind dabei, diese Wildnis nach und nach zu zivilisieren.

Der junge Harkness lockte mich gegen Morgengrauen in den

Garten, und dann wußte er anscheinend die Situation nicht auszunutzen, bis ich zuletzt zum Schein auf dem Gartenweg strauchelte und ihm geradewegs in die Arme sank. Das war, nachdem der junge Trenholm auf der Veranda die Besinnung verloren hatte. Ich weiß ja einen Gentleman zu schätzen, wie jedes andere Mädchen auch, aber ich finde, daß unsere hiesigen Burschen ihre Schüchternheit ein wenig zu weit treiben. Juliana ertappte mich, wie ich mich im Garten küssen ließ, doch zweifellos spiegelte ihr mißbilligender Blick mehr Eifersucht als Kritik. Zumindest droht mir ja von dieser Seite keine Gefahr, seit ich sie einmal mit Mulligan, dem Aufseher, erwischt habe.

Matson kam mich in diesem Frühjahr in New Haven besuchen. Er traf, mit einer Flasche Malt Whiskey bewaffnet, an einem Freitag abend ein, kurz nachdem Aaron sich auf den Weg zum Smith College gemacht hatte. Nach einer Meeresfrüchtepizza in der Stadt setzten wir uns ins Wohnzimmer, das Aaron und ich zu einer Galerie von Postern und Lithographien gemacht hatten: Picasso, Giacometti, Braque, Buffet, Huey Newton auf seinem Korbthron und Raquel Welch in einem offenherzigen Bärenfell aus dem Film *Eine Million Jahre vor unserer Zeit.*

Matson wirkte in seinem Dreiteiler kleiner und affektierter, als ich ihn in Erinnerung hatte, und mir war auch ganz entfallen, wie er sich zwischen zwei Sätzen immer mit der Zunge über die Lippen fuhr, ein Tick, der sich in dem Jahr, seit ich ihn zuletzt gesehen hatte, noch verstärkt zu haben schien. So sehr sein Besuch mir schmeichelte, und so beflissen ich ihn über den Campus führte, hatte ich doch jetzt eher das Gefühl, mit ihm von gleich zu gleich zu verkehren. Wir saßen die halbe Nacht auf, tranken den Whiskey, diskutierten über Poesie und stellten die *Brandenburgischen Konzerte* und die *Mondscheinsonate* nach und nach immer lauter, während ich immer geistreicher und stimmgewaltiger wurde, dankbar für die Gelegenheit, mich aufzuspielen. Da war doch endlich einmal jemand, der meine Bildung und meinen Scharfsinn zu würdigen wußte.

»Ich sehe, daß Ihr musikalischer Geschmack sich weiterentwickelt hat, seit Sie nicht mehr mit Will Savage zusammen sind.« Matson entzündete von neuem seine Pfeife. »Seine Liebe zu volkstümlicher Kultur und schwarzer Musik war ja offenbar eine gewisse ödipale Reaktion – ein unverhüllter Versuch, seiner Familie und seiner ganzen Herkunft eine Nase zu drehen.«

»Was nicht heißt, daß er sie nicht echt empfunden hat«, sagte ich, denn der Whiskey machte mich kühn.

»Oh, ich will nicht unbedingt abstreiten, daß sie echt empfunden war – das große Problem mit der ganzen Popkultur ist ja gerade, daß es dabei *nur* um *Empfindungen* geht. Zivilisation setzt hingegen eine Bändigung der Emotionen voraus, oder nicht?«

»Will würde wahrscheinlich sagen, daß wir zu zivilisiert geworden sind.«

Matson lachte. »Man kann gar nicht *zu* zivilisiert sein. Was nicht heißt, daß ich der Repression das Wort rede. Aber es gibt eben das öffentliche, zivile Ich, und dann gibt es den privaten Rückzugsbereich, und die beiden müssen überhaupt nie zusammenkommen. Das ist der Punkt, in dem Will und die übrigen Primitivisten so falsch liegen, wenn sie versuchen, den Unterschied einzuebnen. Hier zum Beispiel, in diesem Zimmer, befinden wir uns frohgemut im privaten Rückzugsbereich.« Und damit schenkte er uns noch einen Whiskey ein.

Aaron verbrachte den größten Teil seiner Freizeit mit Cameron, der blonden Prinzessin des Smith College, bis sie ihm kurz vor Semesterende den Laufpaß gab. Da ich mich einigermaßen zurückgesetzt gefühlt hatte, empfand ich ganz kurz eine klammheimliche Freude, als er mir berichtete, sie habe an dem Freitag, als er vor ihrem Wohnheim ankam, einfach nicht von ihrem Zimmer herunterkommen wollen. »Es ist so, sie wollte wohl ein bißchen mit dem Tabu flirten«, meinte er, »mal vom dunklen Fleisch kosten, aber wenn's dann ernst werden soll mit Sommerurlaub und Mama und Papa und Bar Harbor – he, nein, ein Neger in unserem Jachtclub, das können wir nicht brauchen.«

Ein paar Abende später rief Will im Wohnheim an, als ich gerade von der Bibliothek zurückkam. Martin Luther King war in einem Motel in Memphis erschossen worden. Nach dem anfänglichen Schrecken war mein erster Gedanke, wie sich das wohl auf meine Freundschaft mit Aaron auswirken würde.

Aber Wills Sorgen waren weitaus apokalyptischer. »Ich weiß, was da läuft. Dahinter stecken mein Alter und seine Kameraden.« Er behauptete, Cordell habe mit einem geheimen, ultrakonservativen Netz weißer Rassisten zu tun, dessen Tentakeln von der Staatsregierung von Tennessee bis in die CIA und das FBI hineinreichten. Er faselte zwanzig Minuten lang von Verschwörungen auf höchster Ebene. Ich sagte nichts dazu, weil ich seinem Irrsinn nicht noch Vorschub leisten wollte.

Als dann kurze Zeit, nachdem ich aufgelegt hatte, Aaron aufkreuzte, wußte ich nicht recht, was ich sagen sollte. Er warf seine Bücher auf die abgenutzte alte Kiste, die uns als Couchtisch diente, und ließ sich rücklings auf die Couch fallen. Ich konnte seine Stimmung nicht ausmachen.

»Hast du's gehört?« fragte ich.

»Was gehört?« schnauzte er.

»Das mit Dr. King.«

»Ja, hab ich gehört.« Er schien, mehr als alles andere, verärgert zu sein.

»Es tut mir leid«, sagte ich.

»Warum? Hast du ihn erschossen?« Plötzlich stand er auf. »Ich bin fix und fertig«, sagte er und zog sich in sein Zimmer zurück.

Aaron und ich sollten uns im nächsten Jahr ein Zimmer in einem Appartement teilen, das wir zusammen mit zwei Neuen von einer Staatsschule bewohnten, aber wir kamen uns nie mehr so nah wie im ersten Jahr. Im Lauf des Frühjahrs schloß er sich der Black Alliance an und verbrachte die meiste Freizeit mit deren Mitgliedern. Ich habe mich immer gefragt, ob es dazu sowieso gekommen wäre; ob die plötzliche Entdeckung seines eigenen Volkes wirklich nur damit zusammenhing, daß eine blonde Schöne ihm das Herz gebrochen hatte, oder ob es einfach unausweichlich war, ein Zeichen der Zeit. Wir teilten ein Zimmer im prächtigen pseudogotischen Branford College und nahmen peinlichste Rücksicht aufeinander, ganz wie ein altes Ehepaar, das sich an einen Waffenstillstand im unerklärten Krieg hält. Als dann im Frühjahr darauf die Zimmer neu verteilt wurden, kündigte er an – nichts für ungut, es war schön –, daß er mit zwei Brüdern zusammenziehen werde.

Am Abend nach dem Mord an King rief Will wieder an und sagte ohne Einleitung: »Mann, hier fahren Panzer auf den Straßen. Beschissene Panzer! Es ist soweit, Patrick, jetzt kommt die Kacke runter . . .« Er schien restlos geschafft, wahrscheinlich auch high. Ein langes Schweigen an seinem Ende wurde untermalt von Atemgeräuschen, die sich wie riesige Blasebälge in Aktion anhörten.

»Bist du noch da, Will?«

»Die Städte brennen«, sagte er mit tiefer, beduselter Stimme. »Und diesen beschissenen Weißen fällt nichts anderes zu sagen ein als: ›Eine Schande, daß so etwas in Memphis passieren und unseren guten Namen zugrunde richten mußte.‹«

»Wie nimmt es Taleesha?« fragte ich in der Hoffnung, das Thema zu wechseln.

»*Guter Name*. Was für ein guter Name?« Wieder eine lange Pause, dann: »Taleesha nimmt es großartig. Sie ist ein viel besserer Mensch als ich. Sie hat mir ausgeredet, auf die Straße zu gehen und Weiße zu erschießen.«

»Ich glaube, da hat sie recht, Will.«

20. März 1861. Wärmerer Tag. Vorgeschmack auf einen schrecklichen Sommer. Mutter im Bett mit ihren Tropfen. Mein Bruder John grämlich und unerträglich mürrisch. Nachdem er mit Clarence, dem Sklaven, der für Fisch und Wild auf unserem Tisch zu sorgen hat, jahrelang durch Feld und Wald gestreift ist, wurde ihm nun gesagt, daß er seinem Jagdvergnügen künftig auf eigene Faust frönen solle. Clarence war über Jahre Johns ständiger Begleiter, und das in einem Maße, daß es uns schon alle bedenklich stimmte; bei einem kleinen Jungen mag das ja angehen, aber John wird jetzt bald fünfzehn, und es wird Zeit, wie Vater sagt, daß er dieses kindliche Gebaren ablegt und Umgang mit Leuten aus seinen eigenen Kreisen pflegt. Was die genauen Umstände dieser Entfremdung angeht, habe ich sie mir aus den Erzählungen der Dienerschaft zusammengestückelt. Anscheinend hat Vater den ungewöhnlichen Schritt getan und die Sklavin verkauft, die Clarence »seine Frau« nennt. Seitdem ist der große Neger über alle Maßen verdrießlich und hat sich daraufhin möglicherweise von allen in seiner Umgebung zurückgezogen, besonders aber von John, und zuletzt hat er sogar den ungewöhnlichen Schritt unternommen, darum zu bitten, daß er künftig allein auf die Jagd gehen darf, eine Bitte, die offenbar ganz in Vaters Sinne war.

13. April. Wir haben also das Feuer auf Fort Sumter eröffnet, und ein Krieg erscheint unausweichlich. Vater meint, daraus könne nichts Gutes erwachsen, und sagt, den Interessen des Deltas wäre am besten innerhalb der Union gedient.

Das nächste Mal sah ich Will und Taleesha in New York wieder. Sie trat im Max's Kansas City auf, aber abgestiegen waren sie ganz standesgemäß im St. Regis in der Oberstadt. Beide schienen in ihren ehelichen Status hineingewachsen zu sein; sie bewegte sich selbstsicherer, vor dieser Kulisse zumindest, und er war ganz offensichtlich stolz auf sie. Soweit ich es verstand, war sie auf dem besten Weg, ein Star zu werden, und sie berichtete mir ganz aufgeregt, daß zwei Collegestudenten sie im Flugzeug erkannt hätten. Aber selbst wenn man Taleesha nicht erkannte, boten sie und Will einen außergewöhnlichen Anblick, wenn sie Arm in Arm über die Fifth Avenue spazierten: sie mit ihren ungeheuer langen Beinen im Minirock, er mit wallendem dunklen Haar bis über die Schulterstücke seiner Sergeant-Pepper-roten britischen Offiziersuniform. Sie schienen das Aufsehen, das sie erregten, als den ihnen zustehenden Tribut hinzunehmen. Beide zusammen wären unter allen Umständen aufgefallen, egal wie sie sich kleideten oder auftraten, also hatten sie beschlossen, es nun vollends zu übertreiben. Teils waren dies wohl die Zeiten, teils war es Will. Es wäre ihm unangenehm gewesen, irgendwo nicht aufzufallen, und Taleesha war schließlich öffentliche Auftritte gewöhnt. Und in New York konnten sie sich auch einigermaßen ungefährdet zur Schau stellen, was in Memphis weniger ratsam gewesen wäre.

New York ist eine Herausforderung für den Exhibitionisten: Du kannst dort auf den Händen gehen und mit den Füßen bitte bitte machen, bevor sich jemand nach dir umdreht. Aber nach Will und Taleesha drehten sich die Leute um. Neben einer Kritik über Taleeshas Auftritt brachte die *Village Voice* ein Foto von den beiden: FERNAUSKUNFT: *Soul-Diva Taleesha und Musikmogul Will Savage aus Memphis*. Es war vermutlich das erste Mal, daß man für Will das Wort »Mogul« verwendete, und für mich war es die erste Bestätigung dafür, daß die Welt ihn vielleicht einmal nach seiner eigenen – und meiner – Einschätzung beurteilen würde.

Ich traf sie in der King-Cole-Bar des St. Regis: wie zwei bunte tropische Vögel inmitten des Schwarms graugekleideter Geschäftsleute, oder wie geradewegs dem Maxfield-Parrish-Wandgemälde hinter der Bar entsprungen.

Will stand auf, um mich zu begrüßen, und schloß mich wie ein

Bär in seine Arme. »Na, wenn das nicht Dink Stover von Yale ist! Was gibt's Neues, Dink? Wie steht dein Efeu? Hast du die Platte gekriegt, die ich dir geschickt habe?«

Hatte ich natürlich nicht. Will war ein Born guter Vorsätze, aber seine Aufmerksamkeit war leicht abzulenken, und er hatte noch nicht den Mitarbeiterstab, der seine Einfälle verwirklichte, bevor er sie vergaß. Er war wieder high, wer weiß wovon; sein strahlender Blick wirkte leicht verschwommen, während er angeregt von einer Sängerin erzählte, die er eben entdeckt habe, und über einen Diskjockey herzog, der Taleesha nicht ausreichend berücksichtigt habe, obwohl Will ihn gerade erst mit einer goldenen Rolex President bedacht habe. »Die Scheißdinger hab ich letztes Jahr *en gros* gekauft«, beschwerte er sich. »Von diesen Scheibenrittern muß doch jeder seine fette Rolex am Arm haben.«

Taleesha hörte ihrem Mann mit einem Ausdruck amüsierten Stolzes zu und dämpfte nur hin und wieder seine maßlosen Übertreibungen. Alle in der Bar verfolgten den Auftritt, schienen aber nur zu wissen, daß sie irgendein exotisches Tier in ihrer Mitte hatten.

Unten in der Toilette fragte mich ein Mann, ob das einer von den Beatles sei, mit dem ich da am Tisch sitze.

Ich hatte Will eigentlich fragen wollen, ob er das Tagebuch der Binnie Pilcher Savage einmal selbst gelesen habe; nachdem ich es sehr genau gelesen hatte, war ich neugierig, was ihn darauf gebracht haben könnte, es mir zu schenken. Aber bevor ich dazu kam, beging ich den Fehler, ihn zu fragen, ob er noch einmal Kontakt zu seinen Eltern gehabt habe.

»Ich hatte noch nicht das Vergnügen eines unmittelbaren Meinungsaustauschs«, meinte er mit breitem Grinsen. »Aber es würde mich nicht überraschen, demnächst von meinem Alten zu hören. Ich habe nämlich an den Justizminister geschrieben und ihn als Hauptverdächtigen im Mordfall King genannt.«

Taleesha verdrehte die Augen, was aber nur für mich gedacht war, und tätschelte begütigend Wills Arm.

»Mein Gott, Will«, sagte ich, »vielleicht könntest du mal aufhören, deine Probleme mit deinem Vater aufs Globale zu projezieren.«

»Vielleicht könntest du mir mal einen lecken, Patrick.«

Taleesha mischte sich ein. »So solltest du nicht mit deinem besten Freund reden.«

»Wer hat gesagt, daß er mein bester Freund ist?«

»*Du.* Und nicht nur einmal.«

»Da muß ich high gewesen sein.«

»*Nein*«, sagte Taleesha. »Du und high? Kann ich mir gar nicht vorstellen.«

Sie versuchte ihn aus seiner Gemütsverfassung herauszufrotzeln, aber mir war, als hätte ich eine Ohrfeige bekommen. Ich stieß mein Glas von mir weg, stand auf und stolzierte wütend hinaus. Taleesha holte mich in der Halle ein und packte mich am Arm. »Bitte, Patrick, du kannst jetzt nicht gehen. Er wird sich elend fühlen, und du auch. Oder bleib wenigstens mir zuliebe. Du kennst ihn doch.«

O ja, ich kannte ihn. Und natürlich blieb ich – blieb, um mir von Will die Verschwörungen erklären zu lassen, die doppelten Böden und Falltüren der Politik ... blieb, um abends Taleesha vor einer zotteligen Kennerschar singen zu hören ... blieb, weil ich in diesem Augenblick in der Halle des St. Regis nicht umhin konnte, ein wenig in sie verliebt zu sein, und sei es nur, weil sie die Frau meines besten Freundes war; mir auszumalen in diesem Augenblick der ersten Vertrautheit, wie ich sie trösten würde am Grabe Will Savages, bis sie, zu mir hingezogen zunächst durch unsere gemeinsame Liebe zu Will Savage selig, letzten Endes erkennen würde, daß sie mich liebte, womöglich sogar mehr liebte als Will, obwohl wir die Erinnerung an ihre Liebe zu Will natürlich immer hochhalten würden.

Mit solch lächerlichen, morbiden Phantasien narrte ich mich selbst und vertrieb mir die lange Regenzeit meiner unfreiwilligen Keuschheit.

XII

»He, Jungchen«, schlurrt die unbekannte, körperlose Stimme. »Du weißt, was wir mit dreckigen, langhaarigen Niggerfreunden machen?«

Ich habe ganz automatisch den Hörer vom klingelnden Telefon genommen. Ich starre in die Dunkelheit, während die Stimme, trocken und stachlig wie eine Distel, mir im weiteren einen grobschlächtigen, allerdings detailliert geschilderten chirurgischen Eingriff erklärt.

»...Ich will dir was sagen, dein Bruder, das war kein Unfall. Gib bloß acht auf deinen Arsch, sonst brennen wir ihn dir ab.« An dieser Stelle lege ich auf und taste nach der Nachttischlampe.

Fünf Uhr morgens. Mir ist übel, teils von den Bewegungen des Wasserbetts, das unter mir schlingert und schwappt. Ich befinde mich, wie mir jetzt wieder klar wird, in Wills Haus in Memphis. Der Anruf hat meinem Gastgeber gegolten, der im Augenblick irgendwo unterwegs ist.

Bis zum Frühling meines zweiten Studienjahres hatten Will und ich uns angewöhnt, daß ich ihm regelmäßig schrieb und er mich anrief, wenn es ihm gerade einfiel. An einem Mainachmittag war ich gerade wieder aus der Sterling-Bibliothek zurückgekommen, als ich ans Telefon gerufen wurde. Taleesha hatte mich noch nie angerufen, und bald wünschte ich mir, sie hätte auch jetzt keinen Anlaß dazu gehabt. Heftig erregt teilte sie mir mit, daß Elbridge hinter dem Steuer von Wills Wagen umgekommen sei. Von Will habe sie die ganzen zwei Tage, seit er von dem Unglück erfahren habe, nichts mehr gesehen oder gehört. »Ich dachte, er könnte vielleicht dich angerufen haben«, meinte sie hoffnungsvoll.

Ich verbrachte eine schlaflose Nacht mit Büffeln für eine

Philosophieprüfung am nächsten Morgen und versuchte mir einzureden, daß ich unmöglich nach Memphis könne. Wie üblich hatte ich gar nicht das Geld für den Flug. Außerdem stand mir neben der Prüfungsvorbereitung noch meine Semesterarbeit in Englisch ins Haus.

Gleich am nächsten Morgen suchte ich Professor Egan, meinen Englischprofessor, in seinem Büro auf. Er liebkoste den Band mit den Sonetten des Barden, den ich ihm überreichte, als hätte er etwas Lebendiges in der Hand. Schließlich klappte er ihn vorsichtig auf und rieb das Titelblatt zwischen den Fingern. Er sagte mir Verlängerung für meine Semesterarbeit zu. Ich taumelte in meine Prüfung, die eigentlich nur ein Test im Schnellschreiben war, und traf Egan hinterher in seiner Bank, wo er mir zweihundert Dollar in bar aushändigte.

Es war das Jahr der Flugzeugentführungen, doch ich erreichte Memphis ohne Zwischenfälle. Am Flughafen erwartete mich Taleesha. Sie sah älter aus, als wäre sie in dem Jahr, seit ich sie zuletzt gesehen hatte, plötzlich eine Frau mit erwachsenen Sorgen und Verpflichtungen geworden. Wir umarmten uns linkisch – ein Mittelding zwischen Schulterklopfen und Händedruck, und ich fragte mich, welche regionale Benimmvorschrift nun wohl regelte, wie eine schwarze junge Frau und ein weißer junger Mann zum Wagen zu gehen hatten.

Außerhalb des klimatisierten Terminals war es warm und schwül, wie es das nur in Memphis sein kann. Sowie wir im Wagen saßen – einem grünen Dodge Charger, den ich noch nie gesehen hatte –, fragte ich sie, was denn passiert sei.

»Ich nehme an«, begann sie, »du hast schon gehört, daß Elbridge in Sewanee rausgeflogen ist, weil er Marihuana geraucht hat. Er hatte ziemliche Dinger gedreht da draußen, sich mit der Schickeria herumgetrieben und LSD geschluckt. Als L. B. seinen Einberufungsbefehl bekam, hat Will ihm in den Ohren gelegen, er soll nach Kanada abhauen. Am Abend vor der Musterung kommt er also zu Will und möchte sich seinen Wagen borgen – den eigenen kleinen Sportwagen hat er eine Woche vorher um einen Baum gewickelt. Und jetzt ist er zu wie eine Tür. Will fragt ihn, ob er nach Kanada abhaut, worauf L. B. sagt, daß er wegfliegen will. Genau mit diesen Worten, sagt Will. *Wegfliegen*. Er war in letzter Zeit etwas komisch geworden. Will gibt ihm also den Schlüssel zu seinem Packard, fragt ihn, ob er Geld braucht, und wünscht ihm eine gute Reise. Das ist etwa um Mitternacht. Das nächste, was wir hören – muß so gegen drei Uhr gewesen sein, da hat er versucht, einem Polizeiwagen die Rücklichter zu zeigen, und ist mit hundertfünfzig Sachen gegen einen Baum gerast.«

Die Zeitung habe am nächsten Morgen einen nicht genannten Zeugen mit der Behauptung zitiert, daß dem Unfall ein Schußwechsel vorausgegangen sei. Noch ehe Will die Einzelheiten erfahren habe, sei er felsenfest überzeugt gewesen, daß die Polizei hinter ihm in seinem allzu bekannten Wagen hergewesen sei. Er gebe sich die Schuld für das, was passiert sei.

»Nachdem er es erfahren hatte«, sagte Taleesha, »hat er im Haus einen Stuhl gepackt und durch das geschlossene Hinterfenster geschmissen. Dann hat er so mit den Fäusten gegen die Wand gehämmert, daß er sich eine Hand gebrochen hat. Und nachdem er sich endlich genug verletzt hatte, um sich überwinden zu können, hat er bei seinem Vater angerufen. Aber weder sein Vater noch seine Mutter sind ans Telefon gegangen. Ich glaube, auch sie geben Will die Schuld. Wer weiß das schon, bei so einer Familie? Eine halbe Stunde später ist er ohne ein Wort weggegangen, und seitdem habe ich ihn nicht mehr gesehen.«

Taleesha hieb in ohnmächtiger Wut aufs Lenkrad. »Es wäre schon schlimm genug, wenn Will ein Mensch wäre, mit dem sich's leicht leben ließe«, beschwerte sie sich; fast wäre sie dabei auf den Wagen vor uns gefahren; erst im letzten Moment, als ich schon das Bodenblech durchtrat, wich sie auf die Überholspur aus. »Ich versuche ihn zu überreden, daß wir nach Chicago oder New York ziehen.«

»Was sagt er dazu?«

»Will sagt, die Musik ist hier. Memphis hat den Sound, sagt er. Ich weiß nicht. Es ist eine Ausrede. Dummes Gewäsch. Ich glaube, er liebt den Streit. Er braucht den Feind um sich. In Reichweite. Einschließlich seiner idiotischen Familie. Die vor allem. Und so sitzen wir hier im wunderschönen Germantown.«

Wir fuhren jetzt durch weites Land, abseits der Autobahn, vorbei an Pferderanches und großen grünen Weiden, zwischen denen da und dort eines von diesen großen, protzigen Häusern aus unserer Zeit stand, die in all ihrer Schrillheit und sogar Häßlichkeit die Plantagenhäuser aus Vorbürgerkriegszeiten zu imitieren versuchten und die im wesentlichen die konservativen Sehnsüchte neuen Geldes spiegelten.

Wills neues Haus, das man schon von weitem über eine große Heuwiese hinweg sah, paßte so schlecht in die Landschaft, als wäre es vom Himmel heruntergefallen. Ein phantastischer Anblick, eine Silhouette aus Türmchen und Zinnen und Bögen, wie ein Potpourri aus maurischen, toskanischen und bayrischen Motiven. Antoni Gaudí hätte es im Auftrag Walt Disneys entworfen haben können.

»Kannst du diesen Scheiß begreifen?« fragte Taleesha im Ton einer lange Leidenden, als wir uns dem Tor näherten und auf die langgezogene Zufahrt einbogen. Sie wohnten in einer kleinen Bauernkate auf dem Grundstück, solange an ihrer unglaublichen neuen Behausung gebaut wurde, die jetzt nach einem Jahr fast fertig war. Zwei Arbeiter saßen auf einem Gerüst und legten letzte Hand an ein Mosaik, das einen Teil der bunten Fassade bildete.

Nicht weit vom Haus stand ein Betonmischer, der auf den ersten Blick zur Baustelle gehörte. Er war aber schwarz übermalt, und auf den zweiten Blick erkannte man die Plexiglasfenster in den Seiten der Mischtrommel. Taleesha sah, wohin mein Blick ging und führte mich zu dem Monster.

»Darin läßt er sich in der Stadt herumkutschieren«, sagte sie, wobei sie auf die Leiter zeigte. Ich stieg hinauf, öffnete eine Luke an der Rückseite und blickte in eine Wohnkammer mit zwei Liegen, Kelims auf dem Boden und dunklen Wollteppichen an den Seitenwänden.

Das Haus war nicht weniger grotesk. Taleesha machte mit mir die große Runde, eine verunsicherte Kastellanin, die sich bemühte, den Torheiten ihres Gatten Gerechtigkeit widerfahren zu lassen. Ich erkannte Will in jedem Zimmer wieder, das heißt, ich bekam die ersten Elemente dessen zu sehen, was einmal sein imperialer Stil werden sollte: etwas zwischen gehobener Hippiekultur und Opiumhöhle, worin sich Indisches und Osmanisches mit William Morris vereinigten oder zumindest durch Wills Enthusiasmus zusammengehalten wurden. Es war eine Nachtästhetik: schwere Samtvorhänge, kunstvolle burgunderrote Teppiche, dunkles gedrechseltes Holz, gemalte Mandalas und geschnitzte Wappenschilde. Die Sonne hatte in diesem Haus nicht viel zu melden, nicht einmal in den großen Gemeinschaftsräumen – dem ovalen Ballsaal mit seinem Baccarat-Kronleuchter, dem Speisezimmer mit massivem Ebenholztisch und schon gar nicht im Spielzimmer – auch Drogenzimmer genannt –, in dessen Mitte ein Berberzelt stand, die Pflöcke in den Holzboden genagelt.

Hinter dem Haus, jenseits von Terrasse und schwarzem Swimmingpool, stand wie ein Vorwurf an das ganze gigantische Unternehmen eine kleine Hütte ohne Anstrich – die genaue Nachbildung eines Teehauses auf dem Gelände eines Zenklosters in Kioto, wo Will einmal gewesen war, erklärte Taleesha.

»Ich glaube, dieses kleine Haus gefällt mir am besten«, meinte sie. Das helle, spärlich eingerichtete Innere war in der Tat eine Erholung nach den barocken Exzessen im Haupthaus: lehmfarben verputzte Wände, raschelnde gelbe Reisstrohmatten mit schwarzen Rändern, eine kleine, mit Kupfer eingefaßte Feuergrube, eine Nische, in der eine Landschaftsfederzeichnung hing. Taleesha kniete sich hin und strich mit dem Finger über die rauhe Fläche der Reisstrohmatte. »Mir gefällt, daß er auch diese Seite hat, obwohl ich sie noch nicht verstehe.«

Auf der Suche nach Will begaben wir uns an diesem Abend ins Bitter Lemon, wo der alte Bluesmusiker Furry Lewis spielte. Will war den Abend zuvor dort gewesen und hatte großen Eindruck gemacht.

»Ganz schön unter Dampf«, sagte der Türsteher.

»Sogar für Wills Verhältnisse«, pflichtete jemand bei. Wo er jetzt war, wußte niemand.

Als Taleeshas Begleiter fühlte ich mich hin und her gerissen zwischen Ängstlichkeit und einem merkwürdigen Stellvertreterstolz. Sie war eine Berühmtheit in dieser Welt.

In der düsteren Schwüle eines anderen Clubs mit rotem Teppichboden quatschte mich ein Stockbesoffener an. Während Taleesha ein Autogramm gab, sprang ein grauhaariger Schwarzer von seinem Schemel wie eine Rakete, die langsam, stufenweise abhob, und streckte mir seine Nase ins Gesicht. »Was bildest du dir ein – daß du was Besonderes bist? Was Besseres als ich?«

»Es ist ziemlich schlimm geworden in den letzten Monaten«, sagte Taleesha, nachdem sie mich aus der Klemme gerettet hatte.

Wir kehrten schließlich zu der Zweizimmerkate neben Wills künftigem Schloß zurück und fanden sie leer.

In dieser Nacht wurde ich von dem Drohanruf geweckt, der Will gegolten hatte. Da ich mit der pergamentenen Stimme im Ohr nicht wieder einschlafen konnte, blieb ich wach im Bett liegen und sah die Sonne über dem Dach von Wills neuem Schloß aufgehen.

»Wir bekommen viele solche Anrufe«, sagte Taleesha beim Frühstück. »Die einen werden mit Blasmusik empfangen, uns begrüßt der Ku-Klux-Klan.«

»Glaubst du, daß die etwas mit Elbridges Tod zu tun hatten?«

Sie führte gerade ihre Kaffeetasse zum Mund, hielt aber inne.

»Nein, das glaube ich nicht.« Sie trank einen Schluck und stellte die Tasse wieder auf den Tisch. »Ich halte aber auch Will nicht für verrückt. Ich weiß – manchmal kommt er dir paranoid vor.«

Mit dieser Charakterisierung meiner Ansichten konnte ich leben.

»Aber wenn du ich wärst...« Sie stockte. »Die Weißen reden uns seit Jahren ein, daß gar kein Feuer sei, wo es raucht, da könnten wir sogar schon brennen. Wenn du schwarz wärst, würdest du seine Theorien nicht mehr ganz so verrückt finden. Verstehst du, was ich sagen will?«

In Wahrheit war es so, daß ich Wills Ideen trotz meiner Neigung zum Empirismus nie so ganz abtun konnte. Gewiß war es interessanter, die Mafia im Bett mit der CIA zu sehen, als die Ermittlungsergebnisse der Warren-Kommission zu akzeptieren. Ich beneidete ihn um die Kraft seiner Überzeugungen – seine Verschwörungstheorien ebenso wie seinen messianischen Glauben an die Musik –, auch wenn ich darüber meine eigene Ungläubigkeit nicht ganz außer Kraft setzen konnte.

Taleesha mußte kurz bei ihrem Vater zu Hause reinschauen und fragte mich, ob ich mitkommen wolle.

»Dad ist durch und durch CME«, sagte sie während der Fahrt in die Stadt. Als sie meine Verwirrung sah, erklärte sie mir, was es mit der Colored Methodist Episcopal Church auf sich habe. Deren Priester seien im allgemeinen ziemlich hellhäutig, sagte sie, und die Gemeinden setzten sich aus der schwarzen Mittelschicht zusammen, Selbständigen und leitenden Angestellten, deren Verhalten in der Kirche sich selbstbewußt durch mehr Würde von dem überaus emotionalen Erweckungsgetue der Afrikanisch-Methodistischen Episkopalen abhebe. In einer der letzteren Kirchen hatte ich sie singen hören. Als ihr Vater davon erfahren hatte, war er wütend geworden, weil sie den afrikanischen Gottesdienst besuchte und dort sogar noch sang – sich, wie er es ausdrückte, »benahm wie ein wild gewordener Plantagennigger«.

Taleeshas Familie wohnte am Southern Parkway, einem breiten Boulevard, gesäumt von festen, nicht mehr ganz neuen, wichtigtuerischen Häusern in unterschiedlichem Erhaltungszustand. »War früher mal eine weiße Straße«, erklärte sie mir, als wir in die Zufahrt eines makellosen Tudorhauses einbogen.

Wir gingen durch die Garage und kamen in der Küche heraus. Daisy, Taleeshas Schwester und eine ältere, etwas beleibtere Ausgabe ihrer selbst, rollte auf der Anrichte Teig aus. Nachdem sie sich das Mehl von den Händen gewischt hatte, umarmte sie Taleesha. »Ich backe gerade Käsekuchen«, sagte sie. »Du bleibst doch sicher auf ein Stückchen.« Dann an mich gewandt: »Ha! Das Mädchen ißt zuwenig, davon könnte nicht mal ein Kolibri leben.«

Taleesha stellte mich als Wills besten Freund vor und erklärte, daß sie mich bei der Beerdigung absetzen müsse.

Mr. Johnson kam hereinmarschiert und blieb, als er seine jüngste Tochter sah, wie angewurzelt stehen. Er war ein hochgewachsener, stattlicher Mann mit heller Haut, strengem Gesicht und militärischem Gehabe, zu dem er eine Art Galauniform mit vergoldeten Knöpfen und Litzen, Rangabzeichen und Schulterstücken trug. Unter den Arm hatte er so etwas wie einen Dreispitz geklemmt.

»Ich wußte nicht, daß du Besuch erwartetest«, sagte er zu Daisy.

»Ich bin nur kurz vorbeigekommen, um meine Geschwister zu verderben«, sagte Taleesha. »Das hier ist mein Freund Patrick Keane.«

»Guten Tag, Sir«, sagte ich. »Ich bin ein Freund von Will Savage.« Ich streckte die Hand aus und hielt sie in der Luft.

»Musikbranche?« erkundigte er sich kühl.

»Wir waren zusammen auf der Schule.«

»Patrick studiert in Yale«, erklärte Taleesha. Mit Schlips, blauem Blazer und Flanellhose sah ich allerdings auch so aus.

Schließlich nahm er meine Hand, wickelte sie förmlich ein in seine eigene Riesenpranke.

»Wußte ich doch, daß Yale das Zauberwort war«, meinte Taleesha liebenswürdig.

»Sie werden mich entschuldigen müssen, Mr. Keane. Ich bin auf dem Weg zu einer Versammlung. Eine wohltätige Organisation, mit der ich schon seit einigen Jahren assoziiert bin.« Damit machte er kehrt und ging.

»Ihr beide brecht mir noch mal das Herz«, sagte Daisy. »Ihr könntet doch wenigstens *versuchen*, euch zu vertragen.«

»Wenn *er* es nur könnte«, antwortete Taleesha. »Aber er sieht mich und hält mich für Mama.«

»Still jetzt.«

Ein schlaksiger junger Mann kam in die Küche, als hätte er nur gewartet, bis sein Vater fort war, und öffnete den Kühlschrank.

»Und nicht mal einen Blick für mich?« fragte Taleesha.

Er schlurfte zu ihr und ließ sich umarmen. Dann gab er mit gesenktem Blick auch mir die Hand.

»Bud ist schüchtern«, sagte Taleesha.

»Bin ich nicht.« Er sah trotzig auf.

»Ich war zehn Jahre lang seine Mutter«, erklärte sie hinterher im Auto. »Er ist der einzige, der Will und mich mal besuchen kommt. Mein Vater – seit ich dreizehn bin, vertragen wir uns nicht mehr.«

Wir überquerten die Beale Street, wo ein Kran mit einer Abrißbirne auf die Ziegelfront eines Geschäftshauses eindrosch – im Zuge der damals so genannten Stadterneuerung. »*Eine wohltätige Organisation, mit der ich schon seit einigen Jahren assoziiert bin*«, äffte sie ihren Vater nach. »So redet er wirklich. Und wie findest du die Aufmachung? Toll, nicht?«

»So was könnte auch Will tragen.« Der Gedanke lenkte uns vorübergehend ab.

Sie ließ mich vor der Kirche aussteigen und nahm mir das

Versprechen ab, sofort anzurufen, wenn Will aufkreuzen sollte. Und während des ganzen Gottesdienstes rechnete ich tatsächlich jede Sekunde damit, daß er die Tür aufstoßen und die Orgel in Beschlag nehmen würde, die über uns ächzte und quietschte. Während mir in meinem Blazer und Flanellhose der Schweiß aus allen Poren lief, blickte ich dauernd über die Schulter. Der Priester und der Trainer der High-School-Football-Mannschaft hielten derweil Lobreden auf Elbridge den Sportsmann, einen geborenen Anführer und wahren Christen, einen Sohn des Südens. Der Leser subversiver Bücher und Experimentierer mit Drogen, den sein jüngerer Bruder geliebt hatte, wurde nicht erwähnt.

Der Gottesdienst ging zu Ende, und Cordell Savage, der seine gebeugte, wie erstarrt wirkende Frau aus der Kirche geleitete, nickte mir zu. Mein Blick hing an Cheryl Dobbs im schwarzen Kleid, die sich, auf den Arm eines Kirchendieners gestützt, mühsam den Gang hinunterschleppte. Die Trauer machte sie nur noch schöner, und mir wurde richtig schwindlig bei dem Gedanken, daß sie nun von niemandem mehr bevormundet wurde. Benebelt und apathisch von der hohen Luftfeuchtigkeit stand ich auf der Straße und betrachtete irgendein amtlich wirkendes Gebäude auf der anderen Seite, dessen dorischer Eingang von zwei Figuren flankiert wurde – einer graziösen weiblichen FREIHEIT auf der einen und einer streng patriarchalischen GERECHTIGKEIT auf der anderen Seite (und welche von beiden darf's bitte sein?), wie die jeweiligen Hausgötter von Savage *fils et père*. War denn eine Nation in Freiheit *und* Gerechtigkeit, solch widerstreitenden Idealen, überhaupt möglich? Darüber dachte ich gerade nach, als Joseph, der Diener der Savages, mich antippte und sagte, Mr. Cordell wäre mir sehr verbunden, wenn ich noch zum Friedhof und anschließend mit nach Hause käme, wo einige Freunde sich zusammenfänden.

Bis wir zum Haus kamen, war es Abend und ein wenig kühler geworden. Ich war am Friedhof in den Wagen von Lollie Baker gestiegen, die eigens vom Bennington gekommen war. Sie hatte zugenommen – wenn auch nicht ganz die berühmten fünfzehn Pfund der Erstsemester – und trug ihr Haar nach Twiggyart kürzer. Ihr Selbstbewußtsein war allenfalls noch größer geworden. »Mach dir keine Sorgen, Will verschwindet immer mal wieder«, versicherte sie mir. »Das gehört einfach zu ihm. Du gehst auf eine Party, und jemand fragt: ›Wo ist Will?‹ ›Na so was, er war doch eben noch hier.‹«

»Die Sterblichkeitsrate bei Savage-Söhnen liegt ziemlich hoch«, wandte ich ein.

»Er taucht schon wieder auf.«

Ich erkundigte mich nach dem Bennington College.

»Nicht so übel«, meinte sie. »Alles wahlfrei dort, außer dem Lesbengebot. Auf den Scheiß könnte ich verzichten. Und auf den Höhen von Yale? Dünne Luft und dicke Eier? Du gehst doch sicher zu jedem Ringelpiez und so weiter?«

»Wenn ich je wieder ›Whiter Shade of Pale‹ höre, muß ich mich leider umbringen.«

»Das mußt du mir *ganz* ausführlich erzählen«, sagte sie, als wir in die Zufahrt einbogen, in diesem wundervollen Tonfall, den nur die Frauen der Südstaaten an sich haben: aufmerksam und verträumt wegwerfend zugleich. »Hier halte ich es höchstens zehn Minuten aus.«

Wir mischten uns unter die bedrückte Gesellschaft. Mrs. Savage, fast unkenntlich hinter einer Maske von grellem Make-up, nickte steif, als ich ihr mit gedämpfter Stimme mein Beileid aussprach. Cordell nahm meine Hand in seine beiden. Er sah verhärmt aus, und doch lag in seiner Haltung und seinem Gesichtsausdruck eine harte, unbeugsame Entschlossenheit. »Danke für dein Kommen, Patrick. Es bedeutet uns sehr viel, dich hier zu haben. Bleibst du länger? Du bist uns als Gast im Haus natürlich herzlich willkommen.«

Ohne mich näher über meinen Gästestatus auszulassen, erklärte ich, daß ich wegen der Prüfungen sehr schnell wieder zurückmüsse. Ein junger Soldat in Uniform, einer von mehreren, kam sein Beileid bekunden. Ihre rasierten Köpfe und ihr Südstaatenakzent machten mich nervös. Und mir gefiel dieses Gerede vom Feind um so weniger, als mir plötzlich bewußt wurde, daß ich längere Haare hatte als alle anderen anwesenden Männer. Als ich Cheryl Dobbs auf einem Sofa vor sich hin leiden sah, ihren Chignon auf der Rückenlehne, pirschte ich mich langsam zu ihr hinüber, um auch ihr mein Beileid auszusprechen.

»Ich erinnere mich an dich«, sagte sie mit belegter Stimme. »Du warst der Junge, der auf dieser Party umgekippt ist.« Sie schien mir in diesem Moment von einem ähnlichen Schicksal bedroht zu sein. »Du warst richtig süß.«

»Danke«, sagte ich, während mir die Glut in die Wangen stieg.

»Nein, im Ernst«, beteuerte sie und legte dabei einen Finger an die Unterlippe. »Du warst einfach so, ich weiß nicht... *süß*. Verstehst du? Manche Leute sind einfach nicht besonders nett. Bei denen hat man ein ungutes Gefühl. Aber du, du warst... *süß*.«

»Es ist wirklich... *lieb* von dir, daß du das sagst«, antwortete ich, um mal ein anderes Adjektiv ins Spiel zu bringen.

In diesem Moment zupfte mich Lollie am Ärmel. »He, Süßer. Fertig zum Abschwirren?«

»Ich denke, ich sollte vielleicht noch ein bißchen bleiben«, meinte ich.

»Sag mal, bist du nekrophil? Die sind hier alle steifer als Elbridge.«

Ich legte tadelnd den Finger an die Lippen. »Ich finde wirklich, daß ich noch bleiben sollte.«

»Ganz wie du willst, Äneas. Ich sehe zu, daß ich Land gewinne.« Ich sah ihr nach, als sie hinausging, und hatte das dumme Gefühl, einen Fehler zu machen. Wenn ich mich ihr jetzt anschloß, war alles möglich, vielleicht verlor ich sogar meine Jungfräulichkeit. Zumindest aber hätte ich eine Mitfahrgelegenheit und vertraute Begleitung gehabt. Das alles ließ ich sausen, und wofür? Ich redete mir ein, daß ich den weiten Weg gemacht hätte, um bei Elbridges Beerdigung zu sein, und da gehöre es sich nur, wenn ich noch ein bißchen bei der Familie bliebe, dabei war es in Wirklichkeit Cheryls Hiersein, was mich festhielt, und daß ich den lachhaften Drang verspürte, bei ihr Eindruck zu schinden. Im Moment sprach sie gerade mit einem älteren Ehepaar. Sie schienen alle zu weinen.

Ich ging an die Bar und bekam von Joseph einen Bourbon. Cordell stellte mich ein paar Verwandten vor, wobei er aber Wills Namen umging – ich war »ein Freund der Familie«.

Bis ich mich endlich von einem Onkel mit zwanghafter Liebe zur Gartenarbeit losgeeist hatte, sah ich Cheryl nirgends mehr. Ich besorgte mir noch einen Drink und bezog Verteidigungsposition am Kamin, dort festgenagelt von schwerer Artillerie in Gestalt eines pickligen Soldaten, der mir einen Vortrag über die Militärtradition der Südstaaten hielt: Wie Stonewall Jackson bei Manassas die Stellung hielt... Jeb Stuart mit Federbusch und Seidencape auf seinem Rotschimmel über den Chickahominy setzte und die schwerfälligen Yankees hinter ihren eigenen Linien narrte... ein verwundeter Bedford Forrest bei Shiloh, einen Steckschuß im Rückgrat, der sich noch eine Geisel unter den Arm klemmte, während er davongaloppierte, um noch einen langen Tag zu kämpfen... Alle *beaux sabreurs* des Südens.

»Es liegt im Blut«, behauptete er steif und fest. »Von damals bis heute... der Krieger steht in Dixie hoch in Ehren. Ich sag Ihnen was – für Friedensapostel, die die Fahne entehren und ihre Büstenhalter verbrennen, haben wir hier nichts übrig.« Obschon er mir kameradschaftlich den Arm um die Schulter gelegt hatte, war sein Ton doch immer schneidender, sein Gesicht immer röter, seine Augenschlitze immer kleiner geworden. Um nicht Gefahr zu laufen, im nächsten Moment der BH-Verbrennung oder üblerer Schandtaten bezichtigt zu werden, entschuldigte ich mich mit einem menschlichen Bedürfnis und verzog mich in die hinteren Räume.

Als ich dort aus einem der Gästezimmer ein weibliches Schluchzen hörte, drückte ich die Tür, die nur angelehnt war, ein wenig weiter auf und sah Cheryl rücklings auf dem Bett liegen, die Füße auf dem Boden. Die Wimperntusche war ihr übers Gesicht gelaufen, und ihre Frisur war derangiert, aber sie war darum nicht weniger schön. Jetzt hob sie den Kopf und lächelte matt. »Ach, du bist's.«

Ich trat an ihr Bett und blieb dort stehen. »Nimm mich in die Arme«, sagte sie. »Ich möchte es.« Ohne so recht meinen Ohren zu trauen, setzte ich mich vorsichtig neben sie aufs Bett. Sie breitete die Arme aus. Immer noch ungläubig, ließ ich mich langsam in ihre Umarmung hinuntersinken. Und ehe ich mich's versah, küßte sie mich leidenschaftlich, stocherte mit ihrer Zunge wild in meinem Mund herum. Ich wußte, daß sie betrunken war, wußte auch, daß dies nichts mit mir zu tun hatte, sondern alles nur mit einem jungen Mann, der ein paar Kilometer weiter in einem Sarg lag, trotzdem hielt ich mich daran nicht auf. Plötzlich faßte sie meine Hand und schob sie unter ihre Bluse, unter ihren BH und auf die wunderbare Schwellung ihrer Brust. Noch während ich mir Mühe gab, mich ganz dem Augenblick hinzugeben, bekam ich fast Angst vor dem morbiden Eifer, mit dem sie zur Sache ging. Ich bin noch nie, weder vorher noch nachher, mit solch verzehrender Gier geküßt worden. Es war, als übte sie an mir künstliche Beatmung, versuchte mich – oder jemand anderen – von den Toten zu erwecken. Ich wälzte mich auf die Seite, damit ich ihr besser helfen konnte, die klebrige Bluse von ihrer Haut abzuziehen.

Da erschien etwas in meinem Blickfeld: Mrs. Savage stand in der Tür. Ich erstarrte, während Cheryl weiter an ihrem Rock nestelte. Ich erinnere mich nicht, je in einer peinlicheren Lage gewesen zu sein. »Ich denke, das reicht jetzt«, sagte Mrs. Savage gebieterisch.

Cheryl wandte sich langsam, ganz mechanisch ihrer gewesenen Schwiegermutter *in spe* zu. Ich setzte mich auf.

»Ich glaube, es wird Zeit, daß Sie gehen, Patrick«, sagte Elbridges Mutter, ihr Gesicht eine teilnahmslose Maske.

Cheryl wirkte wie im Tran, mit schlaffen Mundwinkeln und glasigen Augen, ein aus der Bewußtlosigkeit erwachtes Dornröschen. Ich faßte ihre Hand. »Kommst du zurecht?« fragte ich.

»Das soll nicht Ihre Sorge sein«, sagte die Maske.

Ich taumelte über den Flur und durch die Schiebetür hinten zum Haus hinaus in einen Garten, der von Glühwürmchen übersät war. Die Setter in den Zwingern fingen zu bellen an, rochen die Angst des Flüchtlings. Auf der Straße versuchte ich ein Auto anzuhalten. Irgendwann nach Mitternacht nahm mich jemand in seinem Kleintransporter mit bis zur nächsten Tankstelle, von wo ich mir ein Taxi rief.

»Was ist denn *da* los?« rief der Taxifahrer plötzlich, als wir zwischen den Wiesen dahinfuhren, vorbei an unsichtbaren Pferden; obwohl es noch nicht lange nach Mitternacht war, schien im Osten bereits die Morgenröte heraufzuziehen. Ein paar Minuten später sahen wir die Flammen hell und schön vor der Schwärze der umgebenden Landschaft lodern. Wills Schloß brannte, die Flammen schlugen dreißig Meter hoch in den Himmel hinauf. Das Taxi hielt neben Taleesha, die hundert Meter von der Feuersbrunst entfernt auf der Zufahrt stand. Endlich sagte sie: »Die haben gewartet, bis wir fast fertig waren.«

»Was ist passiert?« fragte ich.

»Was *denkst* du wohl?« fragte sie ungehalten zurück. »Ein Wackelkontakt vielleicht? Wäre das eine *plausible* Erklärung?«

Die Feuerwehr traf ein paar Minuten später ein, fast eine Stunde nach Taleeshas Anruf. Niemand wunderte sich, als die

Brandermittler zu dem Ergebnis kamen, daß Brandstiftung im Spiel sei, und niemand war auch allzusehr erstaunt darüber, daß nie ein Verdächtiger festgenommen wurde.

XIII

Im selben Sommer, in dem die ersten Menschen den Mond betraten und Edward Kennedy seinen Wagen von einer Brücke fuhr, malochte ich im Geschäft meines Vaters, verkaufte Waschmaschinen und Trockenschleudern und wünschte mir, ein junger Oligarch zu sein – mich als tennisbeschuhte Eidechse auf einem Felsen in Bar Harbor zu sonnen ... in Southampton Cocktails zu schlürfen.

Taleesha schickte eine Ansichtskarte aus Indien. »Heiß, staubig und schmutzig – genau wie zu Hause. Will kauft seltsame Antiquitäten zusammen und verhört heilige Männer. Er läßt Dir sagen, Du sollst Dir nichts vormachen lassen – die Mondlandung wurde in einem Fernsehstudio in der Wüste von Nevada inszeniert, um das Volk von seinen eigentlichen Problemen abzulenken. Dachte mir, Du würdest das sicher gern wissen.« Sie schloß mit der Einladung, mich mit ihnen auf einem großen Musikfestival im Staat New York zu treffen, aber aus Gründen, die mir entfallen sind, wohnte ich dem Ereignis nicht bei, das später als wegweisend für meine Generation betrachtet wurde.

Um mir in diesem Sommer die Langeweile zu vertreiben, interviewte ich Nana Keane, die mir unter anderem erzählte, daß zwei meiner immigrierten Vorfahren, kaum der heimischen Hungersnot entronnen, gerade rechtzeitig hier angekommen seien, um im Bürgerkrieg mitzukämpfen. Ihr Großvater, mein Ururgroßvater und seines Zeichens Schmied, wurde bei Gettysburg verwundet. Er überlebte mit einer brandigen Beinwunde, die seine Frau sechsundzwanzig Jahre lang täglich auswusch und verband. Sein Bruder war etwas schneller durch eine Bajonettwunde gestorben, die er in der Schlacht von Franklin in Tennessee davontrug.

Nachdem die Vorlesungen wieder begonnen hatten, vergrub ich mich in Bücher, pendelte auf der High Street zwischen dem Branford College und der Sterling-Bibliothek hin und her, und die einzige Musik in meinem Leben kam vom Glockenspiel des Harkness Tower. Aus Sparsamkeitsgründen hatte ich kurz vor Studienbeginn beschlossen, Yale in drei Jahren zu absolvieren, und das bedeutete sechs Kurse pro Semester. Sämtliche in Yale vertretenen Geheimbünde hatten es irgendwie versäumt, mich auf eine eventuelle Mitgliedschaft anzusprechen, und ich stürzte mich um so vehementer aufs Studium. Aus verschiedenerlei Gründen hatte ich Geschichte zu meinem Hauptfach ernannt. Meine Ausflüge in den Süden hatten mein schon in der Kindheit vorhandenes Interesse am amerikanischen Bürgerkrieg wieder geweckt. Schon damals hatte ich das Gefühl gehabt, ich sei zu spät geboren worden, allerdings sah ich mich natürlich nicht als Sklaven, sondern als Gentleman vom Schlage eines Jefferson, in der einen Hand ein Buch, eine Reitgerte in der andern. Aber selbst *ich* faßte allmählich den Verdacht, daß die alte Ordnung, der ich mich so gern verpflichten wollte, zu zerbröckeln begann. Wenn ich mit Will sprach, begründete ich meine Wahl mit Begriffen, die dem Zeitgeist entsprangen: Das Studium der Vergangenheit, sagte ich ihm, beleuchte die Kämpfe der Gegenwart. Und nicht zuletzt hoffte ich, daß es mir zum Jurastudium an der Harvard-University verhelfen werde.

Ich sah Will sechs Monate nicht, nachdem sein Haus niedergebrannt war. Völlig erledigt und schweigsam war er nach einer einwöchigen Sause durchs Delta, immer von einem Musikschuppen in den nächsten, zu dem Aschenhaufen zurückgekehrt. Er rief mich in diesem Herbst so oft an – selten vor Mitternacht –, daß er in meiner Erinnerung damals beinah anwesend war und in der nach einem Mittelding zwischen Umkleideraum und Aschenbecher stinkenden Telefonzelle wohnte, zwischen den an die Wände geschmierten Initialen und Sprüchen wie: *Sollte es einmal bessere Frauen geben, werden Yale-Männer sie gemacht haben,* und gegen Ende des darauffolgenden Jahres: *Sollte es einmal bessere Männer geben, werden Yale-Frauen endlich ihresgleichen haben.* Nach dem Brand hatten er und Taleesha eine Suite im Hotel Peabody bezogen. Ich schrieb ihm Briefe und hob mir von dem einen oder anderen einen Durchschlag zwischen meinen Arbeitsunterlagen auf, wie etwa diese peinliche Epistel:

Lieber Will,
ein Sonntagnachmittag geht zu Ende, an dem eigentlich so manches erledigt gehört hätte – Hausarbeiten schreiben, Briefe schreiben, etwas Außerschulisches lesen, Zimmer aufräumen und ganz allgemein das Getriebe des Alltags ölen. Aber gestern abend war ich auf einer ziemlich langweiligen Party und bin dort versumpft, so daß der Verstand jetzt ein bißchen lahm ist, die Synapsen verknotet.

Apropos Lesen, ich habe gerade ein Buch hinter mir, von dem Du restlos angetan wärst, es sei denn, Du hättest dem geschriebenen Wort gänzlich abgeschworen, aber es ist *das* Buch über Deine schöne neue Welt – Norman O. Brown: *Zukunft im Zeichen des Eros.* Ein tolles Buch, ideenmäßig und ästhetisch. Tritt für die hierarchiefreie Gesellschaft und eine »polymorphe Perversität« ein, die uns vom sogenannten Realitätsprinzip befreien soll. Genau Deine Richtung.

Mir gefällt diese Songzeile von Furry Lewis. Muß ich mal in einem Aufsatz verwenden. Erfreulich zu hören, daß die Geschäfte so gut gehen – dauernd höre ich T's neuesten Song im Radio, wenn ich mal Radio höre, was ich eigentlich gar nicht tue. Deine Marke von Rhythm and Blues ist hier im Lande des Efeus beliebter, als meine Wenigkeit sich das je vorgestellt hätte. Du und James Brown und Norman O. Brown, ihr seid

Avataras derselben »Weltanschauung«, und wie es aussieht, macht ihr sie langsam auch uns übrigen schmackhaft. Horch, ich höre die Philister ans Tor pochen. Derweil herrscht aber immer noch das Realitätsprinzip vor, und ich muß weiter büffeln. Natürlich erst nach Absingen einiger Takte der Whiffenpoof-Hymne.

Liebe Grüße an Deine besseren Dreiviertel, soll heißen Taleesha.

Was ich daran jetzt interessant finde, ist die Art meines Bemühens um einen Brückenschlag zwischen Wills und meiner Welt. Oder war ich vielleicht doch cooler, als ich heute noch weiß? Ich habe schon Jahre nicht mehr an Norman O. Brown gedacht, aber allein daß ich ihn damals las, könnte ein Indiz dafür sein, daß ich nicht ganz der Trottel war, als den ich mich in Erinnerung habe. Es könnte sein, daß ich rückblickend die Gegensätze stärker herausgestellt habe, weil ich von dort ausgegangen bin, wo wir beide schließlich gelandet sind. Außerdem entdecke ich eine beklemmende Spannung zwischen Selbstironie und Angeberei: Es war mir eindeutig ein Vergnügen, mich mit dem deutschen Wort »Weltanschauung« zu spreizen, das man kaum aussprechen kann, ohne an eine Panzerdivision zu denken – der ganze Satz scheint überhaupt nur zu dem Zweck geschrieben, es verwenden zu können.

Anwesend war Will in diesem Jahr auch in Gestalt seines Ururgroßvaters John Savage, der als Junge eine wichtige Rolle in Binnie Pilcher Savages Tagebuch spielte und in meiner Vorstellung Wills genaues Ebenbild war. Im Grunde war das Tagebuch eine Anhäufung von Nichtigkeiten, wenn man von Hinweisen auf den fernen Krieg einmal absieht – bis dann im Frühjahr 1861 dieser Eintrag kam:

27. April. Große Aufregung hier. Vater hat die Gentlemen aus der Umgebung zu einer Heimwehr zusammengetrommelt, die den geplanten Negeraufstand untersuchen soll. Bisher gibt es für eine solche Verschwörung ja nur Johns Zeugnis, aber in der gegenwärtigen Kriegsstimmung regiert das Mißtrauen, und seine Aussage wird überaus ernst genommen. Gestern abend schalt Vater ihn bei Tisch wegen seiner Übellaunigkeit und schlechten Manieren, und da platzte John plötzlich damit heraus, er wäre froh, wenn die Neger einen Aufstand machten und ihn, das heißt Vater, mit der Axt totschlügen, wie sie es ja vorhätten. Als Vater ihn wegen dieser ungeheuerlichen Behauptung ins Gebet nahm, sagte er, es sei noch keine drei Tage her, da habe er Clarence und einen anderen Neger von der Yancy-Plantage einen ebensolchen Plan aushecken hören.

Laut Tagebuch waren binnen einer Woche nach diesem Vorfall Clarence und sieben andere Sklaven von Bear Track und zwei Nachbarplantagen gehängt worden. Das Thema Sklavenaufstände erfreute sich Ende der Sechziger immer größerer Beliebtheit, und so kam mir der Gedanke, daß dieses unschätzbare geschichtliche Dokument, das mir da in die Hände gefallen war, vielleicht für eine Magisterarbeit gut sei. Ich verbrachte immer mehr Zeit in der Bibliothek und ackerte mich durch Sklavenberichte und alte WPA-Interviews mit ehemaligen Sklaven. Will wollte weiteres Material für mich suchen, aber ich befürchtete, daß die Savage-Archive für ihn wohl auf unbestimmte Zeit verschlossen wären.

Kurz vor Thanksgiving, fast zwei Monate nach Beginn meiner Nachforschungen, fand ich, was ich suchte, auf einem Mikrofilm der Library of Congress – das Protokoll eines kurzen Interviews mit einem Sklaven namens Prince Johnson, der auf der Plantage Bear Track aufgewachsen war – die erste unabhängige Bestätigung für Binnie Savages Geschichte von der angeblichen Sklavenerhebung.

113 – Autobiographie eines Exsklaven
Prince Johnson – Isaqueena County 1937

Ich heiße Prince Johnson, weil, ich bin so genannt worden nach Prinz Albert, (sic) *der berühmten königlichen Hoheit. Ich soll geboren worden sein in Charleston und dann nach Bear Track gekommen sein, da war ich noch ganz klein. Wenn ich richtig rechne, bin ich bald hundert Jahre alt. Ich gehörte Master Elihu Savage, der war einer von den reichsten und feinsten Herren im ganzen Kreis. Hatte ganz blaue Augen, so was hatte man noch nicht gesehen. Wie der junge Master John auch. Im ganzen Kreis war er bekannt, und da wollte sich keiner mit anlegen. War nich gut Kirschen essen mit dem Master. Aber zu uns war er meist gut. Essen war gut, und die Unterkünfte für die Sklaven, da konnte man drin wohnen.*
Der Master hat Miss Julia geheiratet, das war eine Trenholm. Hat ein kleines Mädchen verloren. Die zwei jungen Damen, die waren die hübschesten jungen Damen weit und breit, große braune Augen und schwarze Haare. Danach der junge Master John. Der zweite Sohn war das, der erste war am Fieber gestorben. Das erste Mädchen ja auch. Die meisten von uns Niggern, und von den Weißen auch viele, kriegten doch jedes Frühjahr das Fieber.
Miss Eliza, die war eine Wilde. Hat den jungen Mr. Alcorn von drüben aus Coahoma geheiratet. Ein Biest war das, muß man sagen. Waren sie überhaupt alle, die Savages. Feine Leute, das waren sie, aber wie die sich aufführen konnten, was die geflucht haben und sich geprügelt, wie die trinken und reiten und Geld rauswerfen konnten, das hat man noch nicht gesehen.
Wir waren so an die zweihundert Sklaven. Von Honest Abe hatten wir gehört, aber gekümmert haben wir uns darum nicht viel, außer von den jüngeren ein paar, die haben manchmal von Emanzipation geredet, wenn kein Weißer in der Nähe

war. Hab nie was von Aufstand gehört, da war nur der eine, Clarence hieß er, ein großer Bursche, der war zum Jagen und Fischen da. Hat immer den jungen Master John mit in den Wald genommen, wie wenn er sein eigener Sohn ist, und eines Tages, da haben sie uns alle verhört, weil, sie haben gesagt, daß Clarence, der plant einen Aufstand und will den Master töten und die weißen Frauen schänden. Hab so was nie sagen gehört, aber Clarence, der war unheimlich wütend, weil, dem haben sie seine Frau verkauft, nach Vicksburg irgendwo. So was hat der ja nie gemacht, der Master Savage. Nein nein. Ein junger Nigger, der hieß Abraham, hat dann gegen ihn ausgesagt, aber der war ein fieser Nigger, dem hat keiner ein Wort geglaubt von uns Schwarzen. Soll dann schlimm geworden sein für Clarence, weil, die haben ein Hackebeil und zwei Gewehre gefunden unter seiner Hütte, aber so ein Quatsch, sag ich, das war doch seine Arbeit, Jagen für den Tisch der Herrschaften. Hab das aber zu keinem gesagt, hab den Mund gehalten, wie immer. Darum bin ich heute noch hier. Nicht wie so ein paar von den Jungen, nicht wie Clarence. Aufgehängt haben sie ihn und noch sieben, acht andere dazu.

Die meisten Nigger sind weg nach der Emanzipation, aber ich bin weiter dageblieben. War mein Zuhause.

An einem verschneiten Abend kurz vor den Weihnachtsferien kam ich in mein Zimmer, und da saß Will mit Augen wie Feuerräder, ein samtenes Cape umgehängt, im Lotossitz auf meinem Bett, und aus der Stereoanlage brüllte irgend so eine komische neue Platte von ihm. Jetzt klappte er die Beine auseinander, erhob sich langsam, ließ mir seine Hände auf die Schultern sausen und versuchte mir in die Augen zu sehen, aber in Wirklichkeit war sein Blick irgendwohin jenseits der Wand hinter mir gerichtet.

»Siehst richtig nach Yale aus«, sagte er.

»Und du ... nach Mittelalter«, antwortete ich.

Das schien ihn zu freuen. Jeder normale Mensch wäre sich komisch vorgekommen, in so einem Aufzug wie Will über den Campus von Yale zu laufen, er aber nicht, das merkte man gleich. Und in seiner Begleitung genierte man sich bald seiner eigenen Aufmachung, dieser Konformität, und das im eigenen Revier. Ich für meinen Teil hätte das ja meiner Unsicherheit zugeschrieben, aber Aaron, dem wir auf dem Hof vom Branford über den Weg liefen, sagte anderntags, nachdem Will wieder fort war, auch so etwas in der Art: »Der Junge ist von einem anderen Planeten, aber er gibt einem das Gefühl, man sei auf dem seinen.«

Natürlich kann Will den Campus höchstens halb wahrgenommen haben, die kantigen Backsteine wie einen weichen Brei, die grauen Mauern in leuchtenden chemischen Farben – denn sein Verstand war im wahrsten Sinne des Wortes anderswo. So stellte ich es mir jedenfalls vor. Ich weiß nicht, was er intus hatte. Er war völlig im Tran, und doch redete er zusammenhängend und schien ganz in sich zu ruhen.

Ich wollte ihm Yale zeigen, oder vielmehr wollte ich ihm *mich* in Yale zeigen. Aber er kannte es bereits, weil er schon mit seinem Vater hiergewesen war, lange bevor er sich für eine Weiterbildung anderer Art entschieden hatte, und natürlich konnte er nur die Nase darüber rümpfen. »Ein einziges Museum apollonischer Kultur«, meinte er. »Ein Sarkophag des Status quo.«

Ich für meinen Teil wünschte dem Relikt, daß es noch lange genug Bestand haben würde, um mir meinen Magister zu verleihen. Fünfundzwanzig Jahre später bin ich mir noch immer nicht sicher, wer von uns beiden sich für die siegreiche Seite entschied. Damals hatte Will auf jeden Fall die Nase vorn. Yale ist zwar immer noch Yale, aber ich habe den Verdacht, daß die Welt, die meine Töchter einmal erben werden, mehr von Wills Gefolgsleuten gestaltet wurde als von den Old Blues, wie Wills Vater einer war. Oder von mir. Nach seinem Besuch schickte ich Will einen Brief, in dem ich eine Passage zitierte, die für meine Begriffe eine gute Beschreibung für das Zeitalter des Wassermanns war; sie entstammte einer Rede, die ein gewisser Leonidas Spratt aus South Carolina 1860 auf einer Südstaatenkonferenz gehalten hatte:

> Dieses ist meine feste Überzeugung... nachdem der Adel Englands sich lange den Massen gebeugt haben wird – wenn die Demokratie im Norden ihren Karneval feiert... wenn Frauen den Platz und die Kleidung der Männer, und Männer den Platz und die Kleidung der Frauen übernommen haben werden – wenn Vereinigungen der Freien Liebe... das Land durchdringen – wenn die Geschlechter ohne die Bande der Ehe miteinander verkehren und junge Burschen und Mädchen, betrunken schon am Mittag und halbnackt, über die Marktplätze torkeln – wird der Süden immer noch so fest und aufrecht stehen wie jetzt.

In Rudy's Kneipe schob Will sein Gesicht immer weiter über den Tisch zu mir herüber, bis er das Kinn fast in meinem Bier hatte und die Narbe unter seinem linken Auge direkt vor meiner Nase zu zucken schien. Er versicherte mir, die Revolution stehe unmittelbar bevor, und er sorge sich, daß sie mich auf der falschen Seite erwischen könnte.

»Dann sage ich denen einfach, daß ich dich kenne.«

»Lieber nicht«, meinte er. »Leute aus meinem Umkreis leben gefährlich, wie man weiß.«

»Hör mal«, sagte ich, »das mit Elbridge ist natürlich schlimm, aber du weißt doch, daß es nicht deine Schuld war.«

Will fuhr zurück, als hätte ich ihn geohrfeigt. Er kippte ein halbes Glas Bier auf einmal hinunter und schüttelte den Kopf. »Danke für die Absolution, Hochwürden Keane. Trotzdem klebt sein Blut an meinen Händen.«

»Er hätte sich ebensogut von jemand anderem das Auto leihen können«, versuchte ich ihm klarzumachen.

»Aber er hat sich meins geliehen«, sagte Will. »Und ich hab's ihm gegeben.« Er beugte sich jetzt noch weiter über den Tisch und zischte: »Und die hatten es auf *mich* abgesehen.«

»Wer hatte es auf dich abgesehen?«

»L. B. saß in meinem Auto. Diesen Wagen kannte jeder. Sie haben sich drangehängt.« Er legte eine seiner langen Pausen ein, den Blick ins Leere gerichtet. »Draußen auf dem Highway, haben sie sich gedacht, da könnten sie mich auseinandernehmen und hinterher erzählen, was sie wollten.«

»Will, er war high«, sagte ich. »Er ist zu schnell gefahren, und die Polizei hat ihn verfolgt.«

»Warst du dabei?« fragte Will scharf.

»Nein, du?«

»Junge, du mußt dich mal völlig lösen von den amtlichen Versionen«, sagte er. »Sacco und Vanzetti, Sam Cooke, Medgar Evars, John und Bobby Kennedy, Martin Luther King – immer gibt's eine einleuchtende amtliche Version dafür. Widerstand gegen die Staatsgewalt ... Amokschütze ... Drogen.« Er spähte vorsichtig um sich. »Die stellen das immer so dar, als ob es mit nichts einen Zusammenhang gäbe.«

»Gab's eine Autopsie, eine gerichtliche Untersuchung?«

»Hörst du mir eigentlich nicht zu?« Will verdrehte die Augen. »*Quis custodiet ipsos custodes?*« zitierte er aus dem Schatz seines vormaligen Lateinunterrichts. »Verdammt noch mal, da bewacht doch immer der Fuchs das Hühnerhaus. Mann, L. B. war der erste, der mir die Augen geöffnet hat. Er hat mir die Bücher geliehen und mir gezeigt, wie man hinter den Vorhang guckt.« Er verstummte, und einen Moment lang fürchtete ich, er werde gleich zu weinen anfangen.

»Vielleicht solltest du von Memphis wegziehen.«

Will seufzte und lehnte sich nun auf seinem Stuhl wieder weit nach hinten. »Ja, vielleicht.« Er zog die Lippen ein, daß sie völlig verschwanden. »L. B. hat mir immer gesagt, ich soll da weg. Ich verstehe nur nicht, warum er seinen eigenen Rat nicht befolgen konnte.« Nach einer erneuten Pause sagte er: »Es liegt im Blut. Einem Fluch entflieht man nicht.«

Das gab mir den Mut zu der Frage: »Hast du dieses Tagebuch, das du mir geschenkt hast, schon mal selbst gelesen?«

»Kann sein, daß ich einen Blick reingeworfen habe.« Er lächelte geheimnisvoll, dann griff er unter sein Hemd und holte einen weißlichen geschliffenen Stein hervor, den er an einem Lederband um den Hals hängen hatte. »Erinnerst du dich daran? Das mystische Udjat-Auge.«

Ich nickte, denn ich hatte den Stein bei meinem ersten Besuch in Memphis in der Sammlung seines Vaters gesehen.

»Schützt gegen Geister, Schlangenbisse und mißgünstige Worte.«

»Dann solltest du Taleesha einen schenken«, sagte ich. »Wenn jemand Schutz braucht, dann sie.«

Er lächelte wie über ein zurückgebliebenes Kind. »Du siehst sie wohl als das edle Opfertier«, meinte er. »Aber laß dir sagen – sie hat einiges mehr drauf. Dich würde sie glatt zum Frühstück verspeisen. Mann, sie könnte *mich* zum Frühstück verspeisen. Hat sie ja fast schon getan.«

Er zog sich plötzlich das Jackett aus und rollte den Ärmel seines bunten Hemdes hoch; seinen Bizeps zierte an der Innenseite eine unschöne Quetschung, die aussah wie ein Gebißabdruck.

Er grinste, als wäre er über die Maßen stolz auf diese Trophäe.

»Das war Taleesha?« fragte ich.

»Mach dir um Tally keine Sorgen. Der passiert schon nichts.«

Er hatte recht. Wenn man sich um jemanden sorgen mußte, dann war es Will. Solange er noch einen Bruder hatte, konnte er es sich leisten, den Herumtreiber zu spielen. Nun aber, da er der letzte seiner Sippe war, hatte er noch schwerer gegen sein Erbe anzukämpfen, und ich sah, wie ihn das zerrieb.

»Was sind das hier für Leute?« fragte er, sich umblickend. Zu meinem Entsetzen stieg er plötzlich auf seinen Stuhl und schrie:

»He, Yalies, ihr haltet euch doch für so oberschlau – wer von euch weiß, wo die Southern den Yellow Dog kreuzt?«

Ich war vollkommen überzeugt, daß uns jetzt eine Prügelei ins Haus stand, aber da gellte in die relative Stille hinein, die Wills Ruf ausgelöst hatte, plötzlich ein Rebellenschrei. Ein baumlanger Kerl von einem der umstehenden Tische sprang ebenfalls auf seinen Stuhl. »Moorhead!« schrie er. »Jeder rechte Kerl weiß, daß die Southern den Yellow Dog bei Moorhead in Mississippi kreuzt.«

Der Mississippianer kam schwerfälligen Schrittes mit seinem Bier an unsern Tisch, und wenig später zechten wir mit mehreren Mitgliedern des Footballteams. So unglaublich es war, aber Will schien sich in ihrer Gesellschaft wohl zu fühlen und sie sich in seiner. Ich staunte, nicht nur darüber, daß Will sich mit diesen Typen besser verstand als ich, sondern daß er auch noch über Football mitreden konnte, während unsere neuen Freunde sich als überaus beschlagen in Sachen Soul und Blues erwiesen. Sie waren, wie sich zeigte, große Fans von Lester Holmes. Nach endloser Verbrüderung versuchte ich Will loszueisen; ich hatte morgen Vorlesungen.

Er sagte, er werde in einer Stunde nachkommen. Ich sah ihn dann mehrere Wochen nicht, aber der Footballspieler aus Mississippi grüßte mich seitdem immer sehr herzlich, wenn ich ihm auf dem Campus begegnete.

XIV

Meine Eltern schenkten mir dieses Jahr zu Weihnachten einen 63er Corvair, den mein Onkel in seiner Autohandlung in Zahlung genommen hatte. In dieser von Ralph Nader geschmähten Kutsche machte ich mich ein paar Tage später – nachdem ich meinen Eltern, dem kleinen Jimmy, Tante Colleen und Nana

Keane Lebewohl gesagt hatte – auf den Weg nach Jackson in Mississippi. Ich hatte vor, Will in Memphis zu besuchen und dann dem Fluß durch das Delta nach Süden bis nach Jackson zu folgen, wo ich im Landesarchiv nach weiteren Hinweisen auf den angeblichen Sklavenaufstand von Bear Track suchen wollte.

Drei Autostunden vor Jackson verließ ich den Highway und machte einen Abstecher nach Franklin in Tennessee, dem Schauplatz einer der blutigsten Schlachten des Bürgerkriegs, den man in diesen Breiten immer noch »den Krieg« nennt. Der Mann, der mein Urgroßonkel gewesen wäre, war dort gefallen. Seit damals hatte sich auf großen Teilen des Schlachtfeldes ein Ansichtskartenstädtchen ausgebreitet, und ich fuhr bei einer Tankstelle vor, um mich nach dem Weg zu erkundigen. Der Tankwart fragte: »Sind Sie einer von den Nachspielern?«

»Wie bitte?«

»Nachspieler. Die sich in Uniform werfen und die Schlacht nachspielen. Vor ein paar Jahren hatten wir hier einen ganz großen Auftrieb – müssen an die fünftausend gewesen sein, blaue und graue, die haben draußen auf dem Feld kampiert und getrunken und herumgealbert. Und am nächsten Tag haben sie die Schlacht nachgespielt, so echt wie sonstwas; mit Fahnen und Musketen und allem sind sie gegeneinander losmarschiert und umgefallen wie die Fliegen. War ein tolles Spektakel.«

Nachdem ich derartiges von mir gewiesen hatte, beschrieb er mir den Weg nach Carnton, einer Vorkriegsvilla, wo vier Konföderiertengeneräle auf der Veranda aufgebahrt worden waren und Tausende niederer Ränge begraben lagen. Wie man es an solchen Orten zu tun pflegt, versuchte ich aus der beschaulichen Landschaft so etwas wie ein mystisches Zugehörigkeitsgefühl zu der geheiligten blutigen Vergangenheit heraufzubeschwören, empfand aber nichts weiter als eine vage Ehrfurcht, bis ich beim Verlassen des Städtchens einen jungen Soldaten im tristen Olivgrün der US-Army seinen Wagen an der Zapfsäule neben meiner auftanken sah. In seinem Pontiac tupfte sich ein dickes Mädchen im weißen Kleid mit einem schmutzigen Taschentuch die Augen ab. Er war in meinem Alter, neunzehn oder zwanzig, klapperdürr, und hatte unter dem Bürstenhaarschnitt ein schmales Gesicht, das nur aus Pickeln und Knochen zu bestehen schien. So jung er war, sein Gesicht hatte schon etwas Verwelktes; man konnte ihn sich leicht auf einem alten Sepiafoto vorstellen, auf eine Muskete gestützt, ein Angehöriger der todgeweihten Armee von Tennessee.

Plötzlich sah er zu mir herüber, nickte und fragte: »Wie geht's, wie steht's?«

Ich konnte nichts weiter als erröten und irgendeine nette Floskel von mir geben – weil ich mich plötzlich schämte, daß ich wegen meines Studiums zurückgestellt war und so um Vietnam herumkam, während Jungen wie er an meiner Stelle hinmußten. Nana Keanes Erzählungen zufolge hatte ein Bostoner Banker sich 1861 vom Kriegsdienst freigekauft, und mein Urgroßonkel hatte sich an seiner Stelle hier in Franklin umbringen lassen müssen. Wenn mich nicht alles täuschte, waren mir die Nachkommen dieses Bankers von der Schule her bekannt. Und ich fragte mich wohl oder übel, ob dieser Junge so freundlich zu mir gewesen wäre, wenn er gewußt hätte, daß er mein Ersatzmann war.

Wäre dies eine Geschichte anderer Art, das Leben des Protagonisten wäre durch diese politische Offenbarung für immer verändert worden – Paulus vom Pferd gestürzt. Aber wie wir so sind, verblassen solche lichten Momente meist so schnell wie der Blitz einer Kamera und erscheinen höchstens einmal als vergilbtes Bild im Album der Erinnerung wieder. Der junge Soldat bezahlte brav sein Benzin und fuhr fort, seinem Schicksal entgegen, wie ich dem meinen.

Der Silvesterabend dämmerte, als ich in Memphis ankam. Ohne Schwierigkeiten fand ich das Hotel Peabody, eine der auffallendsten Formen an der Skyline von Memphis, aber mein Anruf in der Savage-Suite blieb unbeantwortet.

Ich glaube, es war Faulkner – in solchen Dingen liegt man bei ihm meist richtig –, der gesagt haben soll, das Mississippidelta beginne im Peabody von Memphis. Mit dem Ritz-Carlton in Boston oder dem Plaza in New York hätte es bestimmt niemand verwechselt. Es lag diese seltsame und verführerische südliche Mischung aus Zwanglosigkeit und Förmlichkeit in der Luft – ein Rhythmus, der zwischen Gleichgültigkeit und Hysterie oszillierte. In der Halle wimmelte es von Nachtschwärmern in Abendkleidung. Ich saß in einem Ledersessel und sah ein älteres Ehepaar aus dem Aufzug treten, der Mann in einem Smoking, der aussah, als wäre er durch ein halbes Dutzend Generationen immer weitervererbt worden und könnte jeden Augenblick zu Staub zerfallen; der Mann verbeugte sich ritterlich aus der steifen Hüfte heraus vor zwei Damen, die den Aufzug bestiegen, und als sie an ihm vorbei waren, mußte seine silberhaarige Gattin ihm in die Lotrechte zurückhelfen. Junge Frauen in Ballkleidern schwebten durch die zweigeschossige Halle, während ihre männlichen Gegenstücke sich in den Ecken herumdrückten, die Köpfe zusammensteckten und dann plötzlich in unterdrückte Heiterkeit ausbrachen. Diese jungen Gecken applaudierten, als ein livrierter kleiner Mann die Enten aus dem Springbrunnen in der Mitte der Halle zum Aufzug dirigierte, um sie in ihr Ställchen auf dem Hoteldach zu bringen. Die Enten waren – jedenfalls hatte Cordell Savage es mir einmal so erzählt – die Nachkommen einer Schar lebender Lockenten, die eine alkoholisierte Jagdgesellschaft eines Nachmittags einfach im Springbrunnen ausgesetzt hatte, um dann an der Hotelbar weiterzutrinken.

Als ich des Herumsitzens müde wurde, begann ich durch die Halle zu streifen, blickte in die Schaufenster, sah aber nur mich selbst, eine lächerliche Gestalt, die sich den Anschein gab, einer Tätigkeit nachzugehen, während die festlich gekleideten Paare um sie herumwirbelten, viel zu sehr mit sich beschäftigt, um sie zu bemerken. Endlich ging ich auf die Straße hinaus, die menschenleer schien. Die Beale Street, in der Will einmal seine Einführung in den Blues erlebt hatte, wurde gerade saniert, die Häuser abgerissen. Erst nachdem ich in einem schäbigen Touristenrestaurant lange genug vor meinem Rippenstück gesessen hatte, bezog ich wieder Posten im Peabody.

Alle Viertelstunden ging ich ans Haustelefon, und zu guter Letzt setzte ich mich an die Bar und fühlte mich sehr versucht, meine Reise einfach fortzusetzen und Will zum Teufel zu wünschen. Ich hatte es satt, nach seinen Zeitbegriffen zu leben, denn immer war ich es, der auf ihn warten und sich fragen durfte, ob er überhaupt noch aufkreuzen werde. Und ich hatte es satt, am Silvesterabend, diesem melancholischsten aller Feiertage, allein zu sein. Ich hatte die schreckliche Vision eines Lebens in Einsamkeit, ein Leben mit Fertiggerichten in merkwürdig riechenden Zimmern für Durchreisende. Etwas stimmte nicht mit mir; meine übergroße Schüchternheit machte mich zum Außenseiter, verurteilte mich für alle Zeit dazu, auf Bällen den tanzenden Paaren von der Seitenlinie aus zuzusehen. Ich versuchte nicht allzu tief in den Ursprüngen meiner Entfremdung herumzustochern, aber manchmal, wie an diesem Abend, war es unmöglich, dem Druck der Selbsterkenntnis zu widerstehen. Ich versuchte mich abzulenken, indem ich noch einmal in Binnie Pilchers Tagebuch las.

10. Mai. Vor meinem Fenster die Scharrgeräusche fleißiger Feldarbeit. Schon plagen wieder die Mücken. Dieses Land ist nicht für Menschen geschaffen. Herr, bring mich nach Charleston zurück! Worum es in dem jetzigen Konflikt auch gehen mag, immer werden die Insekten dieses Land regieren. Und ich werde als Jungfer sterben. Mama wird noch einmal ganz unsichtbar werden von ihren Tropfen. Heute wurde Clarence gehängt, zusammen mit Abraham und noch zwei anderen von unseren Feldsklaven, dazu Thomas von der Yancy-Plantage, der letztes Jahr geflohen war und wieder eingefangen wurde. Außerdem zwei Sklaven der Johnsons und der Kutscher der

Platts. Zählt man den alten Red hinzu, der beim Verhör am Herzschlag starb, sind es neun. Die anderen Neger, unsere und die der Yancys, sind noch einmal davongekommen. Das ganze Ausmaß der Verschwörung ist noch unklar, aber nachdem die Verhöre eine ganze Woche gedauert haben, überwiegt der Wunsch, Besitz zu wahren, das heißt arbeitsfähige männliche Neger zu behalten, offenbar das Begehr nach rückhaltloser Aufklärung und Vergeltung.

Vater wollte John nicht vor den Ausschuß lassen, weil er zu jung sei, und so blieb am Ende nur noch Ben, der Aufseher der Yancys, der aussagte, er habe Thomas sagen hören, daß jetzt die Unionisten kämen und die Neger Mr. Yancy töten und Mrs. Yancy und die Mädchen schänden sollten. Ob auch ich geschändet werden sollte? Clarence hat dazu die Aussage verweigert, selbst unter der Peitsche. Umsonst haben die Herren des Ausschusses ihn gedrängt, er solle doch bekennen, um unbelasteten Herzens vor seinen Schöpfer zu treten. Sissy aus der Küche sagt, sein Herz sei zu Stein geworden, nachdem Vater seine Frau verkauft habe, und danach sei ihm alles egal gewesen. Heute morgen wollte John sich in sein Zimmer einschließen, aber Vater hat ihn gezwungen, denn John habe das Ganze ins Rollen gebracht, sagt Vater, und nun müsse er auch mit eigenen Augen sehen, wie es ende. Wir Frauen sind zu Hause geblieben und haben Brotbeutel genäht. John kam um den Mittag wieder, aschfahl und schweigsam, die flammenden Augen ausnahmsweise ganz gedämpft und trübe. Ist auf sein Zimmer gegangen. Fast tat er mir da leid. Clarence war einmal sein stetiger Gefährte gewesen und hatte ihn reiten und fischen und jagen gelehrt, wenn Vater in Memphis oder Vicksburg oder New Orleans war. John ist soviel bei den Sklaven in ihren Unterkünften gewesen und hat sich so oft auf die Autorität seines Freundes Clarence berufen, daß Mutter und Vater schon um seine Moral fürchteten, obwohl er ja für einen Neger ein hohes Maß an Intelligenz und Würde besaß.

Als ich einmal von meinem Drink aufblickte, sah ich mich von einer Frau mit knallrotem Haarschopf gemustert, die auf dem übernächsten Hocker saß.

»Na, was ist denn, Süßer? So ganz allein am Silvesterabend?« Ihr Tonfall war sehr ausgeprägt, ihre flinken, neugierigen Augen hatten etwas Raubvogelartiges, das im Widerspruch zu ihrer gelangweilten Stimme stand. Ich verstand mich nicht gut darauf, das Alter von Frauen zu schätzen, die älter waren als ich, aber nach meiner Ansicht mußte sie so um die Dreißig sein. Ihr Teint war hell und sommersprossig, und um die Augenwinkel hatte sie winzige Sonnenfältchen. Eigentlich war sie viel zu hübsch, um überhaupt mit mir zu reden, aber wir waren ja hier im Süden, und von den Südstaatlern wußte man, daß sie ohne bestimmten Grund auch Fremde ansprachen.

»Eigentlich warte ich auf jemanden«, erklärte ich, als sie schon auf den Hocker neben mir herüberrutschte.

»Warten wir denn nicht alle, Süßer? Warten wir nicht alle?« Sie hieß Janie Thompson und kam aus Indianola, einem Ort im Delta. »Komme ich doch extra mit einem Freund hierher, um ein bißchen Silvester zu feiern, schon hat er gleich ein bißchen viel gefeiert, und nun hocke ich hier, völlig umsonst herausgeputzt.« Sie zuckte mit den Schultern und grinste mich verschmitzt an. »Und darum lade ich dich jetzt zu einem Drink ein.« Sie gab dem Barmann ein Zeichen und deutete auf unsere Gläser.

Als sie sich zu mir herüberlehnte, um meine Hand zu drücken, war mir ein Blick in ihren sommersprossigen Ausschnitt und auf den Spitzensaum ihres BHs vergönnt. »Hast du den Anschlag draußen in der Halle gesehen – daß in irgendeinem der Räume jetzt Lash LaRue auftritt?« fragte sie. »Ich hab ja meinen Augen nicht getraut – Lash LaRue, der alte Lassoschwinger. Den hab ich schon im Fernsehen gesehen, da war ich gerade so groß.« Sie senkte die Hand auf die Höhe meines Knies. »War ja immer ein bißchen verknallt in den alten Lash. Und wie ich also auf dem Weg zur Bar bin und dieses Schild sehe, bin ich doch gleich mal hin, um mir den großen Mann mal anzugucken. Und da steht er und verteilt Autogramme, in voller Lebensgröße, das heißt mehr oder weniger, denn er sah aus, als hätten sie ihn eingepökelt und ins Regal gestellt. Und wie ich also an die Reihe komme, sage ich: ›Na, wie geht's denn so, Lash, was haben Sie in letzter Zeit getrieben?‹ Da sagt er – das mußt du gehört haben – er sagt: ›Tja, seit sie Präsident Kennedy erschossen haben, bin ich ziemlich viel auf dem Mars. Da sind die Straßen sauberer.‹ Zuerst hab ich gedacht, er nimmt mich hoch, aber ein Blick in seine Augen, und ich sah, daß er's ernst meint. Völlig durchgeknallt. Lash LaRue.« Mit diesen Worten trank sie das Glas halb leer, das der Barmann ihr hingestellt hatte. »Und wo kommst du her?«

»Ich studiere in New Haven«, sagte ich.

»Ich mag Studenten«, sagte sie. Als Yale-Student fand ich ihre Begeisterung für die männliche Akademikerschaft ein bißchen breit gestreut, aber Janie Thompson war so rückhaltlos in ihrer Liebenswürdigkeit, daß ich argwöhnte, ihre Vorliebe gelte wohl auch noch etlichen anderen Kategorien der Gattung Mann. »Ich hab so den Verdacht, daß deine kleine Freundin sich heute nicht mehr blicken läßt, oder?«

»Es ist keine Sie«, sagte ich.

»Oh – na ja, jedem Tierchen sein Pläsierchen.«

»Nein, das … so ist das nicht«, stammelte ich. »Ich warte auf einen alten Freund aus dem Internat.«

»Ach so, aha. Und wie heißt dein alter Schulfreund? Hier unten kennt doch jeder jeden.«

»Will Savage«, sagte ich in der Annahme, daß er und Janie gewiß in sehr verschiedenen Kreisen verkehrten.

»Will?« rief sie. »Na, der ist doch hier in der Gegend schon eine Legende. Mein Vater und seiner, die haben so einiges losgemacht. Sind mit ihren kleinen Flugzeugen immer das Delta rauf und runter geflogen und mal eben zu einer Party rüber nach Nashville. Die Burschen waren *gefährlich*.« Wie sie das Adjektiv betonte, hatte man den Eindruck, daß sie von Draufgängertum etwas verstand. »Die Geschichte kennst du doch sicher, wie er seinen eigenen Vater erschossen hat.«

Ich schüttelte verdutzt den Kopf. »Sie meinen Cordell?«

»Na ja, das Gericht hat auf Unfall entschieden, aber Cordells Vater war ein übler Trunkenbold, und manche sagen, er hat einmal zu oft die Hand gegen Cordells Mutter erhoben.«

Ich hätte sie weiter nach diesem angeblichen Vatermord ausgefragt, aber sie hatte mir schon alles gesagt, was sie wußte, und schien außerdem der Meinung zu sein, daß es sich um eine alte Geschichte handelte, nach ihrer Erfahrung auch nicht einmal eine besonders ungewöhnliche.

»Wie alt ist Will jetzt eigentlich? Ich hab ihn ja schon Ewigkeiten nicht mehr gesehen. Aber er hat hier für ganz schönen Wirbel gesorgt – diese Farbige zu heiraten. Wie ist sie denn so? Liebt er sie wirklich?«

Wir tranken und redeten vier Scotch-on-the-rocks lang über Will. Schließlich drehte der Barmann den Fernseher auf volle Lautstärke, denn Guy Lombardo zählte soeben das alte Jahr aus, bis mit dem zwölften Glockenschlag das heißersehnte neue Jahr 1970 anbrach und meine Gefährtin mich leidenschaftlich küßte, mit ihrer Zunge die entlegensten Winkel meines Mundes erforschte.

Nur Sekunden später, wie es mir vorkam, küßten wir uns im Aufzug zu ihrem Zimmer. Sie hielt einen Finger an die Lippen, als sie die Tür aufschloß, dann schleifte sie mich zu ihrem Bett.

Ich schälte mich mit trunkener Selbstverständlichkeit und tatkräftiger Unterstützung meiner neuen Freundin aus den Kleidern und half ihr aus den ihren, ohne dabei die Zunge aus ihrem Mund zu nehmen – aus Angst wohl, der ganze Zauber wäre schlagartig vorbei, wenn der Kontakt abriß. Ich konnte es noch gar nicht fassen, daß es endlich soweit zu sein schien, obwohl sich in meine Erregung auch gleich die bange Frage mischte, wie ich mich wohl anstellen würde. Als sie die Lippen von den meinen nahm und anfing, mich auf Brust und Bauch und immer tiefer hinunter zu küssen, ließ ich mich nach hinten fallen, ganz starr vor Staunen und Angst. Es war eigentlich viel zu schön, um wahr zu sein. Schwer zu sagen, wer überraschter war, als ich eine Sekunde später kam.

»He, he!« sagte sie, als sie den Kopf zwischen meinen Beinen hochhob. »Das sollte die Vorspeise sein, nicht das Hauptgericht.«

Ich brummelte irgend etwas zur Entschuldigung.

»Sag mal, du bist nicht zufällig noch Jungfrau, wie?« meinte sie vergnügt, während sie auf mir hochglitt, um mir ins Gesicht zu sehen, einen neuen und – für mich – verwirrenden Geruch in ihrem Atem.

»Gewissermaßen ja«, sagte ich.

Sie lachte. »Das ist man, oder man ist es nicht. Aber macht ja nichts. Wir können's noch mal versuchen.«

Ich fragte, wie ein Schuljunge, ob ich mal ins Bad dürfe, denn ich mußte jetzt unbedingt einen Moment allein sein, um mich wieder zu fangen.

»Klar«, sagte sie, »wenn du mußt, dann mußt du.«

Ich war aber kaum an der Tür, als ich sie warnend etwas hinter mir her flüstern hörte, allerdings verstand ich nicht, was sie sagte.

Das Licht im Bad fiel auf einen jungen Mann im Smoking, der ausgestreckt in der Badewanne lag. Ich blieb gerade so lange stehen, bis ich sicher war, daß ich keine Gespenster sah, und kaum war ich wieder Herr meiner Gliedmaßen, knipste ich schnell das Licht aus und verzog mich.

»Geh nicht weg, das ist nur Lance«, sagte Janie, als ich im Dunkeln meine Kleider zusammensuchte. Offen gesagt, verstand ich nicht, wie diese beiden Satzteile zusammenpaßten.

»Ich soll mich doch mit Will treffen«, sagte ich.

Sie zog mich im Dunkeln am Arm. »Du bist mir noch was schuldig.«

»Es tut mir leid«, sagte ich und hatte in diesem Moment das

Gefühl, daß meine sexuelle Karriere etwa gleichzeitig mit ihrem Beginn schon wieder zu Ende gegangen war.

Ich besann mich noch auf meine guten Manieren und bedankte mich beim Hinausgehen.

Unten in der Halle angekommen, rief ich wieder in Wills Suite an, dann als einen allerletzten Versuch in seiner Firma. Ich wollte gerade wieder auflegen, als dort jemand abnahm. Ich fragte nach Will, aber es herrschte ein solcher Lärm am anderen Ende, daß man mich dort wohl kaum verstand. Ich hörte mir ein paar Minuten lang die Musik und das Partygedröhne an, bevor ich aufgab. Als ich den Hörer einhängte, fühlte ich mich stocknüchtern.

Will hatte seine Büro- und Studioräume nur ein paar Fußminuten vom Hotel entfernt in einem heruntergekommenen Teil der Stadt, einem alten Kalksteinkasten nicht weit vom Fluß. Wasserspeier grinsten vom Portikus und dem kunstvoll verzierten Dachgesims herunter. Die Musik von drinnen ließ die Sprossenfenster erzittern. Zwei Männer, Weiße von drohendem Äußeren, lungerten auf dem Trottoir herum und ließen einen Joint hin und her gehen. »Ich suche Will«, versuchte ich zu erklären. Keiner sagte etwas, aber es war gerade soviel Platz zwischen ihnen, daß ich durch die Tür schlüpfen konnte, ohne einem von ihnen zu nah zu kommen. Ein Logo auf einer Glastür im Erdgeschoß verwies auf die Büros von Savage Management & Cement Mixer Music.

Gleich hinter der ersten Tür, die ich öffnete, überraschte ich ein Pärchen, das es auf einem Schreibtisch trieb, oder eigentlich überraschte das Pärchen mich, denn die Frau wandte den Kopf und grinste mich durch den wallenden Kordelvorhang der fettigen Haare ihres Partners an, der sich seinerseits bei seinem Geschäft überhaupt nicht stören ließ. Diese Nacht schien einzig dazu geschaffen, mir den Sex für immer zu verleiden.

Eine Tür ging hinter mir auf, und ohrenbetäubender Lärm

brach sich Bahn. Stubblefield streckte suchend den Kopf heraus. »Keane«, sagte er nur, als hätte er mich gestern erst gesehen. Selbst als Hippie wirkte er noch wie ein Internatszögling; sein schlaff herunterhängendes, strohblondes Haar erinnerte an eine häufig gewaschene Ivy-League-Hose, und sein selbstzufriedenes, leicht überhebliches Lächeln gab einem das Gefühl, daß alles, was man im Leben noch zu vollbringen gedenke, von seinen Vorfahren bereits vollbracht worden war. Ich folgte ihm einen Flur hinunter bis in ein offenes Studio, wo fünf oder sechs Musiker drauflos improvisierten und Dutzende von Leibern sich in einer rauhen See von blitzenden Lichtern tummelten.

Da ich nirgends einen Ankerplatz fand, war ich froh, als ein mageres weißes Mädchen mit blonder Afrofrisur mir plötzlich einen Joint vors Gesicht hielt. Ich zog einmal schnell daran und gesellte mich dankbar zu der Gruppe.

»Als mein Vater gestorben ist, hat Will gesagt, ich sehe ihn auf der andern Seite wieder«, erzählte das Mädchen. »Er ist ja so was von spirituell. Einfach unglaublich. Er selbst ist doch damals auf dem Operationstisch gestorben, nachdem er niedergestochen worden war – du weißt ja, diese Narbe in seinem Gesicht, die ihm dieser Dingsda, dieser Bluesknilch verpaßt hat.«

Sie sah sich dabei mit unbestimmtem Blick im Zimmer um, als könnte es sein, daß der Missetäter noch mit tropfendem Messer in unserer Mitte weilte. »Was wollte ich noch erzählen? Ach ja, Will sagt, er ist aus seinem Körper emporgeschwebt und hat auf die Erde runtergeschaut, und da hat er gesehen, daß es alles nur eine Übergangsphase ist hier, dein physisches Dasein auf diesem Planeten.« Sie nuckelte an dem Joint, den ich ihr zurückgegeben hatte.

»Echt cool«, meinte ein dicker Kerl mit langem, verfilztem Bart. »Mir hat er mal die Geschichte von dem Popfestival von siebenundsechzig in Monterey erzählt«, sagte er, wobei er von dem Mädchen die Fluppe entgegennahm.

»Wer?«

»Wer was?«

»Wer hat dir von Monterey erzählt, wovon du eben geredet hast?«

»Will, das hab ich doch gerade gesagt. Es war so, morgens um vier kommt Hendrix, der mit King Curtis gespielt hatte, auf sein Zimmer und findet diesen Kerl mit seiner Alten im Bett. Schon holt er seine Pistole, stellt sich vors Bett, lädt durch und macht das Licht an. Will gerade abdrücken, da sagt er sich: ›Verdammter Mist, das ist Otis. Scheiße, Mann, ich kann doch Otis nicht erschießen.‹«

»Mann, ist das zum Wiehern. War Will dabei?«

»Weiß ich doch nicht. Vielleicht.«

»Aber was hat es dann mit Reinkarnation zu tun?«

»Keine Ahnung. Ich denke, wir reden über Will.«

»Wo ist Will?« fragte ich.

Das wußte offenbar keiner, obwohl mir alle versicherten, er werde schon irgendwo sein. Ich überließ die Gruppe ihren freien Assoziationen und spazierte ein bißchen herum, bemühte mich, mit möglichst großkotziger Lässigkeit einherzuschreiten, fühlte mich aber doch ein wenig fehl am Platz in meinem spießigen Pullover, als ein halbnacktes Mädchen mit asymmetrischen kleinen Brüsten an mir vorbeitanzte.

Irgendwo sah ich Lester Holmes mit zwei weißen Mädchen plaudern und pirschte mich heran, um ihn daran zu erinnern, daß wir uns schon einmal gesehen hätten. Er bedachte mich nur mit einem kurzen, etwas ärgerlichen Blick und machte sich wortlos davon.

»Will meint, Lester könnte der größte Hit seit Ray Charles sein«, sagte eines der Mädchen zu niemand Bestimmtem, »wenn er nur nicht so faul wäre, daß er sich nie weiter als ein paar Stunden von Memphis entfernt.«

Dauernd wurde davon geredet, daß Elvis noch vorbeikommen werde; falls er kam, muß ich ihn verpaßt haben. Aber eigentlich war ich hier von Leuten umgeben, die alle viel cooler waren als Elvis, wenn mir auch damals nur wenige von ihnen mit Namen geläufig waren. Ein paar Jahre später in New York, als wir spätnachts noch über einer Flasche Kognak saßen, bat ich Taleesha, mir die Gästeliste dieses Abends zu erläutern.

Unter denen, an deren Anwesenheit sie sich erinnerte, waren Duck Dunn und Don Nix mit noch einem Gründungsmitglied der Mar-Keys, Steve Cropper, der als Produzent und Gitarrenhexer für Otis Redding und andere bei Stax berühmt wurde. Und Jim Dickinson und Jimmy Crosthswait. Alex Chilton, der mit sechzehn Jahren schon Leadsänger bei den Box Tops war und später mit Big Star und Panther Burns auftrat. Bowlegs Miller. Und Bukka White – der Will angeblich niedergestochen hatte –, dessen Vocalion-Sessions von 1940 den Deltablues definieren halfen. Der große Sleepy John Estes hatte sogar seine Gitarre mitgebracht; Will bezahlte ein paar Jahre später sein Begräbnis, als er in Armut starb. Hound Dog Taylor aus Chicago. Chips Moman, der Produzent und Texter, und ebenfalls aus Alabama Dan Penn, mit dem er zusammen »Do Right Woman« schrieb. Isaac Hayes, schon bald darauf durch »Shaft« berühmt geworden. Der Gitarrist John Fahey, der Mitte der Sechziger den lange tot geglaubten Skip James auf einer Plantage fand. Jerry Phillips, dessen Vater Sam Phillips von den Sun Studios war.

Frisch von seinem Auftritt im Peabody war Lash LaRue gekommen und schlug bei den Hipsters von Memphis wie eine Bombe ein – der Cowboy aus dem fernen Weltraum. William Eggleston, der Fotograf, kam in einem mit Sauerstofftank ausgerüsteten Leichenwagen, begleitet von Stanley Booth, dem Schriftsteller. Ich erinnere mich, Eggleston gesehen zu haben, eine geradezu abartige, rasiermesserdünne Gestalt im vornehmen schwarzen Anzug, die scheel auf die Hippies blickte und Unmoral verströmte.

Ich watete blind zwischen diesen künftigen Legenden umher,

als ich Stubblefield erblickte, der an einer Wand lehnte und mit bekiffter Aufmerksamkeit das Treiben beobachtete.

»Ist Will hier?« fragte ich.

»Irgendwo. Was macht Yale?« fragte er, und ich fing schon an, ihm auf die Frage lang und breit zu antworten, bis ich endlich merkte, daß er sich in seinem Tran kein bißchen dafür interessierte. »Mein Alter war da, und vor ihm sein Alter«, meinte er, als wollte er mir nur noch einmal unter die Nase reiben, daß ich damit nicht so anzugeben brauchte.

»Und was machst du so für Will?« fragte ich mit einem hoffentlich deutlich herauszuhörenden Unterton der Verachtung für alle bloßen Funktionäre, Diener und Lakaien.

Ich dachte schon, er hätte mich nicht gehört, aber endlich drehte er sich zu mir um und sagte: »Ich bumse für ihn das Weibervolk.«

Da ich keine Nische für mich fand in diesem Bacchanal, trieb ich mich weiter an der Peripherie herum, bis ich in einem Büro endlich Taleesha antraf, die dort auf einem Sitzsack kauerte und – man glaubte es nicht – in Samuelsons *Volkswirtschaftslehre* las.

»Hallo, Patrick«, sagte sie, indem sie grinsend zu mir aufsah, dann versuchte sie sich aus dem Sitzsack zu befreien. »Oh, Scheiße, wir hätten dich abholen sollen, nicht? Mein Gott, entschuldige. Jetzt fange ich auch schon an, nach Wills Zeitbegriffen zu leben, nämlich gar keinen. Aber schön, dich hier zu sehen«, sie schüttelte den Kopf, »in diesem Zoo.«

Ich hatte sie seit dem Brand nicht mehr gesehen und stellte jetzt erfreut fest, daß mein bohrendes Schuldgefühl – weil ich nicht dagewesen war, um ihn zu verhindern – sich in ihrer Gegenwart in nichts auflöste. Ich umarmte sie. »Glückliches neues Jahr.«

»Hast du Will schon gesehen?« fragte sie.

»Die Ehre wurde mir noch nicht zuteil.«

»Er macht heute abend einen auf buddhistischen Rasputin. Komm, wir suchen ihn.«

Wir gingen in den Keller hinunter, wo über einer Tür ein rotes Lämpchen glomm: AUFNAHME! NICHT EINTRETEN, WENN LAMPE BRENNT. Taleesha stieß einfach die Tür auf. Will, ganz in Schwarz, saß rittlings auf einem Stuhl vor der Konsole eines Mischpults, die eine Hand an den Hebeln, in der anderen einen gewaltigen Joint. In einer Ecke saß zeitunglesend Jessie Petit.

»Spiel noch mal diesen letzten Track«, sagte Will zu dem etwa vierzigjährigen Mann, der neben ihm saß.

»Will, Patrick ist hier«, meldete Taleesha.

Will drehte sich langsam um und registrierte mit selbstgefälligem Blick meine Ankunft. Er korrigierte ein paar Hebel am Pult, dann stand er auf und breitete die Arme aus. Verlegen ging ich hin und ließ mich von ihm an die massige Brust drücken.

»Dink Stover, wenn ich nicht irre?«

»Ich war im Hotel«, sagte ich, und es gelang mir nicht, den Ärger aus meiner Stimme herauszuhalten.

Will nickte, als wäre es nur Teil eines größeren Plans, Leute in die Irre zu schicken. »Schön, daß du da bist, Patrick.« Er hielt mir einladend den Joint hin, und ich nahm ihn. »Das mußt du dir anhören«, sagte er. »Einfach spitze.«

Später, nach mehrfachem Abhören verschiedener Aufnahmen des neuesten Songs, den Will gerade herausbrachte, saßen wir in Wills Wagen, und Will fuhr in hohem Tempo verkehrt durch eine Einbahnstraße. Taleesha versuchte ihm klarzumachen, daß dies keine so gute Idee sei, zumal man ihm erst kürzlich wegen eines ähnlichen Vergehens den Führerschein abgenommen hatte. Außerdem hätten sie doch eigentlich Jessie als Wills Fahrer eingestellt, meinte sie. Aber Will gab nicht zu erkennen, daß er sie überhaupt gehört hatte.

Ich döste auf der Rückbank vor mich hin, wachte aber auf, als der Wagen plötzlich anhielt. Blaulicht blitzte durchs Rückfenster herein.

»Alles cool bleiben«, sagte Will, indem er ausstieg. Ich wartete mit Taleesha und Jessie im Wagen, und keiner von uns wagte zu sprechen. Ich hatte mehr als reichlich Zeit, mir auszudenken, was sich wohl alles an verbotenen Substanzen mit uns im Wagen befand, über das gespannte Klima nachzudenken, das hier im Süden zwischen den Rassen herrschte, und mir auszumalen, wie eine Vorstrafe sich wohl in meiner Bewerbung zum Jurastudium ausmachen würde.

Schließlich setzte Will sich wieder hinters Steuer und legte den Gang ein.

»Was hast du zu denen gesagt?« fragte ich, als er anfuhr.

»Wir haben uns ein bißchen über Politik unterhalten«, sagte er. »Jede Aufgabe bedingt ihre eigene Taktik. Man folgt einfach seinem *Chi*. Mal greifst du an, mal weichst du zurück.«

»Und manchmal«, sagte Taleesha, »dürfen wir uns deinetwegen alle in die Hosen scheißen.«

»Und meist drückt man dem Gesindel einfach ein Scheinchen in die Hand«, meinte Jessie.

In Wills Hotelsuite meinte ich kurz nach Morgengrauen Taleesha herumbrüllen und Will ohrfeigen zu hören, aber das könnte ich auch geträumt haben.

Als ich in der Savage-Suite, einer Anzahl großer, schäbig eingerichteter Zimmer auf dem Dach des Peabody, einmal aufwachte, mußte ich im Wohnzimmer erst über etliche Leiber hinwegsteigen. Verkatert wie ich war, legte ich mich danach noch ein paar Stunden aufs Ohr. Als nächstes weckte mich wieder Taleeshas Stimme.

»Raus hier, alle miteinander!« brüllte sie. »Das ist mein Ernst, macht, daß ihr rauskommt.« Als ich schließlich aus meinem Zimmer kam, saß Taleesha in einem Kimono da und trank allein Kaffee.

»Ich weiß schon gar nicht mehr, wann Will und ich das letzte Mal unter uns waren«, sagte sie.

»Ich kann wieder abreisen, wenn es gerade ungelegen ist.«

»Du doch nicht, Patrick.« Sie seufzte. »Sag, was du zum Frühstück möchtest, ich rufe den Zimmerservice an.«

An diesem Nachmittag sah ich mir ein Footballspiel an, während Taleesha wieder Volkswirtschaft büffelte. Sie habe an der Staatsuniversität Memphis einen Kurs belegt, erklärte sie mir. Die Zimmer hatten große Fenster, durch die man nach Osten über die Stadt und nach Westen über Mississippi und Arkansas hätte blicken können, wenn nicht, nach Wills Wünschen, wahre Höhlen daraus gemacht worden wären, in denen ewiges Dämmerlicht herrschte. Der dunkle Perserteppich und die Möbelpolster waren mit Brandlöchern übersät. Ich lag lang ausgestreckt auf einer modrig riechenden Couch und pflegte meinen Brummschädel mit Cola und Tomatensaft.

Will kam gegen vier Uhr in einem dunkelblauen Kimono hereingesegelt. »Glückliches neues Jahrzehnt, Freunde. Schon was vom Heraufziehen des neuen Zeitalters zu sehen?«

»Vorhin wollte dich schon ein dicker alter Bodhisattwa besuchen«, meinte Taleesha, »aber dann ist ihm das Warten langweilig geworden.«

Als ich die rote Strieme in Wills Gesicht sah, fiel mir der Streit wieder ein, den ich in meiner frühmorgendlichen Bewußtlosigkeit gehört hatte.

»Unternehmen wir heut was?« fragte Taleesha. »Ich meine, was von heute noch übrig ist. Wenn sich da draußen mal irgendwas täte, wir würden es hier überhaupt nicht mitkriegen. Wir leben wie die Filmstars«, meinte sie zu mir. »Können uns nicht in der Öffentlichkeit blicken lassen. Und selbst wenn wir es könnten, wäre Will immer zu sehr damit beschäftigt, den Tycoon zu spielen.«

Wie um das zu illustrieren, kam im selben Moment Jessie Petit herein und ging für eine halbe Stunde mit Will in Klausur. Danach telefonierte Will eine Stunde lang und regierte sein wachsendes Imperium, während wir zwei studierten. Schließlich bedeutete mir Taleesha, ich solle mitkommen, und ging in das

Zimmer, in dem Will seine Geschäfte tätigte. Dort riß sie kurzerhand die Telefonschnur aus der Wand.

»Herrgott noch mal, Taleesha!« Will warf den nutzlosen Hörer auf den Tisch.

Sie bedachte ihn mit einem trotzigen, hochmütigen Blick über die Schulter und ging über den Flur davon, und nach einer kleinen Weile folgte er ihr. Ich begab mich wieder ins Wohnzimmer, klappte mein Buch zu und sah mir weiter das Footballspiel an, das mich nicht im mindesten interessierte. Bei Halbzeit ging ich zu meinem Schlafzimmer, um ein Buch zu holen – jedenfalls redete ich mir das ein. Es erscheint mir jetzt komisch, daß ich einzig für mich allein einen solchen Vorwand fabrizierte und sogar dann noch daran festhielt, als ich bereits in Strümpfen über den mit Teppichboden ausgelegten Flur zu ihrer Tür schlich und davor stehenblieb, um ihrem synkopischen Stöhnen zu lauschen. Ich drückte die Nase gegen die Türritze und sah in einem schmalen, vertikalen Bildausschnitt braunes und weißes Fleisch ineinander verschlungen auf einer roten Bettdecke wogen.

Ich kam zu dem Schluß, daß sie oben war, daß ihre Brüste sich wie zwei Pendel über seiner behaarten weißen Brust bewegten. Es erschien mir als eine geradezu fabelhafte Verdrehung, so herrlich verderbt wie das Gegenüber der Hautfarben. Noch phantastischer – Wills Arme lagen nach hinten gestreckt, die Hände zusammengebunden und an etwas gefesselt, was sich außerhalb des Bildausschnitts befand. Bis zum heutigen Tag weiß ich dieses partielle Bild nicht zu deuten, weiß nicht, ob ich meiner Erinnerung trauen kann, aber dafür weiß ich inzwischen allzugut, daß man die Geometrie der Triebe nie vorhersagen, nie mit Bestimmtheit wissen kann, welche heimlichen Leidenschaften in der Brust selbst des besten Freundes toben. Darüber macht sich jetzt in diesem Augenblick gewiß die Frau meines ermordeten Kollegen Felson ihre Gedanken ... Felson in seinen schlecht sitzenden Anzügen, mit seiner Hingabe an die trockensten Bereiche der Juristerei ...

Will ging an diesem Abend für ein paar Stunden in sein Studio. Um elf saßen Taleesha und ich im Wohnzimmer auf dem Fußboden und stocherten in einem Abendessen herum, das uns der Zimmerservice heraufgebracht hatte.

»Wie geht's denn nun weiter mit deiner Gesangskarriere?« fragte ich Taleesha, deren Laune sich deutlich gebessert hatte, seit sie wieder aus dem Schlafzimmer herausgekommen war.

Sie lachte. »Meine Gesangskarriere existiert vor allem in Wills Phantasie – ihm schwebt so was wie Josephine Baker und Ronnie Spector vor. Aber ich hab davon einfach die Nase voll. Singen und Tanzen, das war früher mal der einzige Weg nach oben, die einzige Tür, die offenstand. Ich möchte zuerst mal ein Examen machen. Und dann möchte ich etwas ... Unabhängiges tun. Was man einer Schwarzen eigentlich nicht zugesteht.«

»Das hast du schon getan«, sagte Will, der plötzlich in der Tür stand, »als du mich geheiratet hast.«

»Und sieh mal, was *das* für eine prima Idee war.«

Will verbeugte sich theatralisch.

»Ironie ist nicht Wills starke Seite – stimmt's, Schatz?«

Die Spannung zwischen ihnen war verflogen, und sie wirkten plötzlich wieder so unbekümmert wie an jenem ersten Tag in New York. Solange Will noch guter Laune war, sagte ich ihm, daß ich am nächsten Tag einen Abstecher nach Bear Track machen und seinen Eltern einen Besuch abstatten wolle. »Mann, dazu brauchst du nicht meine Erlaubnis.« Er lächelte. »Höchstens mein Mitleid.«

»Und ein Kettenhemd«, meinte Taleesha.

»Einen Knoblauchzopf um den Hals«, empfahl Will, wobei er seine Frau angrinste.

»Und einen spitzen Holzpflock«, ergänzte sie, dann ging sie hin und küßte ihn, ein Kuß, der mit kleinen Atempausen etwa eine Stunde dauerte, bis ich den Wink verstand und mich in mein einsames Bett verzog.

XV

Als ich am frühen Nachmittag auf Bear Track ankam, schickte Joseph mich gleich nach hinten zu den Ställen, wo Cordell sich mit einem Pferdeknecht beriet. Ein beleibter Mann mit rosa Hängebäckchen saß auf einem Pferd.

Cordell klopfte mir kräftig auf die Schulter. »Du kommst gerade rechtzeitig, um mit uns auf die Jagd zu gehen. Hast du schon was gegessen? Ich kann uns ein paar Sandwiches einpakken lassen. Cobb, das ist mein junger Freund Patrick Keane. Patrick, Cobb Hilton. Cobb gehört das Land nebenan. Sein Urgroßvater ist nach dem Krieg aus Ohio oder irgendwo da oben runtergekommen und hat es für zehn Cent auf den Dollar gekauft. Jetzt bewirtschaftet er mehr erstklassigen Boden als jeder andere im ganzen Delta.«

Der Mann grunzte darauf nur und spuckte aus; seine Augen lagen tief in den rosa Wülsten seiner Wangen. Ich hätte ihn mir viel eher als Vorarbeiter oder Besitzer der Futtermittelhandlung vorstellen können, weniger als Pflanzer.

Ich war froh zu hören, daß an diesem Nachmittag mehr Schießen als Reiten angesagt war, doch als Cordell sagte: »Du kannst den Fuchswallach nehmen«, begriff ich, daß mir nichts erspart bleiben sollte. Vielleicht hätte ich ja zugeben sollen, daß ich noch nie auf einem Pferd gesessen hatte, höchstens mal auf einem Pony im Streichelzoo, aber ich wollte mich wohl lieber als den tollen Burschen präsentieren, der einfach aufsaß und davonpreschte. Die unmittelbare Folge meiner Erlebnisse dieses Tages ist die, daß meine ältere Tochter jetzt im Central Park Reitstunden nimmt.

Der Pferdeknecht half mir in den Sattel, paßte die Steigbügel an und fragte mich, ob ich gut säße. Ich kam noch ganz ordentlich zurecht, als wir zu der kleinen Hütte hinüberritten, wo zwei Pointer sich gegen den Maschendraht ihres Zwingers warfen, worauf mein Pferd sich nervös in kleinen Kreisen zu drehen begann. Cordell war abgesessen und sprach zu einem runzligen alten Mann mit zerfleddertem Strohhut und grauschwarzer Haut. Ich weiß nicht, was mein Pferd dazu brachte, plötzlich einfach loszugaloppieren. Ich versuchte in der Senkrechten zu bleiben und riß an den Zügeln, aber das bremste mein Pferd nicht, von dem ich später zu hören bekam, daß es »hartmäulig« sei und auf den Druck meiner Knie reagiert habe, mit denen ich mich festzuklammern versuchte, was aber als eine Art Gashebel zu funktionieren schien. Ich konnte mich kaum noch im Gleichgewicht halten; der Boden verschwamm unter mir, und von sehr tief unten hörte ich das Trappeln der Hufe. Ein Entwässerungsgraben schaffte endlich, was ich nicht vermocht hatte; das Pferd hielt so abrupt an, daß ich auf seinen Hals flog.

Bis Cordell mich einholte, hatte ich meine Haltung fast wiedergewonnen.

»Warte auf uns alte Herrschaften«, sagte er. »Es sind noch fünf Monate bis zum Kentucky Derby.« Cobb Hilton kam angezockelt wie ein Wackelpudding am Stiel. Die beiden Hunde, ihre Nasen am Boden, folgten vor uns verschlungenen Fährten. Cordell machte mich mit Solomon bekannt, dem strohhütigen Hundeführer, der zu mir herübergeritten kam und eine doppelläufige Schrotflinte in meine Sattelschlaufe steckte.

Während wir über die abgemähten Winterfelder ritten, fielen Angst und Unbehagen allmählich von mir ab; mein Pferd hatte sich beruhigt, und ich begann mich als Herr der Lage zu fühlen – zumindest hatte ich es geschafft, oben zu bleiben –, als romantischer Abenteurer auf einem wunderschönen Reittier, mein Gewehr am Sattel, Nimrod hoch zu Roß. Die gepflügten Felder wurden unterteilt von Baumgrüppchen und Hecken, da und dort von riesigen fahrbaren Sprinkleranlagen, die mir vorkamen wie die Gerippe irgendwelcher prähistorischer Wesen. Das weite Land des Deltas unter der tiefblauen Himmelskuppel erschien mir als Kulisse für große Reitertaten wie geschaffen.

»Das ist der fruchtbarste Boden auf dem Planeten«, tönte Cordell. »Zieh mal den linken Zügel an, Pat, laß dich von diesem Gaul nicht so zur Seite abschieben. Kräftig ziehen – nur keine Hemmungen. Der Bursche hat ein hartes Maul.«

Ich folgte der Anweisung.

»Der Mutterboden ist hier an die zwölf Meter dick«, fuhr er fort. »Seit der letzten Eiszeit schleppt der große Fluß von einer Wasserscheide, die sich über siebenunddreißig Staaten erstreckt, die Sedimente heran, dann tritt er mit dankenswerter Regelmäßigkeit über die Ufer und lädt die allerbeste Erde hier bei uns ab. Wenn man bedenkt, was wir alles verloren haben, finde ich es nur recht und billig, daß wir im Lauf der Jahrtausende den Yankees Millionen Tonnen Mutterboden abgeknöpft haben.«

Solomon gluckste amüsiert über diesen Ausspruch.

»Das einzig Gute, was je vom Norden runtergekommen ist«, näselte Cobb, der seine eigene Herkunft vergessen zu haben schien.

Die beiden Pointer pflügten mit ihren Nasen durchs hohe Gras.

Wir ritten durch ein Maisfeld, das man stehengelassen hatte. Die trockenen Hülsen raschelten an den Flanken der Pferde, als Solomon auf einmal in ruhigem, aber beschwörendem Ton »Steht« sagte. Einer der Hunde stand wie angewurzelt mit zitternder Nase vor einem Gesträuch, der andere reglos hinter ihm. Wir ritten bis auf etwa sechs Meter heran, das heißt, die Mehrheit von uns hielt in dieser Entfernung an, nur mein Pferd nicht, das unter dem nervösen Druck meiner Schenkel unbeirrt weiter auf die Stelle zutrottete, wo der Führhund stand.

»Teufel, was macht der da?« zischte Cobb hinter mir. Ich riß hart am Zügel, gerade als der Schwarm aufstob – ein Flügelschwirren, ein Dutzend Trommelwirbel, als ebenso viele braune Geschosse übers Feld davonjagten. Obwohl ich gewußt hatte, daß die Vögel da waren, erschreckte mich ihr Auffliegen derart, daß ich fast vom Pferd gefallen wäre. Ich sah sie in der Ferne verschwinden und wäre ihnen am liebsten nachgeritten, um mich zwischen Gras und Baumwollstauden und Buschklee zu verkriechen und mich von Insekten und Körnern zu ernähren. Da saß ich nun und starrte in den leeren Himmel, und schließlich riß ich noch einmal am Zügel, grundlos, fast gehässig, nur um nicht allein der Gescholtene zu sein.

»Weißt du, Patrick«, sagte Cordell, als er an meine Seite geritten kam, »eigentlich machen wir das hier unten ein bißchen anders.«

Beim Abendessen hatte ich allen Anlaß, mich möglichst im Hintergrund zu halten. Die Schmach des Nachmittags brannte noch in mir, und das Tischgespräch war kaum dazu angetan, meinem Wohlbefinden wieder aufzuhelfen. Cobb Hilton war dageblieben, und hinzugekommen waren noch zwei Herren aus Arkansas. Ich hatte das Gefühl, daß sich ein Geschäft anbahnte. Die beiden waren um einiges jünger als ihr Gastgeber, vielleicht Anfang Dreißig, junge Männer, denen offenbar nichts schnell genug gehen konnte, ihr eigenes Älterwerden inbegriffen, wo doch das ganze übrige Land einvernehmlich einem Jugendlichkeitskult huldigte; richtig stolz waren sie auf ihre frisch erworbenen Schmerbäuche und die Fleischwülste in ihren Gesichtern. In hemmungsloser Lautstärke versuchten sie Eindruck auf Cordell zu machen und überboten einander in Schmähreden auf Washington und Wall Street und die ganze Aufklärung obendrein. Cordell blieb reserviert, aber die beiden Arkansanier schienen es nicht zu merken.

»Was hälst du von dem Wein, Patrick?« fragte er mich unvermittelt. »Mouton Rothschild 1928.«

»Alle Achtung« und »Ausgezeichnet«, urteilten die Arkansanier. Cobb hatte den Rotwein mit der Begründung abgelehnt, Bourbon und Quellwasser seien für ihn gut genug.

»Ich verstehe nicht viel von Wein«, sagte ich, wobei ich Cordell geradewegs in die kalten Augen sah. Hier war ein Quiz im Gange, das sich eindeutig der entscheidenden Phase näherte.

»Ich habe dich nicht gefragt, wieviel du von Wein verstehst, oder? Ich habe gefragt, was du davon *hältst*. Ich selbst verstehe auch nicht viel von Wein, aber ich weiß, was mir schmeckt.«

Wir nennen so etwas Zeugenbeeinflussung. Ich hatte mein Stichwort. »Ich finde ihn ein bißchen sauer, Sir.«

»Finde ich auch. Er ist übergegangen. Joseph, trag das Zeug raus und bring uns die andere Flasche, die ich mit heraufgebracht habe.«

Wahrscheinlich *war* der Wein übergegangen, aber ich habe den Verdacht, daß er ihn auf jeden Fall zurückgeschickt hätte. Cordell wollte mir auf diese Weise die Chance geben, die Schmach der nachmittäglichen Jagd auszuwetzen.

»Schönes Silber«, meinte einer der jungen Herren von jenseits des Flusses. »Ich hab zu Hause eine Wildplatte, die ist das genaue Abbild. Der Kerl in Savannah hat mir gesagt, sie hätte einmal der Königinmutter von England gehört.«

Cordell richtete einen skeptischen Blick auf ihn, den jeder andere als Zurechtweisung verstanden hätte; man brauchte nur sein Gesicht zu sehen, um zu wissen, daß es entsetzlich *gewöhnlich* war, wie seine Frau es genannt hätte, dem Gastgeber Komplimente zu seiner Einrichtung zu machen.

Aber der Mann aus Arkansas ließ sich nicht entmutigen. »Wo haben Sie das aufgegabelt?«

»Also, *aufgegabelt*, wie Sie das nennen, habe ich es im Haus eines Studienkollegen von Yale. Es befand sich seit Ende des Krieges im Besitz seiner Familie, aber davor war es im Besitz meiner Familie gewesen. Eigentlich eine interessante Geschichte. Der Kommilitone hatte mich zu sich nach Hause eingeladen, Boston in Massa*chuuu*setts« – wie so oft im Süden der USA wurde der Name dieses Bundesstaates mit triefender Ironie gesprochen –, »da ahnte ich noch nicht, daß seine Mutter eine geborene Butler war.«

Cobb Hilton brach sein korpulentes Schweigen mit einem Schnauben der Verachtung.

»Du weißt vielleicht aus dem Geschichtsunterricht, Patrick, daß General Butler, neben anderen Heldentaten, New Orleans eingenommen hat. Sein Vorname fällt mir im Augenblick nicht ein, aber hier unten nennen wir ihn gewöhnlich ›Beast Butler‹, und dies aus Gründen, die wir hier bei Tisch nicht unbedingt näher erläutern müssen; oder manchmal auch ›Spoons Butler‹, weil er die Neigung hatte, in den Häusern prominenter Konföderierter das Silber und andere Wertsachen zu konfiszieren – in Erfüllung seiner Pflicht, versteht sich.«

Er hielt kurz inne, um den Wein zu kosten, den Joseph ihm eingeschenkt hatte, dann nickte er in Richtung meines Glases. Joseph schenkte auch mir ein, worauf ich ebenfalls kostete und den Wein mit einem gewissen Bangen im Herzen für trinkbar erklärte. Cordell lächelte und nickte zustimmend.

»Nun hatte während des Krieges mein Urgroßonkel in New Orleans gelebt, und wie ich da, so an die achtzig Jahre später, zu Thanksgiving mit Toby Farwell nach Hause fuhr, staunte ich nicht schlecht, als mir das Festmahl auf dem Familiensilber der Savages serviert wurde. Die hatten noch nicht einmal das Familienwappen entfernen lassen. Ich habe nicht gleich etwas gesagt, aber am Abend vor unserer Rückkehr an die Universität bat ich Tobys Vater um eine Unterredung und bot ihm an, die Sachen von ihm zurückzukaufen. Er war ziemlich entrüstet und setzte mich vor die Tür. Nun gut, ein paar Jahre später wendeten sich Mr. Farwell seniors Geschäfte sehr zum Schlechteren. Natürlich hat es mich zutiefst bekümmert, von seinem Pech zu erfahren, aber meine Betroffenheit hat mich nicht davon abgehalten, das Familiensilber in New York auf der Auktion zu ersteigern.«

Am nächsten Morgen klärte Cordell mich beim Frühstück über den weiteren Verlauf des Abends auf, denn als sie mit dem Poker anfingen, war ich nach oben gegangen, um zu lesen. »Ich muß mich für die gestrige Gesellschaft entschuldigen«, sagte er, während er betulich eine Scheibe Maisbrot mit Butter bestrich. »Sie war nicht sehr anregend. Diese jungen Männer wollten mich für ein Geschäftsvorhaben gewinnen und glaubten mir unbedingt beweisen zu müssen, wie vermögend und wagemutig sie sind, worauf ich ihnen mit dem größten Vergnügen beim Poker ihr Geld abgenommen habe. Dann wollte Tupper, das war der Kleinere, für jeweils hundert Dollar Karten heben – du weißt ja, jeder hebt eine Karte ab, und die höhere gewinnt; ein Spiel für Idioten, kann ich nur sagen. Zuletzt wollte er noch auf tausend Dollar erhöhen, und da habe ich ihn, nur um ihn loszuwerden, schließlich gefragt: ›Wie schwer sind Sie eigentlich, Tupper?‹ Gott, hat er sich da aufgeplustert und angefangen, mir seine Vermögenswerte aufzuzählen, bis ich schon dachte, er nimmt gleich noch die Finger zu Hilfe, aber zum Schluß sagte er in aller falschen Bescheidenheit: ›Also, alles in allem schätzungsweise zwei Millionen.‹ Worauf ich sagte: ›Wissen Sie was, wir heben um diese Summe ab.‹ Das hat ihn dann endlich aus dem Haus gescheucht.« Er führte eine Scheibe Speck zum Mund und begann mit sichtlicher Genugtuung zu kauen. Dann wandte er den Blick ab und fragte: »Was macht Will?«

Ich wartete mit der üblichen Antwort auf, daß es Will gutgehe und er glücklich sei.

»Will? *Glücklich?* Jetzt *weiß* ich aber, daß du mir einen Bären aufbindest, mein Junge.«

»Relativ gesehen. Glücklich für Wills Verhältnisse.«

»Ich wäre dir dankbar, wenn du ihm nicht sagtest, daß ich gefragt habe.«

Ich nickte.

»Du weißt, daß er Briefe an den Justizminister schreibt und

mir von der Ermordung Kennedys bis zum Brand von Chicago alles mögliche in die Schuhe schiebt.«

»Er neigt dazu, historische Ereignisse persönlich zu nehmen«, sagte ich.

»Und ich bin für ihn der Antichrist in Person.«

Wie ich ihn so dasitzen und mich mit Wills Augen anschauen sah, kannte ich plötzlich das Thema für meine Magisterarbeit. Ich glaubte intuitiv zu wissen, was sich vor hundert Jahren auf Bear Track zugetragen hatte.

XVI

Cordell Savages plötzliches Verschwinden ein paar Wochen später war das Tagesgespräch in Memphis und im ganzen Delta. Er war eines Tages zu einem Rotarier-Essen gefahren, und seitdem hatte man nichts mehr von ihm gehört. Will rief aus dem Haus seiner Mutter an, und das allein zeigte schon den Ernst der Lage.

»Vielleicht will er nur mal einen draufmachen«, meinte ich. »Gerade du solltest ihm das doch nachfühlen können.«

»Nicht sein Stil.«

»Verbrechen?« mutmaßte ich, ganz angehender Jurist.

»Jedenfalls stinkt die Sache irgendwie.«

Wie ich dem entnahm, galt der Vermißte selbst als Hauptverdächtiger in Sachen seines eigenen Verschwindens. Will sagte, er werde mich über die weitere Entwicklung auf dem laufenden halten, und ich fragte, ob ich etwas tun könne.

»Bleib mit Taleesha in Verbindung«, sagte er. »Sie mag dich.«

Er wird wohl gewußt haben, daß mich das freuen würde. Auch Fans brauchen hin und wieder ein bißchen Anerkennung – ein signiertes Foto, eine achtlos von der Bühne gepustete Kußhand.

Die Savage-Sippe beschäftigte mich sehr in diesem Semester, in dem ich fieberhaft an meiner Magisterarbeit schrieb. Cordells Untertauchen gab dem Geschichtsforscher in mir Auftrieb; ich glaubte aber nicht, daß er mein Projekt gutheißen würde, und dieser Gedanke machte mich nervös. Will behauptete, sein Vater praktiziere Voodoo, und ich malte mir mit Gruseln aus, wie es wäre, wenn sein Einfluß womöglich bis auf den Campus reichte. Ich stellte mir vor, wie er mir beim Schreiben über die Schulter guckte und mit schnarrender Stimme sein Mißfallen äußerte. Als ich mich von Bear Track aus auf den Weg nach Jackson machte, hatte ich ihm nur gesagt, ich hätte mich sehr für die Geschichte des Südens zu interessieren begonnen.

Besonders wohl war mir bei meinen Recherchen im Mississippi-Archiv nicht gewesen, obwohl mir niemand mit offener Feindschaft begegnete. Eine Bibliothekarin namens Lizzie Tyre, mittleren Alters und mit Haifischflossenbrille, gab sich hilfsbereit, indem sie die Karteikästen durchwühlte und mich auf Dokumente warten ließ, während sie mit Freunden und Verwandten telefonierte. Ich fragte als erstes nach Briefen und Tagebüchern von Pflanzern, die sorgfältig katalogisiert und gut erhalten waren. Interviews der Works Progress Administration mit ehemaligen Sklaven waren schon erheblich schwieriger aufzufinden. Was davon letzten Endes auftauchte, kam in Gestalt verblaßter Durchschläge auf bröckelndem gelbem Papier, zusammengehalten mit rostigen Heft- und Büroklammern. Erstaunlicherweise waren die meisten davon nie an die Library of Congress in Washington weitergeleitet worden und somit nicht Teil der Sammlung, die ich in New Haven auf Mikrofilm gesehen hatte. Besonders galt das in den Fällen, in denen die Interviews das Leben auf den Plantagen in ein häßliches Licht rückten. Dieser Beweis von Zensur auf Amtsebene war schon eine interessante Entdeckung an sich, auf die auch George Rawick später in seinem Klassiker *American Slave* hinwies.

Ich unterbrach die Arbeit an der Magisterarbeit nur, um mich fürs Jurastudium zu bewerben und für den neu gebildeten Schulsenat zu kandidieren. Da ich schon für keinen der Geheimbünde in Frage kam, stellte meine Kandidatur den Versuch dar, meinen Wirkungskreis auf dem Campus zu vergrößern und für die Bewerbungen zum Jurastudium meinen Lebenslauf ein wenig anzureichern. Kurz nachdem ich von Kommilitonen, die diese Ehre nicht unbedingt selbst anstrebten, gewählt worden war, wurden einige Mitglieder der Black Panthers von New Haven wegen des vor einem Jahr begangenen gemeinschaftlichen Mordes an einem Parteimitglied vor Gericht gestellt. Anfangs nahm ich wie die meisten Studenten nicht an, daß dieser Prozeß mich in irgendeiner Weise etwas angehen könnte. Yale war Yale; man stand über solch schnöden Lokalereignissen.

Die erste anberaumte Senatssitzung fiel wegen Beschlußunfähigkeit aus, die zweite aus irgendeinem anderen Grund auch. In der Zwischenzeit erhielt ich Annahmebescheide aus Virginia und Michigan – aber kein Wort von Harvard. Als wir im April schließlich zusammentraten, erwarteten uns im Auditorium über hundert Zuhörer – die Hälfte davon schwarz. Auf der Tagesordnung standen bereits mehrere Yale-Resolutionen zum Panthers-Prozeß, aber der Vorsitzende der Antragskommission – vielleicht eingeschüchtert durch den Radau von den hinteren Rängen – gab bekannt, es würden auch noch Anträge aus dem Publikum angenommen. Das erwies sich sofort als Fehler. Ein kahlrasierter Schwarzer beantragte einen universitätsweiten Streik zur Unterstützung der Black Panthers.

»Wir erkennen eure Autorität nicht an«, schrie von der anderen Seite des Saals ein Weißer, der in eine rote Fahne mit Hammer und Sichel gehüllt war. Schwer zu glauben, daß es sich bei ihm um einen Studenten handelte – ich hatte ihn jedenfalls noch nie gesehen.

»Dieses Gremium ist irrelevant«, verkündete er, »ein Konstrukt der korrupten, diskreditierten Machtstrukturen. Es sollte sich unverzüglich selbst auflösen. Alle Macht dem Volke!«

An diesem Punkt setzte im Publikum ein großes Gejohle ein. Unser Vorsitzender klopfte mit seinem Hammer auf den Tisch und erklärte die Zusammenrottung für geschäftsordnungswidrig. Aber dafür war es ein bißchen zu spät. Jetzt brüllten schon alle. Ich schaute von dem erhöhten Podium hinunter und erblickte in der dritten Reihe eine Schwarze, die mich direkt ansah und »Drecksau, Drecksau, Drecksau!« kreischte. Der Haß in ihrem Gesicht machte mich fassungslos. Ich hatte bis dahin noch kein Wort gesagt. Und der Senat hatte gar nicht gegen den Streik entschieden; wir hatten noch gar keine Gelegenheit gehabt, darüber zu beraten. Ich weiß noch, daß ich mich fragte, wo diese Leute nur herkamen. Waren sie die ganze Zeit mit mir zusammen in Yale gewesen?

Übertönt wurde der ganze Tumult jetzt von einem Schwarzen, dessen Afrofrisur so eindrucksvoll war wie seine grellbunte Dascheke. Sein Redebeitrag war ans Podium gerichtet: »Ihr jämmerlichen Lakaien – geht doch heim zu euren weißen Bossen. Geht und leckt den Herren des militärisch-industriellen Komplexes die Stiefel!« Er hielt das requirierte Mikrofon in der einen Hand und fuchtelte mit der anderen in der Luft herum. Neben ihm sah ich plötzlich Aaron Greeley stehen.

Ohne nachzudenken, winkte ich meinem ehemaligen Zimmergenossen zu – und ließ augenblicklich die Hand wieder sinken, weil mir klar wurde, wie unangemessen eine solche Geste unter den gegebenen Umständen war. Aber anscheinend brachte sie den Sprecher kurz aus dem Konzept und sorgte für eine merkwürdige Flaute im Sturm. Für einen Augenblick legte sich der Radau, da offenbar niemand mit meinem unerklärlichen Handzeichen etwas anfangen konnte. Aaron stand reglos neben dem Redner, als könnte Unbeweglichkeit ihn unsichtbar machen.

Jetzt sah der Mann in der Dascheke geradewegs zu mir herüber und gewann seine Fassung wieder. »Ihr kotzt mich an! Ihr privilegierten Schweinsgesichter mit eurem erbärmlichen parlamentarischen Scheiß. Ihr debattiert hier über Geschäftsordnungen, während die Bullen draußen ihre Knüppel auf unsern Köpfen zerschlagen. Wir haben diese Scheiße satt. Kapiert? Im Namen des Volkes schließe ich die Sitzung. Die Schwarze Studenten-Union gibt morgen früh um zehn eine Pressekonferenz und wird mal ein bißchen Realität in diese beschissene Uni bringen.«

Er sprang vom Podium und ging hinaus, in seinem Schlepptau Dutzende von Zuschauern, darunter Aaron. Aber immer noch war das Auditorium am Rande des Aufruhrs. Irgendwie schaffte es der Vorsitzende noch, den Streikantrag zur Abstimmung zu stellen, und die meisten von uns stimmten ängstlich dafür, sofern es noch jemanden kümmerte. Dann suchten wir eiligst Deckung.

Aufgewühlt nach dieser hautnahen Begegnung mit der Revolution, rief ich natürlich Will an. Im Peabody meldete sich Taleesha und berichtete mir nicht sehr gnädig, daß Will bei seiner Mutter sei. Cordell Savage sei in London mit Cheryl Dobbs aufgetaucht, der ehemaligen Verlobten seines verstorbenen Sohnes.

»Ein paar Leute aus Memphis haben sie in London in der amerikanischen Botschaft gesehen«, sagte sie, »und der Anwalt des alten Saukerls hat sich wegen einer Scheidung an Mrs. Savage gewandt.«

Die unglaubliche Neuigkeit schien der behutsamen Aussöhnung zwischen Will und seiner Mutter förderlich zu sein; unter Verlust eines schwierigen, lieblosen Ehemannes gewann Mrs. Savage einen Sohn zurück. Diese Amnestie erstreckte sich jedoch nicht auch auf ihre Schwiegertochter, die Mrs. Savage bisher noch nie zu sehen bekommen und auch noch nie einen Fuß in ihr Haus gesetzt hatte. »Ich kann's ja verstehen«, behauptete Taleesha nicht sehr überzeugend. »Er ist alles, was sie noch hat.«

Sie hatte Ostern bei ihrer eigenen Familie verbracht, während Will an der Seite seiner Mutter blieb. Das Gute war, daß er den, Verlust, den seine Mutter durch Elbridges Tod erlitten hatte, sowie ihre angeschlagenen Gesundheit in eine Befreiung vom

Militärdienst aus Härtegründen umbiegen konnte – eine Ausnahmeregelung, die ironischerweise wohl auch noch mit Cordells verbliebenem politischen Einfluß zusammenhing.

»Ihr habt da oben in New Haven also die Black Panthers vor Gericht gebracht«, bemerkte sie.

»Ich habe niemanden vor Gericht gebracht. Von *mir* aus könnten die noch heute abend alle wieder nach Hause gehen.«

»Entschuldige. Das war nur so dahergeredet.«

Als ich ihr von der geplatzten Senatssitzung berichtete, seufzte sie hörbar. »Es hat ja wirklich mal einen Moment gegeben, kurz bevor ich Will heiratete, da dachte ich schon, es würde jetzt alles besser.«

Ich glaubte zu wissen, was sie meinte. »Dann wurde King erschossen.«

»Ja. Und noch so einige mehr.«

Ich rief im Lauf der nächsten Woche mehrmals in Memphis an, aber Will war nie da, und bei seiner Mutter wollte ich nicht anrufen, weil ich fürchtete, sie könne selbst am Apparat sein. Schließlich rief er mich an, um sich aus erster Hand von den Ereignissen in New Haven berichten zu lassen; die Aussicht auf Anarchie und Revolution, das mutmaßliche Bündnis zwischen Studenten aus der herrschenden Klasse und schwarzen Revolutionären begeisterte ihn so, daß er mit dem Gedanken spielte, herzufliegen und sich persönlich mit in die Schlacht zu werfen. »Hab ich dir nicht immer gesagt, daß die alten Efeumauern einstürzen werden?«

»Und was willst du an ihre Stelle setzen? Kolchosen?«

»Mohnfelder«, schlug er vor.

»Wach auf, Will.«

»Du hast doch bloß Angst, deinen kostbaren Yale-Abschluß nicht zu kriegen.«

Da hatte er halb recht. Die Ereignisse der Woche brachten mich fast dazu, an Wills Interpretation von der Stoßkraft der jüngsten Geschichte zu glauben; die Zeiten bekamen etwas Apokalyptisches. Der Streik – unterstützt von einem großen Teil des Lehrkörpers – war in vollem Gange, und an diesem Vormittag waren zu Professor Morgans Vorlesung über die amerikanische Revolution außer mir nur noch drei andere Studenten erschienen. Da ich mich die meiste Zeit in der Bibliothek verkroch, hatte ich nur spärliche Informationen von der Front, aber ich gab getreulich alle Gerüchte weiter, die ich bei den Mahlzeiten aufgeschnappt hatte: daß die Hell's Angels zum Maifeiertag in Massen nach New Haven gebraust kämen; daß die drei aus dem explodierenden Rathaus von Greenwich Village entkommenen Weathermen bereits hier seien; daß aus dem Chemielabor Gelignit gestohlen worden sei, wobei niemand auf die Idee kam zu fragen, was Gelignit dort überhaupt zu suchen hatte.

»Was gibt's Neues von deinem Vater?« fragte ich, wohl in der Überzeugung, ich brauchte die Revolution nur zu ignorieren, dann werde sie schon wieder vergehen.

»Über meinen Vater gibt es nichts zu sagen. Ich habe keinen Vater mehr.«

»Genau das hat er vor zwei Jahren über dich gesagt.«

»Du wirst dir mal abgewöhnen müssen, verstorbene Autoritäten zu zitieren.«

»Ist er *tatsächlich* mit Cheryl in London?« Ich war gebannt vom Ausmaß dieses Skandals; ungeachtet meiner Empfindungen für einige der Hauptfiguren in diesem Drama war es doch einfach ein köstliches Spektakel.

»Er hat seine Absicht kundgetan, sich vom Erzbischof von Canterbury trauen zu lassen, sowie die Scheidung durch ist«, antwortete Will, womit er ihn vorübergehend doch wieder von den Toten auferstehen ließ.

»Vielleicht liebt er sie ja wirklich«, sagte ich – das gleiche hatte ich im Zusammenhang mit Wills Heirat zu Cordell gesagt.

»Und vielleicht ist Nixon ja wirklich ein mitfühlender, liebevoller Mensch.«

Am Tag darauf bekam ich einen Brief von Harvard. Atemlos

rannte ich die Treppe hinauf in mein Zimmer, wo ich ihn erst einmal auf den Schreibtisch legte und mich selbst aufs Bett setzte, um von dort den Umschlag zu betrachten, der mir zu leicht und substanzlos vorkam, als daß er die mein Leben verändernde Nachricht hätte enthalten können, die ich so heiß ersehnte. Schließlich ging ich mit dem Brief ins Bad, stellte mich vors Waschbecken, riß den Umschlag auf und las, daß ich angenommen worden war.

Will schaffte es dann doch nicht zur großen Protestdemonstration am 1. Mai, an seiner Stelle aber viele tausend andere. Die Bombardements in Kambodscha und anschließend der Mord an vier Studenten der Kent State University waren wie Rennbenzin auf dem Feuer der Revolution. Was mir persönlich sauer aufstieß, war die Bekanntgabe einer abgeänderten Prüfungsordnung: Aufgrund der Unruhen und des Streiks sollten die Studenten bei jedem Kurs die Wahl haben, ihn entweder fallenzulassen oder im Lauf des Sommers abzuschließen oder eine Bewertung der bisher geleisteten Arbeit mit den Noten »Genügend« oder »Ungenügend« hinzunehmen. Obwohl ich nun schon halb auf dem Weg zur Harvard Law School war, hatte ich das ganze Semester hindurch wie ein Idiot gebüffelt und sah meine Leistung dadurch abgewertet.

An diesem Samstag abend kam ich in bester Laune aus der Sterling-Bibliothek zurück, denn ich hatte endlich die erste Fassung meiner Magisterarbeit fertig. Der klare Frühlingsabend duftete nach frisch gemähtem Gras. Wie ich so die High Street hinaufging, überholte mich ein Grüppchen Studenten, die brüllend auf dem alten Campus umherrannten. Dann hörte ich etwas auf den Rasen vor dem Saybrook-Gebäude fallen und sah den Tränengaskanister erst in dem Moment, als mir schon die ersten Dämpfe in die Nase stiegen. Halb geblendet, ein Brennen in Nase und Mund, taumelte ich, meine Aktentasche fest an die Brust gedrückt, weg von der sich ausdehnenden Wolke. Jemand packte mich am Arm, zerrte mich ins Durfee-Gebäude und stieß mich ins Bad, wo ich mich unter der Dusche übergab und die Revolution, die Konterrevolution und alle ihre Kombattanten verfluchte.

Meine Magisterarbeit stellt eine Lektüre eigener Art dar, vor allem die ersten fünfzig Seiten, auf denen ich die Theorie einer organisierten Sklavenverschwörung auf Bear Track untersuche und schließlich verwerfe. Im vorletzten Abschnitt biete ich dann eine psychologische Erklärung für das historische Problem an. Heute weiß ich, daß ich da Will und seinen Vater auf die Gestalten ihrer Ahnen projiziert habe, aber ich bin mir nicht sicher, ob diese Voreingenommenheit unbedingt die These an sich entkräftet.

Da seine nächsten weißen Spielgefährten meilenweit weg wohnten, schrieb ich, habe John Savage einen großen Teil seiner Kindheit unter den Schwarzen auf der Plantage zugebracht. Er und der Sklave Clarence seien tagein, tagaus zusammen in Feld und Wald und auf dem Fluß gewesen – ich verglich sie mit Huck Finn und dem Sklaven Jim –, so weit entfernt von den gesellschaftlichen Schranken des großen Hauses, daß Clarence für John so eine Art Ersatzvater geworden sei. Dies müsse selbst einen Mann, der so zutiefst von der Unterlegenheit der Negerrasse überzeugt gewesen sei wie Elihu Savage, auf die Beziehung zwischen Clarence und John eifersüchtig gemacht haben.

Kurz vor Ausbruch des Krieges zwischen den Staaten, als John im fünfzehnten Lebensjahr war, habe Elihu Savage die Frau des Sklaven Clarence auf eine Nachbarplantage verkauft, eine recht drastische Maßnahme selbst für die Zeit und den Ort. Für Clarence müsse dies eine schwere Kränkung gewesen sein; er könne gegen Johns Familie oder die Weißen überhaupt keine freundliche Gesinnung mehr gehabt haben, und John müsse diese Kühle wohl oder übel bemerkt und die Schuld dafür seinem Vater gegeben haben. Etwa um die gleiche Zeit habe Elihu, um

Binnies Tagebuch zu zitieren, zu ihm gesagt, daß es »Zeit werde, dieses kindliche Gebaren abzulegen und Umgang mit Leuten aus seinen eigenen Kreisen zu pflegen«.

Tage oder höchstens Wochen nach diesem einschneidenden Erlebnis wurde der Krieg erklärt, und Elihu Savage und andere Pflanzer im Delta, die sich ihren Sklaven zahlenmäßig eins zu zehn unterlegen sahen, fürchteten angesichts einer immer unruhiger werdenden Negerbevölkerung mehr und mehr um ihre Sicherheit. Als John Savage dann das unbedachte Wort von einer Sklavenverschwörung in die Welt setzte, müssen Elihu und seine weißen Nachbarn es ihm nur allzu bereitwillig geglaubt haben, zumal der vermeintliche Rädelsführer seit neuestem allen Grund hatte, sie zu hassen.

»Ist es ungehörig von mir, den Beweggründen meines Bruders zu mißtrauen?« fragt Binnie Pilcher Savage in ihrem Tagebuch. Es ist bedauerlich, daß sie, soviel wir wissen, die einzige war, die sich das fragte; der heranwachsende John Savage ist zornig sowohl auf seinen wirklichen wie auf seinen Ersatzvater. Beide haben ihn im Stich gelassen, obschon er weiß, daß die Schuld daran vor allem bei ersterem liegt. Als sein Vater ihn wegen seiner Tischmanieren zurechtweist, finden sein aufgestauter Groll und Zorn – schrieb ich – ihr Ventil in einem ödipalen Gedanken, den er augenblicklich verdrängt und transformiert. In diesem Augenblick wünscht er sich seinen Vater tot, und diesen Wunsch schreibt er Clarence zu, der einen Grund hat, seinen Vater zu hassen. Vielleicht ist er in diesem Augenblick auch wütend genug auf Clarence, um ihn bedenkenlos in Gefahr zu bringen, oder vielleicht überlegt er sich gar nicht, welche Folgen seine Worte für Clarence haben könnten. Vielleicht hat er Clarence sogar einmal eine leise Verwünschung ausstoßen hören oder nur mit angehört, wie Clarence und andere über den Krieg und eine mögliche Befreiung der Sklaven sprachen. Als er jedoch wegen seiner unbesonnenen Anschuldigung ins Verhör genommen wird, gerät er wahrscheinlich in Panik und beginnt –

um sich selbst zu schützen – seine Lüge auszuschmücken, gibt eine Geschichte zum besten, die genau in das große Klischee des Alltagslebens der Südstaaten paßt: »Die Sklaven werden sich erheben und uns in unsern Betten ermorden.«

Alle die verdrängten und nur in Ansätzen vorhandenen Schuldgefühle einer ungerechten Gesellschaft fanden ihr Ventil in dieser eigenen Angst – sie werden uns antun, was wir ihnen angetan haben. Elihu Savage und seine Nachbarn haben auf diesen Augenblick ihr Leben lang gewartet, davon geträumt wie ein Volksstamm, der im Schatten eines rauchenden Vulkans lebt. Elihu war noch ein kleines Kind in South Carolina gewesen, als Nat Turner und seine Anhänger weiße Frauen und Kinder mit Äxten und Bajonetten zerstückelten. Und seitdem hatte er nie mehr so tief und ruhig schlafen können wie einer, der nicht im Dunkeln von zweihundert geknechteten Seelen umgeben ist.

Nachdem John Savage erst einmal seinen ödipalen Kampf in den kollektiven Mythos seines Volks umgeleitet hatte, ging alles rasend schnell. Wir können uns kaum vorstellen, wie es ihn überrascht haben muß, daß ihm so rückhaltlos geglaubt wurde, welche Qualen er angesichts des unaufhaltsamen Laufs der Dinge gelitten haben mag – wie ihn in den langen, dunklen Nächten seines ganzen weiteren Lebens die Gespenster der neun unschuldigen Schwarzen verfolgt haben müssen ...

Ich verbreitete mich weiter in diesem Stil, aber im wesentlichen war dies die Hauptaussage meiner Magisterarbeit, die von Professor Kaufman, meinem Betreuer, sehr gut aufgenommen wurde; er war so davon beeindruckt, daß er sie sogar an die *Yale Review* weiterleitete. Und damit fing der Ärger an. Einer der Herausgeber der *Review* war ein Geschichtsprofessor, den ich hier Jenkins nennen will. Er gehörte zu der radikaleren Dozentenschaft und hatte in der Panthers-Geschichte die Rolle des Anheizers gespielt, und nun richtete er seinen Flammenwerfer auf mich.

Professor Kaufman rief mich ein paar Wochen vor der Graduierung zu sich und teilte mir mit, daß zum einen die *Review* meine Abschlußarbeit nicht veröffentlichen werde, zum anderen seine Empfehlung, mir in Geschichte die Note »mit Auszeichnung« zu geben, in Zweifel gezogen worden sei. Jenkins habe einen Brief an den Fachbereichsvorsitzenden geschrieben und mir darin vorgeworfen, die Rolle der Sklaven zu marginalisieren. Kaufman, ein bärtiger Herr aus der Schule Samuel Eliot Morisons, saß zutiefst verwirrt hinter den Papierstapeln auf seinem Schreibtisch.

»Lassen Sie mich nur sagen, Patrick, daß diese unglückliche Wendung der Dinge mich überrascht und bestürzt, und natürlich werde ich Sie und Ihre wissenschaftliche Leistung bis zu Präsident Brewster hinauf verteidigen.« Er zückte sein Taschentuch, schneuzte sich die Nase und klappte das Leinen auseinander, wie um dessen Inhalt zu prüfen. »Aber ich fürchte, daß die Frage, ob Sie mit Auszeichnung graduieren werden, nun erst einmal vor die nächste Vollversammlung des Fachbereichs kommt.«

Jenkins' Haupteinwand lautete, wie aus dem Brief hervorging, den Kaufman mir vorlas, folgendermaßen: *Wieder einmal stellt ein weißer Wissenschaftler weiße Menschen in den Mittelpunkt seines Berichts.* (Ich sollte hier vielleicht erwähnen, daß Jenkins nicht weniger weiß war als ich.) Eine tatsächliche Verschwörung mit Beteiligung des Sklaven Clarence und seiner Kameraden, so Jenkins, sei die bei weitem plausiblere – und natürlich heroischere – Schlußfolgerung aus den aufgeführten Fakten.

Kaufman räusperte sich. »Ich fürchte, daß die Frage zumindest nicht mehr rechtzeitig vor der Graduierung zu klären sein wird.«

Und er behielt recht. Ich graduierte *summa cum laude* und habe noch heute meinen Phi-Beta-Kappa-Schlüssel in der Schachtel mit meinen Manschettenknöpfen, aber die Kontroverse um meine Magisterarbeit zog sich bis weit in mein erstes Studienjahr an der Harvard-Universität hinein, als ich zu guter

Letzt einen Entschuldigungsbrief von Kaufmann erhielt. Als angehender Rechtsanwalt hätte ich nun gute Lust verspürt, die Sache juristisch klären zu lassen, doch im allgemeinen bemühen illegale Einwanderer nicht die Gerichte, um ein ihnen angetanes Unrecht sühnen zu lassen, und ich fühlte mich immer noch als ein Fremdling in der Welt, die ich zu erobern gedachte.

Jenkins war, genau wie sein Gegenpol Cordell Savage, ein Mann von redlicher Überzeugung, ich aber bin ein Mann der Mitte und unterließ es wohl deshalb, die Sache weiterzuverfolgen. Zwar bin ich durchaus stolz auf meine Alma mater, aber meine eigene kleine, aus dieser Zeit herrührende Rebellion besteht darin, daß ich heute noch die alljährlichen Spendenaufrufe in den Papierkorb werfe. Vielleicht war es meine frühe Bekanntschaft mit dem Begriff der Erbsünde, die mich so leicht an meinen Überzeugungen zweifeln ließ. Oder es könnte auch ein Gefühl meiner eigenen Unredlichkeit sein, die mich selbst dann von einer Durchsetzung meines Standpunkts abhält, wenn ich mich im Recht glaube. Ich hatte nämlich das Material, das die Tagebücher hergaben, anhand meiner privaten Einblicke in Wills Familie interpretiert, so gewiß wie Jenkins dieselben Fakten auf der Grundlage seiner politischen Ansichten entschlüsselte. Ich tröste mich mit dem Glauben, daß der Geschichte letzten Endes besser durch diejenigen unter uns gedient ist, die über ihre eigenen Überzeugungen hinwegzusehen vermögen, als durch die so inbrünstig Rechtgläubigen.

Irgendwie erfüllte mich das Ganze auch mit Scham. Was das Juwel in der Krone meines Studiums hatte werden sollen, hatte letztlich nur dazu gedient, ihren Glanz zu trüben. Andererseits hatte ich in New Haven nur drei Jahre für etwas gebraucht, was normalerweise vier erforderte. Ich hatte mit meinem Yale-Abschluß eine Fahrkarte erster Klasse in die Welt, nach der es mich so heiß verlangte. Und ich hatte – so glaubte ich jedenfalls – das Furnier aufpoliert, das die unedleren Zutaten meiner Natur und das dunkelste Geheimnis meines Seins vor dieser Welt verbarg.

XVII

Zwischen den Bleichgesichtern des Harvard-Clubs mit ihren engerlingartigen Wintermasken war Taleesha eine wahre Sehenswürdigkeit, als sie zu unserer Verabredung hereingeschritten kam. Sie wirkte noch größer durch den dunklen Strahlenkranz ihrer Haare und die hautenge pinkfarbene Hose, deren Beine bis auf ein Paar rote Schuhe mit Plateausohlen hinunter leuchteten. Ich hatte nur noch ein paar Monate bis zu meinem Abschlußexamen und war nach New York gefahren, um bei einigen Anwaltskanzleien vorzusprechen. Taleesha war Assistentin eines Vizepräsidenten einer der großen Schallplattenfirmen. Da der Norden für sie noch ziemlich neu war, fand sie es belustigend – oder vielleicht war ihre Belustigung auch nur Selbstschutz –, daß sie in eine solche Hochburg des weißen Angloprotestantismus Eingang fand. Ich hatte sie drei Jahre nicht mehr gesehen.

»Es ist ein prima Job«, sagte sie, nachdem wir Nettigkeiten ausgetauscht und bei einem livrierten schwarzen Kellner Eistee bestellt hatten. Er und Taleesha wechselten dabei einen flüchtigen Blick, der mir vorkam wie ein geheimes Signal, aber dann war sie plötzlich wieder ganz bei mir. »Ich habe in nicht einmal einem Jahr eine Beförderung und zwei Gehaltserhöhungen bekommen, und allmählich lerne ich das Geschäft. In der Firma sind alle ganz baff, daß ich mit dem Singen aufhöre. Aber darauf war ich wirklich nie so scharf. Ich arbeite lieber hinter der Bühne, vielen Dank.«

»Genau wie Will«, ließ ich versuchsweise den Tabunamen fallen. Sie lebten getrennt – Will war nach wie vor in Memphis –, aber die Regelungen ihrer Trennung waren mir noch immer nicht klar, und Will hatte sich zu diesem Thema in typischer Manier nur undeutlich geäußert.

Sie lachte freudlos. »Nein, nicht wie Will. Ich muß nicht jeden nach meiner Pfeife tanzen lassen. Will möchte die Welt befreien, aber strikt nach seinen Vorstellungen. Er kann sich nicht entscheiden, ob er Prediger oder Politiker oder Rockstar sein will.« Ihre Augen blitzten zornig, und sie schien einem Wutausbruch nahe. Ich sah sie nur an, während sie schwieg und die Gefühlswallung wieder abklingen ließ. »Überhaupt ist niemand wie Will«, sagte sie in gedämpftem Ton. »Sogar hier kann ich nicht...« Sie ließ mich den Gedanken selbst vollenden. »Alle in meiner Firma verehren ihn und halten ihn für ein verfemtes Genie oder so etwas.«

Ich wartete, den Blick auf den präparierten Kopf eines Weißschwanzgnus oben an der Wand gerichtet.

Sie holte einmal tief Luft, dann setzte sie zum Sprint an. »Es wurde einfach zuviel. Alles zusammen – Wills Familie, meine Familie, sein Gefolge, der Süden. Daß sein Vater abgehauen ist – das war der Anfang vom Ende. Will fing daraufhin an, seine ganze Zeit bei seiner Mutter zu verbringen und sich um sie zu kümmern, aber vielleicht war das auch mein Fehler. Ich habe nicht das Zeug zu einer guten Ehefrau. Dann fiel mein Bruder in Vietnam. Zuerst hat man uns erzählt, er sei vermißt, dann haben sie ihn in einer Kiste nach Hause geschickt.« Ihr Gesicht wurde angespannt. »Die verdammte Kiste stank schon, als sie bei uns ankam. Da standen wir weinend und schwitzend an einem Augusttag in der Kirche und versuchten die Luft anzuhalten, weil mein Bruder in seinem Sarg so stank.«

Sie verstummte und lächelte den Piccolo an, der unsere Wassergläser nachfüllte. »Ich weiß nicht«, sagte sie dann, nachdem er wieder gegangen war. »Vielleicht stecken wir alle noch in der Vergangenheit fest, irgendwo zwischen dem Heute und der Proklamation der Sklavenbefreiung.«

»Ich dachte immer, Will lebt ganz dem Augenblick«, versuchte ich mich dumm zu stellen.

»Das versucht er. Ausleben tut er ihn jedenfalls. Gott, war das anstrengend. Nachmittags aufwachen und erst mal über die vielen Leiber steigen. Vor allem nachdem wir dieses alte Haus vor der Stadt gekauft hatten – es war das reinste Durchgangshotel für Musiker und Junkies. Ich meine, das mit den Drogen und dem ganzen idiotischen Zeug, den Weibern, die an ihm hingen wie die Kletten, damit kam ich noch halbwegs klar, sogar damit, daß er immer mal wieder für eine Weile verschwand. Aber dieses Memphis, Mann, das hat uns geschafft. Du ahnst es ja nicht. Da unten stößt es den Weißen immer noch sauer auf, wenn sie die Imbißtheke mit dir teilen sollen, erst recht ihre blauäugigen Söhne. Da fielen Bemerkungen, gerade so laut, daß man sie mitbekam, und man spuckte vor uns aus. Will geriet in Prügeleien; wenn einer was sagte, sprang er ihm gleich ins Gesicht, aber mich hat das einfach fertiggemacht.« Sie sah sich im Saal um. »Das heißt nicht, daß man hier im Yankeeland gerade auf Rosen gebettet wäre.«

Nein, man konnte schwerlich von einer besonders großen Rassentoleranz im Norden sprechen. Meine irisch-katholischen Brüder in Südboston sollten demnächst Schulbusse anzünden und Neger verprügeln, und ihre Inbrunst würde mit Sicherheit den weißen Mob von Mississippi zur Nachahmung anregen.

»Und?« fragte sie ungeduldig. »Hast du den großen Mann gesehen?«

»Den großmächtigen Mogul?«

»O ja, groß und mächtig, das ist er. Etwa so.« Sie hielt die Hände vor sich, um einen Schmerbauch anzudeuten. »Raucht einen dicken, fetten Joint. Bester Freund von Mick und B. B. und Elvis.«

»Du meinst den, der den Rock and Roll erfunden hat?«

»Mit ein wenig Nachhilfe von seinen Freunden.«

»Aber wirklich nur ein wenig.«

»Stimmt. Hauptsächlich war's er selbst.«

Wir mußten plötzlich lachen, und das löste die Spannung. Ich glaube, Taleesha wußte ebensogut wie ich, daß wir uns immer noch in Wills mächtigem Gravitationsfeld befanden und wohl immer darin gefangen bleiben würden.

Während meines Jurastudiums lud Will mich immer zu den Shows ein, wenn er mit Sam und Dave oder der Bobby Blue Band nach Boston kam. Einmal nahm er mich mit hinter die Bühne, als die Rolling Stones in Boston waren. Ich versuchte mich nicht daran zu stören, daß er manchmal gar nicht richtig mit den Gedanken bei mir war, sondern schon wieder beim nächsten Konzert, dem nächsten Vertrag, den er unterschreiben, der nächsten Schallplatte, die er produzieren würde.

Ich glaube, er schätzte an mir einfach den Kontrast; einmal versuchte er mich mit der Behauptung zu schockieren, Lester Holmes habe in New Orleans jemanden erschossen, und er habe den berüchtigten Bezirksanwalt Jim Garrison geschmiert, damit er die Anzeige abwürgte. Wir saßen in einem Club in Cambridge, und während dieser Erzählung grinste er über den Tisch zu mir herüber und schien gespannt auf meine Reaktion. Ob es die Wahrheit war oder nicht, er wollte lediglich meine von Ivy League und Jurastudium geprägte Weltsicht erschüttern. Er erzählte mir von Einkaufstaschen voll Bargeld, die er zu den Diskjockeys und den wichtigen Leuten bei Plattenfirmen und Filmstudios geschleppt habe. »Aber hol's der Teufel«, sagte er, »ich bin auf ehrliche Weise drangekommen. Eine meiner frühesten Erinnerungen ist, daß ich mit Cordell im Auto saß, als er mit einem Koffer voll kleiner Scheine zu einer aufgegebenen Baustelle fuhr.«

Unweigerlich hatte er ein Mädchen bei sich, mal eine blasse, langhaarige Streunerin, öfter aber irgendeine schwarze Venus, an deren Namen er sich kaum erinnerte. Immerzu schluckte er irgendwelche Pillen, stopfte sie sich gleich Händevoll in den Mund – er nannte das »die Bestie füttern«. Eines Nachts tauchte er in meiner Wohnung auf und brachte einen Musiker namens Stevie Ray Vaughn und noch einen anderen mit, der eine Pistole auf mich richtete und dann damit drohte, er werde aus dem Fenster springen. Ein andermal mußte ich ihn aus dem Knast auslösen, nachdem er im Ritz-Carlton einen Wachmann verprügelt und diverses Mobiliar zu Kleinholz gemacht hatte; man hatte ihn zum Verlassen des Lokals aufgefordert, weil er allzu demonstrativ die dort geltende Bekleidungsordnung mißachtete, und während ich ihn zu mir nach Hause fuhr, schwadronierte er weiter von der großen unvollendeten, ungewaschenen Revolution und wie er dieses beschissene Hotel kaufen und es den Dreckskerlen schon zeigen werde. Ein paar Monate vor meinem Lunch mit Taleesha war er wieder im Ritz-Carlton, sein vormaliger Auftritt offenbar vergeben.

Als ich an diesem Abend hinkam, war gerade eine Party im Gange, vielleicht ein halbes Dutzend Leute, die man im dichten Qualm kaum sah. Will war im Wohnzimmer am Telefon, eine unvorstellbar blasse, magere Blondine um die Schultern drapiert. Wie er bei der lärmenden Musik noch etwas hören konnte, war mir unerfindlich. Die Energiequelle der Versammlung war ein Häufchen weißes Pulver auf dem gläsernen Couchtisch; nacheinander knieten die Gäste vor diesem Altar nieder und bedienten sich, während Stubblefield ihnen entgegenkommend die langen Locken hinter dem Kopf festhielt. Endlich erhob sich Will von der Couch, nach wie vor das Mädchen um den Hals, und kam zu mir herübergetorkelt, um mich in die Arme zu schließen. So sichtlich er sich auch über das Wiedersehen mit mir freute, in seiner geistigen Verfassung hätten wir uns ebensogut in zwei verschiedenen Städten befinden können. Ohne mich groß mit seiner Gespielin bekannt zu machen, bot er mir einen Zug von seinem Joint und wies mich auf einige der männlichen Gäste hin, Mitglieder einer damals sehr beliebten Band. Ich nahm den Joint, verzichtete aber dankend darauf, vor dem Tisch niederzuknien.

Er runzelte die Stirn. »Soll das eine Kritik an mir sein?«

»Ich kritisiere dich nicht.«

»Ich lade dich hier zu meiner Party ein, und du willst meine Gastfreundschaft nicht annehmen.«

»Ich mag das Zeug einfach nicht«, sagte ich.

Das Wohlwollen in seinem glasigen Blick war plötzlich einem gefährlichen Funkeln gewichen.

»Du wirst lernen müssen, mir zu trauen«, sagte er drohend. »Hältst du mich für den Teufel, der dich in der Wüste versuchen will, oder was?«

Einer von der Band kam herüber, in der Hand einen zusammengerollten, blutbeschmierten Hundertdollarschein, den er sich gerade aus dem Nasenloch gezogen hatte.

»Patrick nimmt keine Drogen«, sagte Will statt einer Vorstellung. Sein Gast rieb sich die Nase, schnüffelte demonstrativ und sah mich fassungslos an, als hätte Will mich soeben als Hermaphroditen identifiziert.

Zum Glück rief Stubblefield in diesem Augenblick Will ans Telefon.

Zum Ausgleich für meine Zimperlichkeit mit dem Kokain rauchte ich Wills Joint zu Ende, während Annalina, seine Gespielin, mich nach unserer Freundschaft ausquetschte.

Der Bassist, der hörte, daß ich Jura studierte, kam zu mir, um meine Meinung zu gewissen juristischen Spitzfindigkeiten einzuholen. »Sagen wir, du wirfst etwas aus deinem Autofenster«, begann er. »Ich meine, wie kann dann jemand feststellen, ob es deins ist oder nicht?«

Bald war ich mitten in einem Monolog über Fragen der Beweissicherung und Ursachenvermutung. Ich fand, daß dieser Musiker eigentlich ein Pfundskerl war. Hin und wieder ließ Will sich blicken. Ich winkte ihm von der Couch aus zu, um ihm zu demonstrieren, wie prächtig ich mich unterhielt.

Einige Zeit später fand ich mich vor dem Badezimmerspiegel wieder und versuchte in dem mir fremd vorkommenden Gesicht mein eigenes wiederzuerkennen. Als ich wieder hinaustorkelte, schlug ich die falsche Richtung ein und landete in einem Schlafzimmer. Ich hielt es nur für mein gutes Recht, mich für ein paar Minuten hinzulegen, um wieder ins Gleichgewicht zu kommen. Ich weiß nicht, wie lange ich schon dalag, als ich plötzlich entdeckte, daß Annalina neben mir auf dem Bett saß und mir über die Stirn strich.

»Besser so?« fragte sie. Dann stand sie auf, stieg aus ihren Jeans und streifte sich ihr T-Shirt über den Kopf.

»Moment mal«, sagte ich, als sie sich rittlings auf mich setzte und sich am Reißverschluß meiner Jeans zu schaffen machte. »Bist du nicht Wills Freundin?«

Sie zuckte die Achseln. »Er hat gesagt, ich soll mich um dich kümmern.«

»Bist du sicher?« fragte ich, während ich ihre Hände packte, um sie an weiterem Tun zu hindern. »Ich meine, bist du sicher, daß er das so gemeint hat?«

»Er hat gesagt, ich soll dich vögeln«, antwortete sie mit der größten Selbstverständlichkeit. »Er meint, du kannst es brauchen.«

Darüber mußte ich erst mal nachdenken, während sie mich bereits aus meinen Jeans pellte. »Vögelst du Will?«

»Wenn er in der Stimmung ist«, sagte sie, indem sie sich neben mich legte. »Eigentlich kenne ich ihn ja erst seit Donnerstag.«

Anfangs war ich viel zu perplex, um entweder Hilfestellung oder Widerstand zu leisten. Aber ich war losgelöst genug von meinem Körper, um ihn einfach zu beobachten, wie er sich zunächst nur darauf einließ und dann einen eigenen Willen entwickelte. Unter dem zunehmenden Einfluß der unbestreitbaren körperlichen Wonne legte ich meine Verlegenheit ab und tat mich wieder mit meinem Körper zusammen, wie er mit Annalinas Körper verschmolz, sich dem Augenblick ergab und dann aktiv mitmachte, bis ich sie mit halbem Ohr »Wow, du Hengst!« sagen hörte, während sie sich noch wilder unter mir aufbäumte.

Hinterher fischte sie einen Joint aus ihrer Hosentasche und legte sich wieder zu mir aufs Bett. »Will hat gemeint, du wärst wahrscheinlich noch Jungfrau. Aber ich muß sagen, von allein wäre ich darauf nicht gekommen.«

»Himmel«, sagte ich. »Und was hat er sonst noch erzählt?«

Sie zuckte mit den Schultern. »Was ist überhaupt los mit euch beiden?«

»Wie meinst du das?« fragte ich nach einem Zug an dem Joint.

»Ich weiß nicht. Kommt mir nur ein bißchen komisch vor. Ich meine, ihr solltet euch vielleicht mal hinsetzen und miteinander reden.«

Ein glasiger Ausdruck des Erkennens huschte über Wills Gesicht, als ich mich mit einer Miene stolzer Bescheidenheit wieder unter die Gäste mischte, aber ich ging dann bald, um noch einen Rest vom kommenden Arbeitstag zu retten, und wir haben über Annalina oder diesen Abend nie miteinander gesprochen.

Will weilte in Memphis oder Muscle Shoals oder Managua, als ich zu unserem fünften Klassentreffen ging, aber eigentlich gehörte er ja auch gar nicht mehr dazu. Matson lehrte noch immer Englisch und war noch immer Hausvorsteher, jetzt gar nicht mehr so sehr die romantische Figur, die ich in Erinnerung hatte – ein bißchen lächerlich mit seiner Fliege und dem englischen Tweedanzug, die ich seinerzeit so schick gefunden hatte, und immer noch redete er in diesen geschraubten Wendungen, die einmal so bezaubernd gewesen waren. Ich sah der Begegnung mit einem gewissen Bangen entgegen – unser letztes Zusammentreffen hatte nicht gerade den glücklichsten Verlauf genommen, aber zu meiner Überraschung begrüßte er mich geradezu überschwenglich. »Wir erwarten nichts Geringeres, als daß Sie einmal ein zweiter Oliver Wendell Holmes werden«, verkündete er. »Hoffentlich finden Sie aber auch noch Zeit für Ihre Lyrik.«

Ich brummelte etwas von Dranbleiben. Nachdem ich in Yale von Englisch auf Geschichte übergewechselt war, hatte ich aufgehört, ihm Gedichte und Essays zu schicken, teils wegen des seltsamen Verlaufs seines Besuchs in New Haven, teils aus dem Gefühl heraus, meine Jugendideale zu verraten, deren Scharfrichter er war. Ich empfand dieses Unbehagen immer noch, zugleich aber auch ein Gefühl der Herablassung. Nach Abschluß meines zweiten Jahrs an der Harvard Law School fühlte ich mich als Teil einer weiteren Welt, vor der Matson sich verkrochen hatte. Ich war mehr als nur ein wenig selbstgefällig.

Wäre ich vor ein paar Jahren zu unserem fünfundzwanzigsten Klassentreffen gegangen, vielleicht hätte ich mich dann aus der Perspektive des Jugendlichen betrachtet und festgestellt, daß ich nicht ganz der Gigant geworden war, der ich einmal zu sein gehofft hatte, damals, als noch alles möglich schien. Aber jetzt als Harvard-Stipendiat, ganze fünf Jahre nach dem Internat, war ich noch in keiner Weise unzufrieden mit mir, und das war einer der Gründe, warum ich überhaupt zu diesem Treffen ging – um zu demonstrieren, daß ich die in mich gesetzten Erwartungen erfüllte.

Beim Cocktailempfang fühlte ich mich verpflichtet, mit Matson endlich reinen Tisch wegen der Sache mit Lollie Baker zu machen. »An dem Abend damals, als Sie ins Zimmer kamen, war ich im Schrank«, gestand ich. »Das Mädchen, äh, die junge Dame, war bei mir, nicht bei Will.«

Ich wollte ihn damit schockieren. Ich wollte ihn wissen lassen, daß ich nicht der Mensch war, für den er mich hielt.

Er stieß mit mir an und zwinkerte mir zu. »Ich weiß«, sagte er und strahlte über sein ganzes rosiges Gesicht. »Das wußte ich auch damals schon, mein Lieber.«

Wäre ich in diesem Augenblick ein Mann gewesen, kein angehender Jurist, ich hätte ihm eins in die Fresse gehauen.

Will nahm in jeder Hinsicht zu – an Leibesfülle, an Reichtum, an Erfolg. Er gründete sein eigenes Label und nahm schließlich auch weiße Künstler unter Vertrag, die von seinen schwarzen Künstlern beeinflußt waren – was im Widerspruch zu seiner oft wiederholten Behauptung stand, Weiße könnten einfach keinen Blues singen. Er kaufte sich seinen ersten Privatjet, half bei der Finanzierung und Organisation von George McGoverns gescheiterter Präsidentschaftskandidatur und veranstaltete später

Benefizkonzerte für Jimmy Carter. Und zur schieren Verzweiflung seines Finanzmanagers wurde er zu einem Anhänger des Dalai Lama, dem er um den ganzen Erdball folgte. In Wills Augen war das alles Teil ein und desselben Plans.

Seine Berühmtheit hielt sich in Grenzen, und er vermied mit Bedacht das Rampenlicht, aber die wahrhaft Berühmten brüsteten sich oft ihrer Bekanntschaft mit Will Savage und sprachen kenntnisreich über seinen Erfolg, seine Exzesse, seinen Einfluß und sein Genie. Einmal nahm er mich mit zu einer Party, die ein englischer Lord in seiner Stadtwohnung an der Upper West Side gab. Alle wollten den Rockstars begegnen; alle Rockstars wollten Will begegnen. Während Bittsteller und Gönner herein und heraus strömten, saß Will im Lotossitz mitten auf dem Perserteppich in einem unmöblierten Salon. Schließlich erschien auch Mick Jagger, schlurfte in eine Ecke und setzte den bekannten Schmollmund auf, der aussah wie ein auf seinem Gesicht festgenähtes Reptil, zu Tode gelangweilt, bis jemand ihm sagte, daß Will im Zimmer nebenan sei.

Während viele der neuen Heroen des Showgeschäfts und des Rock and Roll uneingeschränkt auf die durchschlagende Wirkung vertrauten, die Wills Segen für ihre Karrieren haben würde, sprachen Geld- und Industriemagnaten alten Schlags mit zähneknirschender Hochachtung von der neuen Goldader, die Will, wie sie es sahen, mit Scharfblick entdeckt habe. *Fortune* widmete seinem Imperium zwei ganze Seiten. Er war und blieb der interessanteste Mensch, dem ich je begegnet war, und um die Mitte der Siebziger war er auch immer noch seinen Dämonen um zwei Schritte voraus – eine nicht geringe Leistung in sich selbst.

Will und ich sprachen nie über seinen Vater. Ich erzählte ihm zum Beispiel nicht, daß Cordell mir zu meinem Abschluß in Yale eine Krokodillederbrieftasche von Asprey geschickt hatte. Nach allem, was man so hörte, ging es ihm gut in seiner neuen Heimat.

Er hatte sein ganzes Vermögen bis auf einen Notgroschen von hunderttausend Dollar seiner Exfrau überlassen, inzwischen aber schon wieder ein neues erworben, indem er es irgendwie hingekriegt hatte, sich zur Schaltstelle zwischen einigen großen internationalen Finanz- und Handelsimperien zu machen. Will, der seinen Vater nach wie vor weder sehen noch sprechen wollte, behauptete steif und fest, Waffenhandel sei der Mittelpunkt seiner Aktivitäten, oder manchmal schrieb er den Erfolg dem Bohemian Grove Club zu, einer Art Geheimgesellschaft von Drahtziehern und Manipulanten, die sich regelmäßig in ihrem Schlupfwinkel nördlich von San Francisco trafen, um zwischen den Redwoodbäumen nackt zu tanzen und heidnische Riten zu vollführen. Will hatte gewiß seine Quellen. Cordells Name tauchte einmal im Zusammenhang mit einem Fall auf, den ich zu bearbeiten hatte; da ging es um den Transfer von Geldern, die Allendes Sturz in Chile dienten. Später einmal kam er mir – in völlig legalem Zusammenhang – zusammen mit den Namen Rothschild und Niarchos wieder unter. Die ganzen Jahre über schickten wir uns gegenseitig Weihnachtskarten, und einmal, als ich mir in der Bibliothek gerade eine kurze Atempause von Schadenersatz- und Vertragsrecht gönnte, stieß ich in *Town and Country* auf das Foto eines strahlenden Cordell und einer verschüchterten Cheryl neben Prinz Philip in Ascot.

Im Sommer nach meinem Abschlußexamen unternahm ich meine erste Europareise, nachdem ich mir bis dahin in den Ferien immer mein Studiengeld hatte verdienen müssen. Ich war fast erleichtert, als es mir nicht gelang, einen dieser renommierten, aber schlecht bezahlten Jobs in der staatlichen Verwaltung zu bekommen. Ich hatte die ewigen Fertiggerichte in einer winzigen Bude ohne Fernseher satt. Die Juristerei war für mich immer eine Art Luftschiff gewesen – ein blitzendes Vehikel für den gesellschaftlichen Aufstieg. Im August sollte ich eine Stelle in einer ehrwürdigen Kanzlei in Manhattan antreten. Bis dahin wollte ich die Pilgerfahrt in die Alte Welt nachholen, auf die ich meinesgleichen schon seit Jahren gehen sah.

Obwohl ich in einem feuchten, muffigen Hotel wohnte, dessen Personal aus lauter verschlagenen Indern und Pakistanis bestand, und obwohl die Stadt in diesem Sommer von Strom- und Telefonausfällen heimgesucht wurde, fühlte ich mich in London zu Hause. Ich kaufte mir einen Regenschirm und stolzierte Matson-gleich durch die georgianischen Straßen von Mayfair. Ich spazierte mit meiner karierten Automütze die ganze bunte King's Road entlang, jeden Augenblick halb darauf gefaßt, Will unter denen zu erblicken, die ich als seine Stammesangehörigen betrachtete, und pflichtschuldigst schleppte ich mich auch durchs Britische Museum. Am Tag vor meiner Abreise nach Paris rief ich bei Cordell Savage an, etwas, woran ich schon die ganze Woche gedacht hatte.

Ich brauchte über eine Stunde, um durchzukommen; nachdem ich einmal kurzerhand aus der Leitung geworfen und dann von drei Sekretärinnen hintereinander verhört worden war, wollte ich gerade aufgeben, als plötzlich ein durchdringendes Quäken durch die Leitung tönte. Erst als ich danach Cordells Stimme hörte, erkannte ich den Entenlockruf wieder. »Ist dort Patrick Keane, Bakkalaureus der Geisteswissenschaften und Rechtsanwalt, weiland New Haven und Cambridge?«

Ich klärte ihn darüber auf, daß ich den Titel Rechtsanwalt offiziell noch nicht führen dürfe. Als er hörte, daß ich am nächsten Tag wieder abreisen würde, schalt er mich, daß ich ihn nicht schon früher angerufen hätte, und bestand darauf, daß ich abends zum Essen zu ihm käme.

Ich traf pünktlich um halb acht am Eaton Square ein und wurde von einem Butler in Empfang genommen und in einen Raum geführt, der genau meiner Vorstellung von der Bibliothek eines großen Londoner Stadthauses entsprach, abgesehen von einer zerfransten Südstaatenflagge über dem Kamin, wo man eigentlich das obligate Porträt von Gainsborough erwartet hätte. Cordell kam herein, als ich mir gerade die Bücher in den Regalen ansah. Er war noch immer eine eindrucksvolle Erscheinung und seit jenem Thanksgiving vor fast acht Jahren nicht gealtert. Ich hatte schon fast vergessen, wie aggressiv dieser Blick immer wirkte, mit dem er mich auch jetzt musterte, obwohl er mir dabei herzlich die Hand schüttelte.

»Ich habe Ihre Magisterarbeit gelesen«, sagte er, nachdem der Butler uns etwas zu trinken gebracht und ich ihm kurz erzählt hatte, wie es mir in letzter Zeit so ergangen war.

Ich war geschockt. Mit Sicherheit hatte ich ihm keine Kopie davon geschickt. »Was sagen Sie dazu?« brachte ich mit Mühe heraus, während mein Finger nervös über den geschliffenen Rand des Kristallglases fuhr.

»Käse«, meinte er gutgelaunt. »Vielleicht hätten Sie doch lieber Schriftsteller werden sollen als Jurist. Alles zusammengereimt aus dem Geschreibsel der alten Binnie Pilcher und eines Herrn Dr. Freud. Ich habe Binnie noch gekannt. Sie war verrückt, vollkommen abgedreht. Eine Geschichte irrer als die andere.«

»Sie muß doch da schon uralt gewesen sein.«

»Älter als das Meer.« Und nachdem wir eine Weile über das englische Essen und das englische Wetter geklagt hatten: »Haben Sie Will noch mal gesehen?«

»Ich treffe ihn hin und wieder.«

»Und?«

»Es geht ihm gut«, begann ich, »er hat jetzt einen neuen Vertrieb für seine Platten unter...«

»Über seine geschäftlichen Angelegenheiten weiß ich Bescheid«, fuhr er mich an. »Ich habe schließlich meine Quellen, und jeder kann einen Ausschnittdienst bezahlen. Ich frage nach seinem Seelenleben.«

Dieses Wort hätte man eigentlich nicht aus dem Mund eines Cordell Savage erwartet, und um ein Haar hätte ich ihm das gesagt. Eigentlich neigte ich auch zu der Ansicht, daß er den

Anspruch auf derlei persönliche Informationen aufgegeben hatte, als er mit der Verlobten seines ältesten Sohnes von Memphis wegging. Aber ich hatte meinen Pakt mit Cordell schon vor vielen Jahren geschlossen.

»Seine Laster und Tugenden sind kaum voneinander zu unterscheiden«, begann ich also. »Dieselben Eigenschaften, die ihn so erfolgreich gemacht haben, werden wahrscheinlich einmal sein Tod sein.« Es war eine bewußte Effekthascherei von mir. »Er ist in jedem Sinne besessen.«

»Und dafür geben Sie mir die Schuld«, stellte er nüchtern fest.

Ich zuckte die Achseln und nippte an meinem Scotch. Ich mochte Scotch nicht besonders, und das war einer der Gründe, warum ich ihn trank – auf diese Weise trank ich jederzeit in Maßen. »Sie und er haben mehr gemeinsam, als er gern zugeben würde.«

»Ich will Ihnen mal was sagen. Mein Ältester, den Sie ja kennengelernt haben – ich fürchte, ich habe ihn bevorzugt. Ich sage nicht, daß ich es zu Recht getan hätte. Aber so geht's eben. Er war jedermanns Liebling. Ich fürchte auch, ich habe zuviel von meinen Hoffnungen auf seine Schultern geladen. Ich hatte von ihm den Fortbestand der Familie erwartet. Man rechnet ja nicht damit, seine eigenen Kinder begraben zu müssen. Ich hoffe, daß Sie diesen Schmerz nie erfahren müssen, Patrick.« Er atmete tief durch.

»Der Jüngste – ich war geschäftlich sehr eingespannt, als A. J. kam, und seine Mutter hat ihn aufgezogen und verwöhnt und mir entfremdet. In seinem Fall waren die Gene wohl nicht recht in Hochform. Aber Will...« Er verstummte kurz und trank einen Schluck. »Ich wußte, daß Will intelligent war, hochintelligent. Und er hatte diesen Dickkopf, den man oft bei zweiten Söhnen findet, den Zorn darüber, daß da schon einer vor ihm ist, daß er um die Liebe der Eltern konkurrieren muß, die ein erstes Kind noch für selbstverständlich nimmt.«

Er leerte sein Glas und zog an einer Schnur, worauf der Butler erschien. Nachdem dieser sein Glas wieder gefüllt und uns allein gelassen hatte, nahm Cordell den Faden wieder auf. »Ich wollte, daß er seinen Mann stand. Und um ihn stehen zu können, mußte er mich stürzen. So war das schon immer zwischen Vätern und Söhnen, noch vor diesem ganzen Käse von der Jugendrevolution, noch bevor wir je von der Kluft zwischen den Generationen gehört hatten. Oder können Sie ehrlichen Gewissens behaupten, bei Ihnen wäre es nicht so gewesen, es hätte Sie nicht zu dem gemacht, der Sie jetzt sind? Haben Sie sich als Junge nicht eines Tages hingesetzt und sich im Herzen von Ihrem Vater losgesagt?«

Jetzt war es an mir, mein Glas zu leeren, damit er nicht sah, wie ich rot wurde.

»Aber Sie brauchten sich gegen Ihren alten Herrn nicht allzu kräftig ins Zeug zu legen«, fuhr er fort. »Sie sind nicht mehr wirklich böse auf ihn. Er ist kein so großer Tyrann wie ich, und darum brauchten Sie sich nicht so anzustrengen, mußten nicht so weit gehen. Ich habe es Will leichtgemacht, indem ich es ihm schwermachte. Es ihm leichtgemacht, mich zu hassen. Will ist eine Siegernatur, ein Macher. Es ist das gleiche wie mit Jagdhunden. Man hat seine Spaniels, seine Setter, seine Pointer. Den Spaniel hat man nah bei sich, in zehn, höchstens zwanzig Meter Umkreis. Er ist ein guter, anstelliger Hund. In diesem Nahbereich findet er alles, stellt es oder scheucht es auf, je nachdem, wie er es gelernt hat. Ein Spaniel ist auch ein guter Schoßhund, man kann ihn getrost ins Haus nehmen und von Frauen und Kindern verhätscheln lassen, ohne daß es ihn unbedingt für die Jagd verdirbt. Er will gefallen; er sucht einem die Vögel. Dann hat man den Setter, der arbeitet lieber etwas selbständiger, streift durch die Gegend, rennt viel herum. Manche Leute halten sich den Setter im Haus, andere sperren ihn in den Zwinger.«

Der Butler kam mit neuen Getränken und zauberte unsere alten Gläser auf silbernem Tablett hinaus.

»Und dann hat man noch den Pointer, den mag man nicht so

recht hätscheln, und er will auch nicht gehätschelt werden. Man nimmt ihn nicht ins Haus. Er ist ein Arbeitshund. Er lebt für die Jagd. Um mit einem Pointer Schritt zu halten, müssen Sie zu Pferd sein. Der Pointer braucht einen großen Aktionsradius, er ist irgendwo weit draußen im Gelände, manchmal sehen Sie ihn erst nach einer halben Stunde wieder. Aber er findet zweimal so viele Vögel wie die anderen Hunde und steht, wenn es sein muß, einen ganzen Tag lang vor. Aber damit da kein Irrtum entsteht, er tut es für sich selbst. Was Sie von ihm wollen, ist ihm scheißegal. Er tut seine Arbeit und sonst nichts. Und so einer ist Will. A. J., bei dem wußte ich, daß er nah beim Haus bleiben würde. Und Elbridge konnte so oder so, er war ein Allroundkrieger. Das dachten wir zumindest. Aber Will, der hat dieses Rastlose. Ihn möchte man nicht so gern bei sich im Bett liegen haben. Ich habe dem kleinen Scheißer kräftig eingeheizt, und es hat geklappt. Diesen Jagdtrieb verdankt er mir.«

Ich sah zu ihm auf. Seine Argumentation setzte mich in Erstaunen.

»Sie finden, ich erzähle Ihnen hier einen Haufen Mist?«

»Das würden Sie mich nicht fragen, wenn Sie nicht selbst Ihre Zweifel hätten«, antwortete ich schließlich.

»Sie werden mal einen guten Rechtsverdreher abgeben«, meinte er lächelnd.

Sie war mir zu einfach, diese kleine Rückschau, und ich war nicht bereit, ihm in Wills Namen Absolution zu erteilen. »Ich finde nicht, daß Sie es nötig haben, sich vor mir zu rechtfertigen.«

»Wie steht's mit seinem Liebesleben?« fragte Cordell. »Ich nehme an, er vögelt sich jetzt durch die Gegend, nachdem er frei ist von dieser ...« Daß er den Satz unvollendet ließ, war wohl so etwas wie Rücksicht auf meine Empfindlichkeiten. »Freie Liebe und so? Oder wird er irgendwann mal seßhaft werden?«

»Ich glaube nicht, daß er eine besonders hohe Meinung von der Ehe hat.« Ich hatte nicht unbedingt beabsichtigt, ihm – wie

Cordell es ausgedrückt haben würde – eins unterzujubeln, aber uns war beiden klar, daß ich genau das getan hatte.

»Seine Mutter und ich paßten leider von Anfang an nicht gut zusammen«, sagte er. »Kann sein, daß ich zuviel auf ihre Familie gesehen habe – was sie darstellte, war für mich irgendwie realer als sie selbst. Als wir uns schließlich kennenlernten ...« Er unterbrach sich und starrte seine Eiswürfel an. »Aber wenn Will mich jetzt fragen sollte, würde ich ihm antworten, daß Eheglück ein erreichbarer Zustand ist.«

Mir ging durch den Kopf, daß gerade Cordell für sein gegenwärtiges Eheglück vielleicht bei Will und seinesgleichen in der Schuld stand, denn sie hatten die Fesseln der Konvention gesprengt; daß Cordell gewissermaßen stiller Nutznießer derselben Revolte war, die er so harsch bekämpfte. Aber bevor ich die Frage formulieren konnte, meinte er: »Nun ja, heutzutage muß man ja wohl nicht mehr verheiratet sein, um Kinder in die Welt zu setzen.« Er dachte demnach in dynastischen Begriffen. Zerwürfnis hin, Zerwürfnis her, er wollte den Namen fortgeführt wissen, und da war Will seine einzige Chance. Er fürchtete, daß Will der letzte Savage sein könnte. Und ich fragte mich, ob Will vielleicht bewußt die Erbfolge in Geiselhaft hielt, solange sein Vater lebte.

Ich hatte nicht den Mut, Cordell zu sagen, daß ich glaubte, Will liebe Taleesha immer noch und werde sie wohl auch immer lieben, und zu meinem Glück wurden in diesem Augenblick die ersten Gäste gemeldet. Wir gingen sie begrüßen. Als ich dem Marquis und seiner Gattin vorgestellt wurde, erschien gerade Cheryl oben auf der gewundenen Treppe, was das Gespräch unterbrach.

»Hallo, Darling«, rief Cordell. Vorsichtig, immer den Saum ihres langen Kleides im Blick, kam sie die Stufen herunter, zögernd von einem Stöckelabsatz auf den andern tretend wie ein Mädchen vom Lande, das noch nicht ganz an Schuhe gewöhnt war. Wenn das ein glanzvoller Hollywoodauftritt hatte werden sollen, ging er gründlich daneben – aber sie war schöner denn je.

Sie begrüßte mich schüchtern und blickte auf den Teppich, als Cordell sie daran erinnerte, daß wir uns ja schon kannten. Ich fragte mich, ob sie wohl auch an unser makabres kleines Gefummel in Memphis dachte. Eigentlich hatte ich ihr nicht nur böse sein, sondern sie geradezu verachten wollen, aber jetzt tat sie mir statt dessen nur leid. Sie gehörte nicht hierher, nicht in dieses Haus und nicht in dieses Land, und das schien sie zu wissen, nur ihr Mann offenbar nicht.

Beim Dinner war Cheryl vorsichtig und höflich. Als hätte sie ständig Angst, einen Fauxpas zu begehen, redete sie kaum von sich aus, antwortete im wesentlichen nur auf Fragen, die ihr Mann ihr zuspielte. »Ich erzähle Bartholomew gerade, wie gern du reitest, Schatz. Hab ich nicht recht?«

Gewiß war die Gesellschaft einschüchternd, für mich wie für sie – ein ausgewanderter amerikanischer Investmentbanker, ein Tory-Abgeordneter, ein Dramatiker sowie ihre mit Schmuck und Titeln behängten Gattinnen. Eine hübsche, respektlose Blondine aus Tennessee, die an der London School of Economics studierte, war als Tischdame für mich eingeladen, und im angeregten Gespräch mit ihr vergaß ich fast die Gastgeberin, bis Cordell beim Dessert mit der Gabel an sein Glas klopfte und ankündigte, daß seine Frau nun eine kleine Vorstellung geben werde.

»Das darf nicht wahr sein«, flüsterte ich.

»Und ob«, entgegnete meine belustigte Tischdame. »Das gehört dazu, wenn man chez Savage diniert.«

Cheryl zog sich zurück und trat wenige Minuten später hinter einem blattvergoldeten Wandschirm hervor, im gleichen Aufzug, in dem ich sie schon in Memphis gesehen hatte, und wirbelte einen Bâton, der an beiden Enden brannte. Über versteckte Lautsprecher dröhnte Cordells Stimme vom Band: »Ladies and Gentlemen, Sie erleben Cheryl Savage, ehemalige Miss Kentucky, mit ihrem flammenden Bâton.«

Es folgte laute Musik, ein bekannter vaterländischer Marsch

– Sousa vielleicht –, bei dem es mir immer peinlicher wurde, daß ich Amerikaner war. Cheryls Schüchternheit und Nervosität waren wie weggeblasen. Sie marschierte in ihren Glitzerstiefeln um den Tisch herum, warf die Beine hoch und schleuderte selbstbewußt den wirbelnden Bâton in die Luft, manchmal bis dicht unter die Stuckdecke, um ihn dann elegant und sicher wieder aufzufangen. Cordell nickte zu dem wummernden Rhythmus und lächelte verschmitzt. Ich hätte unmöglich sagen können, ob er wirklich stolz auf sie war oder sich nur auf ihre und unsere Kosten amüsierte. Die anderen Gäste sahen mit starrem, bangem Lächeln zu.

Als die Vorstellung endete, folgte auf spärlichen Applaus schon bald betretenes Schweigen. »Darling, das war einfach hinreißend«, sagte Cordell und prostete seiner Kindbraut zu. Cheryl, die schlagartig wieder verlegen war, knickste und verschwand hinter dem Wandschirm.

»So so«, sagte die Marquise zu meiner Linken. Etwas anderes fiel ihr dazu auch nicht ein.

»Ja, ja«, meinte der Abgeordnete. »Wirklich sehenswert.«

Ich begleitete meine Tischdame zu ihrer Wohnung in Kensington, und zu meinem Erstaunen lud sie mich zum Bleiben ein. Vielleicht hätte ich gar nicht so erstaunt sein sollen, denn wir lebten in den Siebzigern, und da war die Liebe ja noch immer frei. So hatte ich es jedenfalls munkeln hören. Für mich war die Arena des Fleischlichen alles andere als sorgenfrei.

Sie gab nicht ohne weiteres auf, war aber, wie ihre Vorfahren, huldvoll in der Niederlage. In ihrer südstaatlichen Barmherzigkeit ging sie so weit, mich beinah davon zu überzeugen, daß Versagen eher die Regel als die Ausnahme sei, ja, es sei sogar ziemlich ungewöhnlich und komme so gut wie nie vor, daß ein Mann eine Erektion erzielen und aufrechterhalten könne, die ihren Höhepunkt in einer Ejakulation innerhalb einer echten, lebendigen Frau erreiche.

Wie sie so neben mir im Bett lag und im Garten hinter ihrer Wohnung der Regen herunterrauschte, lenkte sie das Gespräch auf unseren eigentlichen Anknüpfungspunkt, nämlich Will. Sie kannte die Familie schon ihr Leben lang, und als sie nach London gekommen war, hatte Cordell sie unter seine Fittiche genommen, sie zum Abendessen und ins Theater eingeladen. Als ich fragte, ob seine Aufmerksamkeiten gänzlich harmloser Natur seien, lachte sie.

»Ach, so ist das überhaupt nicht. Wir kennen das im Süden nicht anders. Er kümmert sich einfach um mich; außerdem ist er bis über beide Ohren in Cheryl verliebt.«

Die Schaustellung, die ich heute abend miterlebt hätte, sei ebenfalls ohne Hintergedanken. Er sei wirklich und wahrhaftig auf ihre Majorettenkünste ungemein stolz. Seine Freunde und Geschäftspartner sähen ihm das als eine seiner harmloseren Macken nach; ich für meinen Teil neigte eher der Theorie zu, daß Cheryls Auftritte für ihn ein raffiniertes Mittel waren, sie alle auf den Arm zu nehmen, sich seine Überlegenheit zu sichern, indem er sie verunsicherte. Cheryl gebe sich, wie ich belehrt wurde, alle Mühe, sich anzupassen, doch am wohlsten fühle sie sich in Gesellschaft ihrer Friseuse, die sie überallhin begleite.

»Er ist kein übler Kerl«, sagte meine Gefährtin. »Man muß bedenken, was er durchgemacht hat.« Als ich fragte, was das denn sei, tischte sie mir die Geschichte auf, die ich zum erstenmal an einem Silvesterabend in der Halle des Hotels Peabody zu hören bekommen hatte.

Cordell sei zwölf gewesen, als seine Mutter des Mordes an ihrem Mann, Wills Großvater, angeklagt worden sei, den man mit Schrotkugeln gespickt in seinem Schlafzimmer gefunden habe. Nach dieser Version wurde sie wegen Notwehr freigesprochen, denn ihr Mann war als Säufer und Schläger bekannt. Aber in Memphis und überhaupt im ganzen Delta wurde getuschelt, der Sohn habe abgedrückt, nicht die Mutter. »Die Leute im Delta«, sagte sie, als genügte das als Erklärung, »sind eben ein bißchen ... cxtrem.«

Ich lag die ganze Nacht wach neben ihr im Bett, sorgte mich, ob ich am nächsten Morgen mein Flugzeug erreichen würde, und mußte immer wieder an diesen lange zurückliegenden Morgen im Anstand denken, als Will Savage, eine dunkle Silhouette vor der rosigen Morgendämmerung, eine Flinte auf den Kopf seines Vaters gerichtet hielt. Und genau dieses Bild stand mir sofort vor Augen, als die Polizei in meiner Kanzlei erschien, um mich nach Felson auszufragen. Ich fürchtete, Will habe letztendlich doch abgedrückt.

XVIII

Der billige Flitter New Yorks stieß mir um so bitterer auf, als die Stadt auf dem besten Weg in den Bankrott war. Endlich angekommen in der Hauptstadt des Neubeginns, befürchtete ich schon, zu spät gekommen zu sein. Dennoch fühlte ich mich jedesmal wieder ermutigt, wenn ich in die marmorne Eingangshalle meiner Kanzlei in Downtown Manhatten trat, oder wenn ich aus dem zweiunddreißigsten Stock hinausblickte über das konstruktivistische Gebirge der Stadt. An den seltenen Wochenenden, die ich nicht durcharbeitete, ging ich, während andere durch den Central Park spazierten, die Kalksteinschlucht der Park Avenue hinauf, spähte in die smaragdgrün überdachten Portale großstädtischen Wohlstands und malte mir meine Zukunft aus. Es war ein tröstlicher Gedanke, daß diese Stadt, genau wie das ganze Rechtsgebäude, mich und alle ihre unbedeutenden Bewohner überleben würde. Vielleicht hat Will deshalb New York nie gemocht – weil er es nicht beherrschen konnte. Wie dem auch sei, ich nahm meine Umgebung sowieso nur sporadisch wahr, da ich regelmäßig vierzehn bis sechzehn Stunden täglich arbeitete. In den Anwaltskreisen von Manhattan erlangte ich regelrechte Berühmtheit, weil ich einmal an einem Tag fünfundzwanzig Stunden abgerechnet hatte: Ich war in New York aufgewacht und nach Kalifornien geflogen, was den Arbeitstag um drei Stunden verlängerte. Es war eher Zufall, daß ich mich mehr und mehr auf Gesellschaftsrecht spezialisierte. Dies war schon immer ein lukrativer Zweig unseres Gewerbes gewesen – und dem Bankgeschäft ähnlicher als dem Drama des Gerichtsprozesses –, aber in den Achtzigern erklomm seine Lukrativität geradezu irrwitzige Höhen, als eine Welle von Firmenaufkäufen und -zusammenschlüssen uns zunächst mit Honoraren und dann mit Provisionen auf Millionenabschlüsse überschüttete. Aber das war später.

Während die Stadt mitunter im hellen Licht zu strahlen schien, war mein eigenes Leben so grau wie mein Anzug. Die Museen und ein monatlicher Opernbesuch waren alles, was ich mir an Schönem gönnte. Von einem gelegentlichen Gläschen im Yale- oder Harvard-Club abgesehen, bestand New York für mich aus einsamen Restaurantessen, Waschsalons und U-Bahn-Fahrten. Für die Zeit, bis der Mietvertrag für meine Wohnung in Yorkville anlief, bezog ich ein schäbiges Zimmer im Hotel Van Cortlandt, einer der vielen Dutzend fliegengeplagter Wochenpensionen, die einmal so charakteristisch für Manhattan gewesen waren, bewohnt von denen, die entweder am Beginn ihrer Abenteuer in der großen Metropole oder an deren zerfranstem Ende standen. Ich teilte mir das Bad auf dem Flur mit einem kleinen Haschdealer, einem Tänzer und einer dem Alkohol verfallenen Stummfilmdiva, die im Frotteebademantel auf dem Flur auf und ab lief und uns alle beschimpfte, weil wir das WC versaut hätten. Einmal im Monat donnerte sie sich zu einem Abklatsch ihrer gewesenen Schönheit auf und setzte sich in der Halle in Positur, um auf die Limousine zu warten, die ein ehemaliger Produzent nach ihr schickte, der entweder gutherzig oder sentimental genug war, sie zum Essen einzuladen.

Das Van Cortlandt blieb meine größte Annäherung an ein Bohemeleben. Bald bezog ich ein Zweizimmerappartement nicht weit vom East River, wenige entscheidende Häuserblocks entfernt von der Goldküste meiner Sehnsüchte zwischen Fifth und Park Avenue. Zu Feiertagen fuhr ich immer noch nach Hause, aber es dauerte über ein Jahr, bis ich mich etabliert genug fühlte, um meine Mutter einmal zu mir einzuladen. Sie wollte unbedingt mit dem Bus kommen; er sei das einfachste und preiswerteste Verkehrsmittel, sagte sie. Ich holte sie also am Busbahnhof Port Authority ab – nicht eben das Tor zur großen Stadt, das man sich für seine Mutter wünschen würde. Die Obdach- und Hoffnungslosen hatten sich noch nicht über die ganze Stadt ausgebreitet, und der Busbahnhof war eines ihrer traditionellen Reservate. Bettler allenthalben, der Stoßkeil des Nötigungsgewerbes an diesem finsteren Ort. Nach einem Jahr hatte ich mir bereits das schroffe Abwehrverhalten eines New Yorkers zugelegt. Manchmal gab ich in der U-Bahn ein paar Münzen, aber hier im Busbahnhof erschien es mir am klügsten, niemanden anzusehen und jegliche Bitte zu überhören. So drehte ich mich nicht einmal um, als eine kleine, vermummte Gestalt von der Seite in mein Blickfeld trat und fragte: »Haben Sie ein paar Cent für mich? Ich hab Hunger.« Die Stimme war kläglich, aber ich hatte mich bereits entschieden. Er blieb in meiner Nähe, auch nachdem ich schon längst den Kopf geschüttelt hatte.

Endlich kam der Bus. Meine Mutter winkte durchs Fenster. Offenbar hatte sie sich schon mit dem Busfahrer angefreundet, von dem sie sich jetzt verabschiedete, womit sie die anderen Fahrgäste aufhielt, bevor sie ausstieg, mich an den ausladenden Busen drückte und ihr Gepäck holte. »Laß dich ansehen!« rief sie. Ich meinte fast zu hören, wie groß ich geworden sei, und ich glaube, es lag ihr auch schon auf der Zunge, bis sie sich gerade noch besann.

In diesem Moment schob sich der kleine Mann wieder heran. »Ich hab Hunger. Könnten Sie nicht...«

»Nein, wir können nicht«, sagte ich in einem Ton, der mich selbst überraschte. Ich möchte mir gern einbilden, daß es übertriebener Beschützerinstinkt für meine Mutter war. Sie sah den Mann und dann mich an und konnte meine Heftigkeit nicht fassen. Ich warf dem Bittsteller einen finsteren Blick zu, der meine Weigerung hoffentlich besiegeln würde, und da sah ich ihn mit den Augen meiner Mutter: einen runzligen alten Mann mit dem Gesicht eines verständnislosen Kindes, eindeutig zurückgeblieben und jetzt auch noch erschrocken; er hielt eine Plastiktüte an die Brust gedrückt, die von Lumpen und Papierfetzen überquoll. Als ich mich wieder zu meiner Mutter umdrehte, schnürte ihr Gesichtsausdruck mir das Herz ab. Ich sah, daß sie sich meiner schämte. Sie fragte sich wohl, wie sie nur an einen Sohn gekommen war, der einem bedürftigen Geschöpf Gottes eine so hartherzige und brutale Abfuhr erteilen konnte. Ich glaube, sie war viel zu überrascht, um in ihre eigene Geldbörse zu greifen, und ich war zu gedemütigt, um den Schaden wiedergutzumachen, indem ich dem armen Teufel ein paar Münzen in die Hand drückte. Ich nahm sie beim Arm und führte sie fort. »Viele von diesen Burschen sind einfach raffinierte Schwindler«, sagte ich. »Da muß man aufpassen.«

Meine Mutter erwähnte den Vorfall mit keinem Wort mehr, aber er überschattete ihren Besuch in der Großstadt. Meine Weltläufigkeit war schlagartig diskreditiert. Das majestätische Gehabe, das ich mir zugelegt hatte, wirkte jetzt nur noch lümmelhaft. Mein überlegener Umgang mit Kellnerinnen und Taxifahrern war dahin, wobei mir bis zu diesem Augenblick im Busbahnhof selbst nicht bewußt gewesen war, wie herablassend ich mich gebärdete.

Sie bezog mein Schlafzimmer, während ich auf der Couch schlief, und ihre Anwesenheit führte mir nicht nur vor Augen, wie einsam ich gewesen war, sondern auch, wie ihr zumute gewesen sein mußte, als ich von zu Hause fortging. Heimweh hatte ich zwar schon gehabt, als ich anfangs aufs Internat ging, aber ich hatte es nie so schmerzhaft empfunden wie in dieser Nacht in meiner New Yorker Wohnung, mit meiner Mutter im Zimmer nebenan. Da ich ihr unbedingt beweisen wollte, daß ich doch ein besserer Mensch war, als es zunächst den Anschein gehabt hatte, gab ich mir alle Mühe, ihr diesen Besuch zu einem schönen Erlebnis werden zu lassen. Ausnahmsweise war ich mir nicht zu schade für einen Ausflug zur Freiheitsstatue oder ein Essen bei Lüchows. Und ich würde mir gern einbilden, daß ich bei der Gelegenheit etwas von meiner Unreife ablegte, sie abstieß wie eine Schlangenhaut. Als ich sie zwei Tage später wieder zum Busbahnhof brachte und sie sagte, daß sie stolz auf mich sei, errötete ich.

Und jetzt fällt mir noch etwas Merkwürdiges ein – daß Felson an dem Samstag, als ich sie durch die Kanzlei führte, dort bei der Arbeit saß, und obwohl ich ihn kaum kannte, erkundigte sie sich oft nach ihm, wenn ich zu Hause anrief. »Und was macht dieser nette jüdische Gentleman in deiner Kanzlei?« Und immer fragte sie mich auch nach Will aus, den sie noch nie gesehen hatte.

Obwohl ich viel zu tun hatte, gab ich mir Mühe, mit ihm in Verbindung zu bleiben. Will rief mich gewöhnlich an, wenn er in New York war – mit dem Dalai Lama, mit Eric Clapton. Er beschäftigte zwar ein eigenes Anwaltsteam in Memphis, wandte sich aber in Einzelfragen oft an mich. Als er 1979 Kapital zur Expansion brauchte, arrangierte ich eine Privatanleihe, und als er eine ganze Weile später in den Bankrott trudelte, konnte ich den Verkauf seines Katalogs an eines der größeren Labels organisieren.

Inoffiziell hielt ich den Kontakt über Taleesha, mit der ich ein- oder zweimal im Monat essen ging. Ich empfand dabei eine Mischung aus vormundschaftlicher Verantwortung – als müßte ich sie für Will bewahren – und stellvertretendem Besitzerstolz: Ich genoß die versteckten Blicke auf der Straße, die geflüsterten Bemerkungen in den Restaurants. Sie führte mich in den Cellar und zu Mikels auf der West Side, wo sich in jenen Jahren die schwarze Mittelschicht zu treffen pflegte. Bei diesem Flirt mit dem Tabu der Rassenmischung fühlte ich mich fast schon selbst in die ganze schreckliche Geschichte des Rassenkonflikts hineingezogen, bis Taleesha mir diese Illusion raubte. »Du hast ja keine Ahnung, wovon du redest«, sagte sie, als ich mich einmal in aller Unschuld zu weit über eine unsichtbare Grenze vorwagte. Sie hatte für Klugscheißer nicht viel übrig.

Wenn ich an Taleesha in jener Zeit zurückdenke, sehe ich sie immer an mir vorbeischauen. Sie beobachtete unablässig das ganze Lokal. Ging in einem Restaurant oder in einer Bar die Tür auf, mußte sie unweigerlich hinsehen. Sie hatte mehrere gute Gründe, in New York zu leben, aber einer davon war ihre Mutter, von der sie vor vielen Jahren die letzte Postkarte aus dieser Stadt erhalten hatte. Auf der Straße musterte sie immerzu die Gesichter der Entgegenkommenden, doch ich glaube nicht einmal, daß sie sich dessen bewußt war.

Taleesha und Will sprachen fast täglich miteinander. Es war eine sonderbar vertraute, liebevolle Trennung. Dann besprachen sie im einzelnen ihre jeweiligen Fehler, wobei Will alle Schuld auf sich nahm und Taleesha darauf beharrte, daß es eigentlich die ihre gewesen sei, aber ich glaube eigentlich, daß sie sich ihre Liebe zueinander schon deshalb bewahren konnten, weil sie fanden, daß ihre Ehe höheren Mächten zum Opfer gefallen war. Die Welt, in der sie lebten, war für ihre Liebe nicht gut genug. Und so betrauerten sie ihre Trennung und konnten zugleich über Tausende von Meilen hinweg eine neue und vorher nicht denkbare Vertrautheit aufbauen und einander über den beiderseitigen Verlust hinwegtrösten, indem sie betonten, daß sie immer noch einander hätten. Frei von den Erosionen des Alltags, konnten sie einander als romantische Figuren in einer grandiosen Liebesgeschichte porträtieren. Wie in Erwartung des nicht näher bestimmten Tages, an dem sie glorreich wiedervereint sein würden, hielt Will sie in allen Einzelheiten über seine Geschäfte auf dem laufenden und wußte jederzeit, wo sie sich in der Stadt gerade aufhielt. Diese Entdeckung machte ich eines Abends, als er sie in dem Restaurant anrief, wo wir gerade aßen. Ich dachte schon, es müsse etwas Schlimmes passiert sein, aber er wollte nichts weiter als mit uns plaudern, abwechselnd, während wir die Ellbogen auf das Gästebuch stützten und der Oberkellner uns durch seine kritische Stahlrandbrille anfunkelte.

»Er weiß immer gern, wo ich bin«, erklärte sie, als wir wieder am Tisch saßen.

»Ist das nicht ein bißchen lästig?« fragte ich.

»Ich finde es aber auch lieb. Und keine Bange, wenn ich mal verschwinden möchte, wüßte ich schon, wie. Diese Gabe liegt bei uns in der Familie. Mütterlicherseits.«

Um die Stimmung vermeintlich etwas aufzuhellen, erinnerte ich sie an unsere erste Begegnung, das heißt an den Abend, an dem ich sie zum erstenmal gesehen hatte, als sie in Lesters Haus reglos zwischen den Derwischen an der Wand lehnte. »Da ist Will zu dir gegangen und hat dich zum Tanz aufgefordert, und du hast ihm eine geklebt. Ich habe mich seitdem immer gefragt, was er da wohl zu dir gesagt hat.«

Sie blickte zuerst nur ins Leere. Ich dachte schon, sie hätte das längst vergessen, bis ich plötzlich die Tränen in ihren Augen sah. Ich reichte ihr mein Taschentuch. »Verdammt noch mal«, sagte sie leise, dann faßte sie sich wieder. »Er hat gesagt... er heiße Will Savage und werde mich eines Tages heiraten.«

»Warum zieht ihr nicht einfach wieder zusammen?« fragte ich. »Es würde so viele Ferngespräche sparen.«

Sie tupfte sich mit ihrer Serviette die Augen ab. »Weil er ein Riesenarschloch ist, und das dürftest du so gut wissen wie ich. Man kann einfach nicht mit ihm zusammenleben«, sagte sie. »Ich wüßte jedenfalls niemanden, der das aushält.«

»Dann solltest du dich vielleicht von ihm scheiden lassen, um ein eigenes Leben führen zu können.«

»Andererseits«, meinte sie, »wenn du einmal mit Will zusammengelebt hast, erscheint dir jeder andere irgendwie...« Sie zuckte die Achseln und überließ es mir, die abwertenden Adjektive zu ergänzen.

»Vielen Dank«, maulte ich. »Als dein Begleiter des heutigen Abends...«

»Ach, hör auf, Patrick. Wir sind beide hier, weil wir diesen Oberblödmann lieben. Komm mir jetzt nicht auf die galante Tour, daran glauben wir doch beide nicht.«

Einige Jahre nach meinem Besuch in London kam der Oberblödmann selbst durch New York. Er bestellte mich über die Kanzlei für eine Besprechung mit seinem Schallplattenverlag. Kurz nach dem Mittagessen holte er mich in einem chauffierten Rolls ab. Lediglich sein Bauchumfang wies ihn als Tycoon aus. Die ranke Schönheit seiner Jugend war dahin. Sein Gesicht war aufgedunsen, die Augen waren zwei Flecken verhangenen Himmels, die man durch ein Dickicht von Bart und Haaren hervorschimmern sah.

»So sehr ich mich freue, dich wiederzusehen«, sagte ich, »solltest du doch wissen, daß ich vom Schallplattengeschäft überhaupt nichts verstehe.«

»Du brauchst nur zu wissen, daß es ein ebenso käufliches und korruptes Gewerbe ist wie die Politik von Louisiana. Und vergiß nicht, daß dein Anwaltsprivileg dich davon befreit, über irgend etwas aussagen zu müssen, was du heute zu sehen oder zu hören bekommst.«

»Du willst doch nicht etwa jemanden umbringen?«

»Angenommen, ich würde dir das jetzt sagen, wäre das dann nicht Mitwisserschaft vor der Tat?«

Die Bürosuite, zu der wir uns begaben, gehörte laut dem Schild an der Tür dem geschäftsführenden Vizepräsidenten des Labels. Die Sekretärin war sichtlich eingeschüchtert, als sie Wills Ankunft meldete. Sekunden später kam ihr Chef aus einem der Büros gesprungen – ein diensteifriger, zotteliger Mensch im Freizeitanzug oder was ich dafür hielt: beiger Zweiteiler unbestimmten Schnitts über einem weißen Seidenhemd, das bis zum Brustbein offenstand. Er kam auf Will zu, als wollte er ihn umarmen, schien dann aber zu merken, daß diese Idee nicht so gut war. Will wirkte schon im günstigsten Fall abweisend, in diesem Augenblick aber ganz besonders ungnädig.

Der Geschäftsführer trat einen Schritt zurück, als wollte er sich seinen legendären Besucher genauer ansehen, und breitete zum übertriebenen Willkommensgruß die Arme aus. »Will, Will, Will«, rief er, »wo kommst du jetzt her, aus Nashville? Ich meine Memphis. Memphis stimmt doch, ja? Wie schön, dich mal wieder zu sehen. So lange her. Viel zu lange. Du hättest vorher anrufen sollen.«

»Tony, Patrick Keane, mein Anwalt.«

Tony schien gar nicht zu merken, daß ihm die Ehre eines Nachnamens vorenthalten wurde. Er kam mir überhaupt vor wie einer von diesen Leuten – ich brachte sie immer mit der Unterhaltungsindustrie in Verbindung –, die gar keine Nachnamen hatten und die ganze Geschichte mit den Familiennamen sowieso für hoffnungslos veraltet und steif hielten. Ich gab ihm die Hand, aber auch das schien er für einen kuriosen Brauch zu halten.

»Was möchtet ihr, einen Drink, einen Joint, eine Prise?« fragte Tony, nachdem wir uns in sein freundliches, glitzerndes Büro begeben hatten, dessen Einrichtung vorwiegend aus goldenen Schallplatten und gerahmten Fotos bestand: lächelnder Tony, den Arm um irgendwelche feixenden oder benebelt wirkenden Rockmusiker gelegt. »Alles, was ihr wollt, ihr braucht es nur zu sagen.«

Will hatte erst gar nicht Platz genommen. Jetzt ging er um Tonys Schreibtisch herum, packte ihn an einer seiner wolligen Koteletten und riß ihn grob von seinem Stuhl hoch. »Ich sage dir, was ich möchte, *Tony*. Am liebsten möchte ich dich hier aus diesem Fenster schmeißen.«

»He, he, Will, alter Freund, was sind das für negative *vibrations*?«

»*Vibrations?*«

»Diese miese Energie, Mann.«

»Na, dann wollen wir darüber mal nachdenken, *Tony*.«

Ich war nervös, wobei ich aber sagen muß, daß ich es bewunderte, wie Will den Namen seines Kontrahenten zu einem Schimpfwort zu machen verstand.

»An meine Frau hast du dich ranzumachen versucht, darum geht's, du hast ihr hier das Leben zur Hölle gemacht. Meiner *Frau*, verstanden? Du hast zu ihr gesagt, wenn sie nicht mit dir bumst, ist ihre Karriere tot. Du solltest dir's zweimal überlegen, bevor du dieses Wort benutzt, Tony. *Tot*. Damit bringst du einen armen Irren wie mich auf Ideen. Weißt du, was wir da, wo ich herkomme, mit denen machen, die unsere Frauen bumsen?«

»Aber Will, was soll ich gesagt haben? Mann, ich hab vielleicht ein bißchen rumgealbert. Harmloser kleiner Flirt.« So an einer Kotelette hochgehalten zu werden, machte es für Tony alles andere als leicht, normal zu reden. »Mehr war da nicht, ich schwör's. Was soll ich sagen – sie ist eine gutaussehende Frau. Ein kleiner Spaß, weiter nichts. Ein bißchen Rumgealbere.«

»Willst du damit sagen, daß meine Frau lügt? Ich hoffe, das willst du damit nicht sagen, Tony.«

Will ruckte noch einmal an der Kotelette.

»Will, ich schwör's vor Gott.«

»Schwör lieber vor mir, Tony. Schwör lieber vor mir, daß du meine Frau von jetzt an mit dem allergrößten Respekt behandeln wirst.«

»Selbstverständlich.«

»Du hast nämlich die Wahl«, sagte Will, wobei er ihn endlich losließ. »Wenn du dich noch einmal an sie ranzumachen versuchst oder ihr das Leben schwermachst, wirst du dir wünschen, ich hätte dich aus diesem Fenster geworfen. Bis ans Ende der Welt werde ich dich verfolgen. Und wenn sie auch nur andeutungsweise erfährt, daß wir hier dieses Gespräch geführt haben, mache ich die Erneuerung meines Vertrags mit deiner Firma davon abhängig, daß du einen Tritt bekommst. Wenn du also am Leben und in Brot und Arbeit bleiben willst, kann ich dir nur raten, Taleesha auf der Stelle von hier wegzubefördern.«

So unangenehm es eigentlich war, dieser Szene als Zeuge beizuwohnen, fühlte ich mich doch ganz unprofessionell in Stimmung kommen. Als wir gingen, gab ich dem Vizepräsidenten freundlich die Hand. »Eine Freude, mit Ihnen Geschäfte zu machen, Tony.« Und dann überreichte ich ihm zum richtig stilvollen Abgang auch noch meine Visitenkarte. An höfliches Vermitteln zwischen kriegführenden Parteien gewöhnt, war mir diese grobe Auseinandersetzung ein regelrechtes Fest.

Im Wagen zündete Will sich einen Joint von der Größe einer Esplendido an. »War ich zu feinfühlig, Herr Anwalt?«

Ich nahm einen Zug von dem Joint. »Ich finde, man kann mit einem Menschen wie Tony gar nicht feinfühlig genug umgehen.«

»Da hast du wahrscheinlich recht.«

Da es so lange her war, daß ich Will zuletzt gesehen hatte, nahm ich mir für den restlichen Nachmittag frei, und wir machten einen Zug durch die Bars im Village, wo man Will offenbar überall kannte. Taleesha war verreist, und das hatte den Termin für Wills Zusammentreffen mit Tony bestimmt. Ich war mir nicht sicher, ob er klug gehandelt hatte, diplomatisch auf keinen Fall, aber ich war stolz auf ihn, und nachdem ich schon ein bißchen zuviel getrunken hatte, sagte ich ihm das. Und sowie ich ziemlich sicher sein konnte, daß Will betrunken war, berichtete ich ihm auch von meinem Besuch in London. Er stellte kaum Fragen, obwohl ich das Gefühl hatte, daß er auf Neuigkeiten brannte. Die Sache mit dem Bâtontanz amüsierte ihn sehr.

»Ist Cheryl immer noch das cremigste Stück Käse aus dem Staate Kentucky?« fragte er. »Oder ist sie eine von den Blumen, die schnell verblühen?«

»So hübsch wie eh und je«, antwortete ich.

»Scheiße«, meinte er. »Ich hab mich so auf den Tag gefreut, an dem mein Alter im feinen Belgravia aufwacht, einen Blick über die Porthault-Kissen wirft und feststellt, daß aus seiner schönen Majorette eine Vogelscheuche geworden ist.«

Viel später, als wir beide wirklich sehr betrunken waren, tauchte er plötzlich aus einem Tagtraum auf wie aus einem tiefen Brunnen. »Hast du schon mal den Ausdruck ›Rache wird am besten kalt serviert‹ gehört, Patrick? Trinken wir darauf.« Und ich hob mein Glas, weil ich dachte, er spräche von dem schmierigen Tony.

Will hatte noch einen Trinkspruch auf Lager. »Jessie Petit sagt immer: ›Was dem Teufel übers Rückgrat soll, muß unter seinem Magen durch.‹«

Das klang sehr kryptisch, und erst nach Jahren ging mir auf, daß er dabei seinen Vater im Sinn gehabt hatte.

Dann saßen wir in seiner Limousine und fuhren in Richtung Upper East Side. Er wollte mir ein Stadthaus zeigen, das einmal dem Vater seiner Mutter gehört hatte. »Der besaß einen privaten Eisenbahnwagen, mit dem er im ganzen Land herumgegondelt ist ... die Schienen waren unterirdisch verlegt ... ein Privatgleis, das direkt in seinem Keller endete. Der alte Esel konnte mit der eigenen Eisenbahn bis in sein Haus fahren und auf dem Weg nach oben eine Flasche Wein aus dem Keller mitnehmen.« Das klang unglaublich vornehm, und ich wollte das Haus unbedingt sehen. Will ließ den Chauffeur langsam durch die 72nd, dann durch die 73rd Street fahren, um das Haus zu suchen. Endlich glaubte er eine Kalksteinfassade zwischen Fifth und Park Avenue zu erkennen. Er sprang aus dem Wagen, rannte die Stufen hinauf und klingelte.

»Will, es ist zwei Uhr morgens.«

»Komm schon«, grölte er von der Haustür her. »Wir müssen das sehen.«

Plötzlich wurden im zweiten Stock die Fenster hell. Ich blieb, betrunken, wie ich war, in der Limousine sitzen. »Komm, Will, wir fahren. Die Leute schlafen ... Will!«

Aber er hatte nicht die Absicht, sein Vorhaben aufzugeben. Es dauerte scheinbar nur Sekunden, bis die Polizei kam.

»Brechen Sie die Tür auf, meine Herren«, befahl Will.

»Wohl einen über den Durst getrunken, wie?«

Will erklärte ihnen das mit dem Eisenbahnanschluß. »Der ist immer noch da unten, muß noch da sein. Wollt ihr so was Beknacktes nicht auch mal sehen?« Wie er da auf der Treppe stand und mit den Armen fuchtelte, sah er aus wie einer dieser wildäugigen Propheten, die man im Washington Park antrifft.

»Jetzt halt mal die Klappe, du Scheißidiot«, sagte der kleinere der beiden Polizisten.

»Halt selber die Klappe, du Scheißbulle.«

Von meinem Logenplatz aus konnte ich die genaue Abfolge der Ereignisse nicht beobachten, aber es sah aus, als hätte der kleinere Polizist Will gegen die Tür geschubst, und Will hätte zurückgeschubst, worauf der Polizist rücklings die Treppe hinuntertaumelte. Der größere Polizist schlug Will mit seinem Gummiknüppel nieder, worauf der gestürzte Kollege hineilte und ihm noch einen Tritt in die Rippen gab. Ich sprang aus dem Wagen und lief zu der Treppe, blieb aber auf der untersten Stufe stehen.

»Willst du auch was abhaben?« fragte der Kleinere, wobei er mitten im Tritt innehielt und sich zu mir umsah.

»Wollen Sie auf fünf Millionen Dollar Schmerzensgeld verklagt werden?« fragte ich zurück. »Ich bin sein Anwalt.«

Ein mutigerer Mann hätte sich vielleicht in die Schlacht geworfen, aber mein Zwischenruf hatte die angestrebte Wirkung. Der größere Polizist hob Will auf und belehrte ihn über seine Rechte, während der kleinere ihm Handschellen anlegte und mich in meinen anwaltlichen Nadelstreifen anfunkelte.

Ich konnte die Kaution nicht vor dem nächsten Morgen besorgen. Die Anzeige gegen Will lautete neben Widerstand gegen die Staatsgewalt noch auf Besitz von Marihuana, wovon man so an die dreißig Gramm in seiner Anzugtasche gefunden hatte. Er war ganz kleinlaut, bis wir im Wagen saßen; dann fing er an, mit den Fäusten auf die Rückenlehne vor ihm zu hämmern, und schwor, die herrschende Ordnung kurz und klein zu schlagen.

Ich war verkatert und unwirsch. »Du kannst einen Polizisten nicht einen Scheißbullen nennen und erwarten, daß du dafür einen Orden kriegst.«

»Nein? Schon mal was von freier Meinungsäußerung gehört?«

»Nicht mein Spezialgebiet.«

»Das merke ich.«

»Wir sind hier nicht in Memphis«, sagte ich ein wenig selbstgefällig – ganz der eingebürgerte New Yorker.

Da ich kein Strafrechtler war, verwies ich Will an einen Kommilitonen von Yale, der an der Fordham-Universität studiert hatte und bei der Staatsanwaltschaft arbeitete. Nach seinem Hafttermin durfte Will nach Memphis zurückkehren; sein Anwalt benachrichtigte mich, daß er auf einen minderschweren Fall von Drogenbesitz plädieren werde, was eine Geldstrafe und sechs Monate Bewährung bedeute. Aber eine Gefängnisstrafe sei jederzeit drin. Der Anwalt konnte den Prozeß zweimal hinausschieben. Und schließlich fand ich, ganz zufällig, einen Weg, Wills juristische Probleme aus dem Weg zu räumen.

XIX

Es war einer dieser tropischen, stinkigen Augustabende in der Stadt, als ich zum erstenmal seit zehn Jahren wieder Aaron Greeley über den Weg lief. Ich saß im Yale-Club an der Bar und wartete auf einen Klienten, als eine Hand mir mein kühlendes, schweißgetränktes Hemd an den Rücken drückte. Er sah noch ungefähr so aus, wie ich ihn vom College kannte: ein Internatsprinz, der nur zufällig etwas dunkelhäutiger war als die meisten

Yalies. Er begrüßte mich herzlich, und ich war gern bereit, so zu tun, als wären wir seinerzeit im besten Einvernehmen auseinandergegangen.

Aaron war inzwischen stellvertretender Bezirksanwalt; nach dem Studium in Yale hatte er ein Jahr lang in Alabama bei Pachtbauern gearbeitet, bevor er auf die Columbia Law School ging. Ich fragte mich, was wohl aus dem schäumenden Dogmatiker von 1970 geworden war, der damals unsere Senatssitzung gesprengt hatte. Aber diese Frage konnte man auch im Hinblick auf das gesamte Land stellen. Das alles schien so fern wie Gettysburg und Shiloh. Will war unter den Menschen, die ich kannte, der einzige, der sich nicht verändert hatte – der immer noch fahnenschwenkend den Hügel erstürmte.

»Was ist aus deiner Dichterei geworden?« fragte Aaron.

»Jetzt erstelle ich Schriftsätze.« Ich überlegte. »Und du hast, wenn ich mich recht erinnere, zuletzt Huey zitiert.«

»Hm, na ja...« Er zuckte die Achseln. »Man ist jetzt Teil des Systems. Darf ich einem Mitverräter einen Drink spendieren?«

Das war noch immer ein Abtasten, eine Musterung. Mein Anzug war von der Stange. Aarons blauer Zweireiher mit Sportkragenhemd erschien mir hingegen damals sehr ausgefallen – zu europäisch, um in meiner Kanzlei Zustimmung zu finden –, aber außer in Illustrierten hatte ich noch niemanden gesehen, dem er so gut stand. Dieser Unterschied im Stil wäre den meisten Leuten wahrscheinlich entgangen, aber ich fragte mich, ob er nach seinem Ausflug ins Revoluzzertum nun wieder angepaßt genug war, um die hart verdiente Uniform des Internatszöglings zu modifizieren. Oder aber er hatte den Verdacht, daß die Stammeskleidung, an der die Angehörigen der Ostküstenaristokratie einander seit Jahrzehnten erkannten, in einigen Jahren ganz Amerika überschwemmen und dann nur noch ein Konfektionsartikel wie alle anderen sein würde.

»Verheiratet?« fragte Aaron.

»Noch nicht. Du?«

»Hab noch viel zuviel Spaß am Leben, Mann.«

Aaron sagte, er habe noch eine Verabredung, aber ich müsse unbedingt nächste Woche zu ihm kommen, da habe er ein paar Freunde zum Abendessen eingeladen. »Nichts Besonderes, nur Spaghetti.« Es muß ganz kurz vor der Zeit gewesen sein, als Spaghetti zu Pasta wurden. »Bring eine Begleitung mit.«

Wie es der Zufall wollte, wohnten Aaron und Taleesha im selben nach dem Krieg entstandenen Wohnturmdickicht um das Lincoln Center herum.

Ich war zwanzig Minuten zu früh dran, als ich der Vorhölle des U-Bahn-Schachts am Columbus Circle entstieg, und so bummelte ich langsam den Broadway hinauf. Als ich zwei Straßen weiter nördlich an einer roten Ampel stehenbleiben mußte, sah ich einen jungen Burschen, der mir schon in der U-Bahn aufgefallen war. Er mochte in Wirklichkeit etwa so alt gewesen sein wie ich, aber er trug enge Jeans, Cowboystiefel und ein T-Shirt mit einem Päckchen Marlboro im aufgeschlagenen Ärmel. Er musterte mich mit einer Aufmerksamkeit, die mir feindselig erschien, und mit dem Instinkt des New Yorkers tastete ich als erstes nach meiner Brieftasche.

Er lächelte und hielt eine Zigarette in die Höhe. »Feuer?«

Ich schüttelte den Kopf. Er bildete eine sonderbare Mischung aus Gauner und Dandy; sein weißes Hemd war makellos, sein kurzes Haar sah aus wie frisch geschnitten.

»Wie wär's mit einem Drink?«

Ich klopfte nachdenklich meine Taschen ab, ohne selbst so genau zu wissen, was das sollte – als könnte es sein, daß ich da irgendwo einen Drink versteckt hatte. Dann begriff ich erst, daß er mich einladen wollte. »Danke, nein«, sagte ich und wurde rot. »Ich bin verabredet.«

»Glückspinsel«, meinte er.

Als ich auf die Straße trat, wäre ich fast von einem Taxi über den Haufen gefahren worden, das noch schnell bei Grün über die Kreuzung wollte. Der Fahrer stieg auf die Bremse und bearbeitete seine Hupe. »Arschloch!« brüllte er. Ich zuckte die Achseln und rannte auf die andere Seite, kam mir aber schon ein bißchen blöd vor – wie ein Tourist. Als ich einen Blick zurückwarf, sah ich das T-Shirt winken. Erst jetzt fiel mir das Zweideutige an dem »Glückspinsel« auf. Getroffen und indigniert eilte ich den Broadway hinauf zu Taleeshas Hochhaus.

»Er ist echt ein netter Kerl«, sagte ich zu Taleesha, als wir mit dem Aufzug von ihrer Wohnung herunterfuhren. »Ich denke, er wird dir –«

»Könnte es zufällig sein, daß er *schwarz* ist?« fragte sie. »Erzählst du mir das in Wirklichkeit *deswegen*, Patrick?« Sie nahm mein Kinn zwischen die Finger. »Was für eine Nummer ziehst du hier eigentlich ab?«

»Gar keine Nummer«, antwortete ich hilflos. »Ich brauchte für die Einladung bei meinem alten Zimmergenossen weibliche Begleitung, und als Lollie Baker sagte, sie hätte zu tun, hab ich dich angerufen.«

Taleesha sprang mir ins Gesicht, aber sie lachte dabei und willigte ein mitzukommen. Sie war eine überaus passende Begleitung, auch wenn ich mich sehr gerade halten mußte, um wenigstens fast so groß zu sein wie sie mit ihren hohen Absätzen. Ein Schwarzer, der den Broadway herunterspaziert kam, drehte sich um und rief ihr nach: »He, Baby, toll siehst du aus.« Und dem war so – eine Königin, unerschütterlich in ihrem cremeweißen Leinenkleid, trotz der dörrenden Hitze.

Die Party bestand aus fünf Paaren, einigen Krügen Wein, Diskomusik und Spaghetti *bolognese*. Einmal sah ich Taleesha einen Marvin-Gaye-Song erkennen, von dem ich zufällig wußte, daß Will es produziert hatte. »Ich liebe dieses Stück«, sagte eine der Frauen am Tisch, und ich wartete, ob Taleesha nun ihre eheliche Verquickung mit dem Song kundtun würde. Als sie es nicht tat, fühlte ich mich meinerseits dazu bemächtigt.

»Das hat ein Freund von mir –«

Aber Taleesha fiel mir ins Wort. »Sie sollten wirklich nicht diesen Franzmannwein auf den Tisch bringen«, sagte sie zu Aaron. »Haben Sie noch nie von der Landarbeitergewerkschaft gehört?« Sie schien eine spontane Abneigung gegen ihn gefaßt zu haben.

»Da haben Sie vollkommen recht.« Er musterte sie mit der bloßen Andeutung eines Lächelns. »Aber er wurde von einem der Gäste mitgebracht, und da hätte ich es unhöflich gefunden, ihn in den Ausguß zu kippen.«

»Entschuldigung.« Stacey Colchester, eine hübsche junge Praktikantin aus Aarons Büro, hatte bis zu diesem Augenblick noch kein Wort gesprochen, und jetzt machte sie den Eindruck, als wollte sie gleich losheulen. »Ich hatte das mit dem Boykott völlig vergessen.«

»So was vergesse ich ständig«, sprang ich ihr bei. »Ich meine, was man gerade kaufen oder nicht kaufen soll.«

Taleesha sah mich an und verdrehte die Augen; ebensogut hätte sie sagen können: *Du bist ein Armleuchter, Patrick*. Aber ich fühlte mich einfach aufgerufen, mich ein bißchen schützend vor Stacey Colchester zu stellen, wobei ich gern gewußt hätte, ob sie Aarons Freundin oder nur eine Bekannte war. Als sie nach dem Essen anfing, den Tisch abzuräumen, sprang ich auf, um ihr zu helfen. Sie war schüchtern, aber im Kreuzverhör ließ sie sich entlocken, daß sie aus Marblehead in Massachusetts stammte, daß sie gerade das Holyoke College abgeschlossen hatte, und daß ihr Vater tatsächlich Richter Colchester vom Appellationsgericht war, ein Jurist, den ich seit meinem Studium verehrte. Sie kannte Aaron nicht besonders gut, fand aber, daß er »eigentlich ein prima Kerl« sei.

»Eigentlich. Und uneigentlich?« Ich fand das witzig; bis ich es sagte, da klang es nur noch gehässig.

»Ach Gott, ja, ich rede wie ein Idiot. Kommt daher, daß ich mir soviel jünger vorkomme als alle anderen, und Aaron ist mein Chef. Sind Sie gut mit ihm befreundet?«

»Wir haben uns in New Haven kennengelernt«, versuchte ich mit falscher Bescheidenheit das Wort »Yale« zu umgehen. »Da war er mein Zimmergenosse.«

»Der hält sich für ein Geschenk Gottes«, meinte Taleesha später, als ich sie nach Hause begleitete. »Bildet sich glatt ein, er kann zu Fuß von hier nach New Jersey gehen, ohne die Brücke zu benutzen.«

Am Montag morgen rief Aaron gleich als erstes bei mir in der Kanzlei an. »Sag mal«, meinte er, »diese Taleesha ist doch nicht – ich meine, ihr zwei geht nicht miteinander, oder? Ich meine, ihr seid nur befreundet, ja?«

Ich lachte. »Ich hatte nicht gerade den Eindruck, daß es zwischen euch gefunkt hätte.«

»Ist das eine Wildkatze! Ich stehe ja sonst nicht auf schwarze Schönheiten.«

»Was ist denn mit Stacey?« fragte ich.

»Mann, das ist nur eine Praktikantin von uns. Meine Freundin hatte mich versetzt, da hab ich sie in letzter Minute eingeladen. Ist ein nettes Mädchen, aber prüde wie eine Nonne.«

»Übrigens ist Taleesha mit meinem Freund Will Savage verheiratet.« Ich vernahm volltönendes Schweigen vom anderen Ende. Nach einer sadistischen Pause fügte ich hinzu: »Sie leben getrennt.« Dann sagte ich, ich müsse jetzt auf dem schnellsten Weg zu einer Besprechung. Die ganze Situation war mir nicht geheuer, aber ich versprach ihm noch, Taleesha anzurufen und ein bißchen vorzufühlen.

Sie war gar nicht so abweisend, wie ich erwartet hatte, als ich sie später erreichte. »Mein Gott, gib ihm schon meine Telefonnummer, wenn er sie unbedingt will.«

»Ehrlich?«

»Ich bin erwachsen, Patrick.«

Weil ich nachträglich ein schlechtes Gewissen bekam und glaubte, mich schützend vor Will stellen zu müssen, nahm ich mir vor, Aaron nicht anzurufen, dafür rief er noch in derselben Woche mich an. »Na, wie sieht's aus?« fragte er.

Nachdem ich ihm die Nummer gegeben hatte, erkundigte er sich nach Will, und ehe ich mich versah, erzählte ich ihm von dem Verfahren, das gegen Will lief – Widerstand gegen die Staatsgewalt, Drogenbesitz. Zwar hatte ich keineswegs vorgehabt, ihn um Rat zu fragen, und wollte schon gar nicht den Eindruck aufkommen lassen, ich fordere eine Gegenleistung ein, aber mir wurde plötzlich klar, daß Aaron in dieser Sache behilflich sein könnte. »Ob du dich da wohl für mich ein bißchen erkundigen könntest?« Ich hatte bis dahin noch nie die dunklen Gänge hinter den getäfelten Kulissen des Rechtssystems betreten. Aber ich war bereit, es mir notfalls mit Aaron zu verderben, wenn auch nur die kleinste Chance bestand, Will vor dem Knast zu bewahren.

»Ich kann mich mal umhören«, sagte er zögernd.

Drei Wochen später teilte mir Wills Anwalt mit, daß die Anklage fallengelassen worden sei. Ausweichend schrieb er diesen Sieg seinen eigenen Beziehungen zu. Aber ich hörte in seinen Worten den Brustton des Zweifels. Nachdem wir aufgelegt hatten, spielte ich mit dem Gedanken, Aaron anzurufen, war mir aber nicht sicher, ob es angebracht wäre, ihm zu danken. Die nächsten Tage hatte ich, wenn ich in Besprechungen saß, immer das bedrückende Gefühl, ich befände mich außerhalb der Wirklichkeit, denn die Welt, deren Bürger ich war, erschien mir längst nicht mehr so solide und gesetzestreu, wie ich sie mir immer vorgestellt hatte. Genauso sollte ich mich Jahre später fühlen, als ich von Felsons Ermordung erfuhr.

Als ich Aaron endlich anrief, tat ich dies vorgeblich nur, um ihn nach der Telefonnummer seiner Praktikantin zu fragen. Die andere Sache erwähnte ich nicht.

»Stacey? Na klar. He, wenn das dein Fall ist, meinen Segen hast du.«

Doch, ich fand, daß sie durchaus mein Fall sein könnte. Nachdem ich von Aaron erfahren hatte, daß sie die Oper liebte, rief ich sie an und lud sie zu *Il Trovatore* in die New York City Opera ein. Wie der glückliche Zufall es wollte, war das eine ihrer Lieblingsopern.

»Als ich sechs war, hat mein Vater uns dahin mitgenommen«, erzählte sie mit plötzlicher Begeisterung. »Den ›Amboß‹-Chor fand ich so schön. Und was habe ich für Ängste ausgestanden wegen dieser Zigeunerhexe, die verbrannt wurde – ich bin doch ganz in der Nähe von Salem aufgewachsen, da waren Hexenverbrennungen sozusagen ein wiederkehrendes Thema meiner Kindheit.«

»Sie kommen also mit?«

»O ja, gern«, antwortete sie kaum hörbar.

Wenn man Taleesha und Lollie Baker nicht mitzählt, war das seit über drei Jahren mein erstes richtiges Rendezvous.

Lollie befand sich in jenen Jahren in der Stadt – eine dieser Südstaatenblüten, die sich offenbar so gut auf das Pflaster der Upper East Side verpflanzen lassen. Sie war im vorletzten Studienjahr von Bennington abgegangen, und als ich nach Manhattan kam, schien sie dort schon Gott und die Welt zu kennen. Sie schrieb gefürchtete Buch- und Filmverrisse und hatte jahrelang an ihrem ersten Theaterstück gearbeitet. Wir trafen uns etwa einmal im Monat. Sie führte mich zu Gino's und Elaine's und ins El Morocco und in noch ein halbes Dutzend andere Lokale, die ich sonst nie von innen gesehen hätte. Hin und wieder mußte ich sie in ihre Wohnung tragen – zwei hohe, stuckverzierte Zimmer in einer umgebauten Villa zwischen Madison und Fifth Avenue. Ich schlief öfter als einmal auf ihrer Couch. Wenn sie aus Anlaß irgendwelcher beruflich bedingter Verpflichtungen meine Begleiterin spielte – zu Wohltätigkeitsveranstaltungen oder Essenseinladungen bei einem der Kanzleipartner –, hielt sie ihr Temperament gewissenhaft im Zaum. Bevor ich Stacey kennenlernte, hatte ich für Romanzen offenbar keine Zeit, und aus irgendeinem Grund hatte Lollie nach wie vor etwas für mich übrig. Vielleicht war es ja nichts weiter, als daß Leute wie Lollie immer Publikum brauchen, und für diese Rolle schien ich einzigartig geeignet.

Eines Samstagabends wollte ich gerade mit einem Roman zu Bett gehen, als sie mich von Elaine's aus anrief, was nicht weit von mir ist. Obwohl es schon nach Mitternacht war, verlangte sie, ich solle mich dort unverzüglich mit ihr treffen. Ich erhob Einspruch, das heißt, versuchte Einspruch zu erheben, aber Lollie war eine Despotin von Weltniveau, und betrunken war sie auch. »Ich sitze hier mit lauter Toten zusammen. Und das meine ich absolut wörtlich, Schätzchen. Leichen. Sie stinken schon und fangen an zu faulen. Ich verlange unbedingt, daß du herkommst und mich rettest.« Und damit legte sie auf.

Als ich hinkam, saß sie an der Bar und hielt sich an einem Brandy fest. Sie bestand darauf, daß ich sie zu einem berüchtigten Sexclub begleiten solle.

»Warum willst du dahin?« Es war nicht so, daß ich nicht neugierig gewesen wäre; ganz im Gegenteil. Meine fleischlichen Gelüste waren so stark wie bei jedem anderen – stärker, möchte ich behaupten –, ich war nur nicht gewillt, den Preis für ihre Erfüllung zu bezahlen. Lieber sich von seinen Phantasien martern lassen, als ihre groteske Übersetzung in die Wirklichkeit riskieren. Lollie blinzelte, als wollte sie sich den Schwachkopf, den sie da irrtümlich zu Hilfe gerufen hatte, einmal genauer ansehen. »*Warum* ich dahin will? Weil es den Club *gibt*. Weil es amüsant sein dürfte. Weil das Leben so beschissen kurz ist, Junge, und ich möchte soviel wie möglich davon zu sehen bekommen.«

»Ist das nicht eine Schwulenkneipe?« fragte ich.

»Genau deswegen brauche ich dich ja«, antwortete sie.

»Nichts zu machen«, sagte ich. »Das steht nicht in meiner Stellenbeschreibung.«

»Komm schon, Patrick. Das wird ein Sauspaß.«

»Für dich vielleicht.«

»Und ich dachte gerade, es würde *dir* gefallen.«

Ich fühlte mich, als hätte ich eine Ohrfeige bekommen, aber ich bewahrte Haltung. »Was sollte dich zu dieser Schlußfolgerung verleitet haben?«

»Also, ich sehe dich nicht gerade uns Frauen nachsteigen. Als ob du und Will –«

»Was soll mit mir und Will sein?« Jetzt war ich wütend.

»Er kriegt für weiße Mädchen keinen hoch und du für gar kein Mädchen.«

Wenn Lollie getrunken hatte, wurde sie manchmal eklig, aber das war jetzt mehr, als ich mir bieten lassen konnte. Ich stand auf. »Bis demnächst«, sagte ich, um einen Ton bemüht, der weniger aufgebracht klang, als ich war. Ich bekam selbst kaum mit, wie ich das Lokal verließ. Bevor ich es richtig wußte, lief ich die Second Avenue hinunter. Um mich herum rieselte feiner Schnee. Sekunden später hörte ich Lollie hinter mir hergerannt kommen.

»Patrick, warte doch.«

Ich ging weiter, getrieben von meiner Wut.

Als Lollie mich schließlich einholte, packte sie mich am Arm und drehte mich zu sich herum. »Entschuldige, Patrick.« Ich sah, daß sie den Tränen nah war. »Das hab ich nicht so gemeint.«

»Welchen Teil hast du nicht so gemeint?«

»Ich bin doch bloß betrunken und fühle mich einsam.«

Ich war noch immer wütend – wie nur der Ertappte wütend sein kann –, aber ich wollte sie auch nicht einfach auf der Straße stehen lassen. Ich hielt ein Taxi an, und als wir drin saßen, nannte ich dem Fahrer die Adresse. Lollie hing noch immer schniefend an meinem Arm, aber sprechen mochte keiner von uns, während wir quer durch die Stadt zur Fifth Avenue fuhren. Ich sah starr zum Fenster hinaus in den Schnee, der wie ein Nebel auf den Central Park hinabsank.

Vor ihrem Haus lehnte ich die Einladung ab, noch auf einen

Drink mit zu ihr hinaufzugehen, wartete, bis sie drinnen war, bezahlte das Taxi und schickte es fort. Während ich in Richtung Osten ging, sah ich den Schneeflocken zu, die in die erhellten Schluchten zwischen den dunklen Wohnbauten herunterschwebten und sich zu meinen Füßen auf dem Straßenpflaster in nichts auflösten. Vorbeikommende Taxis verlangsamten ihre Fahrt und beschleunigten dann wieder, wenn sie sich entfernten; ihre Reifen zischten auf der nassen Straße. In der untypischen Stille war ich mir verstärkt des Lebens bewußt, das jetzt hinter diesen Backsteinmauern schlummerte, dieser vielen tausend Mitgeschöpfe, in Reihen gestapelt wie Bücher im Regal. Oder eher – denn ich stellte sie mir alle paarweise vor – wie zusammengehörige Gegenstände: Sahnekännchen mit Zuckerdose, Salz- und Pfefferstreuer, alle für die Nacht sicher und gemütlich eingeschlossen in ihre Eheschränke – zusammen. Und Selbstmitleid erfüllte mich, denn mich selbst konnte ich mir immer nur allein vorstellen, eine übriggebliebene Tasse aus einer nicht mehr hergestellten Serie.

Fröstelnd vor Einsamkeit, machte ich kehrt und ging zu Lollies Haus zurück.

»Ich bin's«, sagte ich in die Sprechanlage.

Sie öffnete mir die Tür in einem grellbunten Kimono. Ich war dankbar, daß sie wegen meines Wiederkommens keine Fragen stellte, sondern einfach die Arme ausbreitete und mich an ihren weichen Busen drückte.

»Manchmal kann ich mich selbst nicht leiden«, sagte ich.

»Also, wenn es dir hilft, ich hab dich gern.«

»Meinst du, ich könnte die Nacht hierbleiben?«

»Klar.« Sie zeigte zu ihrem Schlafzimmer.

Ich zog mich bis auf die Boxershorts aus und kroch unter die Decke auf Lollies Bett. Auf einmal war ich völlig erschöpft. Lollie legte ihren Kimono ab und kroch zu mir. Sie strich mir über den Kopf, und ich zog sie an mich. Als sie mich küßte, wurde mir klar, daß ich sie auch gern hatte, aber ich begehrte sie nicht, so gern ich ihr das jetzt vorgespielt hätte. Meine heißesten Sehnsüchte gingen in eine andere Richtung. Doch allein schon das Eingeständnis, daß ich sie nicht begehrte, und das Wissen, daß sie mich so akzeptierte, wie ich war, befreite mich von der Furcht vor ihrer Fleischlichkeit, ihrem Urteil. Und seltsamerweise erlaubte diese Freiheit es mir, sie zu begehren. Ehe ich es richtig wußte, erwiderte ich ihren Kuß, und ohne erkennbaren Übergang liebten wir uns.

Es ist ein verbreitetes Klischee, daß man nicht mit einer Freundin schlafen könne, ohne die Freundschaft zu zerstören, aber wir widerlegten es in dieser Nacht und noch bei etlichen anderen Gelegenheiten. In manchen Nächten brauchte ich sie, in anderen suchte sie Trost bei mir. Wenn wir manchmal mittendrin aufhörten oder es einfach nicht ging, machte es nichts. Bei Lollie konnte ich diese furchtbare Scheu vor der Berührung zwischen fremden Körpern einfach über Bord werfen. Und ich konnte mit ihr weitgehend unvoreingenommen über die anderen Männer sprechen, die nur so in ihr Bett hinein- und wieder hinaushüpften. Sie sagte mir, daß sie es, von unseren eigenen geruhsamen Zwischenspielen abgesehen, gern wild hätte. Und daß Will, zumindest bei ihrer einzigen Episode mit ihm, erstaunlich passiv gewesen sei. Und nach und nach erzählte ich ihr meine eigenen streng gehüteten Geheimnisse, die, so finster sie sein mochten, doch weitgehend spekulativ waren. Zu meiner Erleichterung war Lollie über meine Verworfenheit weniger entsetzt als ich.

Alle paar Wochen erklärte Lollie das Theater für tot und drohte, nach Los Angeles zu ziehen und für den Film zu schreiben. Und ich lag ausgestreckt auf ihrem Bett und redete es ihr geduldig wieder aus – leidenschaftliche Plädoyers des Wirtschaftsjuristen für künstlerische Integrität. Ich las die Entwürfe ihres ersten Stücks und verzieh ihr später, als ich mich in ihrem zweiten, das im Lortel in Greenwich Village sieben Monate lief, wiedererkannte. Wir mieteten in diesem Sommer zusammen ein Haus in Bridgehampton, und Lollie organisierte an einem

Abend ein kleines Strandpicknick für Jack Dupree, der ein Riesengrundstück an der Dunmere Lane in East Hampton besaß. Jack war Direktionsvorsitzender unserer Kanzlei und ein wichtiger Arsch, in den ich zu kriechen hatte. Er trank eine Flasche Dewars fast allein aus und wieherte über Lollies Witze; nachdem sie alle wieder fort waren, erzählte sie mir, wie er sich in der Küche an sie herangemacht habe. »Hat mir zuerst an den Hintern gegrapscht«, sagte sie, »und dann eine Mund-zu-Mund-Tonsillektomie versucht.« Es war Teil ihres unbestreitbaren Charmes, daß sie weniger empört als belustigt war.

Im Herbst lud ich sie ins 21 zum Essen ein, um die Annahme ihres Stücks bei Playwrights Horizon zu feiern. Nachdem Lollie einen schlechteren Tisch im mittleren Zimmer des Salons als Zumutung zurückgewiesen hatte und wir, wie es uns zustand, im vorderen Zimmer Platz genommen hatten, vertraute ich ihr meine Ängste um meine Übernahme als Sozius in der Kanzlei an. Ich arbeitete schon sieben Jahre dort. Der Leistungsbericht des kommenden Jahres würde darüber entscheiden. Diejenigen Mitarbeiter, denen keine Teilhaberschaft angeboten wurde, gerieten nach und nach in den Ruf von Eunuchen. Jeder kannte die Geschichte von dem Anwalt, den man in der Zwangsjacke aus seinem Büro führen mußte, nachdem er erfahren hatte, daß er übergangen worden war. Meine bisherige Bilanz war ausgezeichnet; ich rechnete annähernd dreitausend Stunden im Jahr ab und hatte schon in allerlei dämlichen Ausschüssen gesessen, Jack Dupree zu Gast gehabt und Sommervertretungen gemacht; meine Jahresbeurteilungen waren gut gewesen – in den letzten beiden Jahren hatte ich jeweils acht von acht Punkten erzielt. Aber ich verstand mich nicht gut auf interne Büropolitik, und eine einzige abweichende Stimme bei der jährlichen Teilhaberkonferenz war tödlich. Irgendwie hatte ich das Gefühl, nicht genug radgefahren zu sein. Und der Ausdruck »Teilhabermaterial« umschrieb einen sehr engen Bereich gesellschaftlicher Errungenschaften und privater Gewohnheiten. Teilhaber kamen von angesehenen Universitäten, spielten Golf, tranken Scotch und waren in aller Regel verheiratet.

»Laß dir noch eine Flasche Dewars kommen«, riet Lollie.

»Vielleicht sollte ich lieber schon mal eine andere Laufbahn ins Auge fassen.«

»Mann, dann heirate ich dich eben«, sagte Lollie, immerhin überschwenglich genug, um die Aufmerksamkeit einiger Nachbartische auf uns zu lenken. Auch wenn Lollie nicht erregt war, konnte ihre Stimme Gläser klirren lassen.

Ich legte einen Finger an die Lippen und erwiderte flüsternd, ich würde auf ihr Angebot vielleicht zurückkommen, wenn ich bei der nächsten Beurteilung durchfiele.

»Du denkst, das ist nicht mein Ernst? Ist es aber. Wir kämen wahrscheinlich besser miteinander aus als die meisten Ehepaare. Wir könnten unsere jeweiligen Wohnungen behalten und jeden Donnerstagabend zusammen essen. Das wäre überhaupt mein Traum von einer Ehe, wenn du's genau wissen willst. Ich würde nur verlangen, daß du mir rechtzeitig Bescheid sagst, wenn du Donnerstag verhindert bist, damit ich mir einen anderen Lover suchen kann.«

Sie ließ sich nicht davon abbringen, mir weiterhin die Vorzüge eines solchen Arrangements zu schildern, und dann kam plötzlich eine Flasche Champagner an unseren Tisch, spendiert von einem Paar an einem anderen Tisch, das glaubte, Zeuge einer Verlobung geworden zu sein. Ein gut gekleidetes Paar, etwa in den Fünfzigern und sehr nach Park Avenue aussehend, winkte uns zu, als der Ober die Flasche öffnete.

Ich hob mein Glas und prostete erst ihnen, dann Lollie zu. »Auf uns.«

»Auf uns zwei Verruchte.«

Unsere Wohltäter kamen an unserem Tisch vorbei, um uns zu gratulieren, bevor sie gingen, und ehe ich es verhindern konnte, hatte Lollie sie schon beschwatzt, sich noch auf ein Gläschen Champagner zu uns zu setzen.

»Also gut, aber nur für eine Minute«, willigte die Chanelkostümierte Ehefrau ein. »Es ist nämlich heute unser Hochzeitstag.«

»Zweiundzwanzig Jahre«, ergänzte ihr Ehemann. Die Frau, obwohl wahrscheinlich ein, zwei Jahre jünger, wirkte irgendwie älter als er, was wohl an der Kulisse wohlsituierter Geschäftsleute lag, die hier mit ihren zweiten Ehefrauen oder jüngeren Freundinnen speisten. Aber die beiden schienen sich in ihrer patrizischen Gelassenheit vollkommen zu ergänzen, als wäre ihre Ehe im Lauf der Jahre zur Blutsverwandtschaft mutiert. Es dauerte nicht lange, bis sich herausstellte, daß die Frau einige Jahre vor Lollie aufs Miss Porter's gegangen und er mein Vorgänger in Yale gewesen war. Mein anfängliches Unbehagen wich einem Gefühl der Sicherheit; ich lebte mich mehr und mehr in die Fiktion unserer Verlobung ein. Schon halb überzeugt, daß wir das wirklich durchziehen könnten, genoß ich in vollen Zügen die Ironie, daß ich meine Angepaßtheit durch das Eingehen einer unkonventionellen Ehe unter Beweis stellen würde.

»Ich will eine große Hochzeit mit allem Drum und Dran«, sagte Lollie, als ich sie vor ihrer Tür absetzte. »Zwölf Brautjungfern in rosa Taft und eine Schleppe am Kleid, die so lang ist wie die ganze Kirche. Und natürlich werde ich darauf bestehen, daß du Champagner aus meinem Schuh trinkst und mir das Strumpfband mit den Zähnen losmachst.«

Als ich am nächsten Morgen mit einem Kater und erneuertem Realitätssinn aufwachte, belächelte ich unser kleines Hirngespinst. Aber Lollie rief mich in der Kanzlei an, um mir mitzuteilen, daß ihr Angebot noch stehe.

Ein paar Wochen später lernte ich Stacey kennen, und Lollie fing etwas mit einem verheirateten Redakteur des *New Yorker* an. Drei Monate nach unserer ersten gemeinsamen Unternehmung machte ich Stacey in einem Bistro im Village einen Heiratsantrag. Nach einigem Hin und Her verlegten wir das Hochzeitsdatum vierzehn Monate in die Zukunft. Bis dahin begleitete Stacey mich zu Firmenpicknicks und spielte gern die Gastgeberin, wenn ich die Teilhaber und ihre Gemahlinnen pflichtgemäß zu mir einlud. Drei Monate vor der Hochzeit erreichte mich nach einem spannungsgeladenen Nachmittag in der Kanzlei, an dem in der obersten Etage die Sozii konferierten, ein Anruf von Jack Dupree, der mich davon in Kenntnis setzte, daß ich jetzt ebenfalls Sozius war.

XX

Die Trauerfeier für Saul Felson fand im Emmanueltempel an der Fifth Avenue statt. Ich weiß nicht, wie wir das alle überstanden. Der Reporter eines lokalen Boulevardblattes stellte den Trauergästen vor dem Tempel wahllos Fragen, die sich vorwiegend auf Mr. Felsons Neigungen bezogen. Als er Davidson, unseren prominentesten Sozius, ausmachte, eilte er zu ihm hin und fragte, ob die Kanzlei bestimmte Grundsätze hinsichtlich der sexuellen Vorlieben ihrer Teilhaber verfolge. Davidson ging die Treppe hinauf und nahm die Anwesenheit des Mannes nicht einmal mit der leichtesten Neigung seines schneeweißen Hauptes zur Kenntnis.

Felsons Frau und seine zwei heranwachsenden Söhne saßen ernst und starr wie Statuen in der vordersten Reihe. Auf der Seite gegenüber besetzten die Teilhaber die ersten drei Reihen, Farbe bekennend – eine düstere Phalanx teurer blauer und grauer Anzüge. Der Rabbi pries pflichtgemäß die Hingabe des Verschiedenen an seine Familie und seine unzähligen Beiträge für das Wohl der Gemeinde, aber das einzige, woran ich denken konnte – woran mit Sicherheit alle dachten –, war die Frage, was Felson in diesem schmierigen Motelzimmer getrieben haben konnte. Aber wir sind ja alle bestens darin geschult, unsere

Gefühle zu verdrängen – Juden und irische Katholiken ebenso wie die echten Angloprotestanten in unserer vornehmen Kanzlei. Wir trinken Scotch; wir spielen Golf; wir sind verheiratet. Die Juristerei ist das Außenskelett, das die breiigen Innereien unserer animalischen Natur und unsere klebrigen Leidenschaften zusammenhält. Beherrschung und Angepaßtheit sind unsere Mantras, und sie hatten uns bis hierher gut gedient. Felson aber hatte sich außerhalb der Grenzen begeben.

Ich hätte gern etwas zu Mrs. Felson gesagt, fand aber keine passende Gelegenheit dazu. Unter den gegebenen Umständen hatte die Familie beschlossen, die Peinlichkeit nicht noch durch eine weitere Zusammenkunft der Leidtragenden zu vergrößern.

Meine Frau begleitete mich zur Trauerfeier, obwohl ich ihr gesagt hatte, das sei nicht nötig. Stacey ist ein gewissenhafter Mensch und nimmt es mit der Einhaltung der Benimmregeln sehr genau, ob es sich um Dankbriefchen nach Einladungen oder um Krankenhausbesuche handelt. Vor ein paar Jahren hat sie ihre Stelle bei der Chase Manhattan Bank aufgegeben, um sich ganz den Kindern und einem Alphabetisierungsprogramm in Harlem zu widmen; wem das altmodisch vorkommt, dem kann ich nur sagen, daß ihre Selbstlosigkeit echt ist; was sie Gutes tut, das tut sie nicht um des gesellschaftlichen Ansehens willen, es kommt von Herzen.

»Natürlich komme ich mit«, sagte sie am Abend vorher, als wir am Küchentisch saßen. »Er war doch dein Kollege.« Und ganz plötzlich und unerwartet stiegen mir Tränen in die Augen.

»Fehlt dir etwas?« fragte sie sofort mit sorgenvoller Stirn. Sie streckte die Hand über den Tisch und legte sie auf die meine.

Ich hatte in der Tat das Gefühl, in einer Flut von Trauer zu ertrinken, obwohl ich kaum wußte, wem sie galt – Felson, seiner Familie, Stacey oder mir. Meine anwaltliche Distanz von meinem eigenen Leben schien mich, wenn auch nur für einen Augenblick, verlassen zu haben.

»Was hast du denn, Patrick?«

Als ich endlich wieder sprechen konnte, sagte ich: »Du bist mir eine wunderbare Frau, Stacey.«

Einen Tag, nachdem meine Verlobung mit Stacey in der *Sunday Times* bekanntgegeben worden war, rief meine Sekretärin mich aus einer vertraulichen Konferenz. »Es tut mir leid, Mr. Keane. Eine Mrs. Cordell Savage. Sie behauptet, es sei sehr dringend.« Es war in der Tat schwer vorstellbar, daß Wills spröde Mutter einfach nur so anrief. Mir zu meiner Verlobung zu gratulieren, wäre nicht ganz und gar untypisch für sie gewesen, hätte aber kaum als dringende Angelegenheit bezeichnet werden können. Mir war nicht wenig mulmig, als ich den Hörer nahm.

Sie verschwendete keine Zeit mit Höflichkeiten.

»Patrick, es geht um Will. Sie müssen unverzüglich herkommen.«

»Ist etwas mit ihm?«

»Natürlich ist etwas mit ihm. Was glauben Sie, weswegen ich anrufe? Ich bekomme ihn nicht einmal ans Telefon bei all diesen Irren, die er um sich hat, und mir geht es nicht so gut, daß ich selbst hingehen könnte. Ich hoffe nur, daß er wenigstens auf Sie hört.« Selbst jetzt, da sie mich um Hilfe bat, erzürnte es sie offenbar, daß ein so stumpfes Instrument wie ich in einer so delikaten Familienangelegenheit tatsächlich etwas ausrichten könnte.

Ich verlegte sofort meine Termine für diese Woche und buchte für den Nachmittag einen Flug nach Memphis. Ich spielte mit dem Gedanken, Taleesha anzurufen, verwarf ihn aber, solange ich nicht etwas aus erster Hand zu berichten hatte. Es war Monate her, seit ich zuletzt mit Will gesprochen hatte, was an sich schon ein schlechtes Zeichen war; ich hatte gehört, daß er geschäftlich in Schwierigkeiten stecke. Lester Holmes war neulich bei einer Schießerei umgekommen; sogar die *Times* hatte einen kurzen Nachruf gebracht. Laut Mrs. Savage hatte Will sich in seinen Büroräumen verbarrikadiert, umgeben von bewaffneten Schergen, und weigerte sich, herauszukommen oder jemand anderen in das Gebäude zu lassen. Die Dinge hätten sich so schlimm entwickelt, daß der alte Jessie Petit fortgegangen sei und zu Will gesagt habe, er wolle nicht danebenstehen und zusehen, wie er sich umbringe. Jessie war es auch, der zu Mrs. Savage gegangen war.

Memphis war schwül wie die Hölle. Nachdem ich im Peabody abgestiegen war, zog ich Jeans an und kippte an der Bar einen Drink hinunter. Der Anblick der Enten im Springbrunnen erinnerte mich daran, wie viele Jahre vergangen waren, seit ich zum erstenmal mit Will in den Süden gekommen war. Ob noch eine von denen lebte, die ich vor ein paar Jahren bei meinem letzten Besuch hier gesehen hatte? Wie lange lebt eine Ente, wenn sie nicht abgeschossen wird? Und um beim Thema zu bleiben: Wie lange würden wir selbst in unseren jeweiligen Tümpeln herumplanschen, bis man uns ein für allemal im Aufzug zum Dach hinaufbeförderte?

In der Apotheke kaufte ich ein halbes Dutzend Röhrchen Grippedragees und ein Päckchen Natron. Meine Sachen waren durchgeschwitzt, als ich mich der gotischen Fassade von Wills Bürogebäude mit seinen unheimlichen Wasserspeiern näherte. Zwei in Kampfanzüge gekleidete Schwarze mit Panoramasonnenbrillen lungerten im Eingang herum, beide mit Schulterhalftern, in denen Pistolen steckten.

»Lieferung für Will Savage«, sagte ich.

»Laß sie hier«, zischte einer der Männer.

»So was kann man nicht einfach irgendwo abgeben.«

»Wir haben Befehl, keinen raufzulassen.«

Ich hob zwei Plastikbeutel hoch, einer voll mit Dragees, der andere mit weißem Pulver.

»Du bist nicht der normale Lieferant.«

»Er hat mich angerufen und gesagt, ich soll ihm das persönlich bringen.«

»Er hat schon genug Stoff da oben, um einen Elefanten umzubringen.«

Die beiden Wächter sahen einander an und schienen sich kraft Telepathie, die selbst ihre undurchsichtigen Brillengläser durchdrang, darauf zu einigen, mich passieren zu lassen. Der Sprecher deutete mit einer Kopfbewegung auf die Tür hinter ihm. Ich stieg eine lange Holztreppe hinauf. Auf dem ersten Treppenabsatz öffnete ich eine Tür und sah in ein großes Studio; es war leer bis auf einen Mikrofonständer und die Trümmer eines Flügels, der offenbar mit einem Vorschlaghammer attackiert worden war: gerissene Saiten ringelten sich anklagend aus den schwarzen Wrackteilen. Ich nahm die nächste Treppe in Angriff, den aufdringlichen Baßtönen entgegen, die durchs Treppenhaus dröhnten.

Als ich die Tür im zweiten Stock öffnete, riß eine wahre Brandungswelle von Musik mich fast von den Beinen – eine dieser traurigen Synthesizer-Bands aus den späten Siebzigern, die von New Wave und Punk angeblich schon wieder verdrängt worden waren: King Crimson vielleicht, oder Yes. Jack Stubblefield stand mitten auf den blanken Fußbodendielen, den Kopf zurückgeworfen, die Augen geschlossen, und ließ seine schlaffen Haartroddeln durch die Luft wirbeln. Zuerst dachte ich, der Lärm komme irgendwie aus seiner elektrischen Gitarre, bis ich sah, daß er auf einer Schrotflinte schrammelte. Hinten im Zimmer stand ein großer Fernseher, in dem ein Footballspiel lief. Während der Song seinem schrillen Crescendo entgegenstrebte, kreiste Stubblefields rechter Arm wie ein Windmühlenflügel über dem Gewehrkolben, und als die letzten Töne endlich erstarben, klingelten mehrere Telefone gleichzeitig; Stubblefield schüttelte sich wie ein nasser Hund, riß die Flinte an die Schulter und zielte auf eine Deckenlampe. Dann sah er mich.

»Ziegenbock.«

»Ich bin's, Patrick.«

»Ich weiß, wer du bist.« Er ging zum Fernseher und stellte den Ton lauter. »Ein Footballfan bist du wohl nicht, wie?«

»Nicht direkt«, antwortete ich.

Er gluckste. »Du nicht, das kann ich mir denken. Du wirst den Süden nie verstehen, wenn du Football nicht verstehst.« Sein Kinn bewegte sich völlig unabhängig von den Erfordernissen des Sprechens, und seine Augen begannen bösartig zu funkeln. »Bist du ein Steinbock?« fragte er.

»Wo ist Will?« fragte ich so behutsam, wie ich es eben noch vermochte. Ich zuckte zusammen, als wieder ein Telefon zu klingeln begann.

Plötzlich hob er wieder die Flinte und zielte auf mich. »Hast du schon mal von dem Hengst und dem Ziegenbock gehört?«

Ich schüttelte langsam und bedächtig den Kopf.

»Stell dir vor, du hast einen Hengst, so einen richtig temperamentvollen Burschen, der dir die ganze Box kurz und klein zu schlagen droht – also, dem stellst du einen Ziegenbock mit in die Box, und gleich wird er ganz ruhig. Hat mir der alte Jessie erzählt.« Er machte eine Pause. »Und weißt du was?«

Ich zuckte vorsichtig die Achseln.

»Da hab ich an dich gedacht.« Er nahm die Flinte von der Schulter und stellte sie mit dem Kolben auf seinen Fuß. »Verstehst du, was ich sagen will?«

»Wo ist Will?«

»Er steigt auf die Ebene des Regenbogens.«

»Ist er hier im Haus?«

»Du hörst mir beim Arsch noch mal nicht zu, Mann. Ich kann's nicht leiden, wenn Leute nicht zuhören.«

»Ich höre zu.«

»Dann paß auf. Wenn einer auf die Ebene des Regenbogens steigt, läßt man ihn sieben Tage lang in einer Höhle allein. Nichts mehr übrig am achten Tag als Haare und Nägel. Ich schätze mal, Will ist jetzt so ungefähr eine Woche da oben.«

Stubblefield riß unvermittelt wieder die Flinte hoch und kam immer näher auf mich zu, bis die Mündung nur noch Zentimeter vor meiner Brust war; seine Augen waren glasig wie Murmeln, auf seinem Gesicht glänzte ein dünner Schweißfilm.

»Was hast du da?« Er blickte, sofern er überhaupt etwas sah, auf den Beutel mit dem Natron.

Ich streckte vorsichtig die Hand aus.

Stubblefield legte die Flinte auf den Boden und hockte sich hin, um den Inhalt zu prüfen.

Ich verzog mich rasch wieder ins Treppenhaus und sprang die nächsten Stufen hinauf, immer drei auf einmal, dann warf ich mich mit der Schulter gegen die Tür auf dem Treppenabsatz. Das erste, was ich in der höhlenartigen Dunkelheit ausmachen konnte, war Will im Dreiviertelprofil an einem Schreibtisch, eine Flasche Kognak auf der einen Seite und einen Spiegel mit einem Häufchen weißem Pulver auf der anderen. Der Schreibtisch war eine Kostbarkeit, mit kunstvoll gedrechselten Beinen und eingelegten Einhörnern und Greifen und sonstigen Fabeltieren in der Platte. Von jenseits des Grabes sang Bukka White »Fixin to Die«. Ich verstand das nicht als gutes Omen.

Falls Will mein Eintreten überhaupt bemerkt hatte, zeigte er es in keiner Weise. Ich näherte mich ihm wie einem verwundeten Büffel.

»Wer ist gestorben?« fragte er, ohne aufzublicken.

»Noch keiner«, antwortete ich. »Jedenfalls nicht daß ich wüßte.«

»Das gilt dann vermutlich auch für mich.«

»Wie's aussieht, gibst du dir aber alle Mühe.«

Endlich sah er zu mir auf, dann setzte er die Flasche an den Hals. »Lester ist tot, meine Brüder sind tot, warum also nicht ich?«

»Es liegt nicht daran, daß du's nicht versuchst.«

»Tu ich das deiner Meinung nach?« fragte er nach längerem Schweigen. »Ich lebe die ganze Zeit nur schneller als du. Außerdem ist das nur eine Ebene. Ich habe keine Angst davor, auf die nächste zu steigen.«

»Was ist mit Lester passiert?« fragte ich, während ich mich ihm gegenüber in einen Sessel sinken ließ. Ich fand es am besten, ihn am Reden zu halten; und seine Stimme zu hören, auch wenn sie noch so gereizt und heiser klang, nahm der Situation ein bißchen von ihrer Gruseligkeit.

»Was ist mit Sam Cooke passiert?« fragte Will zurück. »Was mit den Scottsboro Boys? Man hat ihn erschossen.« Er grub den langen, krummen Nagel seines kleinen Fingers, den er vermutlich zu diesem Zweck hatte wachsen lassen, in das weiße Pulverhäufchen, hielt ihn sich unter die Nase und inhalierte. »Ich hatte Lester seit einem Jahr nicht mehr gesehen. Er hatte sich gegen mich gestellt. Behauptete, ich nähme ihn aus. Hat mich einen weißen Teufel genannt. Scheiße, dabei hatte ich ihm die letzten fünf Jahre seinen faulen Arsch nachgetragen. Hab dafür gesorgt, daß er mit Bewährung davonkam, nachdem er irgend so einen Zuhälter abgeknallt hatte.« Er deutete mit dem Kinn zu dem Spiegel. »Hatte ein Problemchen mit dem Zeug. Vielleicht war er den falschen Leuten Geld schuldig. Oder vielleicht...«

Er ließ den Gedanken unausgesprochen. Ich konnte inzwischen Einzelheiten des Zimmers ausmachen. Will saß unmittelbar unter der Spitze einer pyramidenförmigen Kuppel aus getöntem Glas und Stahl, die das Gebäudedach noch einmal um die Höhe eines Stockwerks überragte. Ansonsten war jegliches Tageslicht durch die Verdunkelungsrollos in den hohen Fenstern wirkungsvoll ausgesperrt. An der Wand hinter dem Schreibtisch hing ein kunstvolles Diagramm. In der einen Ecke der Tafel stand der Name *James Earl Ray*, und von dort aus verzweigten Dutzende von Strichen zu anderen Namen. In der gegenüberliegenden Ecke stand, mit dem ersten über vier oder fünf Namen durch Striche verbunden: *Cordell Savage*.

Nicht weit vom Schreibtisch standen auf dem Fußboden ein paar Glaskrüge mit Flüssigkeit. Auf einem Tisch am anderen Ende des Zimmers brannte ein Tiffanylämpchen, in dessen mattem Schein man so etwas Ähnliches wie einen Autokühler erkannte.

»Ist das ein Auto?« fragte ich.

»Cadillac. Hat mal dem King persönlich gehört. Hab ihn von Colonel Parker. Fünfundsechziger Coupé de Ville. War eine Höllenarbeit, den hier raufzukriegen. Wieder einer. Elvis. Tot. Klar ist er schon so um achtundfünfzig herum gestorben. Den hatten die Zombies vereinnahmt. Was ist, möchtest du 'nen Drink?«

»Jetzt nicht.«

»Eine Prise? Ach was, natürlich nicht.«

Ich hatte ihn noch nie derart erregt gesehen und bekam es allmählich mit der Angst. »Sprich dich aus, Will.«

»So, ich soll dir hier mein Herz ausschütten, während du dasitzt, nüchtern und klar im Kopf, und über mich urteilst.«

»Ich bin nicht hier, um über dich zu urteilen.«

»Dink Stover, der Liebling der Nation.«

»Also scheiß drauf, Slim. Ich soll mir 'ne Prise reinziehen, also zieh ich mir 'ne Prise rein. Alles klar?«

Damals, 1981, waren Leute mit festen Jobs nicht so vertraut mit der Kokseretikette. Will zeigte mir, wie man den zusammengerollten Fünfzigdollarschein in das eine Nasenloch steckte und sich das andere zuhielt. Ich machte mir fast in die Hosen vor Angst, als ich plötzlich mein Gesicht in dem Spiegel vor mir sah. Ich machte mich auf eine schlagartige Bewußtseinsveränderung gefaßt, aber zuerst merkte ich gar nicht viel, nur so ein Jucken und Brennen in der Nase.

Will teilte mit seinem Messer auch für sich eine Prise ab und schnupfte sie. »Ich höre, du hast dir ein Baby angelacht.«

»Hab mich gerade verlobt«, sagte ich. »Stacey ist ein tolles Mädchen. Du mußt sie mal kennenlernen.«

Er starrte mich traurig an. »Taleesha will sich scheiden lassen.«

Das wußte ich schon, und seit Wochen hatte ich deswegen ein schlechtes Gewissen. »Ihr lebt schon fast acht Jahre getrennt«, versuchte ich ihm klarzumachen.

»Soll ich es deswegen besser finden?«

»Sie muß doch was aus ihrem Leben machen, Will.«

»Pragmatisch wie immer.« Er hielt sich das Messer an die Nase und roch daran. »Wird es dir nicht manchmal ein bißchen über, immer so praktisch zu denken?« Er lachte trocken, dann runzelte er wieder die Stirn. »Warum will Taleesha sich gerade jetzt scheiden lassen? Wer ist der Macker?«

Taleesha traf sich seit einigen Monaten mit Aaron, und ich nehme an, das war meine Schuld. Ich wußte nicht, wieviel Will wußte, aber es erschien mir der Augenblick, reinen Tisch zu machen.

»Dieser Kerl, den sie mag – war mal mein Zimmergenosse in Yale.«

»Wie rührend, Patrick. Bin so richtig glücklich, daß du mir das erzählt hast.«

»Er war's auch, der in New York dafür gesorgt hat, daß die Anklage gegen dich fallengelassen wurde.«

»Wer hat ihn darum gebeten, verdammt noch mal? Ich kann meine Prozesse allein führen. Gib mir meine Frau zurück.«

»Du weißt, daß sie andere Leute kennengelernt hat. Das habt ihr alle beide. Mein Gott, Will, gerade du mit deinen Groupies. Komm schon. Du kannst doch nicht von ihr verlangen, daß sie ewig wartet.«

»Wir sprechen fast jeden Tag miteinander.«

»Was willst du von ihr?«

»Alles will ich.« Er rammte die Messerspitze in die Tischplatte.

»Alles kannst du nicht haben«, sagte ich begütigend. Ich bekam ein komisches Gefühl in den Zähnen.

»Und warum nicht, verdammt noch mal?«

»Ich habe nicht vor, hier den Erziehungsberechtigten zu spielen«, sagte ich. Unter dem Einfluß der Droge erschien mir das Alles-Wollen gar nicht mehr so abwegig, wie vielleicht noch vor ein paar Minuten.

»Was will sie von mir?« Seine Stimme klang so verständnislos, als könnte er sich nicht einmal annähernd vorstellen, warum sie nicht mehr zusammen waren.

»Wenn sie nun einfach wollte, daß du normal wirst?« fragte ich. »Könntest du das ihr zuliebe hinkriegen?«

»Du denkst, ich habe mir *ausgesucht*, wer ich bin, so wie du dir Yale ausgesucht hast?« Er stand auf und begann im Zimmer umherzugehen. »Vielleicht hast du ja recht. Vielleicht könnte ich mich irgendwo niederlassen und Buchhalter werden.«

Ich mußte lachen.

Ohne sich wieder hinzusetzen, zündete er sich einen Joint an. »Ich hab einfach Angst, daß ich ihr das Leben versaue, wenn ich mich da wieder hineindränge. Wenn sie mich nun nicht retten kann und ich sie bloß mit mir runterziehe?« Er nahm einen großen Schluck aus der Kognakflasche und sagte: »Erinnerst du dich noch an diesen Arsch, den ich zum Fenster rausschmeißen wollte, weil er sich an Taleesha rangemacht hat?«

»Ja, der Freizeitanzug.«

»Der ist letzten Monat Präsident der Firma geworden und hat als erstes meinen Vertrag durchs Klo gespült. Mußte eine Hypothek auf Bear Track nehmen. Noch bevor mein Vertrag gekündigt wurde, hat der Scheißer dafür gesorgt, daß meine Platten nirgendwo mehr im Radio gespielt wurden. Meine Leute. Und als die dann von mir weggingen, was konnte ich da sagen? Ich konnte ja nicht mal mehr für meine eigenen Leute sorgen. Zum erstenmal nicht. Ich wollte doch nie was anderes sein als ihr Sprungbrett...« Er hielt jetzt im Umhergehen inne, als versuchte er seine ganze Energie auf das zu konzentrieren, was er sagen wollte. »Ich habe immer an alles geglaubt, was ich getan habe...«

Er zog an dem Joint und hielt die Luft an. »Vielleicht ist doch alles nur Kommerz«, sagte er dann durch den Rauch. »Vielleicht lag ich falsch. Vielleicht war ich auch nur so ein Krämer. Noch so ein großer Massa.«

»Das bist du nicht«, sagte ich. »Darauf wette ich mein Leben.

Du bist der einzige Mensch, den ich kenne, der wirklich an etwas glaubt.«

»Aber Scheiße, was ist das? Ich weiß es selbst nicht mehr.« Will reichte mir die Flasche herüber.

»Ich glaube an dich«, sagte ich. »Auch wenn ich nicht immer weiß, was du tust.«

Aber seine Gedanken waren schon wieder auf einem anderen Gleis. »Es ist alles versaut. Ich kann sie nicht glücklich machen, wenn ich mit ihr zusammen bin, aber ich kann mich selbst nicht ohne sie glücklich machen.«

»Du warst noch nie glücklich«, sagte ich zu meiner eigenen Überraschung.

Er schien diesen Gedanken richtig durchzukauen, so arbeitete sein Unterkiefer. »Momente gab's schon«, sagte er endlich. »Der Tag, an dem wir geheiratet haben – Mensch, ja, und der Tag, an dem Taleeshas erste Single in die Hitlisten kam.« Er machte wieder ein paar Schritte und bückte sich nach einem der Gläser auf dem Boden. Er wandte sich von mir ab – sein eigenartiges Schicklichkeitsgefühl schien selbst kurz vor dem Delirium noch intakt zu sein –, schraubte den Deckel ab und zog den Reißverschluß seiner Hose auf. Schließlich schraubte er den Deckel wieder drauf und stellte das Glas zu den anderen zurück.

»Hast du hier oben kein Klo?«

»Das ist irgendwo da drüben«, sagte er, indem er hinzeigte. »Wenn du mal mußt.«

Plötzlich mußte ich tatsächlich, aber in Gläser zu pinkeln war nicht meine Sache. Beim Aufstehen hatte ich das Gefühl, schon lange nicht mehr in der Lotrechten gewesen zu sein. Ich fragte mich kurz, was Stacey wohl denken würde, wenn sie mich jetzt sähe. Ich konnte selbst kaum glauben, daß ich hier war. Auf dem Weg zur Toilette zog ich eines der Fensterrollos hoch. In der Abenddämmerung zeichneten die Lichter unter mir die Umrisse der Chickasaw Bluffs nach. Die vereinzelten Lichter in der Ferne, jenseits der weiten schwarzen Ebene, die der Mississippi bildete, waren schon Arkansas. Rechts, stromaufwärts, spannte sich eine Hängebrücke über die Leere. Meine Sinne schienen unglaublich scharf und schnell, verarbeiteten alles viel gründlicher als sonst. Nur meine Blase wollte nicht so recht. Ich spürte, daß ich mußte, konnte aber nicht.

Als ich aus dem Bad kam, sah ich auf der Treppe Stubblefield mit seiner Schrotflinte fuchteln.

»Laß mich, ich will ihn nur erschießen«, sagte er zu Will.

»Gib mir die Flinte«, sagte Will.

»Dann hätten wir Barbecue *cabrito*.« Jetzt sah er mich, und schon richtete er die Flinte auf mich. »Da bist du ja, du kleiner Scheißer.«

Will ging langsam auf ihn zu, die Hand nach der Flinte ausgestreckt.

Ich war zu neugierig, um Angst zu haben. Meinte er es wirklich ernst? Waren sie hier schon so weit gekommen?

»Gib her«, befahl Will. Er blieb ein paar Schritte entfernt stehen.

»Bitte«, winselte Stubblefield wie ein Kind, das um sein Spielzeug bettelt.

»Sofort«, sagte Will leise.

Stubblefield ließ die Flinte sinken und reichte sie Will, mit dem Kolben voran.

»Geh dich ein bißchen hinlegen«, sagte Will.

»Brauchst du mich denn nicht?«

»Geh nach Hause, Jack.«

Will wartete, bis er fort war, dann lehnte er die Flinte an den Türrahmen.

»Hast du schon mal über dein zwanghaftes Bedürfnis nach Jüngern nachgedacht? Denk mal daran, wie es Jesus ergangen ist, Will.« Ich *muß* high sein, dachte ich. Das klang so gar nicht nach mir.

Will starrte die Schrotflinte an. »Ich würde sie alle eintauschen, wenn ich dafür A. J. wiederbekäme«, sagte er. »Und mein eigenes bißchen Haut würde ich gern für Elbridge drangeben. Er war der Macker. Der gerissenste Hund, den ich je gekannt habe. Er konnte alles. Und ich hab ihn umgebracht.«

»Du hast ihn nicht umgebracht.«

»Es ist aber dasselbe. Ich hab sie beide umgebracht.«

»Komm, Will. Gib Ruhe.« Das Kokain hatte mich mutig gemacht; noch nie hatte ich so geradeheraus mit Will gesprochen oder Dinge, die ihn bedrückten, anders als durch seine Brille betrachtet. »Wie lange willst du dich noch darin wälzen? Ich weiß, daß du ihn geliebt hast. Aber das ist doch Geschichte.«

»Genau das ist es«, sagte er. »Dein Hauptfach, nicht? Aber dann solltest du doch eines gelernt haben: daß sie immer bei uns ist. Steht neben uns, wie ein Gespenst. Es passiert alles immer noch – alles, was je passiert ist.« Er hatte seine Nase wieder über dem Spiegel.

»Vielleicht nehme ich jetzt auch noch eine«, sagte ich.

Die Nacht verging unglaublich schnell. Ich konnte es kaum fassen, als ich das Tageslicht durch die Ritzen neben den Rollos schimmern sah. Wir saßen in Elvis' Cadillac. Will hatte fast die ganze Nacht das Lenkrad umklammert gehalten, als müsse er mit äußerster Energie verhindern, daß wir von der Straße abkamen und verunglückten. Regelmäßig legte er einen Boxenstopp ein; dann stieg er aus und füllte, sittsam abgewandt, ein neues Glas. Ich schilderte ihm lang und breit meine Interpretation des sogenannten Sklavenaufstands auf Bear Track, die Wills lange gehegte Vorstellung von einem Fluch, der auf der Familie liege, zu bestätigen schien.

»Das sind nicht nur wir«, sagte Will. »Es ist das ganze gottverdammte Land. Der Fluch ist mit dem ersten schwarzen Sklaven in die Neue Welt gekommen, und seitdem ist er hier.«

»Meine Vorfahren haben in Irland Hunger gelitten«, warf ich ein.

»Und als sie hierherkamen, waren sie begeistert, Leute vorzufinden, auf die sie selbst runtergucken konnten, die ihnen die Schuhe putzten.«

Als ich ihm mit der Unvorherbestimmtheit der Geschichte kommen wollte, belehrte er mich, daß ich einen Menschen vor mir hätte, der schon LSD-Pillen zu Tausenden geschluckt und über Unvorherbestimmtheit mehr vergessen habe, als ich je gewußt hätte.

Später sprachen wir über die Liebe und die Schwierigkeit, die Frauen zu verstehen – wieviel einfacher doch die Liebe zwischen Männern wie uns sei. »Das Problem ist nur«, sagte Will, »daß ich keine Lust habe, mit Männern zu schlafen.«

Gegen Mittag geriet Will in eine gefährliche Stimmung. Er sprang aus dem Wagen, begann auf und ab zu rennen und verlangte Aarons Telefonnummer. »Er ist ein Freund von dir, du Schwein!« Er schmiß einen Stereolautsprecher in die Windschutzscheibe, dann packte er die Schrotflinte am Lauf und begann mit dem Kolben auf alles einzuschlagen, was im Zimmer stand, fing mit den Lampen an und hörte mit den Gläsern voll Urin auf.

Nachdem er die Flinte fallen gelassen hatte, sprang ich ihn an und drückte ihn zu Boden. Da er ungewöhnlich abgemagert war, oder weil er die meiste Wut schon ausgetobt hatte, konnte ich ihn festhalten, während er um sich schlug und mich abzuwerfen versuchte, bis er nachgab und zu schluchzen anfing.

Ich konnte ihn schließlich überreden, ein wenig zu schlafen. Wir nahmen irgendwelche Pillen und stiegen auf die Schlafstatt über dem Bad. Im Wegdämmern träumte ich halb, Will und ich trieben auf einer Matratze den Strom hinunter, vorbei an den hohen Felsen und den breiten Dämmen, zwei Jungen ohne Vergangenheit oder Zukunft, und hinter uns blieben die Lichter der Stadt am Fluß zurück, wo die Familien und die Väter und die schönen jungen Damen noch im Schlaf lagen.

XXI

Ich hatte vergessen, daß Halloween war. Auf dem Weg zu meiner Verabredung mit Stacey in demselben Bistro, in dem ich ihr meinen Antrag gemacht hatte, stieg ich am Washington Square aus dem Taxi, nachdem wir dort zehn Minuten im Stau gestanden hatten, und wollte den Rest zu Fuß gehen. Mehr als nur ein bißchen fehl am Platz in meinem Anwaltsgrau, drängte ich mich durch die übermütigen Massen der alljährlichen Villageparade. Es war schwierig, zwischen Teilnehmern und Zuschauern zu unterscheiden. Noch zahlreicher als Wolfsmenschen, Vampire, Gespenster und Hexen waren Ronald-Reagan-Masken – der Präsident nahm in der örtlichen Dämonologie den Spitzenplatz ein. Ein Mann, ich nehme jedenfalls an, daß es ein Mann war, spazierte in einem Pissoir aus Pappmaché herum. Die Weiblichkeit tendierte zu kurzen Haaren und olivbraunem Drillich; eine eindeutige Minderheit unter den Männern hatte sich prächtig als Frauen herausgeputzt. Trotz des kühlen Wetters sah man reichlich nackte, muskelbepackte Oberkörper. Einmal wurde ich gegen einen jungen Mann gestoßen, der sich den Hosenboden aus seinen Jeans geschnitten hatte; ein anderer, von der Menge bejubelt, trug nichts als einen Latzbeutel; wieder ein anderer trat in Windeln auf.

Zehn Minuten später fand ich mich hinter der Absperrung entlang der Hauptroute der Parade an der Sixth Avenue wieder. Ein Rudel Frauen radelte unter dem Spruchband DATTELN AUF SATTELN stadtaufwärts, gefolgt von SCARLETS HAUSHALT – einem Trupp reifberockter und Sonnenschirme schwenkender männlicher Schwarzer. Ich wollte mich gerade durch die Reihen dieser Südstaatenschönheiten schlängeln, als zu meinem Entsetzen ein Mann, der eine gefiederte Maske und eine Toga trug, auf mich zeigte und mir zuwinkte. Er hielt ein Schild mit der Aufschrift PÄDAGOGISCHE PÄDERASTEN in der Hand.

»Patrick, mein Junge. Komm an Bord.« Die Aussprache war unverwechselbar – es war Doug Matson, mein ehemaliger Hausvorsteher. Noch ehe ich reagieren konnte, hatte er mich bei der Hand gepackt und zog mich durch die Öffnung zwischen zwei Absperrgittern. »Einer meiner Schützlinge«, verkündete er seinen Mit-Griechen.

»Loslassen«, schrie ich, und als er dem nicht nachkam, gab ich ihm einen Schubs, so daß er gegen einen seiner Mitpädagogen taumelte und beide hinfielen. Ich tauchte unter der Absperrung durch und kämpfte mich verzweifelt durch den Wall der Zuschauer auf der anderen Straßenseite, womit ich mir vereinzelte Buhrufe und einiges Gespött einhandelte.

Matson war der allerletzte Mensch auf der Welt, den ich gerade jetzt treffen wollte – schließlich stand ich kurz vor meiner Hochzeit. Ich wollte nicht an den Abend erinnert werden, an dem er mich in Yale besuchen kam, als ich nach stundenlangem Reden so betrunken gewesen war, daß ich Schwierigkeiten hatte, mein Bett zu finden. Matson, den ich eigentlich in Aarons leerem Zimmer einquartiert hatte, war plötzlich in das meine geschlichen und setzte sich auf die Bettkante, während um mich herum die Welt sich drehte.

»Was machen Sie hier?« fragte ich.

»Bitte, Patrick.« Er begann mein Bein zu streicheln. Als ich ihn bat, damit aufzuhören, sagte er, er glaube nicht, daß ich das wirklich wolle. Ich weiß noch, wie ich mit ihm debattierte, ihn zu überzeugen versuchte, daß ich nicht so einer war. Er sagte, ich verstecke mich nur vor meinem wahren Ich. Zuerst wies ich, glaube ich, diese Behauptung vehement zurück, aber in meinem leicht beeinflußbaren Zustand ließ ich mich umstimmen, das heißt, ich gestattete mir selbst, meine letztendliche Einwilligung meiner Trunkenheit zuzuschreiben. Ich fand es leichter, diese Seite meiner Natur unter dem Vorwand zu erforschen, daß ich nicht ganz Herr meiner Sinne war, daß ich eigentlich nicht handelte, sondern nur nachgab. Und Matson machte es mir leicht. »Du brauchst gar nichts zu tun«, wiederholte er, »nur dazuliegen.« Und er war ein Mann von Wort. Was nicht heißt, daß ich am nächsten Morgen nicht vor seinem Anblick zurückschauderte, voller Gewissensqualen und Selbstvorwürfe.

Als ich schließlich mit wirrem Haar und wildem Blick in das Restaurant kam, sah Stacey mich voll Bestürzung an. »Fast wäre ich von der Halloweenparade niedergetrampelt worden«, entschuldigte ich mich.

»Die Leute sind außer Rand und Band«, sagte sie, während sie meine Krawatte zurechtrückte. »Ich meine, *wirklich*.«

Stacey brachte meine Frisur in Ordnung, und fast augenblicklich ging es mir schon wieder besser. Es war ein wunderbares Geschenk, eine Frau an meiner Seite zu haben, die sich um mich sorgte und kümmerte. Und sie für ihren Teil – sie war eben ein Mädchen vom alten Schlag – freute sich, jemanden gefunden zu haben, der nicht nur ihr, sondern auch ihren Eltern mit solchem Respekt begegnete.

Stacey, neun Jahre jünger als ich, schien dennoch aus einer Zeit vor der meinen zu stammen; sie hatte die großen Kriege und Bacchanale versäumt, die Revolte jung gegen alt, Dionysos gegen Apoll, *Lux et Veritas* kontra Rock 'n' Roll. Bei Stacey und ihren Freundinnen schien es, als wären diese Jahre ausgelöscht, die Beatles nie an diesen Gestaden gelandet; als wäre die Pille nie erfunden worden und Vietnam nichts weiter als die Antwort in einem Geographiequiz. Staceys politische Ansichten, soweit vorhanden, orientierten sich mehr oder weniger an denen ihres Vaters. Sie verehrte ihre Eltern, und nun würde ich einen Teil dieser Anhänglichkeit und Treue erben.

Nach einem Gin-Tonic war mir wohler. Ja, so war das mit dem Verlobtsein, dem glücklichen Zusammenfinden. Es war so beruhigend, Stacey über die Hochzeitsvorbereitungen reden zu hören: Einladungen, Blumen, Musik, Bewirtung, Gästeliste, Geschenkeverzeichnis. Ich sah im Geiste das würdevolle Schauspiel unserer Trauung unter einem grünweißen Zeltdach, das sich vom großen weißen Haus der Colchesters bis ans Meeresufer spannte. Es war beruhigend, Staceys erlesenen Clan Revue passieren zu lassen, zu hören, daß mit höchster Wahrscheinlichkeit der Gouverneur von Massachusetts und mehrere Kongreßabgeordnete zugegen sein würden. Wie ich so dasaß, wußte ich, daß ich mich nur gehörig auf die hochzeitlichen Details konzentrieren mußte, um Matsons Bild, längelang auf der Sixth Avenue, zu verbannen und die Erinnerung an jenes Wochenende in Yale auszulöschen. Über so etwas wollte ich wahrhaftig nicht bei Zigarre und Brandy mit meinem künftigen Schwiegervater diskutieren.

Als Richter war Carson Colchester für Härte, patrizisches Gebaren und ätzenden Witz bekannt. Ich fürchtete den Augenblick, da er mich wegen meiner Absichten ins Verhör nehmen würde – nicht daß ich diese unbedingt für unehrenhaft hielt. Der sechsfache Vater war ein gutaussehender, wettergebräunter Mann, der seine Patriarchenrolle genoß, der Gehorsam und Respekt erwartete, dessen Autoritätsanspruch noch dadurch unterstrichen wurde, daß er mit seinen siebenundfünfzig Jahren immer noch größer war als seine erwachsenen Söhne, als hätte er es so eingerichtet. Im Gespräch setzte er gern ein ungeduldiges, wissendes Lächeln auf, das hart an der Grenze zur Häme war – als habe er alles schon einmal gehört und könne einem sowieso geradewegs in die Seele blicken, aber wenn man sich kurz fasse, wolle er einen bis zum Ende anhören. Es war, als hätte ich mir eine etwas liberalere Yankee-Ausgabe von Cordell Savage zum Schwiegervater erkoren. Stacey war sein jüngstes Kind, und wenn er mich mit seiner beißenden Skepsis weitgehend verschonte, konnte das entweder daran liegen, daß er mich nicht als Bedrohung ansah, oder daß Stacey nicht soviel von seiner Aufmerksamkeit verdiente wie ihre älteren Geschwister.

Ich hatte gewartet, bis wir verlobt waren, bevor ich Stacey meinen Eltern vorstellte, weil ich irgendwie fürchtete, sie könnten mir noch einen Strich durch die Rechnung machen, obschon die Geschäfte meines Vaters einen dramatischen Aufschwung genommen hatten. Er hatte drei neue Läden eröffnet und verkaufte seit neuestem auch Computer. Meine Eltern waren in ein großes, neues Haus an einem See vor den Toren von Taunton gezogen. Meine Großmutter Keane hatte das Zeitliche gesegnet und sich zu all jenen Seelen begeben, die sie so geliebt und auf Erden so große Stücke auf sie gehalten hatten, bevor sie dieselbe verließen. Ihren Platz hatte Tante Colleen eingenommen, deren Sohn Jimmy an einer Überdosis Heroin gestorben war, tot aufgefunden im Tompkins Square Park, Opfer entweder der mütterlichen Repression oder des Rock and Roll, je nach Standpunkt. Colleen bewohnte die sogenannte Schwiegermuttersuite über der Garage des neuen Hauses am See. Mein Vater war irrsinnig stolz auf seinen Swimmingpool, den Hobbyraum im Keller und den Golfkarren, mit dem er immer zum Seeufer und zurück zu fahren pflegte, und wenn ihm jemand gesagt hätte, daß es noch Erstrebenswerteres gäbe als seinen derzeitigen Status, er hätte es mit höflicher und durchaus verständlicher Skepsis quittiert. Am ersten Abend, den ich mit meiner Verlobten bei meinen Eltern zu Hause war, blieb ich noch mit ihm auf, nachdem die Frauen zu Bett gegangen waren. Ein Vater-Sohn-Gespräch lag in der Luft.

»Ein feines Mädchen«, sagte er, nachdem er sich eine neue Zigarette angezündet hatte. Dann: »Du mußt wissen, daß ich deiner Mutter immer treu gewesen bin.« Ich verstand dies als einen väterlichen Ratschlag. »Ich will damit nicht sagen, daß wir nicht auch unsere Probleme gehabt hätten. Wegen der Arbeit und der Geldsorgen war ich nicht immer richtig für sie da, wenn sie mich brauchte. Aber wir haben uns immer geliebt. Und wir beide lieben dich.« Er machte eine Kunstpause. »Zum Glück hat sie immer zu mir gestanden. Wenn nicht, wäre das alles –« er machte mit der Zigarette eine qualmende Handbewegung, die das Haus und den See umschloß –, »es wäre alles keinen Pfifferling wert. Aber so, wenn das Geld morgen alles wieder fort wäre, hätten wir immer noch uns.«

»Ich liebe Stacey«, sagte ich in Beantwortung der Frage – oder war es ein Vorwurf? –, die ich aus seinem Ton herauszuhören meinte. Und ich glaubte es fast selbst. Ich hatte mir eingeredet, daß die freundschaftliche Achtung, die ich Stacey entgegenbrachte, etwas viel Dauerhafteres sei als das gewöhnliche Hormonfieber, und tatsächlich haben meine liebevollen Empfindungen für sie im Lauf der Jahre an Tiefe und Patina gewonnen. Ich will damit sagen, daß sie meine beste Freundin ist – zumindest nach meinem besten Freund. Daß sie nicht das Objekt meiner fleischlichen Begierden ist, nimmt unserer Partnerschaft nichts von ihrem Wert. Die meisten Eltern, die wir an der Schule unserer Töchter kennenlernen, sind geschieden. Manchmal denke ich, die Japaner machen es richtig, wenn sie Eheschließungen wie Firmenzusammenschlüsse gestalten, ohne Berufung auf die Dichter oder den Mond.

Als ich meinen Vater an diesem Abend im verrauchten Salon betrachtete, stellte ich zu meinem Erschrecken fest, wie großen Wert ich nach meiner langen Flucht, nach all meinen Phantasien von edlerer Abkunft, immer noch darauf legte, daß er stolz auf mich war. Mit einem Teil meines Herzens empfand ich mich als Betrüger, und doch fühlte ich mich zum erstenmal seit vielen Jahren fast wohl in meinem Elternhaus.

Ich hätte gern gewußt, ob es irgend jemanden gab, der mit Staceys Vater unbefangen verkehren konnte. Eines Abends, an einem langen Wochenende im Feriendomizil der Familie auf Nantucket, bat er mich nach dem Essen zu einem Brandy auf die Veranda. Der gefürchtete Augenblick der Inquisition war plötzlich da. Wir nahmen auf der breiten Veranda in Schaukelstühlen Platz, hinter uns das hell erleuchtete Fenster des grauen, mit Schindeln verkleideten Hauses, vor uns hörbar, aber unsichtbar jenseits des weißen Strandes, das Meer.

Als er endlich den Mund aufmachte, sagte er: »Hier hat Stacey jeden Sommer verbracht, seit sie auf der Welt ist.«

»Es ist sehr schön hier, Sir.«

»Stacey sagt, Sie wollen Ihren Freund William Savage bitten, Ihr Trauzeuge zu sein.«

»Ja, das will ich, Sir.«

»Ich kenne seinen Vater. Ein gerissener Geschäftsmann, und wie ich höre, hat der junge William auf seine Weise auch seinen Weg gemacht.«

Ich nickte.

»Ein recht unkonventioneller Mensch, wie man mir sagt.« Er schlürfte langsam einen Schluck Brandy. »Das an sich stört mich ja nicht. Allerdings habe ich auch erfahren müssen, daß er in Kalifornien wegen Drogenbesitzes vorbestraft ist.«

Seine Informationen stimmten. Zwei Jahre nach seiner Festnahme in New York war Will in Sausalito von der Polizei angehalten und durchsucht worden. »Es wurde als Ordnungswidrigkeit eingestuft, Sir«, merkte ich an.

»Das mag sein, wie es will, aber ich sitze im zweithöchsten Gericht dieses Landes. Was meinen Sie, wie das aussähe, ein wegen Drogenbesitzes Vorbestrafter als Trauzeuge meines Schwiegersohns?«

»Er ist mein bester Freund«, sagte ich mit fester Stimme.

»Ich verlange ja nicht, daß Sie ihn von der Hochzeitsfeier ausschließen. Aber ich fände es unpassend, wenn er dabei eine offizielle Rolle spielte. Ich weiß, daß Staceys Bruder Charlie sich gern zur Verfügung stellen würde. Auf diese Weise könnten Sie es vermeiden, Ihren Freund zu kränken. Wenn Sie wollen, können Sie es jederzeit auf mich schieben. Es wäre mir lieb, wenn Sie sich das einmal gut durch den Kopf gehen ließen, Patrick.«

Falls es eine Alternative gab, aus seinem Ton hörte ich sie jedenfalls nicht heraus. Aber ich konnte in dieser und der nächsten Nacht kaum schlafen, so sehr beschäftigte mich die Frage, wie ich meine widerstreitenden Loyalitäten unter einen Hut bringen könnte. Der Gedanke, dem Richter die Stirn zu bieten, flößte mir Furcht ein, aber Will *war* mein bester Freund. Und ich hatte mich gerade dazu durchgerungen, Carson Colchester in aller Höflichkeit mitzuteilen, daß er mich mal könne, als ein Brief von Will eintraf – ein seltenes, geradezu unerhörtes Ereignis – geschrieben in einem nahezu unleserlichen Gekrakel:

Patrick,
Du weißt, wie ich es hasse, Gedanken einem Blatt Papier anzuvertrauen – aus reiner Faulheit und weil ich das geschriebene Wort so langsam und umständlich finde. Aber Du teilst mir ja nicht alle Tage mit, daß Du Dich unter den Pantoffel stellen willst. Gratulationen sind wohl angebracht. Keiner würde sich mehr freuen als ich blablabla, wenn Du glücklich würdest. Aber bist Du sicher, daß Du es aus den richtigen Gründen tust? Ich meine, um nicht lange herumzuleiern, bist Du verliebt? Weißt Du, so wie in den Songs: Ain't no mountain high enough ... Layla, you got me on my knees und so weiter. Liebst Du Stacey oder nur das, wofür sie steht? Ich will Dir ja nicht den Festzug verregnen, aber Dir ans Bein pinkeln und behaupten, daß es regnet, will ich auch nicht. Es mag ja alles sehr heroisch und stoisch und Dink Stover sein, aber bist es auch *Du*, Patrick, alter Freund? Und was ist mit Stacey? Verzeih mir, wenn ich hier solchen Quark verzapfe, aber denk einfach mal darüber nach, ja?

Sosehr der Brief mich ärgerte, er bot mir zugleich den Weg aus meinem Dilemma. Wenn Will das so sah, konnte er kaum erwarten, den Trauzeugen zu spielen. Und was seine Vorbehalte anging, vielen Dank, ich wußte sehr genau, was ich tat.

Aber ich hatte auch schon eine Ahnung von den Ansprüchen vermittelt bekommen, die an mich als Schwiegersohn gestellt würden. Und in einer Anwandlung von Aufsässigkeit, die bestimmt Wills Beifall gefunden hätte, bat ich kurzerhand Aaron, mein Trauzeuge zu sein. Ich war von diesem Streich so angetan, daß mir erst später, nachdem ich ihn schon gefragt hatte, wieder einfiel, daß mein Trauzeuge zur Zeit mit Wills Frau ging.

Will kam, auch ohne offizielle Rolle, zu meiner Hochzeit. Er kam sogar zum Vorabendempfang im Hause Colchester nach Marblehead. Ich stand mit Staceys Vater auf der Eingangstreppe, als Will in einem braun-weißen Rolls-Veteranen den Kiesweg heraufgefahren kam. Nachdem ich den Richter bereits mit Geschichten über Wills Geschäftstüchtigkeit und Wohlstand erbaut hatte, um ihm seine leibhaftige Anwesenheit vielleicht etwas erträglicher zu machen, hoffte ich nun immer noch, daß Will die ganze Gesellschaft mit seinem Charme einwickeln und nach seinem Rhythmus tanzen lassen würde.

Mein Schwiegervater indessen war weder von der Musik angetan, die aus Wills chauffiertem Wagen dröhnte, noch von der lila Hausjacke nebst Jeans, in die er sich zu diesem Anlaß geworfen hatte.

»Ich kenne Ihren Vater«, sagte der Richter zu Will, nachdem ich ihn vorgestellt hatte.

Will schüttelte ihm die Hand. »Ich werde es nicht gegen Sie verwenden.«

»Ihre Ausstaffierung finde ich beachtlich.«

»Sagen Sie, Richter«, versetzte Will, »für welches Publikum pflegen Sie sich in Schale zu werfen?«

»Pardon?« Eine dunkle Wolke zog über Richter Colchesters zerfurchtes Gesicht.

»Wahrscheinlich doch für Ihresgleichen«, erklärte Will. »Ich kann mir nicht vorstellen, daß Sie dieses Pinguingefieder aus Bequemlichkeitsgründen angelegt haben. Es ist in Ihren Kreisen gewissermaßen die Brautväteruniform. Und im Gerichtssaal tragen Sie vermutlich schwarze Roben. Sehr angemessen für Ihre Rolle – die Würde des Gerichts und so weiter. Wir haben eben alle unsere Rollen zu spielen, nicht wahr?«

»Und wie würden Sie die Ihre konkret umreißen?«

»Ich spiele viele Rollen«, sagte Will, doch die Ankunft einiger Colchester-Verwandter kürzte die Diskussion gnädig ab.

Als ich ihn ein paar Minuten später zu fassen bekam, war er in der Bibliothek und sah sich vorgeblich die Bücher an. Ich wollte ihn vorwarnen, daß Taleesha mit Aaron da war, wurde aber durch das weiße Puder in seinem schwarzen Schnurrbart abgelenkt.

»Herrgott noch mal, Will! Willst du mir mit Absicht die Hochzeit versauen?« Nach unserer langen, dunklen Nacht in Memphis hatte ich für einige Teile von Wills Imperium Käufer gefunden, und jetzt hatte ich den Verdacht, er wollte mich dafür bezahlen lassen, daß ich ihm geholfen hatte, als er am Boden lag.

»Ich bin hier, um deine Vermählung zu feiern«, meinte er und hob sein Glas.

»Um Gottes willen.« Ich griff ihm an den Schnurrbart, um das Kokain wegzubürsten, oder was es sonst war. »Der Gouverneur ist hier, und der Justizminister.«

»Darauf mußt du sehr stolz sein, Dink.«

»Darum geht's hier nicht«, sagte ich. »Die kommen mit Polizeischutz, verdammt noch mal. Ich hab dir doch am Telefon gesagt – keine Drogen. Staceys Vater ist Richter –«

»Hörst du noch manchmal von dem Saukerl drüben in London?« fragte er unvermittelt. »Diesem geilen, rechtsradikalen Stück Scheiße? Dann sag ihm, daß seine glücklichen Tage gezählt sind, weil ich ihm nämlich jetzt an den Kragen gehe. Ich habe Pläne, die ihn hochkant aus dem Geschäft werfen.«

Vor der Tür sah ich meine Eltern verlegen herumstehen und sich inbrünstig an ihren Gläsern festhalten, wie man es oft bei Leuten sieht, die sonst nicht wissen, wohin mit ihren Händen. Ich winkte sie zu uns, dann wandte ich mich wieder an Will. »Versuch zu meinen Eltern etwas netter zu sein als vorhin zum Richter.«

Ich konnte es plötzlich kaum fassen, daß sie sich noch nie

begegnet waren. An irgendeinem Punkt in der Geschichte unserer Freundschaft hätte ich mich mehr darum gesorgt, welchen Eindruck Will von meinen Eltern haben würde; jetzt konnte ich mich nur fragen, was sie wohl von ihm hielten – irrer Blick, schlampiger Hippie-Aufzug. Aber Will legte seine ganze Wut und Arroganz schlagartig ab und zeigte sich von seiner allerbesten Seite.

Mein Vater faßte Will an beiden Händen – erfolgreiche Geschäftsleute unter sich. »Will, welch eine Freude«, sagte er.

»Ganz meinerseits, Mr. Keane.« Will verbeugte sich tief. »Und Mrs. Keane – eine Ehre und ein Vergnügen. Patrick hat mir schon soviel von Ihnen erzählt.« Er küßte ihr die Hand, dann legte er die Arme um sie. Meine Mutter kicherte entzückt an seiner Bärenbrust.

»Ich sehe, Sie haben beide noch etwas in Ihren Gläsern«, sagte er, nachdem er sie wieder freigelassen hatte. »Und ich kann nicht umhin festzustellen, daß meines leer ist. Hätten Sie die Freundlichkeit, mich zu begleiten, wenn ich dem abhelfen gehe?« Als ich sie an der Bar allein ließ, diskutierten Will und mein Vater gerade über Grundstückspreise in der Karibik.

Ich nahm mich der Neuankömmlinge an, allen voran Lollie Baker, inzwischen eine gefeierte Dramatikerin. Es rührte mich, daß sie gekommen war. Ich hatte sie über ein Jahr nicht mehr gesehen und schon fast erwartet, daß ihre frische Berühmtheit sie fernhalten würde.

»Ich betrachte es als eine himmelschreiende Beleidigung, Patrick, daß du auch nur eine Minute gedacht hast, ich würde mir das entgehen lassen. Haben die hier vielleicht eine Bar? Oder nein, halt.« Sie legte eine Hand auf meinen Arm. »Könnten wir ein Stückchen spazierengehen oder so?«

Wir schlichen uns zum Hinterausgang hinaus und spazierten über den Rasen zum Deich. Das Meer war stahlgrau, und Lollie mußte mit einer Hand ihre kurze Frisur festhalten, damit sie ihr im salzigen Wind nicht verwehte. Den anderen Arm legte sie um mich, und wir blickten beide auf die Wellen hinaus, fasziniert vom völligen Fehlen eines Horizonts.

»Ich hab mich ja so gefreut, als ich deine Einladung bekam. Ich hatte nämlich schon befürchtet, du hättest mir das Stück nicht verziehen.«

»Ist das deine Art, dich zu entschuldigen?«

Ich hatte tatsächlich eine Weile geschmollt, nachdem ich Lollies zweites Stück gesehen hatte, in dem es um ein Dreiecksverhältnis ging: eine affenscharfe Schauspielerin aus New Orleans, ein strahlender Rockstar à la Jim Morrison und ein verklemmter irisch-katholischer Banker. Lollie hatte es irgendwie hingebogen, daß sie zu der Matinee, die ich besuchte, selbst nicht kam, und ein Instinkt hatte mich davon abgehalten, Stacey mitzunehmen. Als die Lichter angingen, duckte ich mich auf meinem Platz, überzeugt, man werde spöttisch mit Fingern auf mich zeigen. Aber am Ende schien es doch nur drei Leute auf der Welt zu geben, die mich als Vorbild für Ian Rourke erkannten, den sexuell verirrten Banker, der sich am Ende des Stücks erhängt.

»Sag einfach, daß du mir verzeihst.«

»Eigentlich hätte man ja nicht gedacht, daß du ein Fan von Tennessee Williams bist«, sagte ich, den Blick aufs Wasser.

Lollie lehnte sich an mich, drückte mir gebieterisch ihre Brüste in die Rippen. »Du sollst nur wissen«, sagte sie, »daß mein Angebot noch steht. Nein, warte, hör mich erst zu Ende an. Wenn du noch Bedenken bekommen solltest, dann wird das wohl so in den nächsten zwanzig Stunden sein. Und ich wäre bereit, in die Bresche zu springen.« Sie holte aus ihrer ebenso geräumigen wie chaotischen Handtasche zwei Flugtickets hervor. »Erster Klasse nach Paris, hin und zurück, ausgestellt auf Mr. und Mrs. Patrick Keane. Ein Wort von dir, und wir sind weg.«

»Klingt verlockend«, sagte ich. »Ein Leben lang meine Schwächen auf der Bühne bloßgestellt zu sehen.«

»Red keinen Blödsinn, Patrick. Ehen halten heute nicht mehr ein Leben lang.«

»Meine doch.«

»Du brauchst ja nicht gleich zu antworten. Das Angebot gilt bis vor dem Altar. Meine Freundin Sissie hat mir gesagt, das ist der Moment, in dem man es weiß – wenn man durchs Kirchenschiff geht. Da wird einem plötzlich klar, daß man einen gräßlichen Fehler begeht. Sie muß es wissen, sie hat jetzt ihren vierten Mann.«

Ich drückte sie an mich, so verdutzt von ihrem Angebot, daß ich meine Dankbarkeit anders nicht angemessen auszudrücken wußte. »Bin ich dabei, etwas Schlimmes zu tun?« fragte ich flüsternd in ihr Haar.

Sie zuckte die Achseln. »Darüber sollst du ja gerade nachdenken. Versuch wenigstens vor dir selbst ehrlich zu sein, wenn du ihr gegenüber schon nicht hundertprozentig ehrlich sein kannst.« Sie machte sich los und gab mir die Tickets. »Euer Hochzeitsgeschenk, falls ihr wirklich ernst macht. Und vergiß nicht, ich wäre fast deine erste gewesen. So, und woher kriege ich jetzt endlich was zu trinken?«

Nachdem ich Lollie an die Bar begleitet hatte, sah ich durchs Erkerfenster Will draußen auf dem Rasen. Taleesha hielt ihn gerade davon ab, sich auf Aaron zu stürzen, der sich bereits eine Wange hielt. Nachdem ich mich mit dieser Möglichkeit schon wochenlang beschäftigt hatte, eilte jetzt zur Tür, wurde jedoch von Stacey abgefangen, deren sichtliche Bestürzung allerdings, wie sich herausstellte, durch ein in letzter Minute aufgetretenes Problem mit der Sitzordnung ausgelöst war.

»Mach dir keine Sorgen«, sagte ich, während ich sie von der größeren Katastrophe draußen wegsteuerte. »Das kriegen wir schon hin.«

Wills unsägliches Benehmen überdauerte das Festmahl. Wenn die Colchesters so spießig gewesen wären, wie ich manchmal dachte, hätten sie die Hochzeit wohl noch an diesem Abend abgesagt. Ich hatte Will so an den zweiten Tisch plaziert, daß er von Taleesha und Aaron abgewandt saß, aber diese Vorsichtsmaßnahme erwies sich als unzureichend. Beim Braten klopfte Aaron an sein Glas und hielt eine launige Ansprache über Yale und was für ein Tropf ich dort gewesen sei. Dann schilderte Charlie Colchester, der durchgefallene Trauzeugenkandidat, auf witzige Weise meine Schwächen beim Tennis. Als der Hauptgang abgeräumt wurde – als es gerade so aussah, als sollte die Folter mir erspart bleiben –, erhob sich Will wie Banquos Geist. Ich hatte mir den Übergang in mein neues Leben glatt und reibungslos gewünscht und fürchtete insgeheim immer noch, daß meine Qualifikationen für die Ehe mit Stacey Colchester in letzter Minute in Frage gestellt werden könnten. Will richtete sich unsicher auf und klapperte mit einem Löffel gegen die Flasche russischen Wodka, die er am Genick hielt. »Mein Name ist Will Savage«, begann er, »aus Memphis in Tennessee, und es ist mir eine ausgesprochene Ehre, dieser Hochzeitsfeier ... *beiwohnen* zu dürfen.« Er verstummte und blickte verwirrt in die Runde, als hätte er den weiteren Text vergessen. »Und ich möchte nur sagen ...« Von neuem stockte er, und sein Blick bekam etwas Schwammiges, obwohl ihm gerade jetzt wieder einzufallen schien, was er eigentlich vorhatte. Und ich erschrak, als ich den Ausdruck sah, der nun in sein Gesicht trat. Diese Miene diabolischer Entschlossenheit hatte ich schon einmal gesehen. »Ich möchte einfach sagen, daß Patrick ein feiner Kerl ist, ein verdammt feiner Kerl. Glücklich, wer ihn kriegt, auch wenn er es selbst nicht weiß.«

Für die Dauer einer seligen Sekunde glaubte ich, dies sei das Ende seiner Rede; er knickte leicht in der Hüfte ein, als wollte er sich setzen, aber er stellte nur die Wodkaflasche auf den Tisch zurück. Dann richtete er sich wieder auf, ließ den Blick über das runde Dutzend Tische schweifen und fuhr mit seinem Beitrag fort. »Patrick ist irischer Abkunft, wie Ihnen vielleicht bekannt ist. Es ist noch nicht gar so lange her, daß seine Leute angespuckt wurden, als sie in diese Stadt kamen. Angespuckt, wie ich hinzufügen möchte, von eben derselben Sorte angelsächsischer Schweinehunde, die sie zunächst überhaupt aus Irland hinausgejagt hatten.«

Er angelte sich wieder seinen Wodka und trank einen großen Schluck, dann musterte er sein Publikum. »Begrüßt von Schildern, auf denen BEWERBUNGEN VON IREN ZWECKLOS und dergleichen stand. Behandelt ziemlich genauso wie die angeblich befreiten Sklaven in meinem Geburtsland, nach dem Krieg zwischen den ... äh ... Staaten. Wir haben gesagt, sie wären zu leidenschaftlich und wild, zu kindlich im Gemüt, zu sehr der Musik verschrieben, dem Trinken und Feiern. Ach ja, es kommt einem bekannt vor. Und trotzdem, hier stehen wir heute. Hier stehst *du* heute.«

Ich saß da, gelähmt von seinem Auftritt, und starb einen langsamen Tod, genau wie das Eiskunstwerk auf dem Buffet.

»Patrick Keane heiratet Stacey Colchester, und das mit dem Segen der ... *Plutokratie*.« Er blinzelte, als gratulierte er sich selbst zu seinem Wortschatz. »Es macht einen fast stolz, Amerikaner zu sein«, sagte er, und es klang alles andere als stolz. »Mich macht es stolz auf Patrick. Ein schlaues Bürschchen, der gute Pat. Immer fleißig gearbeitet. Immer fleißig studiert. Raucht nicht, trinkt nicht, tanzt nicht Hootchy-Kootchy. Jedenfalls kaum, für einen Iren. Putzt sich die Zähne nach dem Essen, zwischen den Mahlzeiten. Egal. Und hier steht er an der Schwelle zu seinem eigenen amerikanischen Traum. Den würde ich selbst ja nicht mit einem Bootshaken anfassen. Aber Patrick, er ist mein ganzer Stolz ...«

Wieder schien er nicht weiter zu wissen und starrte wild in die Runde. Dann drehte er sich zu mir um und lächelte. »Und ich möchte, daß er glücklich wird. Drückt ihn an eure steinernen Busen. Wie gesagt, ihr habt Glück, daß ihr ihn kriegt. Stacey, sei gut zu ihm. Er hat ein freundliches Gemüt und ein Herz, das groß und dehnbar ist. Groß genug für euch alle... und sogar – hoffentlich – für mich.«

Will setzte sich mit der Umständlichkeit des korpulenten Betrunkenen hin und strahlte mich an, als ob das betretene Schweigen ein Tribut an seine Redekunst wäre. Stacey trat mir unter dem Tisch gegen das Schienbein, und als ich es endlich wagte, sie anzusehen, fand ich in ihrem Gesicht die stahlharte Entschiedenheit ihres Vaters. In dieser unserer ersten Krise wurde mir bewußt, daß sie nicht ganz die formbare Gefährtin war, die ich in ihr gesehen hatte.

Wenn Will recht damit hatte, daß mein Herz dehnbar genug war, um selbst unvereinbare Gegensätze in sich aufzunehmen, war es doch selten so zum Zerreißen gespannt gewesen wie jetzt, als ich ebenso wütend auf Will war wie auf diese phantasielosen Wohlstandsbürger, die sich ein Urteil über ihn anmaßten, die ihn nie in seiner faszinierenden Hochform erlebt hatten. Ich fragte mich überhaupt, ob ich nicht an den Punkt in meinem Leben gelangt war, an dem ich mich zwischen ihm und ihnen würde entscheiden müssen. Nach meiner Heirat war mir lange nicht nach einem Wiedersehen mit Will zumute.

Gleich nach Wills Auftritt versuchte Lollie Baker die Situation mit einer Ansprache zu retten, in der sie sich als die erste Flamme des Bräutigams und seine hartnäckige Verehrerin präsentierte, den Bräutigam als einen Ausbund von Tugend. »Wir Südstaatenfrauen«, schloß sie, nachdem sie die Gesellschaft mit gereinigten Fassungen unserer gemeinsamen Abenteuer unterhalten hatte, »halten uns etwas auf unsere Listigkeit und Zauberkräfte zugute, sogar auf unsere Guerillataktik. Aber wie schon Robert E. Lee vor mir, so muß auch ich jetzt meine Niederlage eingestehen. Meinen Glückwunsch, Stacey. Und nachdem du nun siegreich das Schlachtfeld räumst, hoffe ich, daß du mir ein paar strategische Tips geben kannst.« Ich hatte den Eindruck, daß Lollie nicht nur meine Ehre zu retten versuchte, sondern auch die ihres Heimatlandes. Ihre kleine Rede reinigte fast die Luft von dem üblen Gestank, den Will mit der seinen hinterlassen hatte. Und bei dem Erfolg, den sie neuerdings hatte, wurde es mir schon hoch zu meinen Gunsten angerechnet, daß ich mit Lollie überhaupt bekannt war.

Nachdem die Tafel aufgehoben war, nahm Taleesha mich sofort beiseite. Ich war nur zu froh, dem drohenden Vieraugengespräch mit meiner Zukünftigen, und sei es nur für ein paar Minuten, aus dem Weg gehen zu können. Überhaupt hätte ich mich am liebsten auf Jahre vor jedem Gespräch mit einem aus ihrer Sippe gedrückt.

Taleesha schaute genauso verzweifelt drein, wie mir zumute war. »Es tut mir leid, Patrick.«

Ich versicherte ihr, daß sie ja nichts dafür könne. Will sei schon mein Freund gewesen, bevor er ihr Mann wurde. Ich erkundigte mich nach der Schlägerei auf dem Rasen.

»Will wollte Aaron eins reinhauen, hat aber zum Glück nicht richtig getroffen.«

»Den *ganz* großen Schlag wollte er sich eben für mich aufsparen.«

»Patrick, ich weiß nicht, was ich tun soll«, gestand sie.

»Welche Wahl hast du denn?« fragte ich, wobei ich Staceys ungeduldige Handzeichen geflissentlich übersah.

»Er braucht mich«, sagte sie.

In diesem Moment kam Aaron hinzu, und unsere Privatunterredung war beendet. Mir blieb nichts anderes übrig, als mich meiner Verlobten und ihrer Familie zu stellen.

Brautleute bilden sich gerne ein, daß die langweilige Zeremonie, die ihre abkühlende Romanze besiegelt, das Hauptereignis sei, wo doch das eigentliche Drama sich in der Garderobe, im Bad und draußen hinter den Ulmen abspielt. Meine Tante Colleen, die kürzlich ihren eigenen Sohn verloren hatte, schluchzte während der Trauung so laut, daß mein Vater sie hinausführen mußte. Staceys dreizehnjähriger Neffe Brent wurde im Bootshaus Sekunden vor einem Inzest mit seiner Kusine Leanne ertappt. Bei der Rückkehr von den Bermudas erfuhr ich, daß Will und Taleesha gemeinsam die Hochzeit verlassen hatten und nach Mustique geflogen waren.

XXII

Ich sah Will erst wieder, als er fast zwei Jahre später nach New York kam. Inzwischen wohnten er und Taleesha in Santa Monica, und Stacey war schwanger. Ihre schlechte Laune schrieb ich lieber diesem Umstand zu; sie war entsetzt, daß ich mit Will essen gehen wollte. »Nach dieser fürchterlichen Rede, die er auf unserer Hochzeit gehalten hat.« Ich mußte ihr schließlich erklären, daß es um etwas Geschäftliches gehe, was aber nur teilweise stimmte.

Will hatte sich mit mir für halb zehn in der Quilted Giraffe verabredet. Als er um zwanzig vor elf endlich kam, saß ich schon bei meinem dritten Scotch. Ganz in Schwarz gehüllt, ein Gargantua an Umfang, kam er schwankenden Schrittes an den Tisch, begleitet von einem nervösen Oberkellner.

»Du kannst von Glück reden, daß ich diese Zeit nicht in Rechnung stelle«, sagte ich.

Ich glaube nicht, daß er mich gehört hatte. Er umarmte mich, schweißnaß im Gesicht, zündete sich eine Zigarette an und bestellte einen doppelten Wodka. Als dieser kam, spülte er damit eine Handvoll Tabletten hinunter.

»Keine Sorge, Pat. Nur Vitamine.« Er zwinkerte mir zu.

Auf meine Fragen erklärte er, das Geschäft gehe blendend, und zum erstenmal glaubte ich ihm nicht. Er trug zu dick auf. Und ich entdeckte Kratzer in seiner gewohnten Selbstsicherheit. Als er den zweiten Wodka bestellte, teilte er dem Ober mit, daß er Vegetarier sei, aber das spielte eigentlich sowieso keine Rolle, denn als das Essen kam, ließ er es unberührt stehen, und ich konnte mich nur noch fragen, wovon er eigentlich so dick war.

Als ich mich nach Taleesha erkundigte, verstummte er und paffte eine Weile. »Wir haben eins verloren«, sagte er dann.

»Was verloren?«

»Sie hatte eine Fehlgeburt.«

»Mein Gott, Will. Ich weiß nicht, was ich sagen soll.«

»Auch ganz recht«, knurrte er. »Ich bin mir nicht sicher, ob ich besonderen Wert darauf lege, die Sippe zu erhalten.«

Er hatte inzwischen schon mehrere Drinks gekippt. »Kannst du dir vorstellen, wie beschissen sich mein Sprößling fühlen würde?« fragte er laut genug, um die Aufmerksamkeit der Gäste an den Nachbartischen zu erregen. Als er sich einen Joint anzündete, forderte der Oberkellner uns höflich zum Verlassen des Lokals auf, aber Will ignorierte ihn. Der Geschäftsführer war etwas weniger höflich.

»Komm mit, ein bißchen Musik anhören«, sagte er, als wir draußen waren, und packte meinen Oberarm wie in einer Bärenfalle. »Iggy spielt heute abend in Downtown Manhattan.« Sein Fahrer kam um den Rolls herum und öffnete die Tür.

»Will, ich kann es mir nicht leisten, mich hoppnehmen zu lassen, und Stacey sitzt zu Hause und kotzt«, fuhr ich ihn an und bereute es sofort. Irgendwie hatte ich ein schlechtes Gewissen wegen unserer Fruchtbarkeit, weshalb ich sagte: »Okay, fahren wir. Aber nur für eine Stunde.«

Bis der Wagen schließlich vor dem Club hielt, war mein schlechtes Gewissen wieder von Unruhe wegen der späten Stunde und Staceys Zustand verdrängt worden. Draußen auf dem Gehsteig drückten sich auf der ansonsten leeren Straße an die hundert Halbwüchsige in allen Posen ermatteten Sehnens herum. Auf den Treppenstufen über ihnen spielte ein weißer Mann in schwarzer Lederjacke und Barett den heiligen Petrus, der vor der Blechtür Wache hielt. Als Will aus der Limousine stieg und mitten in das Gewühl hineintorkelte, wichen sie widerstrebend auseinander – mehr vor dem Gebaren des offensichtlich Eintrittsbefugten als vor dem bekannten Gesicht –, aber noch ehe ich ihm folgen konnte, hatten die Reihen sich wieder fest geschlossen.

»Will Savage«, rief er dem Türsteher zu.

»Will *Wer oder Was?*«

»Ich bin Will Savage«, wiederholte er, als eine junge Frau mit Schreibblock in der Tür erschien.

»Stehen Sie auf der Liste?« fragte sie.

»Scheiß auf die Liste.«

»Bedaure«, sagte die Frau. »Ich finde Ihren Namen nicht.«

»Er kennt den Besitzer«, rief ich in der Hoffnung, ihm weitere Verletzungen seines Stolzes zu ersparen.

»Wer kennt den nicht?« meinte der Türsteher. Skepsis schien jetzt die Individuen auf dem Gehsteig zu einen, denn aus dem Rudel erhob sich ein Chor höhnischen Gelächters.

»Lassen Sie mich rein«, brüllte Will und torkelte auf den Eingang zu. Als der Mann mit dem Barett ihn von hinten packte, schlüpften rasch drei Halbstarke aus der vordersten Reihe durch die Tür. Im Ringkampf verkeilt, taumelten Will und der Türsteher fluchend die Treppe herunter. Als der Türsteher auf ihn einzuschlagen anfing, drängte ich mich durch die Menge und packte ihn am Arm.

Soeben erscholl eine gebieterische Stimme durch den Lärm.

»He, das reicht jetzt.« Dieser Mann, eindeutig der Clubmanager, kam die Treppe heruntergesprungen und riß den Türsteher von Will fort, der wütend und keuchend wie ein gehetzter Bär aufs Pflaster sank.

»Herrgott, Will«, sagte der Manager, »was soll denn der Scheiß hier? Hör mal, es tut mir leid, aber du mußt verstehen...« Er war ein ausgemergelter Engländer mit Londoner Akzent. Zwar äußerte er sich nicht näher, aber er schien auch nicht rundherum erfreut zu sein über das Wiedersehen mit seinem alten Freund Will Savage.

Will rappelte sich unsicher hoch und richtete sich mit Mühe auf. »Duncan«, sagte er, aber schon das Wiedererkennen schien seine Kräfte zu erschöpfen, weshalb ich ihn jetzt beim Arm nahm und zum Wagen führte. Er schien gar nicht zu wissen, wo er war. Ich für meinen Teil mochte nicht länger Zeuge solcher Szenen sein.

Duncan folgte uns zum Wagen. »Wenn ihr reinkommen wollt, ich kann euch ein paar Getränkebons geben.«

Ich winkte ab und schlug die Tür hinter uns zu. Ich dachte nicht, daß der Abend noch schlimmer werden könnte, aber Will schien fest entschlossen, alles zu vernichten, was ihm in den Weg kam.

»Schon ein bißchen paradox«, meinte er, »daß *du* jetzt Nachwuchs kriegst. Damals im Internat, da konnte ich mich gar nicht mehr einkriegen, wie gut das paßte – du im Schrank versteckt.«

Der Abend war schon so versaut, daß mir nach weiterer Peinlichkeit nicht mehr der Sinn stand. Ich wollte nur noch nach Hause.

Ich lieferte Will in seinem Hotel ab und beauftragte den Nachtportier, einen Arzt zu rufen, der sich um ihn kümmern sollte. Ich kam mir vor wie einer von Noahs Söhnen, der den Patriarchen nackt und betrunken in seinem Zelt umhertorkeln sah. Es war, als hätte ich am Vorabend meiner Vaterschaft den kalten Odem des Jüngsten Gerichts gespürt.

Drei Monate später versandte ich die Geburtsanzeigen für unsere Tochter Caroline. Ich zögerte, bevor ich auch Taleesha und Will eine schickte. Von Cordell Savage bekam ich eine herzliche Gratulation nebst einem georgianischen Babylöffel mit Garantie des Händlers, daß er von Hester Bateman sei. Und zu gegebener Zeit kam eine mit Monogramm bestickte Kaschmirdecke mit einem Briefchen – »Alles Liebe von uns beiden« – von Taleesha.

Zum erstenmal, seit ich Will kannte, glaubte ich von der hohen Warte meines Glücks auf ihn hinunterzusehen. Ich kann nicht sagen, daß ich diese ungewohnte Perspektive genossen hätte, aber ich konnte auch nicht umhin, sozusagen eine moralische Bilanz aufzustellen, in der Will letztendlich zur Rechenschaft gezogen wurde. Ich konnte das merkwürdige Gefühl nicht loswerden, daß unser beider Geschicke in reziproker Weise miteinander verknüpft waren, daß die Schildkröte zu guter Letzt den Sieg für sich beanspruchte. Stacey und ich hatten eine Neunzimmerwohnung an der Park Avenue gekauft, nachdem wir von einer der gefürchtetsten Eigentümerversammlungen der Stadt auf Herz und Nieren durchleuchtet worden waren, und binnen eines Jahres würden wir uns ein Wochenendhaus in Connecticut zulegen; ich war ein frischgebackener Vater und verdiente mehr Geld, als vor den Achtzigern je ein Mensch auf einem Haufen gesehen hatte – obwohl es nicht halb soviel war, wie Will in den Siebzigern verplempert hatte.

Ich erkundigte mich bei einem Studienkollegen von Harvard, der jetzt als Jurist in der Unterhaltungsindustrie tätig war, und erfuhr von ihm, daß Will seiner vormaligen Bedeutung hinterherhechelte, daß er bestenfalls noch als eine Art Reliquie galt, schlimmstenfalls als Wrack. »Du brauchst mir die Pille nicht zu versüßen, Tom«, sagte ich, ärgerlich über seine unverhohlene Schadenfreude. Meine eigene Herablassung war etwas ganz anderes – ich war Wills bester Freund.

»He, sag mal«, fragte er, »stimmt es, daß er der Vater von Arethas Kindern ist?«

»Ich habe gehört«, sagte ich, »er soll der Vater deiner Kinder sein, Tom.«

Ich hatte immer vor, ihn anzurufen, aber mit jedem Monat, der ins Land ging, wurde das schwieriger, vor allem nachdem ich über Lollie erfuhr, daß Taleesha eine zweite Fehlgeburt gehabt hatte. Ich stellte mir vor, daß Will sich in eine Höhle verkrochen hatte und seine Wunden leckte. Manchmal sah ich ihn aber auch als bärtigen Guerillakommandanten, der sich in den Bergen von der letzten Schlacht ausruhte und seinen nächsten Feldzug plante. Als ich, ein Jahr nach Taleeshas Briefchen, endlich doch anrief, teilte mir einer von seinen Leuten mit, Will sei geschäftlich in London und Taleesha in Urlaub. Ich wollte mich drei Wochen später, wenn sie zurück sein sollten, von meiner Sekretärin wieder an den Anruf erinnern lassen, aber dann wurde ich einen Tag vorher aus der Stadt gerufen.

Tage schwinden wie Zeitungen, Jahreszeiten wie das Laub der Bäume und der Schnee. Ich arbeitete mehr denn je, und was mir an Zeit und Kraft übrigblieb, widmete ich meiner jungen Familie. In den mittleren Jahren kann die Zeit scheinbar stehenbleiben, auch wenn sie in Wirklichkeit unbarmherzig voranschreitet. Eines Tages schlägt dann die geheime Uhr unseres Lebens, und die Zeit beginnt wieder zu laufen.

Eines frühen Morgens erreichte mich in meiner Kanzlei ein Anruf von Savage senior. »Was macht der große weiße Jäger?« fragte er mit einer Fröhlichkeit, die gezwungen klang. »Ich werde nie vergessen, was Sie für ein Gesicht gemacht haben, als Ihre erste Ente vom Himmel fiel.«

»Jedenfalls war ich überraschter als die Ente«, sagte ich. »Wie geht es Cheryl?« fragte ich und hatte damit unabsichtlich seinen wunden Punkt berührt.

»Hm, komisch, daß Sie danach fragen, Patrick.« Es folgte ein längeres transatlantisches Schweigen. »Können wir davon ausgehen, daß diese Leitung sicher ist?« flüsterte er. Früher einmal hätte ich das für eine abwegige Frage gehalten, aber seit unsere Kanzlei mehr und mehr mit Firmenzusammenschlüssen und Aufkäufen zu tun hatte, die manchmal streitig waren, ließen wir unsere Telefonleitungen regelmäßig nach Wanzen absuchen. »Können Sie noch heute vormittag die Concorde nehmen?« fragte er. »Selbstverständlich komme ich für Honorar und Spesen auf.«

Es kam natürlich überhaupt nicht in Frage; ich hatte Termine,

Klienten ... aber sechs Stunden später saß ich in der Bibliothek des Hauses am Eaton Square. Als ich Cordell vor mir sah, rechnete ich nach, wieviel Zeit vergangen war, seit ich ihn zuletzt gesehen hatte, so sehr schien er mir gealtert. Seine Schläfen waren grau geworden, und sein Hals war schrumplig und schlaff. Ich hatte mir über sein Alter nie Gedanken gemacht, aber jetzt wurde mir klar, daß er schon gut über die Sechzig war.

Der Butler brachte mir Tee. Cordell trank Scotch, und wie er aussah, trank er ihn schon seit Tagen. »Bitte schließen Sie die Türen, wenn Sie hinausgehen«, befahl er. Nachdem der Butler uns eingesiegelt hatte, lehnte Cordell sich in seinem Sessel zurück. »Mein ganzes Leben lang habe ich versucht, meine Umwelt und die Menschen um mich unter Kontrolle zu haben. Ich glaube nämlich nicht, daß wir auf diese Erde gestellt wurden, um es der Anarchie der Natur gleichzutun, sondern um sie zu zähmen. Will und seine Freunde führen stets das Wort Befreiung im Mund. Aber Sie und ich – wir wissen, daß Kontrolle gefragt ist.«

Diese willkürliche Verknüpfung des Persönlichen mit dem Metaphysischen erinnerte mich an niemanden so sehr wie an Will. Statt ihn aber darauf hinzuweisen, wartete ich ab, wann Cordell zur Sache käme.

»Vor einer Woche«, begann er, »habe ich Cheryl nach Saint-Tropez geschickt, in Begleitung ihrer Friseuse, die ihre beste Freundin und mehr oder weniger eine bezahlte Gesellschafterin ist. Von mir bezahlt«, fügte er hinzu. »Genaugenommen habe ich sie dafür bezahlt, daß sie ein Auge auf Cheryl hatte, wenn Sie verstehen, was ich meine. Cheryl hat sich hier schwergetan, Freunde zu finden. Sie kennen ja die Engländer. Nicht gerade das entgegenkommendste Volk auf dieser Erde. Und Cheryl mit ihrer Herkunft und Erziehung war immer sehr schüchtern. Wenn es einen Makel auf unserm Glück gab ... na ja, ich habe jedenfalls eine Freundin für sie angeheuert.« Er schien für eine großzügige Auslegung dieser Art innerfamiliärer Spionage plädieren zu wollen. »Als ich sah, daß sie auf Dora, die Friseuse, ansprach, habe ich sie unter Vertrag genommen. Um Cheryl Gesellschaft zu leisten und mich auf dem laufenden zu halten. Ich sehe, daß Sie schockiert sind –«

Ich schüttelte den Kopf, um meine Weltläufigkeit unter Beweis zu stellen, ebenso meine Toleranz gegenüber den Gebräuchen des Savage-Clans.

»Wenn ein älterer Mann eine jüngere Frau heiratet, sind seine Augen nicht mehr, was sie einmal waren – also bezahlt er jemand anderen dafür, daß er die Augen offenhält. Und er vertraut darauf, daß dieser Jemand seine Interessen wahrt, verdammt noch mal. Dumm von mir. Das Dilemma, das in der Natur jeder Spionage liegt – der Mißtrauische muß seinen Spähern vertrauen. Ich nehme an, Will hat Ihnen schon erzählt, daß ich im Krieg beim militärischen Geheimdienst war. Nein? Na ja, jedenfalls hat jemand meine Agentin umgedreht, meine Londoner Friseuse. Offenbar hat ihr jemand mehr gezahlt als ich. Da ich davon nichts wußte, habe ich die beiden zusammen nach Saint-Tropez geschickt. Ich wollte dann nachfahren, sobald ich hier in London noch einige Geschäfte erledigt hatte.«

Normalerweise, erzählte er mir, habe entweder die eine oder die andere täglich vom Hotel aus angerufen. Nach einem Tag ohne Anruf habe Cordell sich noch keine Gedanken gemacht, aber nach zwei Tagen habe er seinerseits angerufen und erfahren, daß sie ausgezogen waren. Am Tag darauf habe er einen anonymen Anruf bekommen, vierundzwanzig Stunden später dann ein Päckchen mit Fotos und einer Tonbandkassette, auf denen Cheryls Techtelmechtel mit einem Segellehrer genauestens dokumentiert gewesen sei.

»Was Sie auch immer davon halten mögen, wenn der Dezember den Mai freit«, sagte er, nachdem er sich wieder gefaßt hatte, »ich liebe meine Frau und bin zutiefst verletzt. Ich weiß, daß Will und seine Mutter mich zum Dämon gestempelt haben. Sie meinen, ich wäre aus irgendeiner ungeheuerlichen Perversität heraus mit Cheryl durchgebrannt, als hätte ich immer davon geträumt, mich mit der Freundin meines verstorbenen Sohnes davonzustehlen. Aber ich habe mich trotz und nicht wegen dieses Umstands in Cheryl verliebt.« Er sah ganz niedergeschmettert aus, als hätte er sich plötzlich die Vorstellung gestattet, daß dies nicht wahr sein könne, daß in Wirklichkeit etwas Ungeheuerliches und Perverses hinter seiner Verliebtheit gesteckt habe. »Gott möge mir vergeben, wenn das nicht die Wahrheit ist.«

Er kippte seinen Scotch in einem Zug hinunter. Ich sah seinen nach innen gerichteten Blick wieder nach außen schwenken, wie um sich abzuwenden von der schwarzen Wahrheit, die er in seiner Seele erblickt haben mochte, und andere zu suchen, denen er sein gegenwärtiges Unglück zur Last legen könnte. »Wenn die sich einbilden, es sei leicht und angenehm gewesen, alles aufzugeben, was mir im Leben etwas wert war, und noch einmal von vorn anzufangen, dann sind sie schwer im Irrtum. Es hat mich gar nicht gefreut, so einfach auseinanderzureißen, was von meiner Familie noch übrig war. Ich hatte... ich habe zwei Söhne verloren. Auch ich habe gelitten.«

»Das haben Sie gewiß«, sagte ich, mehr aus Höflichkeit als aus Überzeugung. Es war zwar denkbar, daß er alles ernst meinte, aber ich kam nicht umhin, mich zu fragen, ob er von seinem Leiden schon etwas gemerkt hatte, bevor Cheryl ihm abhaute.

Er sah mir das am Gesicht an, und es schien ihn zu stählen. »Von meinen Gefühlen abgesehen, bleibt die Frage, was jetzt zu tun ist. Deswegen sind Sie hier«, sagte er in einem Ton, der seine Überlegenheit wiederherstellte und mich daran erinnerte, daß ich hier nur angestellt war. »Ich weiß nicht, wie gut Sie die englische Boulevardpresse kennen, Patrick, aber das sind Saukerle ohne jedes Schamgefühl. Und dieser Abschaum von Erpresserbande hat gedroht, die Fotos an die Zeitungen zu verteilen. Zusammen mit gewissen Spekulationen über meine geschäftlichen Unternehmungen – darum geht es ihnen in erster

Linie. Ich schmeichle mir nicht, daß meine Privatangelegenheiten für die Öffentlichkeit von brennendem Interesse wären, aber in Verbindung mit den Namen einiger meiner Geschäftspartner müßte ich fürchten, daß es drei Tage lang die große Sensation wäre, und die würde mich und viele andere ruinieren. Die Erschütterungen wären ... sagen wir beträchtlich.«

»Wer sind diese Erpresser?« fragte ich, um einen nicht allzu skeptischen Ton bemüht. »Und was wollen sie?«

»*Wer*, das ist die Preisfrage. Und sie wollen, daß ich von bestimmten Transaktionen Abstand nehme. Dazu verlangen sie noch eine Million in bar als Schweigegeld. Aber das Geschäft ist sehr viel mehr wert als das, und es ist Teil eines sehr komplizierten Netzes von Transaktionen. Um hier nicht in Rätseln zu sprechen: Ich liefere Waren an eine Konfliktpartei, und die andere Partei hat etwas dagegen.« Er schwieg einen Moment. »Wissen Sie, wie man Will erreichen kann?«

»Was hat Will damit zu tun?« fragte ich nervös.

»Ich habe Grund zu der Annahme, daß Will mit der anderen Seite in Verbindung steht, sozusagen mit der anderen Konfliktpartei. Oder wenn nicht, dann könnte er doch Verbindung mit ihr aufnehmen. Ich muß wissen, ob die Erpressung von seinen Freunden ausgeht. Wenn ja, werde ich tun müssen, was sie verlangen, oder er kann mir bei den Verhandlungen helfen. Wenn es nicht aus dieser Ecke kommt, weiß ich, wer die Finger im Spiel hat, und dann weiß ich auch, wie ich dagegen vorgehen muß.«

Das mit den internationalen Intrigen, den finsteren Mächten, klang in meinen Ohren lächerlich. Viel plausibler erschien es mir, daß Will vielleicht wirklich hinter dem ganzen Plan steckte – eine Gelegenheit, seinem Vater als Zugabe zur Zerstörung seiner Ehe auch noch eines seiner Waffengeschäfte zu vermasseln, falls es um Waffen ging. Sicher war Will findig genug, um das durchzuziehen, und er hatte im Lauf der Jahre schon oft mit so etwas gedroht.

»Ich müßte genauer wissen, in was ich da verwickelt würde, Cordell.« Es war wohl das erste Mal, daß ich ihn mit seinem Vornamen anredete. »Das werden Sie sicher verstehen.«

Er ließ sich das durch den Kopf gehen. »Im Moment bitte ich Sie um nichts weiter, als daß Sie mir helfen, an Will heranzukommen.«

»Als Freund der Familie – das könnte ich machen.«

»Danke, Patrick.« Er stand auf und ergriff meine Hand. Dann nahm er ein Buch aus einem Regal. Ein Teil der Regalwand öffnete sich, und dahinter erschien eine verborgene Treppe, die zu einem mit allen Schikanen ausgestatteten Büro im Keller führte. Eine Stunde später hatte ich Will in einem Aufnahmestudio in Miami aufgespürt. Ich mußte nachdrücklich behaupten, es handle sich um einen Notfall in der Familie.

»Wer ist tot?« fragte Will, als ich ihn endlich am Apparat hatte.

Er hörte zu, während ich ihm die Geschichte, die in meiner Erzählung noch unplausibler klang, kurz umriß. »Wirst du daraus irgendwie schlau?« fragte ich.

»Sagen wir, mir ist das Terrain vertraut.«

»Kannst du irgendwie helfen?«

»Sag ihm, er soll mich anrufen«, antwortete Will. »Ich will das von seiner Hohlheit persönlich hören.«

Diese Botschaft gab ich, in leicht redigierter Fassung, an Cordell weiter, der oben in der Bibliothek wartete.

Zehn Minuten später kam er zurück und drückte mir einen Umschlag in die Hand. »Ich bin Ihnen zu tiefstem Dank verpflichtet, Patrick«, sagte er mit einer Miene, als habe er soeben die Sterbesakramente seiner Kirche empfangen und wolle sein Schicksal annehmen.

»Haben Sie mit ihm gesprochen?«

Er nickte. »Er kommt morgen vormittag.«

Er begleitete mich auf den Flur. Ich hatte irgendwie das Gefühl, ich würde ihn vielleicht nie mehr wiedersehen, und so traurig der Gedanke mich machte, gab er mir auch Mut. »Darf ich Sie etwas fragen?«

Er zuckte mit den Schultern. »Ich stehe in Ihrer Schuld.«

»Ich habe einmal ein Gerücht gehört –«, begann ich.

»Daß ich meinen Vater umgebracht hätte?«

»Also – ja«, sagte ich.

»Und nun möchten Sie von mir wissen, ob das stimmt? Wenn Sie wollen, kann ich es Ihnen sagen. Aber warum sollten Sie mir glauben?«

»In diesem Augenblick würde ich Ihnen wohl glauben.«

»Mein Vater hatte sein Geld und damit seine Selbstachtung verloren und war dem Suff verfallen. Er prügelte meine Mutter, und eines Tages hatte er es auf mich abgesehen. Das war der Tag, an dem sie die Schrotflinte in die Hand nahm. Ich glaube nicht, daß sie ihn erschießen wollte. Ich glaube, sie war genauso überrascht wie er, als das Ding losging. Aber ich will Ihnen etwas sagen ...«

Er legte mir die Hand auf die Schulter und sah mir geradewegs in die Augen. »Wenn sie es nicht getan hätte, dann hätte ich es getan. Beantwortet das Ihre Frage?«

Ich hielt seinem Blick stand. »Ich weiß nicht.«

»Aha, sehen Sie?« Er lächelte, offenbar hocherfreut über meine Unfähigkeit, ihm voll zu vertrauen – als ob es seine Ansicht über die menschliche Natur bestätigte. Vielleicht machte es ihm aber auch nur Freude, das Geheimnis bestehen zu lassen.

Wir verabschiedeten uns mit Handschlag. Sein Chauffeur brachte mich zum Hotel Claridge, und am nächsten Morgen flog ich zurück. In dem Umschlag befand sich ein unterschriebener Blankoscheck.

Ich hatte mehrere Jahre Zeit, über den Ausgang dieser Wiedervereinigung zwischen Vater und Sohn zu spekulieren. In dieser Zeit sprach ich mit Will nur über Geschäfte. Gerade als ich glaubte, nun liege er am Boden und werde ausgezählt, sprach sein Geschäftsführer mich auf einen Verkauf seines zweiten Labels an, das sich als weit wertvoller entpuppte, als wir angenommen hatten. Es erbrachte schließlich über vierzig Millionen, wovon Will sofort die Hälfte in eine freie Klinik im Mississippidelta steckte. Weitere Millionen gingen an den Dalai Lama und tibetanische Flüchtlinge, aber auch an weniger verdienstvolle Empfänger – Freunde und Nachläufer. Es war, als versuchte er das Geld nur so schnell wie möglich wieder loszuwerden, und sein Buchhalter bat mich, ihm klarzumachen, daß der kluge Mann sein Kapital bewahre. Doch als ich Will in seinem Büro in Los Angeles erreichte, sagte er über das Geld nur: »Es ist nicht meins, Patrick.«

»Natürlich ist es deins.«

»Ich bin nur sein zeitweiliger Hüter. Meine Aufgabe ist, es zu verteilen. Keine Sorge – am Ende kommt es alles zu einem zurück. Die gute Tat ist ihr eigener Lohn, Patrick.«

»Ich glaub's einfach nicht, daß du mir jetzt mit diesem Hippiescheiß kommst, nachdem ich mir den Kapitalistenarsch aufgerissen habe, um dich wieder reich zu machen.«

Die Unterhaltung verkam ab dieser Stelle. Nachdem wir die ganzen Jahre die Unterschiede zwischen uns gehegt und gepflegt hatten, schienen wir uns jetzt gegeneinander verhärtet zu haben. Was hatten wir denn überhaupt noch gemeinsam, falls wir das je gehabt hatten?

Mein anderes Leben ging weiter, und wieder verging ein Jahr. Bis dann eines Tages im August, als meine Familie auf Nantukket war, Taleesha anrief, um zu sagen, daß sie in der Stadt sei. Ich sagte eine Besprechung ab, damit wir zusammen zum Lunch gehen konnten. Es war ein gespenstischer Tag in der Stadt: ein Hurrikan kam die Küste herauf; die Straßen waren ungewöhnlich leer, und überall waren die Fenster kreuz und quer mit Kreppband beklebt, weil mit umherfliegendem Glas gerechnet werden mußte. Taleesha führte mich in die Russische Teestube, wo sie als Ehrengast begrüßt wurde. Leute an anderen Tischen blickten auf und versuchten sie irgendwo unterzubringen; diese hochgewachsene Schwarze, so königlich und elegant, sie *mußte* doch irgendein Star sein.

Als wir in unserer Nische Platz genommen hatten, gestand sie mir, daß sie immer mal wieder in der Stadt gewesen sei, aber seit den Vorfällen bei meiner Hochzeit habe sie sich nicht anzurufen getraut. »Ich dachte nur – wir dachten –, du hättest jetzt das Bedürfnis, mit deinem neuen Leben voranzukommen.«

»Vielleicht hattet ihr recht. Ich habe mich ja auch nicht sehr bemüht, Verbindung zu halten.«

Sie schüttelte den Kopf, sprach mich frei. »Will hat vor ein paar Monaten mal angerufen und deine Frau an den Apparat bekommen. Sehr erfreut schien sie nicht zu sein.« Taleesha sah, daß ich davon nichts wußte. »O verdammt, tut mir leid.«

Ich war überrascht, andererseits aber auch wieder nicht. »Nein, *mir* tut es leid.«

»Mein Gott«, sagte sie, »nun hör sich einer an, wie höflich wir schon alle geworden sind.« Sie lachte, und plötzlich erkannte ich den Teenager wieder, den ich unter der Uhr beim Biltmore getroffen hatte. Ob sie noch da war? Oder hatte man sie abmontiert?

Taleesha erzählte von Los Angeles, wo sie jetzt schon seit Jahren lebten – sie hatten sich gerade in Malibu ein Anwesen am Meer gekauft –, und ich zeigte ihr Fotos von meinen Töchtern Caroline und Amanda. Sosehr ich mich freute, sie wiederzusehen, brauchte ich doch Zeit, um die alte Vertrautheit wieder zu fühlen, und Taleesha war allenfalls noch reservierter als ich. Ich schaffte es, bis zum Borschtsch zu warten, bevor ich die unvermeidliche Frage stellte.

Sie stellte seufzend ihr Glas ab. »Er ist in Kioto, in diesem Kloster. Die freie Klinik war ja eine wunderschöne Idee, aber wenn er nicht aufhört, sein Geld zu verschenken ... Ich glaube, darauf legt er es nämlich an – alles wegzugeben, seine Hände davon reinzuwaschen.«

Ich zögerte. »Hör mal, wenn er Kredit braucht, das könnte ich ja über dich machen, er brauchte es gar nicht zu wissen. Halt, nicht so voreilig«, sagte ich rasch, als sie schon die Hand zum Abwinken hob. »Ich verdiene doch so lachhaft viel Geld.«

»Du hast Familie.« Sie trank ein Schlückchen von ihrem Eistee. »Das ist das eigentliche Problem. Familie. Die Familie, die er *hat*, und die Familie, die er *nicht* hat. Ich hatte drei Fehlgeburten, Patrick. Will macht sich Vorwürfe. Er ist überzeugt, daß es all dieses Drogenzeug und der Alkohol und was sonst noch war, was seine Chromosomen versaut hat. Im Grunde denkt er, es ist Karma. Ich meine, er ist so mit sich im unreinen, daß seine Spermien vor Angst gelähmt sind. Er weiß nicht recht, ob er weitere Savages auf die Welt loslassen soll, und ganz gewiß würde er seinem alten Herrn nicht die Genugtuung gönnen.« Sie trank noch einen Schluck. »Oder vielleicht bin ich es ja, die gelähmt ist, aus Angst, ich könnte werden wie meine Mutter. Ganz zu schweigen von dem ganzen Rassenproblem. Ich meine, ich werde schon damit fertig, wenn wir nie Kinder bekommen, aber nachdem wir es versucht und nicht geschafft haben, kann Will keine Ruhe geben. Immer wenn wir ein Kind zu zeugen versuchen, nimmt er monatelang keine Drogen. Und wenn wir es dann wieder nicht geschafft haben, nimmt er um so mehr, um seine Schuldgefühle zu betäuben.«

Sie lachte traurig. »Ich stand ungefähr drei Minuten davor, Aaron zu heiraten«, sagte sie, »und dann mußtest du uns zu deiner Hochzeit einladen.«

Nach dem Lunch gingen wir an der 57th Street entlang, Taleesha größer als ich mit ihren hohen Absätzen. Der Himmel spannte sich über uns wie ein dunkelgrüner Baldachin, aufgebläht von dem kommenden Sturm. Ich setzte sie in der Sixth Avenue in ein Taxi, und wir versprachen einander, uns bald wiederzusehen, aber ich glaube kaum, daß einer von uns es in diesem Moment für wahrscheinlich hielt.

XXIII

Eines Herbstes, kurz vor Thanksgiving, klingelte um drei Uhr nachts das Telefon. Die Worte waren undeutlich, aber die Stimme erkannte ich sofort.

»Hast du eine Vorstellung«, fragte er, »was es für ein Gefühl ist, mit der Frau seines Vaters zu bumsen?«

»Das könnte ich nicht behaupten.« Als darauf keine Antwort kam, flüsterte ich: »Was ist es denn für ein Gefühl?«

»Wer ist das?« fragte Stacey, die sich gerade aus dem Bett wälzte, um nach den Mädchen zu sehen.

Will brummelte etwas, womit ich nichts anfangen konnte. »Wie?«

»Ein beengtes Gefühl.«

Ich wartete, hörte das Knistern einer schlechten Handy-Verbindung.

»Ein Gefühl, wie wenn du eine Katze erschießt«, sagte er. »Hast du schon mal eine Katze erschossen? Auch wenn es eine falsche Katze war, ist es nicht das Gefühl, das du erwartet hast.«

Die Leitung verstummte. Da ich keine Ahnung hatte, wo er war, konnte ich auch nicht zurückrufen.

»Wer war das?« fragte Stacey noch einmal, als sie von ihrem mütterlichen Streifengang zurückkam.

»Falsche Verbindung«, log ich, denn ich hatte in meiner Frau einen widerstandsfähigen Kern von Eigenwilligkeit entdeckt, der mich noch heute manchmal überrascht. Als Kind privilegierter Kreise konnte sie in gewissen Punkten absolut herrisch sein, zum Beispiel in Fragen der Kindererziehung; als unsere Töchter noch kleiner waren, wechselten wir ihre Kindermädchen fast so oft wie ihre Windeln. Ein weiteres Thema, zu dem Stacey ihre unbeugsame Meinung hatte, war Will.

Dieser Anruf war eine Art Halbzeit in Wills letzter Sause.

Einige Wochen danach schickte Taleesha eine Weihnachtskarte, auf der sie mitteilte, daß Will mit dem Dalai Lama in Indien sei. Es verging wieder ein Jahr.

Und dann, auf ein Wort meiner Sekretärin, hielt das nahtlose Dahinfließen der Tage inne ... flackerte und setzte sich wieder in Bewegung – allerdings ohne die Erdbebensignale, die den Tag ankündigten, an dem der Mississippi rückwärts floß. Will rief aus dem Carlyle an, nicht weit von unserer Wohnung in der Park Avenue; es klang mehr verlegen als stolz, als er mir verkündete, er solle bei einem großen Empfang im Waldorf in die Ruhmeshalle des Rock and Roll aufgenommen werden.

»Scheiße, Dink, ich gehöre nicht in diesen Club. Kannst du dir vorstellen, wie Charlie Patton und Robert Johnson da oben auf einer Wolke sitzen, sich einen Reefer teilen und sagen – ›Savage, dieser Saukerl‹? Ich glaube, als die das beschlossen haben, stand das Komitee unter dem Eindruck, die Ehrung sei posthum. ›Savage? Ach ja, das ist doch dieser Kacker, der mit 'ner Nadel im Arm gestorben ist, oder?‹ Jetzt hoffen sie, daß ich eine große Spende für dieses beschissene Museum in Cleveland mache.«

Wenn man nach so langer Zeit seine Stimme hörte, konnte man sich ohne weiteres einbilden, er sei soeben von einem Familienurlaub in Memphis wieder ins Internat zurückgekommen, und wir wären immer noch taufrisch und formbar, gerade auf der Schwelle zum Leben. Er wolle lieber zu mir nach Hause kommen, sagte er, denn da er jetzt trocken sei, meide er Restaurants und andere öffentliche Orte. Alles andere als traurig darüber, daß Stacey mit unsern Töchtern zu Besuch bei ihren Eltern in Marblehead war, sagte ich ihm, er solle kommen.

Will war immer noch rund und stattlich, aber er hatte etwa einen halben Zentner abgenommen, und seine Augen hatten für meine Begriffe wieder ihre alte Klarheit und Schärfe. Dennoch fehlte mir fast dieses fanatische Funkeln in seinen Pupillen, der manische Rhythmus seiner Bewegungen. Aber er mochte sich nicht hinsetzen, wollte lieber stehen oder auf und ab gehen. »Ich hab mal gehört, daß jedem in diesem Leben eine Badewanne voll Koks und ein Swimmingpool voll Gin zusteht. Ich war schon bei meiner dritten Wanne und meinem vierten Pool, von den Unmengen an Acid, Mandies und H ganz zu schweigen. Taleesha hat mich schließlich aus diesem Loch herausgeholt. Fast hätte ich sie weggeekelt, aber nur fast.«

Für mich hatten sie sich sowieso nie voneinander entfremdet. Ihre zeitweilige Trennung war vertrauter und liebevoller gewesen als manche Ehe.

»Komisch«, sagte er, »wenn ich jetzt zurückblicke und mir klarmache, daß ich eigentlich nie damit gerechnet habe, die Vierzig zu erreichen.« Beide hatten wir diese betrübliche Schwelle kürzlich überschritten. »Ich glaube, das ist mit ein Grund, warum ich Taleesha seinerzeit fast hätte sausen lassen. Ich wollte nicht, daß sie mich einmal um einen Baum gewickelt fand, oder eines Morgens kalt und blau auf dem Küchenboden.«

Er ging weiter im Zimmer umher und blieb nur hin und wieder stehen, um sich ein Bild oder einen Gegenstand genauer anzusehen. Wenn ich meine Wohnung mit seinen Augen betrachtete, sah ich ein Nest großbürgerlicher Streber, vollgestopft mit englischen Möbeln aus dem achtzehnten Jahrhundert, Jagdgemälden und Audubon-Geschirr. Es ist ein Glück, daß wir nur selten die Gelegenheit bekommen, uns selbst als Klassentypus zu sehen.

Wenn ich die äußerlichen Errungenschaften meines Lebens betrachte, komme ich um ein zwiespältiges Gefühl der Verwirrung und Zufriedenheit nicht herum. Wenn der Pförtner lächelnd »Guten Abend, Mr. Keane« sagt; wenn ich die seltsamen Male, die ich früh genug nach Hause komme, beim Öffnen der Tür das Quietschen meiner jüngsten Tochter höre; wenn ich mich nachts ins Zimmer meiner Kinder schleiche und sie im Schlaf betrachte – manchmal habe ich dann das Gefühl, dies sei das Glück eines anderen, das Leben eines anderen. Eine Zigarre nach dem Abendessen, das reibungslose Ineinandergreifen eines neuen Falles mit dem soeben abgeschlossenen, Amandas leicht zu trocknende Tränen, das melancholische Heulen des Atlantiks, wenn ich auf Nantucket im Haus meines Schwiegervaters auf der Veranda sitze, die frische, nach Laub duftende Luft im oktoberlichen Manhattan – das alles gibt mir das Gefühl, vom Glück begünstigt zu sein. Hingegen macht die fruchtbringende, bedeutungsschwere Luft des Frühlings mich ruhelos und traurig, weckt in mir Gefühle des Bedauerns, macht mir alle die nicht gegangenen Wege bewußt, die wie unter einem ewigen Winterpelz erstickten Sehnsüchte. Der Frühling ist die Zeit, in der ich nur schwer verwinde, was ich preisgegeben habe. Und wenn an einem Apriltag verzweifeltes Verlangen mich erfüllt beim Anblick eines jungen Mannes im weißen Pullover, der wie ein Gott über den Hellespont der 57th Street schreitet und mit seinem Tennisschläger ein Taxi heranwinkt, bedeutet das dann, daß mein Leben eine Lüge ist? Wenn die Liebe, die ich für meine Frau empfinde, fast geschwisterlich ist, wenn Stacey mir oft nur halbwahr erscheint? Wenn ich dreißig Jahre lang mehr oder weniger verliebt in meinen besten Freund war? Als ich mich an diesem Abend im Wohnzimmer umsah, stellte ich plötzlich fest, wie feminin es war mit seinen Chintzvorhängen und Kissen, dem blassen Blumengarten der Benison-and-Brunschweig-Bezüge.

»Setzen wir uns doch in die Bibliothek«, sagte ich. Dort wären wir wenigstens von meinen Büchern umgeben, von altem Leder und dunklem Kirschbaumholz. Auch das ein Klischee, zumindest aber *mein* Klischee.

Will, der sich nacheinander die gerahmten Fotos auf dem Tisch in der Bibliothek ansah, entdeckte soeben eines von uns beiden, aufgenommen in unserm ersten Internatsjahr, bevor wir zum Thanksgiving nach Memphis flogen. Er nahm es in die Hand. Und ich war stolz, daß es da war, bedeutete es doch ein kleines Zeichen häuslichen Durchsetzungsvermögens meinerseits. Es war neben meiner Weigerung, Stacey und die Mädchen in die Kirche zu begleiten, eine meiner wenigen kleinen Unabhängigkeitserklärungen.

Will stellte das Foto behutsam wieder hin, dann schüttelte er sich wie ein nasser Hund. »Tja, nachdem ich nun also gerettet bin, was fangen wir wohl mit dem Rest unseres Lebens an?« Er klopfte mit den Fingerknöcheln auf den Tisch. »Aber ich will dir mal was sagen, ich fühle mich als ein völlig anderer Mensch gegenüber dem, der ich noch vor zwei Jahren war.«

Mir war das mit dem neuen Menschen nicht so ganz geheuer, und ich fragte: »Aber denselben Vater hast du noch, ja?«

»Hab sogar neulich mit ihm gesprochen. Taleesha und ich wollen ihn diesen Herbst besuchen.«

Nach all den Jahren war diese simple Erklärung schon recht erstaunlich, die banale Formulierung »wollen ihn besuchen« dem Anlaß völlig unangemessen. Ich fragte, was sich bei seinem letzten Besuch zugetragen habe, dem, den ich vermittelt hatte.

»Hab ich dir das nie gesagt?«

Ich schüttelte den Kopf. »Aber jetzt setz dich um Himmels willen mal hin.«

Will ließ sich in einen abgenutzten ledernen Clubsessel sinken, den ich seit Jahren besaß, und angelte seine elfenbeinerne Zigarettenspitze nebst einer Packung Camel und einem Dunhill-Feuerzeug aus seiner Tasche. »Wieviel weißt du denn schon?«

»Gerade genug, um ungläubig zu staunen. Und das, nachdem ich deine Familie schon so lange kenne. Soweit ich mich erinnere, wurde dein Vater erpreßt.« Ich verstummte und sah zu ihm hinüber, wie er in meinem Sessel thronte, ein König, aus dem Exil zurückgekehrt. »Ich hatte immer ein bißchen den Verdacht, daß du das warst.«

»Gar nicht so ganz verkehrt geraten.« Er rieb die Hände aneinander, als wollte er mit ihrer Hilfe die Geschichte erzählen, dann lehnte er sich in dem Sessel zurück.

Nachdem Cordell Savage angerufen und um Hilfe gebeten habe, so Will, sei er der Sache über seine eigenen geheimnisvollen Kanäle nachgegangen und habe nichts herausbekommen – die

Erpresser waren nicht »seine Leute« –, und damit sei für Cordell der Weg frei gewesen, einigen Herrschaften aus seinem eigenen Umkreis sehr kräftig auf die Zehen zu treten. Am Ende habe er den öffentlichen Skandal für eine erheblich kleinere als die ursprünglich geforderten Summe ersticken können. Cheryl sei schließlich in Genf aufgetaucht und habe um die Scheidung gebeten.

»Hat keinen Cent verlangt«, sagte Will, »und kaum war die Scheidung besiegelt, hat sie ihren Segellehrer geheiratet. Das Komische ist, sie war in diesen Kerl total verliebt, und der hatte mit dem ganzen Schwindel auch nichts zu tun. Sie leben jetzt in Maine oder so und haben kürzlich ein Kind gekriegt. Aber diese *Leute*, die hatten Monate auf der Lauer gelegen, um etwas gegen meinen Alten in die Hand zu kriegen. Die Friseuse wurde von ihnen bezahlt, und als die merkte, daß sich zwischen Cheryl und dem Segelknilch was anbahnte, haben sie beide Hotelzimmer in Saint-Tropez verwanzt und abgewartet. Der Alte war restlos am Boden zerstört, aber dann hat er sich einige seiner Partner vorgeknöpft.« Er lachte. »Und mehr als das, mein Freund, willst du gar nicht wissen.«

Soviel Intrige und Gemeinheit auf einmal machte mich mißtrauisch. »Was willst du damit sagen?« fragte ich. »Daß es dabei *Tote* gegeben hat?«

»Du hast meinem Vater nie das Schlimmste zugetraut, Patrick, wolltest nie hinter die Fassade gucken. Fang jetzt nicht damit an.«

Das nahm ich übel. »Ich bin nur nicht bereit, Verschwörungen zu erfinden, wo es eine einfache logische Erklärung gibt – falls du das meinst.«

»Amokschütze. Tat eines einzelnen.«

»Manchmal, ja. In diesem Fall lautete die am wenigsten an den Haaren herbeigezogene Erklärung, daß du der Erpresser warst.«

Er lehnte sich weit nach hinten und lachte zur Zimmerdecke

hinauf. »Siehst du«, sagte er, »und die auf der Hand liegende Erklärung war in diesem Fall völlig verkehrt.«

»Du warst es nicht?«

»Nein, aber ich *bin* der Hauptverdächtige. Und hol's der Henker, um Haaresbreite wäre ich sogar der Täter gewesen.« Bei diesen Worten lächelte er sehr geheimnisvoll.

»Du erinnerst dich nicht zufällig an einen diesbezüglichen Anruf mitten in der Nacht?« fragte ich.

»Mann, du könntest mit dem, woran ich mich alles nicht erinnere, eine ganze Bibliothek füllen. Bände eins bis siebzehn: *Anrufe mitten in der Nacht.*«

»Es hatte damit zu tun, mit der Frau des eigenen Vaters zu schlafen«, sagte ich. »Klang mehr als hypothetisch.« Ich nahm mir eine Cohiba Esplendido aus dem Humidor, der auf meinem Schreibtisch stand, schnitt die Spitze ab und zündete sie an.

Will – das hatte ich noch nie an ihm gesehen – errötete, senkte den Kopf und fuhr sich mit der Hand durchs Gesicht. Er seufzte. »Mein Gott – darüber hab ich mich ausgelassen? Meine tolle Kampagne? Ich war schon fast überzeugt, daß ich das nur geträumt hätte.«

Er schaute ein paar Minuten dem Rauch meiner Zigarre nach. Ich hatte schon vor langer Zeit zu warten gelernt.

»Ich hatte das jahrelang vorbereitet«, begann er. »Hab mir von Privatdetektiven die Gewohnheiten des Alten melden lassen. Es dann so eingerichtet, daß ich ihr bei einem meiner Besuche in London über den Weg lief. Ging rein zufällig die Straße entlang, in der ihr Schönheitssalon lag. ›Wow, na so eine Überraschung! Wie geht's, wie steht's? Nein, das können wir Dad nicht erzählen. Aber wie schön, dich zu sehen. Wie wär's mit einem Drink?‹ Ich hab sie etwa ein Jahr lang bearbeitet, bin drei- oder viermal nach England geflogen. Und sie *war* einsam, völlig fehl am Platz dort, ihre Friseuse der einzige Mensch, mit dem sie reden konnte. Und sogar *die* hat Cheryl, wie sich herausstellte, für den Alten bespitzelt. So was hatte ich mir ja schon gedacht, ich kenne doch meinen alten Herrn, also hab ich sie auch geschmiert.« Er lachte und steckte sich eine neue Zigarette in die Spitze. »Dieses Luder hat richtig zugelangt, wie? Na ja, ich hab ihr gesagt, mein Vater würde für meine unschuldige Sehnsucht nach meiner Stiefmutter sowieso kein Verständnis aufbringen, warum ihn also damit belästigen? Und Cheryl hat sich *wirklich* gefreut, mich zu sehen. Wollte immer genau wissen, wie es in der Heimat aussah. Blühten im März noch immer die Blutweiden und Judasbäume? Sie hätte *alles* für eine Portion Grünkohl gegeben. Sie war *reif*. Also hab ich sie schließlich mit auf mein Zimmer im Dorchester genommen. Ein paar Drinks. Ein paar Prisen, eine Mandie. Drei versteckte Videokameras aufs Bett gerichtet. Zwölf Stunden und drei ehemalige britische Geheimdienstler hatte ich allein für die Installation gebraucht. Ich wollte ja, daß mein Alter ein scharfes Bild kriegte.«

»Du wolltest ihm die Videos also schicken?«

»Das war der Sinn der Sache.« Er schüttelte betrübt den Kopf. »Aber ich konnte es nicht durchziehen. Ich meine, ich habe schon ...« Wills spezielle Schamhaftigkeit setzte sich an dieser Stelle durch, so daß zumindest *ich* kein klares Bild bekam. »Mittendrin passierte etwas richtig Komisches. Urplötzlich packte mich das reine Entsetzen. Es war ... ich weiß gar nicht, wie ich das beschreiben soll.« Während er starr in die mittlere Ferne blickte, bemerkte ich erstmals das Grau an seinen Schläfen.

Es war, wie er schließlich erklärte, als hätte er den ekstatischen Augenblick des Einswerdens mit dem Kosmos entdeckt, nach dem er die ganzen Jahre mittels aller möglicher Drogen gesucht hatte. Aber seine Offenbarung war weder euphorisch noch wenigstens wohltuend. Er blickte in den Abgrund seines eigenen Todes, aufgehängt an dünnsten Fäden über einem Mahlstrom von Schmerz, Verzweiflung und Verderben. Es war nicht sein buddhistisches Nirwana, sondern die christliche Verdammnis seiner Vorfahren. Aus Angst, er könnte in diesem Bett sterben, sein Fleisch im Fleisch der Frau seines Vaters, bekam er einen regelrechten epileptischen Anfall. Stundenlang lag er wie gelähmt, in Schweiß gebadet, zitternd und zähneklappernd, während Cheryl fragte, was denn mit ihm los sei, und ihm Tee mit einem Löffel einzuflößen versuchte. Aber er war nicht in der Lage, zu sprechen und ihr seine schrecklichen Visionen zu schildern.

»Das war wie der beschissenste LSD-Trip, den ich je erlebt hatte, nur zehnmal finsterer.« Er zündete sich eine neue Camel an, diesmal unter Verzicht auf die Spitze. »Als ich endlich meine Sinne wieder im Griff hatte«, er blies eine dicke Rauchwolke von sich, »habe ich die Videobänder vernichtet. Es hat mich von innen zerrissen. Es war aus. Irgendwie bin ich dann noch von da abgehauen, hab mich in ein Flugzeug gesetzt. Aber es hat lange gedauert, bis ich aus diesem Loch wieder heraus war.«

Wir schwiegen; ich rauchte.

»Und dann«, sagte er, »ein Jahr später, zwei Jahre, rufst du mich aus London an, und dann ist Cordell am Apparat, mein Vater – bittet *mich* um Hilfe. Und was noch unglaublicher ist – jemand anders hat ziemlich genau das gemacht, was ich vorgehabt hatte. Was ich *getan* hatte. Und wie sich's anhörte, war er ein gebrochener Mann. Der unbesiegbare, allmächtige Bastard war verwundet und blutete. Es war der Moment, auf den ich immer gewartet hatte. Aber als er da war, verschaffte er mir keine Genugtuung. Das, was ich mir so lange zu wünschen geglaubt hatte, füllte nicht das alte Loch.«

Er verstummte und betrachtete die Glut seiner Zigarette. »Nach deinem Anruf bin ich nach London geflogen. Hab getan, was zu tun war. Und von Cheryl und mir habe ich ihm nie etwas gesagt. Jetzt werde ich es wohl auch nie mehr tun.«

Wir qualmten die Bibliothek ein. Wir redeten über Geschäfte. Will plante irgend etwas Utopisches und Lukratives, was ich nicht recht verstand – an Straßengangs in Los Angeles Computer zu verschenken und die Kids zu lehren, auf ihnen Musik zu programmieren. Sony werfe ihm das Geld geradezu nach, sagte er, und er habe sie gerade beschwatzt, noch eine Million draufzulegen, um seine freie Klinik in Mississippi in Betrieb zu halten.

Zum erstenmal seit Jahren hörte ich wieder die alte Begeisterung in seiner Stimme, als er mir auseinandersetzte, wie Computer uns alle aus dem Netz internationaler Unternehmermacht befreien und unser verkümmertes politisches System demokratisieren würden. Es war im wesentlichen die gleiche Vision, die er schon seit dem Internat mit sich herumschleppte – nur die Waffen waren neu. Kinder lebten schon jetzt in dieser verdrahteten Welt, sagte er. Dann wollte er von mir wissen, wie es denn sei, Kinder zu haben.

»Es ist herrlich«, antwortete ich, ohne allzu großen Überschwang an den Tag zu legen. »Und eine Riesenplage.«

»Du weißt wohl schon, daß wir keine kriegen können«, sagte er.

»Da gibt es Auswege«, meinte ich.

Er versank in einen seiner Tagträume. »Meinst du, das ist genetisch?« fragte er plötzlich.

»Was soll genetisch sein?«

»Was man… na ja, zu wem man sich hingezogen fühlt.«

»Du meinst, ob meine Töchter wahrscheinlich einmal lesbisch werden?«

»Nein, natürlich nicht. Ich frage mich nur, ob es da vielleicht etwas gibt –«

»Was dazu geführt hat –«, ich zögerte zuzugeben, was ich bisher nur Lollie gestanden hatte, »daß ich mich zu Männern hingezogen fühle?«

Nach dieser Enthüllung und nach einem Augenblick der entsprechenden Panik sagte ich mir, daß ich mich vor Will, wenn er wirklich mein bester Freund war, jetzt nicht länger bedeckt halten konnte. Oder vielleicht hatte ich mich ja auch zu guter Letzt mit meiner eigenen Natur ausgesöhnt. Ich sagte ihm, daß es kein bestimmtes Ereignis gebe, nichts in der Beziehung zu Vater oder Mutter, was eine plausible Erklärung für diesen Teil meiner emotionalen Zusammensetzung biete, nur eine allmähliche Erkenntnis. Vielleicht hatte ich die Angst, die das sexuelle Erwachen begleitet, in ungewöhnlichem Maße gespürt, die Fremdheit der Frauen. Matson hatte mich nicht wirklich beeinflußt, er mußte allerdings gemerkt haben, wie widerstrebend ich mich zu mir selbst bekannte. Ausgesucht hatte ich mir diese Veranlagung gewiß nicht, ich hatte sogar die längste Zeit meines Lebens dagegen angekämpft. Aber ich konnte Will jetzt ganz ehrlich sagen, daß mein Leben nicht von vorn bis hinten eine Lüge war, daß ich Verlangen nach Männern *und* Frauen gekannt habe, und daß ich, auf meine eigene Weise, mit Stacey glücklich bin, wenn auch nicht restlos befriedigt.

Will hörte mir aufmerksam zu, ohne zu richten, und mir war beinahe schwindlig vor Erleichterung, daß ich mich gegenüber meinem engsten Freund endlich dieser Last entledigt hatte.

Als ich ihn später durch unsere Wohnung führte, zeigte ich auf den Matisse, sein Hochzeitsgeschenk, das über dem Kamin hing. Es war eine Odaliske aus seiner marokkanischen Periode, kaum größer als dreißig mal dreißig Zentimeter, in einem massiven vergoldeten Prunkstück von einem Rahmen.

Will betrachtete ihn interessiert. »Gut zu wissen, wo das Geld geblieben ist«, meinte er. Es war unser wertvollster Besitz und hatte bei der Hochzeit einfach zwischen all den anderen Geschenken im Speisezimmer der Colchesters gelegen. Er wußte das gar nicht mehr.

»Jetzt bist du also hier an der Park Avenue gelandet, Patrick. Ist es so, wie du es dir immer erhofft hast?« Es lag etwas Bedeutungsvolles in seinem Forschen, dem starren Blick, den inhaltsschweren Pausen. »Wahrscheinlich möchte ich wissen – macht es dich glücklich?«

Ich zuckte die Achseln. »Wenn du ›glücklich‹ sagst«, spekulierte ich, »dann meinst du ekstatisch.« Es klang für mich in dem Moment, als ich es sagte, nicht nur wahr, sondern sogar wichtig. »Du meinst etwas Größeres, als wir wahrscheinlich aushalten könnten.«

»Menschenskind, vielleicht haben Repression und Angepaßtheit dich glücklicher gemacht als mich.« Er lächelte ironisch. »Vielleicht war ich die ganze Zeit auf dem falschen Dampfer. Ich meine – sieh mich bloß mal an.«

»Du hast schon jetzt einen dickeren Fußstapfen hinterlassen, als ich ihn je zustande bringen werde.«

»Will Savage, Dickfuß. Groß, behaart und scheu, möglicherweise Fabelwesen.«

»Und das ist Carolines Zimmer«, sagte ich, indem ich Licht machte, um das zwischen Plüschtieren und Bildern von gutaussehenden jungen Flegeln aufgeteilte Reich zu erhellen. Obwohl ich nahezu täglich einmal den Kopf in dieses Zimmer steckte, sah ich es plötzlich mit erstaunten Augen und konnte gar nicht fassen, daß es meiner Tochter gehörte. Auch Will schien ein wenig beeindruckt. Er betrachtete prüfend die Poster von Green Day und Boyz II Men und fuhr mit der Hand über die genoppte rosa Tagesdecke.

»Weißt du, welches ihre Lieblingsband ist?« fragte ich.

»Pearl Jam?«

Ich schüttelte den Kopf. »The Doors.«

»Mach keine Witze.« Will schien sich zu freuen. Er sah sich so interessiert in dem Zimmer um, als wäre es die Höhle irgendeines fremdartigen Tieres, dem er jeden Moment begegnen könnte.

»Ich hab was, worüber ich gern mit dir sprechen möchte«, sagte er, indem er einen Plüschelefanten in Overall in die Hand nahm. »Ich will dich um einen Gefallen bitten.«

»Egal, was es ist, du hast es schon.«

Er drückte an dem Elefanten herum. »Hör's dir erst mal an«, sagte er.

XXIV

Das Gleichgewicht, zu dem ich gelangt bin, ist die Antithese zu allem und jedem, woran Will je geglaubt hat, eine Widerlegung der Befreiungstheologie, die in all diesen gängigen Songs verbreitet wird. Und jetzt wird uns das Wohlfühl-Dogma des *carpe diem* in die Wohnzimmer gestrahlt von den gewerblichen Waren- und Dienstleistungsanbietern, die sich die Rechte an seiner Botschaft gesichert, sie abgespeckt und massenproduziert haben. Aber geht es uns deswegen besser?

Es konnte nicht ausbleiben, daß Will, schon weil er sich nicht im eigenen Opferfeuer verbrannte, inzwischen etwas näher an meinen Standpunkt herangerückt ist. Bedeutet das, daß ich am Ende gesiegt habe? Wenn, dann wäre es ein trauriger Sieg, der in manchen Augen allzusehr nach Niederlage aussähe. Ich denke an meinen Vorfahren Donnell Ballagh O'Keane, der mit Tyrone gegen die Engländer kämpfte, sich aber später in solchem Maße auf die andere Seite schlug, daß er von James I. geadelt wurde. Und trotz solcher Anpassungsfähigkeit verbrachte er die letzten Jahre seines Lebens als Gefangener im Londoner Tower.

Unsere Begierden sind endlos und unersättlich; nur indem wir sie zügeln, bewahren wir uns eine Chance auf Glück. Oder wenn schon nicht Glück, dann Frieden, denn die Suche nach Glück will mir letzten Endes als ein grausames, trügerisches Kredo erscheinen, ein an unserem unbedarften Gemeinwesen verübter Riesenschwindel. Von wenigen Ausnahmen abgesehen – Matson in Yale, eine kleine Stehnummer im Hinterzimmer eines Buchladens für Erwachsene, eine weitere in einer Raststätte am Merritt Parkway – blieben meine verruchten Neigungen unter dem Deckel.

Auch ich möchte die Zigeuner spielen und die Meerjungfern singen hören; ich möchte den Zaubertee trinken und barfuß am Strand von Bali laufen, die bronzenen Tänzer für mich tanzen sehen. Aber ich bin nicht stark genug, um für mich eine Rolle außerhalb der Konvention zu erfinden, und ich habe andere, die es versucht haben, zu Schaden kommen sehen – Felson in seinen schlecht sitzenden Anzügen und Festtagsjarmulkes. Sogar Will in seiner Robustheit. Was viele Feigheit nennen, möchte ich als Klugheit bezeichnen. Hätte Don José Carmens Hände gefesselt gelassen und sie den Dragonern übergeben, dann die kleine Micaëla geheiratet...

An diesem Abend, der jetzt schon ein paar Jahre zurückliegt, war Will noch vor elf Uhr wieder in seinem Hotel. Später begriff ich, daß dies vielleicht das letzte vertraute Gespräch mit meinem besten Freund gewesen war. Wir leben jetzt für unsere Familien. Er und Taleesha haben einen Sohn – mit Hilfe modernster Reproduktionstechnik zustande gebracht. Wir reden über Kinder, über Vermögensplanung. *Wenn* wir reden, und das tun wir immer seltener, als uns lieb wäre. Die entscheidenden, gestaltenden Ereignisse unserer beider Leben liegen wohl hinter uns. Für mich selbst kann ich sagen, daß ich den Gefühlsturbulenzen entwachsen bin. Zumindest hoffe ich das, ich *bete* darum.

Ich habe angefangen, wieder in die Kirche zu gehen – Teil einer in der Lebensmitte einsetzenden Sinnsuche, nehme ich an, und eine Strategie, den gefährlichen Drang des Fleisches an die Kandare zu nehmen. Der Nachmittag liegt noch nicht so sehr lange zurück, an dem ich in einer Arztpraxis eine seltsame Offenbarung hatte. Rücklings auf einer kunstledernen Liege, die Hosen um die Knie, wurde mir eine machtvolle Vision von Unsterblichkeit zuteil, als hätte meine Seele für einen Augenblick im Einklang mit der Musik ihres Ursprungs geschwungen. Nicht daß ich mit Bestimmtheit sagen könnte, was ich glaube – nur daß ich glauben *möchte*. Ich muß an ein Wort des Astronomen Martin Rees denken: »Das Nichtvorhandensein eines Beweises ist kein Beweis für Nichtvorhandensein.« Dennoch wäre ich dankbar für ein Zeichen. Während ich geduldig auf Gnade warte, bete ich ebenso für meinen besten Freund wie für mich, obwohl sein Glaube, wenn auch unorthodox, immer sehr tief war.

Es ist in diesem Frühjahr zwei Jahre her, daß ich an einem der glücklichsten Tage meines allzu nüchternen Lebens in einer Kirche von Santa Monica stand und für Wills Kind den Taufpaten abgab. Neben mir stand ein kahlgeschorener buddhistischer Roshi in nichtamtlicher Funktion, das Sagen hatte der episkopalische Priester. Taleeshas Vater stand mit uns am Altar, wie auch der alte Jessie Petit, der inzwischen am Stock ging. Stacey war mit den Mädchen zu Hause geblieben. Wir haben zum Thema Will, wie in vielen anderen Fragen auch, eine stillschweigende Übereinkunft getroffen. Falls Stacey mich nicht ganz unvorhergesehen überraschen sollte – und ich wäre der erste, der diese Möglichkeit einräumen würde –, glaube ich, daß unsere Ehe halten wird. Trotzdem habe ich mir vorgenommen, ihr zumindest jetzt noch nicht zu sagen, daß ich der biologische Vater von Robert Johnson Savage bin.

Ich gebe zu, ich war an diesem Abend ebenso überrascht wie erfreut, als Will mich in meiner Wohnung darum bat. Ich setzte ihm getreulich die Gefahren auseinander, die der Plan barg, sosehr ich auch die Ehre zu schätzen wußte, die er mir mit seiner Bitte antrug. Ein paar Monate später vollzog ich während einer Geschäftsreise nach Los Angeles unsere lange, seltsame Freundschaft – und erlebte dabei diesen flüchtigen Einblick in den Kosmos – allein in dem verdunkelten Zimmer einer Fruchtbarkeitsklinik in Westwood.

Nach der Taufzeremonie gab es noch einen Lunch am Strand in Wills und Taleeshas neuem Haus in Malibu. Davor stand die alte Betonmischmaschine geparkt, eine ständige Einrichtung, auf deren Entfernung seine Nachbarn klagten. Die Hälfte der noch lebenden Rockstars der letzten dreißig Jahre stolzierte auf dem Rasen herum, mit Kindern auf dem Arm und Softdrinks in der Hand, gezähmt oder vielleicht nur müde geworden. Irgendwie sahen die jungen Frauen, die Kindermädchen und Sekretärinnen und Freundinnen, noch genauso aus wie die Mädchen meiner Jugend – steckendürre Figuren, lange glatte Haare und gebatikte Hemden. Ich weiß nicht, ich habe keinen besonderen Blick für Mode, aber ein bißchen unheimlich war es schon, als hätte sich auf eine Weise nie etwas wirklich verändert – als wäre die Welt nicht gealtert, nur wir.

Den Mittelpunkt des Ganzen bildete Will, der schon wieder Fett ansetzte, in einer schwarzen, betreßten Militärjacke und schwarzem, kragenlosem Hemd schwitzte, wie Franklin Delano Roosevelt an seiner langen Zigarettenspitze paffte, keinerlei Zugeständnisse an das Klima oder das Fortschreiten der Mode machte, trotzig die Tradition einer Ära aufrechterhielt, die an Tradition nicht glaubte. Sein Haar ist immer noch lang, auch wenn es sich über der Stirn etwas zurückzieht und er es jetzt färbt, ein erstaunlicher Zug von Eitelkeit, wie mit seinem Bart. An dem Tag erinnerte er mich an irgend so einen großen georgianischen Lebemann, der zu seiner Überraschung feststellen mußte, daß er in die viktorianische Ära hinein überlebt hatte. Nach dem Lunch sah ich ihn auf der Zufahrt mit einem der Kindermädchen heimlich einen Joint rauchen.

Ich saß mit Taleesha auf der Veranda und bewunderte den teuren Pazifik, während sie ihrem hübschen beigefarbenen Robert die Brust gab. Wills anderer Namensvorschlag, erklärte sie mir, sei Muddy Waters Savage gewesen.

Ich lachte. »Sehr einprägsam. Ich bin froh, daß klügerer Rat gesiegt hat.«

»Ich habe ihm gesagt, der Junge werde auch so schon genug zu ertragen haben. Da hat er natürlich so getan, als wüßte er nicht, wovon ich rede.«

»Wenn dir dann wohler ist«, sagte ich, »übernehme ich die Schuld an allem Unfug, den das kleine Ungeheuer anrichtet.«

»Da mache ich mir keine Sorgen«, meinte sie, indem sie den Kleinen von ihrer Brust nahm und aufrichtete, damit er sein

Bäuerchen machte. »Will wird es dir ja nie sagen«, fuhr sie fort, »aber du weißt, wie dankbar er dir ist.«

Dankbar ist Will sicher dafür, vom Fluch des eigenen Stammbaums losgesprochen zu sein, ebenso wie es mich freut, rückwirkendes Mitglied einer alten Südstaatenfamilie geworden und dem Sohn meines besten Freundes der leibliche Vater zu sein. Ist es möglich, daß wir alle bekommen, was wir uns gewünscht haben? Noch hat keiner von uns diese Mutation der traditionellen Familie ganz durchschaut, die wir da fabriziert haben. Auf der anderen Seite kann sie aber wahrscheinlich auch nicht schlechter funktionieren als ihr ursprüngliches Vorbild. Manchmal kommt mich die Sorge an, Will könne letzten Endes doch noch einen Groll auf mich bekommen. Cordell Savage hat sich jedenfalls noch nicht damit ausgesöhnt, daß sein einziger Enkel halb schwarz ist; und bis zum heutigen Tag weiß er auch nicht, daß dieses Kind genaugenommen gar nicht sein Enkel ist. Und wer weiß, ob der junge Robert uns nicht einmal alle hassen wird, wenn er erfährt, wie er auf diese Welt kam. Wird er unsere jeweiligen Stärken in sich vereinen, dieser kleine Mulattenjunge, oder mit sich selbst uneins sein? Als ich an diesem Tag hoffnungsvoll in seinen hellblauen Augen forschte, ob darin eine Spur von meinem Blut zu entdecken sei, ging mir die Frage durch den Kopf, ob ein Kind zweier Rassen vielleicht die Erbsünde unseres Stammes tilgen könnte. Oder ob er wenigstens mehr Freude an sich selbst haben wird, als wir an uns hatten.

Nachdem die letzten Gäste fort waren, machte ich noch einen langen Strandspaziergang mit Will, der einen Joint rauchte und mir einen Vortrag über die digitalisierte, postunternehmerische Zukunft hielt, in der jeder von uns – oder vielmehr jedes unserer Kinder – sein Schicksal selbst in die Hand nehmen werde. Hier am sonnigen Rand des Kontinents, umweht von der salzigen Brise, die vom Pazifik herüberkam, dreitausend Kilometer weit von den Bürgerkriegs-Schlachtfeldern in Tennessee, zehntausend Kilometer weit von dem Gut in Yorkshire, auf dem Cordell Savage mit seiner dritten Frau lebt, erschien es uns an diesem Nachmittag möglich, neu anzufangen, zwölf Schritte in ein wakkeres, neues Leben zu tun. Wenn wir uns ins Internet einloggen, die richtige Nahrung zu uns nehmen und unsere frommen Übungen absolvieren, werden wir gewiß unsere Unterschiede vergessen und anfangen, einander zu lieben. Doch dann brechen die Krawalle wieder aus in der Stadt der Engel, nur wenige Kilometer südlich von diesem Paradies, müssen Söhne sich vor Gericht für Schüsse auf ihre Eltern verantworten.

Ich denke an Will, wie er die Flinte auf seinen Vater richtete. Ich denke an diese seltsamen Narren, die sich in Grau und in Blau kleiden und Musketen und Regimentsfahnen schultern, um die Schlachten von Gettysburg und Manassas nachzuspielen. Unsere Geister wandeln unter uns – Soldaten und Hippies, Sklaven und Tyrannen, sie ächzen ihr Leid und rasseln ihre Sünden wie Ketten. Robert Johnson Savage wird keine andere Wahl haben, als sich mit ihnen auseinanderzusetzen. Ich kann nur beten, daß er in diesem Streit keine Waffen abfeuert.

Nachdem ich so linkisch gegen meinen eigenen bescheidenen Stammbaum angekämpft habe, weiß ich, daß mein einziger Beitrag zum großen Lauf des Schicksals darin bestehen wird, die Botschaft meiner Gene weiterzugeben. Riesen werden sein... und es werden sein wir übrigen, die mit den dunklen Strömungen unter den Wellen dahintreiben. Jenseits der Mitte eines Lebens voll kleiner Triumphe und Fehlschläge, der Jagd nach falschen Idolen und gewöhnlichen Tugenden, sehe ich jetzt, daß mein Festhalten an Will die einzige gewagte und unvorhersehbare Entscheidung war, die ich mir auf diesem Weg gestattet habe. Wenn dies nun Wills Geschichte mehr als die meine ist, so liegt das daran, daß er gelebt hat.

Will wollte uns alle befreien; zweifellos hat er die Lust am aussichtslosen Kampf geerbt. Und doch hat es Momente gegeben – als wir in Boston Seite an Seite hinter die Bühne schwankten, in der Morgendämmerung verkehrt durch die Einbahnstraßen von Memphis rasten, mit offenem Verdeck durch den Glutofen des Mississippi-Deltas kreuzten auf der Suche nach dem Blues –, in denen ich wenigstens für eine kleine Weile wußte, wie es ist, sich frei zu fühlen.

Danksagung

Der Autor dankt Lucius Birch, Mildred und Robert Bell, William Eggleston, Sam Henderson, Matthew Johnson, Warner F. Moore d. II., Charlie Newman, Pallas Pidgeon, Julia Reed, Dorothy Stevenson (Bug), Maxine Smith und Donna Tartt. Besonderen Dank an Morgan für das Büro. Und natürlich – Fritz.